PHOBIA

WULF DORN

PHOBIA

THRILLER

HEYNE

Verlagsgruppe Random House FSC-DEU-0100
Das für dieses Buch verwendete
FSC®-zertifizierte Papier *EOS*
liefert Salzer Papier, St. Pölten, Austria.

Redaktion: Heiko Arntz
Herstellung: Helga Schörnig
Satz: Christine Roithner Verlagsservice, Breitenaich
Druck und Bindung: GGP Media GmbH, Pößneck
Printed in Germany

ISBN: 978-3-453-26733-6

www.heyne.de

Für Kirsten und Markus

Gin and Tonic

Vorbemerkung des Autors

Dieser Roman wurde durch mehrere wahre Begebenheiten inspiriert, die jedoch (im Gegensatz zu meiner Geschichte) nicht in direktem Zusammenhang stehen.

Mir einer Ausnahme sind sämtliche Namen und Personen frei erfunden. Jedwede Ähnlichkeit oder Namensgleichheit mit lebenden oder verstorbenen Personen wäre rein zufällig.

Bei der Darstellung der Schauplätze habe ich mir, wo nötig, einige schriftstellerische Freiheiten erlaubt. Ortskundige Leser bitte ich dafür um Nachsicht.

»Das Leben ist nur der kurze Sieg über das Unausweichliche.«

T. C. BOYLE

»Und ich will dir weisen ein Ding, das weder
Dein Schatten am Morgen ist, der dir nachfolgt,
Noch dein Schatten am Abend, der dir begegnet;
Ich zeige dir die Angst in einer Handvoll Staub.«

T. S. ELIOT

»We are Nobodies,
Wanna be Somebodies.
When we're dead,
They'll know just who we are.«

MARILYN MANSON

»Who made who?
Who turned the screw?«

AC/DC

TEIL EINS

DER ERSTE SCHRITT

1.

Die Zweizimmerwohnung war muffig, beengend und düster. Das graue Licht des ersten Dezembernachmittags fand nur mühsam den Weg durch das einzige Fenster der Wohnküche. Gegenüber versperrte eine schmutzige Fassade die Sicht. Das rußgeschwärzte Mauerwerk erweckte den Eindruck, als sei die Welt jenseits des Fensters nach nur wenigen Metern zu Ende.

Wäre nicht das gedämpfte Brummen des Brixtoner Feierabendverkehrs auf der nahen Coldharbour Lane zu hören gewesen, hätte er glauben können, in diesem Wohnblock bei lebendigem Leibe eingemauert zu sein.

Ein tristes Grab.

Er wischte sich die Tränen aus dem Gesicht. Endlich hatte das Scharren und Keuchen aufgehört. Es hatte nicht lange gedauert, nur ein oder zwei Minuten, dennoch war es ihm wie eine Ewigkeit vorgekommen. Diese hektischen, panischen Bewegungen im Raum nebenan. Das verzweifelte Ringen um Atem.

Doch obwohl es nun wieder ruhig war, fühlte er keine Erleichterung. Angespannt lauschte er in die Stille, ob es wirklich zu Ende war.

Dann nickte er. Ja, das Scharren war vorbei, ebenso das Keuchen, aber ab jetzt würden ihn diese Laute in seinem Kopf verfolgen – noch für lange Zeit, dessen war er sich sicher. Sie würden ihn in seinen Träumen heimsuchen, wie all die anderen Dämonen seiner Vergangenheit.

Wie das Licht jenes Frühsommermorgens, das sich in den Schaufensterscheiben gespiegelt hat. Und Amys Lächeln. Gott, wie glücklich sie an diesem Morgen gewesen ist! Und dann die entsetzten Züge des Mannes, der …

»Hör auf damit«, befahl er sich. »Hör sofort auf damit! Hast du verstanden?«

Er ballte die Fäuste. Ihm war nach Davonlaufen zumute, aber dafür war es jetzt zu spät. Also kämpfte er gegen das bleierne Gefühl in seiner Brust an, das ihm das Atmen erschwerte, und holte tief Luft, wieder und wieder.

Dann wandte er sich vom Fenster ab, ging zu dem kleinen Tisch neben dem Waschbecken in jener Ecke des Raumes, die als provisorische Küche diente, und schaltete beide Platten des Elektrokochers ein.

Während er den Topf mit Wasser füllte, vermied er, in den Wandspiegel über dem Becken zu sehen. Er konnte seinen Anblick nicht ertragen. Ganz besonders heute nicht.

Wie nicht anders zu erwarten, fand er in dem kleinen Wandregal nur billigen Tee aus dem Discounter. Gut, dass er daran gedacht hatte, einen Beutel seiner Lieblingssorte einzustecken, einen erlesenen Earl Grey, der mit Bergamotte-Öl versetzt war.

Er tat den Beutel in eine Tasse und sah im Kühlschrank nach Milch. Dort befand sich eine angebrochene Flasche, aber der Inhalt roch sauer. Also griff er wieder in seine Jacke und holte ein Päckchen Milchpulver heraus, das er vorsorglich mitgebracht hatte. Dann sah er zur offenen Schlafzimmertür.

Es war an der Zeit, zu Jay zu gehen, ehe das Wasser kochte. Allzu lange durfte er sich hier nicht mehr aufhalten, das hätte nicht seiner Routine entsprochen, aber die Tasse Tee war wichtig, sehr wichtig.

Trotz aller inneren Widerstände ging er auf die Tür zu. Das Schlafzimmer war noch kleiner als die Wohnküche. Auch hier schienen die wenigen Einrichtungsgegenstände vom Sperrmüll zu stammen oder auf Flohmärkten zusammengetragen worden zu sein. Vielleicht in Camden Lock oder in der Portobello Road. Jays altes Revier. Er hatte eine Schwäche für Flohmärkte gehabt.

Guter, alter Jay. Was hatte er ihm nur angetan?

Den größten Teil des Schlafzimmers nahmen ein altmodisches Doppelbett und ein türenloser Wandschrank ein. Er erblickte die dürren Beine des Toten schon bevor er den Raum betrat.

Jay lehnte seltsam verkrümmt gegen den Bettrahmen. Er war von der Matratze auf den Boden gerutscht, und fast sah es aus, als sei er im Sitzen eingeschlafen. Gottlob hatte er nun die Augen geschlossen, und auf seine hageren, mit weißen Bartstoppeln übersäten Zügen war ein friedlicher Ausdruck getreten. Nur die verkrampfte Haltung seiner Hände, das bläulich verfärbte Gesicht und der weiße Schaum, der ihm vom Mundwinkel troff, straften diesen Eindruck Lügen.

»Ich hatte dir doch gesagt, du sollst dich hinlegen«, murmelte er ihm zu und nahm ihm die Kopfhörer ab.

Dann griff er nach der klobigen Fernbedienung für den uralten Sanyo-Fernseher, der über dem Fußende des Bettes an einer Wandhalterung angebracht war. Er musste mehrmals auf den abgenutzten Ausschalter drücken, ehe die Bildröhre mit einem leisen Plopp-Geräusch erlosch, und es bedurfte ebenfalls mehrerer Anläufe, bis der nicht minder betagte DVD-Spieler den Film, den er Jay mitgebracht hatte, schließlich wieder ausspie.

Er hatte Jay idyllische Aufnahmen von Sommerwiesen, Berglandschaften, Wäldern und Flüssen ausgesucht, untermalt von Edvard Griegs »Morgenstimmung« und Vivaldis »Frühling«. Und da er gewusst hatte, dass die Lautsprecher des Fernsehers längst nicht mehr richtig funktionierten, hatte er Jay eigens Kopfhörer dafür besorgt.

Jay hatte klassische Musik geliebt, und er hatte ihm etwas Schönes mit auf den Weg ins Jenseits geben wollen.

Auch wenn die Bilder auf dem alten Monitor einen Stich ins Violette gehabt hatten, schien Jay der Film gefallen zu haben. Zumindest hatte er anfangs gelächelt.

Doch dann war alles schiefgelaufen. Die Dosis der Injektion musste zu gering gewesen sein. Er musste sich verschätzt haben, immerhin hatte er so etwas noch nie zuvor getan.

Statt friedlich einzuschlafen, war Jay nach kurzer Zeit von heftigen Krämpfen geschüttelt worden. Das Lächeln war schlagartig von seinem Gesicht verschwunden, und er hatte zu zucken begonnen. Mit weit aufgerissenen Augen hatte er sich an die Kehle gegriffen und verzweifelt nach Luft geschnappt.

»Leg dich wieder hin«, hatte er ihm zugerufen. »Leg dich einfach hin!«

Doch Jay hatte ihn wegen der Kopfhörer nicht hören können. Zwar hatte er versucht, sie sich vom Kopf zu reißen, doch es war ihm nicht gelungen, weil er viel zu sehr damit beschäftigt gewesen war, Luft zu bekommen. Immer wieder hatte er am Kragen seines Flanellhemdes gezerrt und dann wie wild zu strampeln begonnen. Seine zerschlissenen Pantoffeln waren durch die Luft geflogen, und seine Wollsocken hatten auf dem Veloursteppich gerieben, als habe er vor, in aller Eile ein Loch in den Boden zu scharren.

Er war vor Jay zurückgewichen, hatte ihm hilflos zugesehen, und schließlich hatte er den Anblick nicht mehr ausgehalten. Dieses Scharren war unerträglich gewesen. Dieses Keuchen, das fast wie ein Wimmern geklungen hatte. Dieser Ausdruck in Jays Augen, diese Panik, diese Angst …

Wie sehr wir uns doch davor fürchten, loszulassen.

Er hatte die Hände vors Gesicht geschlagen und war aus dem Schlafzimmer gelaufen.

Dann hatte er in dem kleinen Wohnzimmer gewartet, den Blick starr aus dem Fenster auf die Mauer gerichtet, und hatte um seinen einzigen Freund geweint, der nebenan qualvoll starb.

Aber nun war es endlich vorbei, und der erste Schritt war getan.

Er steckte die DVD und die Kopfhörer in eine Plastiktüte, die er ein paar Straßen weiter in einer Mülltonne entsorgen würde. Das Etui mit dem Injektionsbesteck schob er in die Innentasche seiner Jacke zurück. Er würde es mindestens noch einmal brauchen.

Dann bückte er sich und hob Jay auf das Bett zurück. Auch wenn der schlaffe Körper des Alten kaum mehr als hundertzwanzig Pfund wog, fühlte er sich unendlich schwer an.

»Es tut mir leid, alter Junge«, flüsterte er. »So war es nicht geplant. Aber jetzt hast du's ja hinter dir. Das hast du dir doch gewünscht.«

Seufzend ging er nach nebenan, wo unterdessen das Wasser kochte. Er goss die Tasse auf, schüttete den Rest des Wassers ins Waschbecken und reinigte den Topf gründlich von seinen Fingerabdrücken, ehe er ihn mit dem Spüllappen umfasste und in die Ablage unter dem Tisch zurückstellte.

Dann starrte er wieder aus dem Fenster auf die Mauer und nippte an dem Tee. Auch wenn er auf richtige Milch verzichten musste, hatte er das Gefühl, noch nie einen köstlicheren Tee getrunken zu haben.

Liegt wohl daran, dass es mein letzter ist, dachte er.

Zukünftig würde er Tee nicht mehr mögen. Stattdessen würde er ab sofort Kaffee trinken – vorzugsweise kolumbianischen Arabica, schwarz mit ein wenig Zucker. Und das war nur eines von sehr vielen Details seiner Metamorphose.

Nachdem er ausgetrunken hatte, wusch er auch die Tasse ab, rieb sie übergründlich mit Jays einzigem Geschirrtuch trocken und stellte sie zu dem Kochtopf.

Ich habe den ersten Schritt getan, dachte er wieder. Nun war es an der Zeit für den nächsten.

Für einen kurzen Augenblick schloss er die Augen und bereitete sich auf das vor, was nun folgen würde. Er machte sich noch einmal deutlich, dass sein Plan richtig war.

Er würde nichts Falsches tun, ganz im Gegenteil. Was er vorhatte, würde eine Welt verändern. Nicht die ganze Welt, eher einen Mikrokosmos. Aber hieß es nicht, dass man im Kleinen beginnen musste, wenn man Großes erreichen wollte?

Er rollte das Geschirrtuch zusammen und schob es sich zwischen die Zähne. Dann konzentrierte er sich mit aller Kraft auf den feuchten modrigen Geschmack des Stoffes.

Sein Herz schlug wild, und etwas tief in ihm schien sich wehren zu wollen. Er hatte Angst, aber das war auch gut so. Diese Angst würde ihn weiter antreiben. Sie war seine Motivation, nicht aufzugeben und die Verwandlung zu vollziehen. Wenn er sein Ziel erreichen wollte, musste er sich selbst aufgeben, ganz gleich, wie sehr er sich davor fürchtete.

Mit diesem Bewusstsein biss er fester auf den Stoff. Dann presste er die Fingerkuppen auf die rot glühenden Platten des Kochers.

TEIL ZWEI

DAS UNBEKANNTE IM VERTRAUTEN

2.

Sehr viel später, als alles vorüber war, schrieb Sarah Bridgewater in ihr Tagebuch: *Das Schicksal ist ein launischer Weichensteller. Es führt Menschen zusammen, nur um sie wieder zu trennen. Und wenn es ihm gefällt, begegnen sie sich wieder – auf Wegen, die man sich in seiner wildesten Fantasie nicht vorstellen kann.*

Ihre Hände zitterten, während sie diese Zeilen schrieb und sich an alles erinnerte.

Die Angst war aus der Stille gekommen. Als habe sie auf den richtigen Moment gelauert, um dann mit aller Macht über sie und ihre Familie hereinzubrechen.

Rückblickend wusste sie, dass es kleine Vorzeichen gegeben hatte. Erste leise Warnungen, die ihr jedoch entgangen waren.

So hatte das Unheil seinen Lauf genommen, ohne dass jemand es aufhalten konnte. Es hatte sich aus der Dunkelheit angeschlichen und unvermittelt zugeschlagen.

Alles hatte mit Harveys Albtraum von einem großen schwarzen Hund begonnen. Der Rest war eine unglaubliche Geschichte.

3.

In der Nacht zum 4. Dezember wehte ein frostiger Wind durch die Straßen von Forest Hill. Das Thermometer war in den letzten Tagen auf den Gefrierpunkt gesunken, doch entgegen der Wetterprognosen blieb der erhoffte Schnee zur Adventszeit aus.

Das Haus der Familie Bridgewater befand sich in einem der besseren Wohnviertel Südlondons. Es war von einer hohen Hecke umgeben, die nur durch die breite Zufahrt zum Eingang unterbrochen wurde. Wenn man in dieser Zufahrt stand, fiel einem die außergewöhnliche Bauweise des zweistöckigen Gebäudes auf. Elemente aus Glas und Beton fügten sich in georgianische Backsteinwände, sodass traditioneller britischer Klassizismus und Modernismus aufeinandertrafen, jedoch ohne disharmonisch zu wirken.

Stephen Bridgewater hatte das Haus selbst entworfen und dafür sowohl einen Architektur- als auch einen Umweltpreis erhalten. Für den Bau hatte er ein neuartiges Wärmedämmungskonzept angewandt, das sich als überaus wirkungsvoll und zudem noch kostengünstig erwies. Eine bessere Werbung für seine Arbeit hätte er sich nicht wünschen können. Bald schon waren sein Design und das Konzept derart gefragt gewesen, dass er seine Anstellung in einem Londoner Architekturbüro hatte kündigen und ein eigenes Ein-Mann-Unternehmen gründen können.

Seine anfänglichen Bedenken, das Bridgewater-Modell könne eventuell nur ein vorübergehender Trend sein, der wieder abflaute, noch ehe sein Unternehmen vollends Fuß in der Branche gefasst hatte, erwiesen sich als unbegründet.

Inzwischen erhielt Stephen Anfragen von Privat- und Geschäftsleuten aus dem ganzen Land. Dementsprechend häufig war er zu Kundenterminen unterwegs.

So auch in dieser Nacht.

4.

Es war bereits gegen halb eins, und das Haus lag im Dunkeln. Nur hinter einem der Fenster im ersten Stock brannte noch Licht.

Wie immer in den letzten Monaten, wenn Stephen nicht zu Hause war, fand Sarah keinen Schlaf. Sie kam sich deswegen ein wenig albern vor, schließlich war die Abwesenheit ihres Mannes früher nie ein Problem für sie gewesen. Im Lauf ihrer fünfzehnjährigen Ehe hatte Stephen natürlich schon öfter die eine oder andere Nacht außer Haus verbracht. Und auch wenn Sarah selbst hatte geschäftlich verreisen müssen, hatte sie immer gut schlafen können, selbst in einem noch so hellhörigen Hotelzimmer.

Doch dann hatte sich etwas verändert. Ganz allmählich und zunächst unmerklich. Eine namenlose Angst, ein entsetzliches Grauen war aus den Tiefen ihres Unterbewusstseins zur Oberfläche gestiegen. Zum ersten Mal war diese Angst vor etwas mehr als einem Jahr aufgetaucht. Seither war sie zu ihrem stetigen Begleiter geworden und trat immer dann in Erscheinung, wenn sie allein war.

Ihr Arzt hatte diese irrationale Angst als eine phobische Störung bezeichnet und ihr einen Therapeuten empfohlen, mit dem sie gemeinsam die Ursache ergründen sollte.

Doch die Therapie hatte nicht so angeschlagen, wie sie es sich erhofft hatte, und Sarah musste immer häufiger an eine Formulierung denken, die sie einmal in einem Roman von Shirley Jackson gelesen hatte: *Was auch immer dort umgehen mochte, ging allein um.*

Auch jetzt war die Angst wieder hier bei ihr im Schlafzimmer.

Wie ein eisiger Windhauch.

Schnell schüttelte sie diesen Gedanken ab, sah kurz zur Uhr und vertiefte sich dann wieder in das Manuskript, das Nora ihr geschickt hatte.

Das ist der Vorteil, wenn man von Zuhause aus arbeitet, dachte sie. *Man ist Herr seiner Zeit und kann in schlaflosen Nächten die Arbeit sogar mit ins Bett nehmen.*

Sie überflog die ersten Seiten und las dann noch einmal das kurze Anschreiben, das Nora dem Manuskript beigelegt hatte.

Sorry, Liebes,

es wird Dir bestimmt wieder nicht gefallen. Aber so etwas verkauft sich nun einmal. Wenigstens stammt es diesmal von unserem Goldjungen. Du wirst es an Deinem Honorar merken.

Lass mich wissen, falls Du es trotzdem nicht machen willst. Keine Sorge, ich würde es verstehen.

Wir vermissen Dich hier!

Alles erdenklich Liebe und Gute für Dich,

Nora

Sarah lächelte. Ja, auch sie vermisste die Zeit, in der sie noch Tür an Tür gearbeitet hatten. Ihr fehlten Noras trockener Humor und ihre erfrischend jugendliche Art, die sie sich beibehalten hatte, auch wenn ihr fünfzigster Geburtstag schon ein gutes Stück hinter ihr lag.

Aber es gab Gründe, warum Sarah nicht mehr in den Verlag zurückkehren wollte. Triftige Gründe. Zum Beispiel die Türklinke zu ihrem Büro, die sie plötzlich nicht mehr hatte berühren können, ohne von Panikattacken heimgesucht zu werden. Oder Konferenzräume, in denen ihr scheinbar ohne jeden ersichtlichen Grund der kalte Schweiß ausgebrochen war und sie geglaubt hatte, sie müsse sich jeden Moment übergeben, wenn sie nicht sofort ins Freie lief.

Es waren Gründe, die jedem Außenstehenden verrückt erscheinen mussten und die deshalb nur schwer erklärbar waren. Immerhin hatte nicht einmal ihr Therapeut sie verstanden, auch wenn er ihr mit seinem einfühlsamen Blick zugenickt hatte.

Also blieb sie hier, in vertrauter heimischer Umgebung, und las, was auch immer Nora ihrem literarischen Urteil anvertraute. Sie hatte noch nie die Arbeit an einem Manuskript abgelehnt und würde es auch diesmal nicht tun. Dafür schätzte sie Noras freundschaftliche Unterstützung viel zu sehr. Ganz besonders, weil Nora nie nach den Gründen für Sarahs plötzliche Kündigung gefragt hatte. Es war ihr sichtlich schwergefallen, aber sie hatte Sarahs Entscheidung respektiert und ihr angeboten, sie auch weiterhin zu unterstützen, wo immer sie konnte.

»Sofern du das möchtest«, hatte sie hinzugefügt, und Sarah hatte ihr dankbar versichert, *dass* sie es möchte.

Deshalb widmete sie sich weiter dem neuesten Werk des jungen Autors, den die einschlägige Presse als den »Großmeister des Horrors« titulierte.

Es war eine der üblichen Serienkiller-Storys, die sich derzeit in den Buchläden türmten und reißenden Absatz erfuhren. Diesmal hatte es ein Psychopath auf schwangere Frauen abgesehen, denen er die Embryonen aus dem Körper schnitt, um seine Opfer anschließend damit zu ersticken.

Großmeister des Ekels wäre zutreffender, dachte sie und schüttelte missmutig den Kopf. Vor ihr lag eine weitere, über vierhundertseitige Aneinanderreihung realitätsferner Gewaltfantasien, die mit den Grausamkeiten ihrer Konkurrenz wetteiferte, um den Blutdurst der Leser zu befriedigen. Rasant heruntergeschrieben, ohne jeden Tiefgang.

Aber sie würde es durchstehen und sich einfach auf die sprachliche Überarbeitung konzentrieren, wie immer in solchen Fällen. Nora zuliebe, und auch für sich selbst. Denn solange sie von zu Hause aus arbeiten konnte, kam sie sich nicht völlig unnütz vor – trotz des zwangsweisen Abbruchs ihrer Karriere, und auch wenn Stephen immer wieder beteuerte, dass sie nicht arbeiten müsse, schließlich verdiene er genug.

Er schien sie nicht zu verstehen. Oder vielleicht wollte er auch einfach nicht verstehen, wollte nicht riskieren, einen Blick hinter die Fassade ihrer Ehe zu werfen. Dorthin, wo sich etwas Unbekanntes hinter allem Glück und vorgeblicher Zufriedenheit eingenistet hatte. Etwas, vor dem man sich vielleicht fürchten musste.

Und dass dieses Etwas existierte, wusste sie tief in ihrem Innern nur zu gut. Sie wollte nur nicht daran denken.

Nicht jetzt und erst recht nicht allein.

Also würde sie eine weitere schlaflose Nacht im Bett verbringen und Manuskripte lesen, die sie eigentlich nicht mochte.

Etwa eine Viertelstunde und etliche Grausamkeiten später – sie hatte gerade erfahren, was man mit Batteriesäure an weiblichen Genitalien anrichten konnte – hörte sie das leise Trappeln nackter Füße auf dem Gang.

»Mummy!«

Harvey kam ins Schlafzimmer gelaufen, und Sarah fuhr beim Anblick ihres sechsjährigen Sohnes erschrocken hoch. Sein Gesicht, auf dem sich eine Schlaffalte über die linke Wange zog, glänzte vor Schweiß, und das feine blonde Haar klebte ihm an der Stirn. Tränen standen in seinen Augen.

»Harvey, Schatz, was ist denn los?«

Er kam zu ihr, kroch unter die Decke und schmiegte sich an seine Mutter.

»Da ist jemand im Garten.«

Sie hob erstaunt die Brauen. »Wie? Wer um alles in der Welt sollte denn mitten in der Nacht in unserem Garten sein?«

»Ein Mann.«

»Ein Mann? Liebling, das war bestimmt nur wieder so ein Traum, wie der von dem schwarzen Hund.«

»Nein«, versicherte Harvey und lugte ängstlich unter der Decke hervor. »Ich bin aufgewacht, weil er an mein Fenster geklopft hat, immer wieder.«

»Er soll an dein Fenster geklopft haben? Aber das kann nicht sein.«

»Doch«, beharrte er und klammerte sich noch fester an sie.

»Schatz, wir sind hier im ersten Stock. Er müsste fliegen können, um an dein Fenster zu klopfen.«

»Er hat es aber getan. Wirklich!«

Sie strich ihm zärtlich das schweißfeuchte Haar aus der Stirn. »Also gut, lass uns rübergehen und nachsehen, dann wirst du mir glauben, dass es nur ein böser Traum gewesen ist.«

Harveys Augen weiteten sich. »Nein, lieber nicht! Vielleicht ist er noch da.«

Nun begann Sarah sich Sorgen zu machen. Zwar war sie gewohnt, dass hin und wieder die Fantasie mit Harvey durchging, wie bei allen Kindern seines Alters, und er hatte auch schon häufiger Albträume gehabt – erst vor einigen Wochen hatte er steif und fest behauptet, nachts einen großen schwarzen Hund in der Küche gesehen zu haben –, aber diesmal klang er anders als sonst.

Ängstlicher.

Überzeugter.

Sie sah die Furcht in den Augen ihres Sohnes und überspielte ihre Beunruhigung mit einem Lächeln.

»Also, mein Schatz, pass auf, wenn da wirklich ein Mann ist, werde ich ihn verjagen. Schließlich haben fremde Männer nichts in unserem Garten verloren. Und erst recht dürfen sie nicht an dein Fenster klopfen, wenn du schlafen sollst.«

»Du willst ihn verjagen? Ganz allein?«

»Sicher.« Sarah schlug die Decke zurück und stand auf. »Traust du mir das nicht zu?«

»Aber er ist groß. Mindestens so groß wie Dad.«

Sie streifte ihren Morgenmantel über und stemmte die Hände in die Hüften. Dann warf sie mit einer bühnenreifen Geste ihr langes blondes Haar zurück und sprach mit verstellter Stimme, die sich nach dem Riesen aus Harveys Lieblingsmärchen »Jack und die Bohnenranke« anhören sollte. »Na, dann warte mal ab, wie der sich aus dem Staub macht, wenn er deine riesenhafte Mum sieht. Sonst zermahle ich seine Knochen und mache daraus Brot. Fee! Fie! Foe! Fum!«

Sie hatte ihm diese Geschichte schon unzählige Male vorgelesen, und an dieser Stelle hatte Harvey immer gelacht, aber jetzt blieb er ernst.

Hatte er vielleicht doch jemanden gesehen?

Unsinn, schalt sie sich. *Er hat nur wieder schlecht geträumt, das ist alles.*

Doch als sie auf den dunklen Gang hinaustrat, war ihr selbst ein wenig mulmig zumute. Und dann hörte auch sie das Klopfen.

Sie blieb abrupt stehen und musste schlucken.

Kein Wunder, dass der Junge sich davor fürchtete. Es klang unheimlich.

Wie Fingernägel auf Glas.

5.

Es lag nun etwa ein Jahr zurück, dass ein mysteriöser Mann in Northumberland für Schlagzeilen gesorgt hatte. Immer wieder war er an verschiedenen Orten aufgetaucht und hatte Kinder erschreckt. Er sprang aus Hausecken und Seitengassen und verfolgte sie mit Gebrüll und irrem Gelächter, ehe er wieder verschwand.

Mehr tat er nicht, aber es genügte völlig, um die ganze Grafschaft in Angst und Schrecken zu versetzen. Beinahe täglich gab es neue Meldungen aus Newcastle, Rochester,

Bamburgh, Corbridge, Warkworth und etlichen anderen Orten.

Die meisten dieser Vorfälle ereigneten sich am helllichten Tag, wenn die Kinder zur Schule gingen oder auf dem Nachhauseweg waren. Nur in zwei Fällen war der unheimliche Mann auch abends in Erscheinung getreten – aber dennoch gab es außer den Kindern selbst keine Zeugen. Jedes Mal verschwand der Mann, der von den Kindern als groß und sehr dürr und hässlich beschrieben wurde, auf ebenso geheimnisvolle Weise, wie er erschienen war.

Da sich die Vorfälle über die gesamte Region erstreckten und keinem Muster zu folgen schienen, gestaltete sich die Suche schwierig. In Anlehnung an die Legenden über schottische Quälgeister titulierte ein Journalist den Unbekannten deswegen als »Bogle« und fügte seinem Artikel die scherzhafte Bemerkung hinzu, dieses Gespenst habe sich wohl über die schottische Grenze verirrt.

Und dann endeten die Vorfälle ebenso plötzlich, wie sie begonnen hatten. Als ob der Bogle die Gerüchte, er sei tatsächlich eine Spukgestalt, bestätigen wollte.

Bald darauf gab es Vermutungen, es habe sich um einen gewissen Colin Atwood gehandelt, der zwei Wochen nach dem letzten Bogle-Vorfall tot in seiner Wohnung aufgefunden worden war.

Vieles sprach dafür, denn Atwoods Aussehen entsprach durchaus den Beschreibungen der kindlichen Zeugen, und er hatte in seiner Wohnsiedlung auch nie einen Hehl daraus gemacht, dass er Kinder nicht ausstehen konnte. Außerdem hielten ihn die meisten seiner Nachbarn für geisteskrank. Dies bestätigte sich, als man Atwoods bereits stark verweste Leiche gefunden und die verwahrloste Wohnung auf

Spuren eines möglichen Verbrechens untersucht hatte. Dabei waren die Ermittler auf eine makabre Sammlung toter Mäuse, Ratten und Vögel gestoßen, die Atwood im Kühlschrank aufbewahrt hatte. Jeder Kadaver war in ein Stück Wachspapier eingewickelt, auf das er mit einem Filzstift »Lasset die Kindlein zu mir kommen« geschrieben hatte.

Dennoch wollten sich die Ermittler nicht auf Atwood festlegen, da er für einige der Vorfälle ein Alibi hatte, wie sich herausstellte. Es gab zuverlässige Augenzeugen, die ihn in drei Fällen zur Tatzeit in einer Suppenküche unweit seiner Wohnung gesehen haben wollten.

Aber als der Bogle nicht mehr auftauchte, legte man den Fall zu den Akten. Die Kinder, die den Mann gesehen hatten, wurden nicht weiter befragt. Aufgrund des Zustands von Atwoods Leiche und da es kein einziges brauchbares Foto von ihm zu Lebzeiten gab, hatte man ihnen die Bilder des Toten ersparen wollen.

So war bis zum heutigen Tag ungeklärt geblieben, wer der mysteriöse Kinderschreck tatsächlich gewesen war, und während Sarah sich nun Harveys Zimmer näherte und das merkwürdige Klopfen hörte, fragte sie sich, ob der Bogle vielleicht doch noch am Leben war.

Vielleicht war er jetzt nach Forest Hill gekommen.

6.

Das Kinderzimmer befand sich am anderen Ende des Gangs. Harvey hatte die Tür halb offen stehen lassen, und Sarahs Herz pochte heftig, während sie darauf zuging.

Dieses Klopfen am Fenster. Es klang so seltsam, so drängend. Als ob tatsächlich jemand voller Ungeduld mit den Fingernägeln gegen die Scheibe trommelte.

Aber das konnte nicht sein. Es war gänzlich unmöglich, dass jemand dort draußen war. Die Fassade hatte keine Vorsprünge, an denen man hochklettern konnte. Er hätte eine Leiter mitbringen müssen.

Obwohl … nicht unbedingt, kam es ihr in den Sinn. *Stephen bewahrt unsere Leiter in dem kleinen Geräteschuppen hinter dem Carport auf. Vielleicht hat er vergessen, den Schuppen abzuschließen?*

Da war sie wieder, ihre stetige Begleiterin, die ihr frostig in den Nacken blies. Diesmal ließ sie sich nicht so einfach abschütteln wie vorhin. Trotzdem nahm Sarah sich zusammen und ging weiter.

Ich muss da hinein. Wegen Harvey.

Gerade als sie das Zimmer erreicht hatte, hörte das Klopfen auf.

»Mummy, bleib hier«, hörte sie Harvey flüstern, der ihr nachgeschlichen war. »Vielleicht kann er ja doch fliegen.«

Auch wenn es ihr schwerfiel, lächelte sie ihm zu. »Du wartest hier, versprochen?«

»Okay.«

Sie betrat das Kinderzimmer, sah zum dunklen Fenster und tastete nach dem Lichtschalter.

Fast schon erwartete sie die hässliche Fratze eines Verrückten zu sehen, der zu ihr hereingrinste, dann fand sie den Schalter und musste geblendet blinzeln. Beinahe gleichzeitig begann das Trommeln wieder, und dann sah sie es.

Sarah ging zum Fenster und atmete erleichtert auf.

Na also, keine langen dürren Finger. Kein Bogle, und auch sonst niemand.

Hinter ihrer eigenen Reflexion erkannte sie den dürren Ast, den der Wind von der großen Eibe vor Harveys Fenster abgebrochen hatte. Nun hing er an einem schmalen Stück Rinde vom Stamm. In der Dunkelheit ähnelte er tatsächlich einem gespenstischen Arm, der an einem letzten Sehnenstrang baumelte. Er schaukelte im Wind hin und her, und die Spitzen der Zweige klopften wie Totenfinger gegen die Scheibe.

»Es ist nur ein abgebrochener Ast, Schatz«, sagte sie in Harveys Richtung und winkte ihm aufmunternd zu. »Komm her und sieh es dir selbst an. Das war der Wind. Sobald dein Vater wieder zu Hause ist, muss er unbedingt den Baum zurückstutzen, ehe noch etwas passiert. Das wollte er schon längst getan haben.«

Doch Harvey schien ihre Erleichterung nicht zu teilen. Er blieb, wo er war, und schüttelte den Kopf. »Und was ist mit dem Mann im Garten?«

Sarah schaute aus dem Fenster. Durch die hohe Hecke fiel kaum Licht, sodass der Garten auf der Rückseite des Hauses fast völlig im Dunkeln lag.

Sie hielt nach einem Schatten, einem Busch oder Baum Ausschau, der den Umrissen eines Mannes ähnelte, doch da war nichts. Selbst mit viel Fantasie ließ sich nichts auch nur annähernd Verdächtiges ausmachen.

»Schatz, da ist niemand.«

»Aber da *war* einer.«

Sarah ging zu ihrem Sohn und nahm ihn in die Arme. »Das glaube ich dir, aber jetzt ist er weg. Du musst dich nicht mehr fürchten.«

»Und wenn er wieder zurückkommt?«

»Das wird er nicht wagen. Er hat das Licht in deinem Fenster gesehen und ist bestimmt erschrocken.«

»Glaubst du?«

»Ganz sicher.«

Für einen Moment sah Harvey zum Fenster, dann schaute er wieder zu seiner Mutter auf. »Kann ich trotzdem heute Nacht bei dir schlafen?«

Es war ein Blick, zu dem keine Mutter auf der Welt hätte Nein sagen können.

7.

Wenig später war Harvey tief und fest eingeschlafen. Anfangs hatte er sich noch an Sarah geschmiegt, doch nun lag er auf Stephens Seite des Bettes und hatte Arme und Beine weit von sich gestreckt.

Im Dunkeln hörte Sarah seine gleichmäßigen Atemzüge. Falls Harvey wieder träumte, musste es diesmal etwas Angenehmes sein. Kein unheimlicher Mann, der zu seinem Fenster hochflog und ihn aus dem Schlaf klopfte.

Das ist der Unterschied zwischen der Angst eines Kindes und der eines Erwachsenen, dachte sie, während sie weiter schlaflos dem Wind lauschte. *Kinder fürchten sich vor irrationalen Dingen, vor unheimlichen fliegenden Männern und Monstern im Kleiderschrank, und dann schlafen sie wieder ein, weil sie ihren Eltern glauben, dass sie sie vor dem Bösen in der Welt beschützen werden. Kinder wissen noch nicht viel von den wahren Schreckgestal-*

ten, die jenseits der dunklen Fensterscheibe auf sie lauern. Von den Ängsten, die weitaus komplexer sind als jeder schwarze Mann und jedes noch so grässliche Monster. Denn sie haben kein *Gesicht,* keine *Gestalt, sosehr man auch versucht, sie beim Namen zu nennen.*

So war es auch vorhin wieder mit ihrer eigenen Angst gewesen. Denn wenn sie ehrlich mit sich war, hatte sie sich nicht nur vor dem Bogle gefürchtet. Vielmehr war es die Angst gewesen, Harvey nicht vor ihm *beschützen* zu können.

Die Angst, allein mit dieser Situation konfrontiert zu sein.

Die Angst vor dem Vertrauen ihres kleinen Sohnes.

Die Angst, zu versagen.

Es war dieselbe Angst, die es ihr nach ihrer Beförderung unmöglich gemacht hatte, die Tür zu ihrem Büro zu öffnen. Oder die sie befallen hatte, wenn sie vor einem größeren Kreis von Kollegen sprechen musste.

Woher diese Angst kam, war ihr schleierhaft. Sie hatte noch nie versagt, im Gegenteil. Bis zu ihrer Kündigung hatte sie auf eine erfolgreiche Karriere zurückblicken können. Alles war so verlaufen, wie sie es geplant hatte. Fast zu ihrer eigenen Verwunderung, denn während ihrer Schulzeit hatte es eine Menge Probleme zu Hause gegeben. Ein alkoholkranker Vater und eine depressive Mutter waren nicht gerade die Pole-Position für den Start in ein erfolgreiches Berufsleben.

Doch Sarahs Ehrgeiz war groß gewesen. Angefacht vom Wunsch, das tägliche Drama ihrer Eltern so schnell wie möglich hinter sich zu lassen, hatte sie sich zur Einserschülerin hochgearbeitet, was ihr schließlich ein Stipendium in Oxford eingebracht hatte. Während des Studiums hatte sie Stephen kennengelernt, und auch wenn es noch Jahre gedauert hatte, ehe sie sich schließlich das Ja-Wort gegeben hatten, war ihr klar gewesen, dass sie den Rest ihres Lebens mit ihm verbringen wollte.

Ein Ziel, ein Plan. Das war stets ihr Motto gewesen.

Ja, bisher hatte sie alles erreicht, was man erreichen konnte: Sie hatte eine glückliche Beziehung, ein gesundes Kind, dem es an nichts mangelte, und einen Beruf, der sie erfüllte. Gleich nach dem Studium hatte sie einen Job als Redaktionsassistentin in einem auflagenstarken Modemagazin bekommen, war dann in die Buchbranche gewechselt und am Ende bis zur Cheflektorin der Belletristikabteilung eines namhaften Verlagshauses aufgestiegen.

Und dann, wie aus heiterem Himmel, hatte die Angst sie angefallen und sich in ihr festgebissen wie ein Raubtier. Eine Phobie, die ohne Gestalt und ohne Gesicht war, die jedoch eine Stimme hatte. Eine Stimme, die ihr zuflüsterte: *Du wirst versagen. Irgendwann wirst du versagen, und dann wird dein Kartenhaus zusammenbrechen. Es wird das Ende deiner heilen Welt sein. Deine ganz persönliche Apokalypse.*

Allein diese innere Stimme zu hören, war schon verrückt genug. Aber noch verrückter war, dass sie ihr *glaubte*, aus welchem Grund auch immer.

Denn irgendeinen Grund musste es schließlich für ihre Angst geben. Niemand fürchtete sich einfach nur so.

Das Brummen eines Motors holte sie aus ihren Gedanken zurück. Ein Wagen näherte sich dem Haus und ließ einen Lichtstreifen über die Schlafzimmerdecke wandern.

Das Licht verharrte, das Motorbrummen verstummte, und es wurde wieder Nacht.

Sarah runzelte die Stirn. Das Licht von Scheinwerfern konnte man vom Schlafzimmer aus nur sehen, wenn ein Auto direkt auf die Zufahrt zum Carport fuhr.

Wer hält mitten in der Nacht vor unserem Haus?

Sie hatte den Gedanken kaum zu Ende gedacht, als sie das gedämpfte Schlagen einer Autotür vernahm – so als bemühte sich der Fahrer, so wenig Lärm wie möglich zu machen, um keinen der Anwohner zu wecken.

Es war ein merkwürdig vertrautes Geräusch, dem ein noch vertrauteres folgte.

Seit einigen Wochen gab der Kofferraumdeckel ihres Mercedes beim Öffnen ein unangenehmes Quietschen von sich. Stephen hatte den Wagen in die Werkstatt bringen wollen, nachdem seine Versuche, dem Problem mit Schmierfett und Kriechöl Herr zu werden, gescheitert waren. Aber er hatte es ebenso vor sich hergeschoben wie das Zurückschneiden des Baumes vor Harveys Fenster.

Aber warum kam Stephen schon wieder zurück? Er war doch erst am Nachmittag losgefahren.

Sie setzte sich im Bett auf und lauschte in die Stille, ob sie sich nicht vielleicht doch getäuscht hatte. Harvey schlief noch immer seelenruhig neben ihr.

Dann hörte sie leise Schritte, die sich über den gepflasterten Weg vom Carport dem Haus näherten, und gleich darauf den Schlüssel, der sich im Türschloss drehte. Jedes dieser Geräusche war ihr vertraut, vom Klang seiner Schritte bis hin zu der vorsichtigen Art, mit der er die Haustür hinter sich schloss, wenn er spät nach Hause kam und er wusste, dass Harvey und sie bereits schliefen. Und falls Sarah doch noch Zweifel gehegt hätte, wären sie spätestens beim Klappern seines Schlüsselbunds auf der Flurkommode ausgeräumt. Stephen legte seine Schlüssel nie in die Schlüsselschale, ganz gleich, wie oft Sarah ihn auch darum bat – sondern immer daneben. Im Gegensatz zu ihr, war es um seine Ordnungsliebe nicht besonders gut bestellt.

Etwas musste mit seinem neuen Kunden schiefgelaufen sein. Schließlich war er davon ausgegangen, dass er frühestens in drei Tagen wieder zurück sein würde.

Vorsichtig schlug sie die Bettdecke beiseite, sah noch einmal zu ihrem schlafenden Sohn und schlich dann auf Zehenspitzen in den Gang, um Harvey nicht zu wecken.

Von unten drang das klimpernde Geräusch der Flaschen in der Kühlschranktür zu ihr herauf. Ebenfalls ein höchst vertrautes Geräusch. Der kleine Imbiss gehörte zu den festen Ritualen ihres Mannes, wenn er nach einer langen Fahrt nach Hause kam.

Sarah beschloss, Stephen bei einem Glas Milch Gesellschaft zu leisten, damit er ihr erzählen konnte, was geschehen war.

Leise stieg sie die Treppe hinunter.

Den Bogle hatte sie längst wieder vergessen.

8.

Der untere Flur war dunkel. Wie immer hatte Stephen kein Licht gemacht, um niemanden zu wecken, falls eine der oberen Schlafzimmertüren offen stand – und Harveys

Zimmertür stand in letzter Zeit häufiger offen, seit er von dem schwarzen Riesenhund geträumt hatte –, aber es fiel ausreichend Straßenlicht durch das Gangfenster.

Als Sarah den Fuß der Treppe erreicht hatte, erkannte sie Stephens Koffer vor der Flurkommode und seinen gefalteten Mantel, den er darübergelegt hatte.

Aus der Küche drang ein schmaler Lichtstreifen auf den Parkettboden. Sie ging darauf zu und rieb sich müde übers Gesicht. Ihr fehlte Schlaf, aber den würde sie jetzt wohl endlich bekommen, da Stephen wieder zu Hause war. Stephens Gegenwart hatte eine beruhigende Wirkung auf sie. Er gab ihr ein sicheres Gefühl, auch wenn sie das ihm gegenüber verschwieg, weil es sich in ihren Ohren kindisch anhörte.

»Stephen?« Sie dämpfte ihre Stimme, da das Treppenhaus recht hellhörig war. »Warum bist du schon wieder zurück?«

Der Lichtstreifen kam vom halb geöffneten Kühlschrank. Stephen stand hinter der Tür, sodass sie nur seine Beine sah. Wie immer inspizierte er zuerst die Lebensmittel, ehe er sich für etwas entschied.

Und da auf einmal begann Sarahs Herz wieder zu rasen.

Diese Beine, schoss es ihr durch den Kopf, und sie spürte etwas Eiskaltes, das ihre Wirbelsäule entlangkroch. *Was ist mit Stephens Beinen los?*

Dieser scheinbar irrationale Gedanke kam ihr so plötzlich, dass sie zunächst nicht verstand, warum eine derart heftige Beunruhigung damit einherging. Doch gerade als ihr klar wurde, dass diese Beine viel zu dünn und zu lang für Stephens Anzughose waren, sodass sie seine braunen Socken zwischen Hosensaum und Schuhen erkennen konnte, trat er einen Schritt zurück, und Sarah versteinerte vor Schreck.

Es war nicht Stephen. Der Mann hatte sich wie Stephen *angehört*, er hatte sich wie Stephen *bewegt*, er trug Stephens Anzug, hatte Stephens Koffer und Mantel bei sich und Stephens Schlüsselbund benutzt, aber er *war* nicht Stephen.

Vor Entsetzen wie gelähmt starrte sie ihn an. Der Unbekannte war größer als ihr Mann, er musste ihn um mindestens einen Kopf überragen. Er war hager, als ob er lange Zeit gehungert hätte, doch das ließ ihn nicht weniger bedrohlich erscheinen. Im Gegenteil, trotz seiner krankhaft dürren Statur machte er einen auf absurde Weise kräftigen Eindruck.

Sarah fielen drei Worte ein.

Groß. Sehnig. Schnell.

Am meisten jedoch erschreckte sie sein Gesicht.

Nein, das ist kein Gesicht, dachte sie entsetzt. *Es ist eine Fratze. O Gott!*

Die Züge des Eindringlings waren von zahllosen Brandnarben entstellt, die im fahlen Licht des noch immer geöffneten Kühlschranks wie eine Maske wirkten. Eine Maske, die man vielleicht zu Halloween trug und bei der man sicher sein konnte, dass man damit Leute auf der Straße erschrecken würde.

Doch dieses entstellte Gesicht, das sie unter den dichten blonden Stoppelhaaren ansah, mit all den rötlichen Erhebungen, die einer makabren topografischen Karte glichen, war nicht aus Latex oder Plastik. Es war keine Maske. Es war aus Fleisch und Blut.

Und dann verzog sich diese Fratze zu einem Lächeln.

»Hallo, Liebling.«

Seine Stimme klang tiefer als die von Stephen, und sie hörte sich irgendwie knarrend an, als sei nicht nur sein Gesicht, sondern auch seine Stimmbänder voller Narben.

»Haben wir noch etwas von der Mortadella übrig?«

Ihr Blick fiel auf seine Hand mit dem Teller, auf dem zwei Brotscheiben, eine kleine Portion Mixed Pickles und ein Messer lagen. Ihr schärfstes Küchenmesser, mit dem man sich leicht in den Finger schneiden konnte, wenn man nicht aufpasste. Das hatte sie selbst schon schmerzlich erfahren müssen.

Das ist nur ein Traum. Es muss *ein Traum sein! Harvey hat neulich in der Küche einen schwarzen Hund gesehen, und ich sehe jetzt in der Küche diesen Mann. Bestimmt werde ich gleich aufwachen. Ja, so wird es sein.*

»Du bist so blass. Ist alles in Ordnung mit dir?«

Die Albtraumversion ihres Mannes musterte sie aufmerksam, und Sarah wurde klar, dass sie nicht träumte. Wem immer sie gerade auch begegnete, es gab ihn wirklich. Er stand leibhaftig vor ihr. Sie roch den Essig der Pickles tatsächlich, spürte die Kälte aus dem Eisschrank, sah den Narbenmann – und das Messer auf dem Teller.

»Wer sind Sie?«

Ihre Stimme war belegt, kaum mehr als ein heiseres Flüstern.

»Schade.« Er zuckte mit den Schultern, stellte den Teller auf der Arbeitsfläche neben der Butterdose ab und nahm das Messer in die Hand. »Ich musste während der ganzen Fahrt an die Mortadella denken.«

»Wer, zum Teufel, sind Sie?«

Er ging nicht auf ihre Frage ein. »Hast du gesehen?«,

fuhr er ungerührt fort. »Ich habe dir Blumen mitgebracht.« Er deutete mit der Klinge zum Küchentisch, wo in einer bauchigen Glasvase tatsächlich ein frischer Blumenstrauß stand. »Und sei mir nicht böse, aber ich habe Harvey nun doch die Spielkonsole gekauft. Ich weiß, du bist dagegen, aber er wünscht sie sich doch so sehr. Wir sollten sie ihm zu Weihnachten schenken.«

Sarah spürte, dass sie kurz davor stand, in Panik zu verfallen, und es kostete sie immense Kraft, sich zusammenzureißen.

»Was wollen Sie?« Ihre Stimme zitterte. »Geld? Wir haben nicht viel Geld im Hause.«

»Möchtest du auch ein Sandwich?«

Er öffnete die Butterdose und bestrich die Brotscheiben. Sarah starrte auf seine Hände, die ebenso narbig wie sein Gesicht waren, und überlegte fieberhaft, was sie nur tun sollte.

»Bitte«, flüsterte sie, »gehen Sie wieder.«

Er hob den Kopf und sah sie an. »Ich habe dir schon lange keine Blumen mehr geschenkt. Das tut mir leid. Überhaupt tut mir vieles leid. Ich habe mir kaum noch Zeit für euch genommen und immer nur an die Arbeit gedacht. Aber das soll sich ab sofort ändern.«

Sarah ballte die Hände zu Fäusten und versuchte verzweifelt, ihre Gedanken zu ordnen, die wie ein aufgeschreckter Vogelschwarm durch ihren Kopf flatterten.

Nein, dieser Mann würde nicht auf ihr Flehen und Betteln eingehen. Er würde das Haus nicht verlassen, ganz gleich, was sie ihm dafür anbot.

Sie stand einem Verrückten gegenüber – einem Verrückten, der Stephens Kleider trug, auch wenn sie ihm viel zu klein waren, und der sich gerade Buttersandwiches mit ihrem schärfsten Küchenmesser strich.

»Wo ist mein Mann? Warum tragen Sie seine Sachen? Was haben Sie ihm angetan?«

»Ich kann verstehen, dass du mir das nicht glauben wirst«, sagte er und teilte die Brotscheiben in Dreieckshälften, »aber ich bin fest entschlossen, mich ab sofort zu ändern. Das bin ich Harvey und dir schuldig.«

Sarah fuhr sich mit der trockenen Zunge über die Lippen.

Er hält sich für Stephen, dachte sie. *Zumindest möchte er, dass ich das glaube. Ich darf ihn auf keinen Fall reizen. Er hat das Messer, und über uns schläft Harvey.*

Sie beschloss, auf sein Spiel einzugehen, um Zeit zu schinden. Zeit, um sich klar zu werden, was sie tun sollte.

»Die ... Mortadella haben wir aufgegessen«, sagte sie und rang bei jedem Wort um Beherrschung. »Aber es ist noch Truthahn übrig. Und Tiramisu. Das magst du doch so gern. Es ist von unserem Lieblingsitaliener.«

Nun legte er die Stirn in Falten, was sein maskenhaftes Narbengesicht noch hässlicher und unechter wirken ließ.

»Von ... Vittorio?« Er klang verwundert und ging nun zum ersten Mal in dieser höchst merkwürdigen Unterhaltung auf sie ein. »Der hat doch schon seit fast einem Jahr geschlossen.«

Sarah fuhr zusammen. Woher wusste er das?

»Ich ... ich meinte, es ist *fast* so gut wie das von Vittorio«, sagte sie und rang sich ein Lächeln ab.

»Na, dann sollte ich es wohl probieren.«

Er lächelte zurück und zwinkerte ihr zu, dann sah er wieder in den Kühlschrank.

Sarah schaute auf das Messer. Sie könnte die Hand jetzt packen, überlegte sie. Die Gelegenheit wäre günstig. Aber dann würde er sich wehren, und die Situation würde eskalieren.

»Mummy?«

Harveys Stimme vom oberen Ende der Treppe ließ sie zusammenfahren.

O Gott! Er darf auf keinen Fall herunterkommen!

Eilig trat sie einen Schritt auf den Flur hinaus, ohne dabei den Fremden aus den Augen zu lassen, der sich nun umdrehte und an ihr vorbei zur Treppe sah.

»Geh sofort zurück ins Bett, Schatz«, rief sie Harvey zu. »Ich bin gleich wieder bei dir.«

»Was machst du da unten?« Harvey klang verschlafen, aber wie immer war er neugierig.

»Ich trinke nur schnell einen Schluck Wasser, und dann komme ich wieder ins Bett. Leg dich schon mal hin.«

Für einen Moment war es still im Gang, und Sarah dachte voller Panik, was wohl geschehen würde, wenn Harvey nicht auf sie hörte und die Treppe herunterkäme.

Sie hielt unweigerlich den Atem an, und ihre Fingernägel gruben sich immer fester in ihre Handflächen.

Bitte, Schatz, flehte sie in Gedanken. *Geh zurück! Geh bitte zurück!*

»Okay, Mummy, aber komm bald, ja?«

Als gleich darauf seine patschenden nackten Füße zu hören waren und die Schlafzimmertür geschlossen wurde, fiel ihr ein Felsbrocken vom Herzen.

Der Unbekannte hatte ihre Unterhaltung reglos verfolgt, die Schüssel mit dem Tiramisu in der einen Hand, das Messer in der anderen.

»Träumt er immer noch diese wirren Sachen?«

Sarah hatte keine Ahnung, woher er all diese Dinge wusste, aber das war jetzt auch nicht wichtig. Sie musste Hilfe rufen, ohne Harvey dabei in Gefahr zu bringen.

»Ja.« Sie nickte. »Er hatte vorhin einen Albtraum. Ich sehe wohl besser mal nach ihm.«

»Das ist meine Schuld«, entgegnete der Unbekannte, und für einen Augenblick kam Sarah die abwegige Hoffnung, er habe soeben eingesehen, dass er sie und ihren Sohn erschreckt hatte und besser gehen sollte. Aber dann fügte er hinzu: »Wie gesagt, ich habe euch beide vernachlässigt. Ich war viel zu selten zu Hause. Kein Wunder, wenn unser Sohn schlechte Träume hat.«

Sein Blick war besorgt, und das irritierte Sarah am meisten. Dieser Mann sah sie an wie ein fürsorglicher Vater, der feststellte, dass er Fehler bei der Erziehung seines Kindes gemacht hatte. So wie Stephen sie angesehen hätte, wenn ihm diese Einsicht gekommen wäre.

Nein, dieser Mann würde nicht mehr gehen. Er hatte Stephens Platz eingenommen.

Was mochte er dem wahren Stephen angetan haben?

Sie verdrängte diesen Gedanken und konzentrierte sich auf die Gegenwart. Stephen konnte sie jetzt nicht helfen. Die Sicherheit ihres Sohnes war im Moment alles, was zählte. Es fiel ihr unendlich schwer, nicht zu schreien, und stattdessen weiter auf das schreckliche Spiel einzugehen.

»Iss erst einmal was«, sagte sie mit gepresster Stimme, die ganz nach der liebevollen Ehefrau klingen sollte. »Wir reden morgen früh über alles.«

»Gut, das werden wir.« Er schien zufrieden. »Geh ruhig schon hoch. Ich komme gleich nach.«

»In Ordnung. Guten Appetit.«

Sie zwang sich erneut zu einem Lächeln und ging auf den Flur. Dabei musste sie sich beherrschen, nicht die Treppe hochzustürmen, denn sie spürte noch immer seine Blicke im Nacken.

»Sarah?«

Sie blieb abrupt stehen, hielt den Atem an und sah sich langsam um.

Jetzt ist es so weit, durchfuhr es sie. *Er wollte mich nur in falscher Sicherheit wiegen. Jetzt wird er durchdrehen. Auf keinen Fall wird er mich zu Harvey gehen lassen.*

Alles in ihr war angespannt. Sie bereitete sich innerlich darauf vor, dass er sie nun angreifen würde und sie sich wehren musste.

Doch er tat nichts dergleichen. Er stand nur weiterhin in der Küche.

»Ich liebe euch, Sarah.«

Es klang auf erschreckende Weise aufrichtig.

Sarah verzog das Gesicht. Es hätte ein weiteres Lächeln werden sollen, doch es missglückte kläglich.

»Ja … natürlich. Das … das weiß ich doch.«

Sie schaute zur Haustür, die sich unmittelbar neben der Küche befand, und dann zur Treppe. Die Versuchung, blindlings loszurennen und Hilfe zu holen, war groß. Aber Harvey wartete oben im Schlafzimmer.

»Das Tiramisu sieht übrigens großartig aus.«

Er deutete mit dem Messer auf die Schüssel. Das Licht des Kühlschranks spiegelte sich in der Klinge.

»J-ja«, stammelte sie. »Lass es dir schmecken.«

»Werde ich. Und dann schlafen wir drei mal so richtig lange aus.«

Wieder zwinkerte er ihr zu, und die Art, wie er sie dabei musterte, ließ sie schaudern.

»Ja«, stieß sie hervor. »Gute Idee.«

»Also bis gleich.«

Mit diesen Worten wandte er sich ab, schloss den Kühlschrank und setzte sich im Dunkeln an den Tisch, um zu essen.

Sarah sah ihm fassungslos zu. Zuerst konnte sie gar nicht glauben, dass er sie tatsächlich gehen ließ, aber dann nutzte sie ihre Chance. Sie nahm das Telefon aus der Ladestation, das neben Stephens Schlüsselbund auf der Flurkommode stand, und ging die Treppe hoch. Erst als sie sich außer Sichtweite des Wahnsinnigen wusste, begann sie zu rennen.

9.

So schnell sie konnte, eilte sie zum Schlafzimmer, schloss leise die Tür und lehnte sich heftig atmend dagegen.

Erst jetzt bemerkte sie, dass sie völlig durchgeschwitzt war. Ihr Nachthemd unter dem Morgenmantel klebte ihr am Leib, als habe sie darin eine Dusche genommen.

»Mummy?« Harvey saß im Bett und sah sie fragend an. »Was ist denn …«

Sarah unterbrach ihn mit einem schnellen Winken. »Pssst! Wir müssen ganz leise sein!«

»Aber …«

»Pssst«, machte sie wieder, lief zu ihm und schloss ihn in die Arme.

Harvey verstummte, aber nun waren seine Augen wieder so groß wie vorhin, als er ihr von dem Mann vor seinem Fenster erzählt hatte.

»Alles wird gut, Schatz«, flüsterte sie ihm zu und sah sich dabei hektisch um. »Aber sei leise, ja?«

In der Schlafzimmertür steckte kein Schlüssel. Wozu auch? Hier musste man vor niemandem abschließen. Deshalb hatte Stephen bei ihrem Einzug alle Türschlüssel eingesammelt – alle, bis auf den der Gästetoilette im Erdgeschoss –, weil es im Haus einer Familie keine Schlüssel brauchte, wie er sagte, und um zu vermeiden, dass sich ihr damals zweijähriger Sohn versehentlich in einem Raum einschloss.

Ich komme gleich nach, hallten die Worte des Unbekannten in ihrem Kopf wider. Er würde sein Buttersandwich essen, vielleicht auch den Rest Tiramisu, und dann würde er zu ihnen hochkommen.

Und er würde das Messer mitbringen, davon war sie überzeugt. Wie hatte er doch vorhin gesagt?

Und dann schlafen wir drei mal so richtig lange aus.

Dieses Zwinkern ... Sie wollte lieber nicht darüber nachdenken, wie dieser Satz gemeint war.

Fieberhaft überlegte sie, wo Stephen die Schlüssel deponiert hatte.

In einem Karton, ja, daran konnte sie sich noch erinnern. Aber wo war dieser verdammte Karton jetzt? Hier im Schlafzimmer? Vielleicht auf dem Schrank?

Sie hatte keine Zeit, danach zu suchen, selbst wenn der Unbekannte ein nur halb so schneller Esser wie ihr wirklicher Mann war.

Die Tudor-Kommode neben der Tür zum Elternbadezimmer war zu schwer, sie würde sie unmöglich vor die Schlafzimmertür schieben können. Außerdem würde der Eindringling das hören und sofort nach oben gelaufen kommen.

»Mummy«, flüsterte Harvey und begann zu zittern. »Der fliegende Mann. Ist er wieder da?«

Sie schluckte. Was sollte sie ihrem Sohn sagen?

»Es ist alles in Ordnung«, log sie. »Ich bin ja bei dir. Lass mich nur einen Moment nachdenken.«

Im selben Augenblick fiel ihr der Stuhl neben Stephens Seite des Wandschranks auf. Er war kaum noch zu erkennen unter dem Haufen von Kleidungsstücken, den ihr Mann kurz vor seiner Abreise hinterlassen hatte – in puncto »Was soll ich anziehen?« konnte er manchmal jedes Frauenklischee in den Schatten stellen –, aber der Stuhl war stabil, und man konnte die Tür damit blockieren.

Sanft, aber bestimmt schob sie Harvey von sich und setzte ihn zurück aufs Bett. Dann sprang sie auf, packte den Turm aus Hemden, Hosen und Pullovern, warf ihn achtlos zu Boden und lief mit dem Stuhl zur Tür.

Sie verkeilte die Lehne unter dem Türgriff und atmete tief durch.

Was für ein Glück, dass Stephen damals die Türdrücker mit den Langschildern durchgesetzt hat, dachte sie und musste ein hysterisches Kichern unterdrücken. *Ich wollte traditionelle Türknäufe, er den Klassizismus.*

Dennoch waren sie nicht in Sicherheit. Auch wenn beim Bau dieses Hauses nur solide Materialien verwendet worden waren, konnte niemand sagen, wie lange sie vor den Angriffen eines Einbrechers geschützt sein würden – erst recht nicht, wenn es sich um einen Verrückten handelte, der sicherlich alles daransetzen würde, zu ihnen zu gelangen.

»Mummy, du machst mir Angst!«

Harvey stand kurz davor zu weinen. Sie ließ sich zu ihrem Sohn aufs Bett fallen, drückte ihn an sich und wählte mit der anderen Hand die Notrufnummer. Doch statt der Ziffern erschien auf dem Display des Mobilteils ... nichts.

»Verdammt!«

Sie musste vor Aufregung zu sehr gezittert haben, also versuchte sie es erneut und drückte diesmal fester auf die Tasten. Doch das Display blieb weiterhin dunkel, und als sie die grüne Wählen-Taste betätigte, geschah wieder nichts. Und dann wurde ihr schlagartig klar, wie leicht sich das Telefon anfühlte. Vorhin, in der Aufregung, war es ihr nicht aufgefallen, aber jetzt spürte sie plötzlich den Unterschied überdeutlich.

»O nein!«

Sie ließ von Harvey ab, packte das Telefon mit beiden Händen und riss die Abdeckung von der Rückseite – verzweifelt hoffend, dass sie sich nur getäuscht hatte.

Doch sie hatte sich nicht getäuscht. Der Unbekannte hatte den Akku entnommen. Das Telefon war nun ebenso nutzlos wie ihr Handy, das wie immer in der Küche lag, keine zwei Meter von dem narbengesichtigen Eindringling entfernt.

Kein Wunder, dass dieser Wahnsinnige sie einfach hatte gehen lassen.

Sie saßen hier oben fest.

Also bis gleich.

10.

Es war so dunkel um ihn, dass er blinzeln musste, um sicher zu sein, dass er die Augen wirklich offen hatte.

Was ist mit mir geschehen?

Er fühlte sich benommen, und ihm war, als müsse er mit jedem einzelnen Gedanken durch dichten Nebel dringen.

Wo bin ich?

Sein gekrümmter Rücken schmerzte, und seine Arme fühlten sich pelzig und taub an. Ebenso seine Beine. Er wollte sich strecken, doch es ging nicht. Seine Füße drückten bereits gegen das Ende des Dunkels, wo immer er sich auch befand.

Ganz in seiner Nähe glaubte er, ein vorbeifahrendes Auto zu hören, doch es klang merkwürdig. Irgendwie gedämpft und blechern.

Er versuchte seine Umgebung zu betasten, doch auch das war unmöglich. Etwas hielt seine Hände zusammen.

Ein weiterer Gedanke schoss aus dem Nebel in seinem Kopf hervor.

Klebeband.

Dann: *Meine Hände.*

Dann: *Ich bin gefesselt!*

Aber nicht nur das. Allmählich dämmerte ihm, dass auch seine Beine zusammengebunden waren. Und als er den Mund öffnen wollte, spürte er auch dort das Ziehen eines Klebebandstreifens.

Ich bin gefesselt und geknebelt, wurde ihm klar, aber noch immer wollte sich der Nebel in seinem Kopf nicht lichten. Stattdessen drohte er erneut ohnmächtig zu werden – und wahrscheinlich wurde er es auch, denn als er die Augen mit aller Anstrengung wieder öffnete, hatte er den Eindruck, dass noch einmal Zeit verstrichen war.

Ihm war entsetzlich übel, und Schwindel ergriff ihn – so als wäre er gerade aus einem Jahrmarktskarussel gestiegen.

Nur dass er jetzt nicht stand, sondern irgendwo lag. Vielleicht in einer Kiste oder ...

In einem Sarg!

Bei diesem Gedanken musste er würgen. Hektisch wollte er nach dem Klebestreifen vor seinem Mund greifen, doch es ging nicht. Wo immer er sich auch befand, der Raum war viel zu eng, um sich darin zu bewegen.

Das Würgen kam wieder und wieder, aber er wusste, dass er dem Drang, sich zu übergeben, auf keinen Fall nachgeben durfte.

Das Klebeband! Wenn ich jetzt kotze, werde ich daran ersticken!

Er biss sich auf die Zunge, so fest es nur ging. Sofort füllte sich sein Mund mit kupfernem Blutgeschmack, aber der Schmerz zeigte Wirkung. Die Übelkeit verschwand, allerdings nur, um einem nicht minder schlimmen Gefühl Platz zu machen.

Denn mit der anschwellenden Panik löste sich zwar der Nebel in seinem Kopf auf, aber nun kehrte die Erinnerung an seine Klaustrophobie zurück. Seit ihn sein älterer Bruder als Vierjährigen über mehrere Stunden in eine Besenkammer eingesperrt hatte, konnte er enge, geschlossene Räume nicht mehr ertragen. In kleinen Räumen bekam er Schweißausbrüche, spätestens wenn die Tür geschlossen wurde. Deshalb mied er auch Aufzüge oder Fahrten in der überfüllten U-Bahn zur Rushhour wie die Pest.

Und dieses Mal war es weitaus schlimmer als ein enger

Fahrstuhl oder eine Besenkammer. Dort hätte er sich wenigstens noch bewegen können. Aber hier …

Ich muss hier raus! Ich muss hier raus, verdammt noch mal!

Er wand sich, drückte mit Füßen, Knien und Ellenbogen gegen die Wände seines entsetzlichen Gefängnisses, doch damit erreichte er gar nichts.

Und dann gewann die Panik endgültig die Oberhand. Er wollte schreien und versuchte mit aller Macht, den Mund aufzureißen, aber das Klebeband hielt seine Lippen unbarmherzig zusammen und erstickte seinen Schrei.

Sein Puls raste, drohte die Adern in seinen Schläfen zu sprengen, und sein Atem ging immer schneller. Bald schon tanzten leuchtend weiße Flecken vor seinen Augen.

Und dann verlor er erneut das Bewusstsein.

11.

Du wirst versagen.

Da war sie wieder, diese hässliche Stimme, und diesmal glaubte Sarah, ihr einen Namen geben zu können: *Überforderung.*

Sie stand inmitten des Schlafzimmers, hielt ihren kleinen Sohn fest, der sich verängstigt an sie klammerte, und war eine Gefangene in ihrem eigenen Haus.

Um sie herum herrschte bedrohliche Stille. Aus dem Erdgeschoss war kein Laut zu hören. Nicht einmal das Klappern von Geschirr.

Was, zur Hölle, tat der Kerl da unten? War er überhaupt noch in der Küche, oder hatte er sich bereits zu ihnen hochgeschlichen und wartete vor der Tür?

Das Messer, ich darf nicht an das Messer denken!

Sie fühlte sich wieder wie das kleine Mädchen von einst, wenn sie in ihrem Zimmer am Boden gekauert und dem Streit ihrer Eltern gelauscht hatte. Dem Brüllen ihres betrunkenen Vaters und dem leisen Schluchzen ihrer Mutter, die seinen Beschimpfungen nichts entgegenzusetzen vermochte. Damals hatte sie sich hilflos und ausgeliefert gefühlt. Was hätte sie auch tun können, klein und schwach, wie sie gewesen war?

Aber jetzt bin ich kein kleines Mädchen mehr, rief sie sich ins Bewusstsein. *Jetzt bin ich eine erwachsene Frau. Und ich bin die Mutter eines Kindes, das meine Hilfe braucht. Ich bin für Harvey verantwortlich.*

Satz für Satz sprach sie sich dies in Gedanken vor, und tatsächlich wurde die Stimme der Überforderung leiser und leiser. Sie verschwand nicht völlig, aber sie verlor genug von ihrer Macht, um ihrem Selbstvertrauen den notwendigen Platz einzuräumen.

Sie durfte nicht länger warten. Die verkeilte Tür würde sie beide nicht ewig vor diesem Verrückten schützen. Und solange er die Tür in Ruhe ließ, blieb ihr noch Zeit zu handeln.

Sie mussten sich in Sicherheit bringen und Hilfe holen. Aber wie? Das Schlafzimmer hatte nur ein Fenster, das angrenzende Bad keines. Es gab also nur diesen einen Fluchtweg.

Ich könnte das Fenster aufreißen und um Hilfe rufen.

Aber wäre das wirklich klug? Würde sie den Verrückten dadurch nicht nur reizen? Vielleicht würde er dann auf eine Weise reagieren, die er bis dahin gar nicht beabsichtigt hatte. Wer konnte schon sagen, was im Kopf eines Mannes vor sich ging, der in fremde Häuser eindrang, um dort mit einem Messer in der Hand »Familie« zu spielen?

Natürlich wäre es möglich, dass er es mit der Angst zu tun bekam und davonlief, aber darauf bauen konnte sie nicht. Erst recht nicht, nachdem sie vorhin sein Zwinkern gesehen hatte.

Vor allem aber war es mitten in der Nacht. Bis jemand sie hörte und reagierte, würde Zeit vergehen – wertvolle Zeit, in der dieser vernarbte Spinner sich Zutritt zum Schlafzimmer verschaffen konnte.

Außerdem war nicht gesagt, dass sie tatsächlich jemand hören würde – oder hören *wollte*. Erst vor einigen Wochen war nicht weit von hier ein Mädchen vergewaltigt worden. Sie war auf dem Nachhauseweg von einer Party gewesen, als sie von drei Kerlen an einer Bushaltestelle überwältigt worden war. Alle drei hatten sich an ihr vergangen, und sie hatte die ganze Zeit über geschrien – aber niemand war ihr zur Hilfe gekommen.

Die Wohngegend war sehr vornehm, machte was her, aber in Sachen Nachbarschaftshilfe war sie alles andere als preisverdächtig. Wenn die Kinder nicht zufällig im selben Sportclub waren oder denselben Klavierlehrer besuchten, war man hier lieber für sich.

Ihr Vater hatte immer gesagt: *Hilf dir selbst, dann hilft dir Gott.* In Forest Hill galt diese Devise auf jeden Fall. Einen entfernten Hilferuf konnte man ignorieren, aber wenn sie vor der Tür eines Nachbarn stünde, wäre es etwas anderes.

Die Spencers, dachte sie. Sie waren die nächsten Nachbarn.

Also lief sie zum Fenster und öffnete es so leise wie möglich. Harvey blieb dicht bei ihr, seine kleine Hand tief in den Stoff ihres Morgenmantels gekrallt. Er sah sie nur an und sagte kein Wort.

Eisiger Nachtwind wehte zu ihnen herein und zerrte an Sarahs Haaren, als sie sich nach vorn beugte, in den Garten hinunterschaute und versuchte, die Höhe abzuschätzen. Da der Rasen auf dieser Seite abschüssig war, mussten es etwa vier bis viereinhalb, wenn nicht gar fünf Meter sein, und die Wand bot nirgendwo einen Vorsprung. Nichts, an dem man sich festhalten konnte.

Zu hoch. Es ist viel zu hoch. Wir werden uns sämtliche Knochen brechen.

Eine längst vergessen geglaubte Erinnerung kam ihr in den Sinn. Sie und Mark, der Nachbarjunge aus ihrer Kindheit, beim Spielen im Garten seiner Eltern. Der alte Kastanienbaum, in dem sie herumgeklettert waren. Mark war ein guter Kletterer gewesen, aber einmal war er danebengetreten und gestürzt. Er hatte sich ein Bein gebrochen, und Sarah hatte ihm einen Smiley auf den Gipsverband gemalt. Damals waren sie etwa in Harveys Alter gewesen, aber sie erinnerte sich noch gut an die Worte seiner Mutter: *Der Junge hat riesiges Glück gehabt. Das waren mindestens vier Meter. Er hätte sich das Genick brechen können.*

Sie schrak aus ihren Überlegungen, als sie hinter sich das entfernte Klappern von Geschirr in der Küche hörte. Auch Harvey zuckte zusammen und sah sie aus großen angsterfüllten Augen an.

»Das Bett«, flüsterte sie ihm zu. »Komm, Schatz, du musst mir helfen!«

Sie lief zurück zum Bett, warf Decken, Kissen und Laken beiseite und hob die Matratzen an.

Harvey verstand, was sie vorhatte, und half ihr, eine der Matratzen zum Fenster zu ziehen. Dort lehnten sie sie auf die Fensterbank und kippten sie vorsichtig. Sarah versuchte so gut wie möglich die Fallrichtung abzuschätzen. Dann gab sie ihr einen Stoß.

Der Wind drückte die Matratze im Fallen gegen die Hauswand, und als sie auf dem Boden aufkam, sah es für einen Augenblick so aus, als würde sie aufrecht stehen bleiben. Doch schließlich kippte sie um und blieb etwa einen halben Meter vom Haus entfernt am Hang liegen.

Sarah biss sich auf die Unterlippe. Was sie vorhatte, war der blanke Irrsinn, aber was blieb ihr anderes übrig?

Nicht darüber nachdenken!, rief ihr eine innere Stimme zu – diesmal die ihres Selbstbewusstseins – und feuerte sie an, weiterzumachen.

»Okay, und jetzt die zweite!«

Sie zerrten auch die andere Matratze zum Fenster, und gerade, als sie sie auf die Bank gestellt hatten, rüttelte jemand am Türgriff. Die Klinke gab nur wenige Millimeter nach, ehe sie gegen die Stuhllehne schlug. Gleich darauf klopfte es.

»Sarah? Harvey? Was habt ihr mit der Tür gemacht?«

Harvey starrte auf die Tür und drückte sich mit dem Rücken gegen die Wand, als wollte er durch sie hindurch verschwinden. Dabei kam ein leises Wimmern über seine Lippen, das Sarah noch mehr frösteln ließ als der kalte Wind, der sie durch das Fenster anwehte.

»Kommt schon, macht auf«, sagte die Stimme des Narbenmannes auf dem Flur.

Er klang auf unheimliche Weise freundlich, fand Sarah, fast schon vertrauenerweckend, wäre da nicht dieser bestimmende Unterton gewesen.

Sie verlor keine weitere Sekunde und ließ auch die zweite Matratze in den Garten fallen. Doch diesmal wurde sie von einer stärkeren Böe erfasst, und als sie zum Liegen kam, überlappte sie die andere Matratze nur wenige Zentimeter.

»Fuck!« Entsetzt umklammerte Sarah den Fensterrahmen. »Fuck, fuck, fuck!«

Er hätte sich das Genick brechen können, echote die Stimme ihrer einstigen Nachbarin in ihrem Kopf, gefolgt von Sarahs eigener Gedankenstimme: *Eine erwachsene Person könnte den Sprung unbeschadet überstehen. Jedenfalls* vielleicht. *Aber du willst doch nicht allen Ernstes deinen kleinen Sohn aus dem Fenster springen lassen? Ist dir klar, was passieren wird, wenn er dein provisorisches Sprungkissen dort unten verfehlt?*

Aber was war die Alternative? Harvey hier zurücklassen, wo der Kerl mit dem Messer ihn finden würde?

Niemals!

Und wenn er ihn nicht *findet?*, konterte die Gedankenstimme. *Du hast ihn hier drin auch schon einmal* nicht *gefunden, erinnerst du dich?*

Sie rieb sich den kalten Schweiß aus der Stirn und sah sich fieberhaft im Schlafzimmer um, während der Narbenmann erneut an der Türklinke rüttelte.

»Sarah, ich bitte euch, macht auf! Was habe ich dir denn getan?«

Nichts. Noch nicht, dachte sie. *Und du willst natürlich*

nur einmal richtig lange mit uns ausschlafen. Und dazu wirst du das gottverdammte Messer brauchen!

»Mummy«, flüsterte Harvey. Er war kreidebleich. »Er soll weggehen!«

Sie sah ihrem Sohn tief in die Augen, kämpfte gegen das Gefühl der Hilflosigkeit in sich an, das wieder die Oberhand zu gewinnen drohte, und dann traf sie die wohl schwerste Entscheidung ihres Lebens.

»Ich werde Hilfe holen«, flüsterte sie ihm zu. »Aber ich kann dich nicht mitnehmen.«

Harveys entsetzter Blick zerriss ihr beinahe das Herz, aber ihr blieb keine andere Wahl.

Wieder klopfte der Narbenmann gegen die Tür, diesmal heftiger.

»Sarah! Harvey! Verdammt, was soll das?«

Jetzt klang er wütend.

Sie nahm Harvey bei den Schultern und kniete sich vor ihn. »Hör zu, Schatz«, flüsterte sie und spürte sein Zittern. »Weißt du noch, wie du dich hier oben an Halloween versteckt hast?«

Er nickte heftig. »Jack in the box.«

»Genau.« Sie strich ihm durchs Haar. »Du hast Jack in the box gespielt. Wir hätten dich dort nie gefunden.«

Und das war nicht übertrieben. Harvey hatte seine Eltern zu Tode erschreckt. Nicht, weil er plötzlich aus dem Wäschekorb gesprungen war, als sie ihn im ganzen Haus gesucht hatten, sondern weil sie minutenlang wirklich davon überzeugt waren, er sei verschwunden.

Harvey sah zur Tür, an der jetzt wieder gerüttelt wurde, und plötzlich trat ein seltsamer Ausdruck auf sein Gesicht. Es war ein Ausdruck, der nicht zu einem Sechsjährigen passte, eher zu einem jungen Mann, der sich darüber klar wurde, was jetzt zu tun sei. Ein Ausdruck der Entschlossenheit.

Dann machte er kehrt und lief zum Wäschekorb im Badezimmer. Sarah folgte ihm und half ihm, in den Korb zu klettern, und als er sich dort zusammenkauerte, war da noch immer dieser entschlossene Blick, der sie schaudern ließ.

»Ich werde Hilfe holen«, flüsterte sie ihm zu, ehe sie ihn unter den Wäschestücken verbarg und den Deckel schloss.

Es kostete sie übermenschliche Überwindung, aber schließlich lief sie zum Fenster, warf auch die beiden Bettdecken und die Kissen zu den Matratzen und kletterte hinaus.

An den Fensterrahmen geklammert, galt ihr letzter Blick dem Wäschekorb in der Ecke des Badezimmers. Dann stieß sie sich mit den nackten Füßen von der rauen Hauswand ab.

Sie ruderte mit den Armen und traf mit den Füßen auf den Matratzen auf. Sie wurde zur Seite geschleudert, weiter den Abhang hinunter. Ein greller Schmerz schoss durch ihren linken Arm, als sie neben der Hecke zum Liegen kam, und sie biss sich auf die Unterlippe, um nicht laut aufzuschreien.

Mühsam richtete sie sich auf. Sie schüttelte sich, und als sie schließlich aufrecht stand, entwich ihr ein irres Kichern.

Da stand sie nun, in Nachthemd und Morgenmantel und mit einem vermutlich verstauchten Arm, aber sie hatte es geschafft. Sie war im Freien, und sie hatte sich nicht das Genick gebrochen.

Sie sah noch einmal kurz zum Fenster hoch, dann lief sie an der Hauswand entlang zur Zufahrt.

Bis zum Haus der Spencers waren es nur wenige Meter. Sie würde keine Minute brauchen. Aber zuerst musste sie am Carport mit Stephens Mercedes vorbei, und gleich daneben war die Haustür. Wenn der Narbenmann sie gehört hatte oder ahnte, was sie vorhatte, wäre ihm Zeit genug geblieben, zurück ins Erdgeschoss zu laufen und ihr hier aufzulauern.

Sicherlich hatte er noch immer das Messer, und ihr blieb jetzt nur noch ein Arm, um sich gegen ihn zu wehren, und …

Weiter!

Jetzt war die Stimme ihrer Überforderung völlig verstummt. Jetzt regierte nur noch ihr Selbsterhaltungstrieb, angespornt durch die Angst um Harvey.

Sie atmete tief durch, machte sich darauf gefasst, dass der Bewegungsmelder die Hofbeleuchtung aktivierte, und rannte los. Den gesunden Arm hielt sie vor sich angewinkelt. Wer immer sich ihr jetzt in den Weg stellte, würde von ihrer Wucht niedergeschlagen werden.

Augenblicklich sprang das Licht an und blendete sie, während sie mit blanken Füßen über den Asphalt lief.

12.

Harvey blieb mucksmäuschenstill. Zusammengerollt wie ein Igel kauerte er bewegungslos auf dem Boden des Wäschekorbs, in dem es nach dem Rattan der engmaschigen

Flechtwände, getragener Wäsche und dem Parfüm seiner Mutter roch.

Er bemühte sich, so flach wie möglich zu atmen, und stellte sich vor, dass er sich hier nur zum Spaß versteckte – so wie er sich an Halloween versteckt hatte, um seine Eltern zu erschrecken.

Er dachte daran, wie sich die Frankensteinmaske auf seinem Gesicht angefühlt hatte, dachte an ihren unangenehmen Latexgeruch und an seine Vorfreude, wenn er mit einem lauten »Buh«-Schrei den Korbdeckel wegstoßen und in die erschrockenen Gesichter von Mum und Dad sehen würde. Und er stellte sich vor, wie sie anschließend alle gelacht und sich umarmt hatten.

Tröstende Erinnerungen, die ihn von seiner Furcht ablenkten.

Das Poltern an der Tür hatte aufgehört, aber Harvey zitterte noch immer – nicht mehr so schlimm wie vorhin, als er die Angst in den Augen seiner Mutter gesehen hatte, aber es wollte auch nicht ganz aufhören.

Angespannt lauschte er.

Ob der Mann gegangen war?

Vielleicht hatte er ja aufgegeben?

Was war das überhaupt für ein Mann?

Was wollte er von ihnen?

Es war so unheimlich. Wie er mit ihnen durch die Tür gesprochen hatte … als ob er sie *kannte*. Und er hatte ihn beim Namen genannt.

Harvey.

Sein Herz machte einen Sprung, als es plötzlich wieder an der Tür polterte. Einmal, dann noch einmal, dann splitterte Holz, und etwas Schweres fiel zu Boden.

Der Stuhl! Er hat die Tür aufgebrochen und den Stuhl umgeworfen!

Er hörte Holz auf Holz schlagen. Die Tür, die aufgedrückt wurde und den Stuhl über den Teppichboden beiseiteschob.

Entsetzt rollte er sich noch mehr zusammen, so eng, dass er kaum noch atmen konnte.

Schritte näherten sich über den Teppich, leise und gedämpft. Sie kamen auf das Badezimmer zu, gingen an ihm vorbei und entfernten sich wieder.

Durch das Korbgeflecht sah er zwei dünne Schatten. Das mussten die Beine des Mannes sein. Er war zum Fenster gegangen und dort stehen geblieben.

Harvey hielt den Atem an. Er konnte hier drin kaum etwas sehen, nur die Lichtpunkte zwischen den Korbmaschen, aber er war sicher, dass der Mann nun aus dem Fenster sah.

Eine Weile geschah nichts, dann hörte er wieder die Schritte. Diesmal kamen sie direkt auf ihn zu.

Gleich darauf vernahm er das Klacken von Schuhsohlen auf dem Fliesenboden im Bad, und es wurde noch dunkler in seinem Versteck.

Harvey spürte, wie sich die feinen Härchen in seinem Nacken aufstellten.

Jetzt stand der Mann direkt vor ihm.

»Hallo, Harvey. Ich weiß, dass du da drin bist.«

Die Stimme des Mannes klang ruhig, beinahe sanft, und Harvey dachte, dass sich so wohl auch die Stimme des Wolfs vor dem Haus des dritten Schweinchens angehört haben musste. Nur dass Harveys Versteck nicht aus Backsteinen war …

»Keine Angst, Junge, ich werde dir nichts tun.«

Ja, sicher, dachte Harvey. *Das hat der böse Wolf auch gesagt.*

»Ich will, dass du deiner Mutter etwas von mir ausrichtest. Wirst du das für mich tun, Harvey?«

Harvey gab keinen Mucks von sich. Selbst wenn er gewollt hätte, wäre es ihm nicht möglich gewesen zu antworten. Er konnte ja kaum noch atmen.

»Sag ihr, dass es noch nicht vorbei ist. Sag ihr, dass ich gekommen bin, um ihr zu helfen, und dass ich wiederkommen werde. Tust du das für mich?«

Harvey starrte auf die dunkle Korbwand. Gleich würde der Mann sich zu ihm herunterbücken, den Deckel abnehmen und ...

»Du hast Angst, Harvey, nicht wahr? Du hast Angst vor mir, und das verstehe ich. Glaub mir, keiner weiß besser als ich, wie es ist, Angst zu haben. Vielleicht wirst du dich eines Tages an diesen Moment erinnern, und wenn du dann alt genug bist, wirst du begreifen, was ich gemeint habe. Vergiss nicht, was du deiner Mutter ausrichten sollst, ja? Es ist sehr wichtig, Harvey. *Sehr* wichtig!«

Dann wurde es schlagartig wieder hell, als hätte jemand einen Vorhang beiseitegezogen. Das Schlafzimmerlicht fiel wieder durch die Korbmaschen, und eilige Schritte verklangen im Treppenhaus.

Erst jetzt bemerkte Harvey die Nässe zwischen seinen Beinen.

Er hatte sich in die Hose gemacht.

13.

Eine halbe Stunde später saß Sarah auf der Wohnzimmercouch der Spencers und sah aus dem Fenster hinüber zu dem Blaulichtgewitter der beiden Streifenwagen.

Inzwischen hatte es zu regnen begonnen, schwere Tropfen, die sicher bald in Schnee übergehen würden. Durch die Spitzengardinen betrachtet wirkten ihr eigenes Haus und die hohe Hecke, die es umgab, irgendwie surreal. Wie die undeutliche Kulisse zu einem Film, der auf einer mit Orchideentöpfen und Staffordshire-Figuren verstellten Leinwand gezeigt wurde.

Aber es war nicht nur das Bild vor dem Fenster, ihre ganze Situation erschien ihr jetzt unrealistisch. Als wäre sie aus einem bösen Traum erwacht, nur um sich jetzt in einem noch viel schlimmeren Albtraum wiederzufinden.

Es war wie eine dieser Traum-im-Traum-Sequenzen, die sie das eine oder andere Mal in Manuskripten zu lesen bekommen hatte und jedes Mal mit dem Vermerk »unglaubwürdig« angestrichen hatte. Aber genau so fühlte sie sich jetzt. Ein Traum in einem Traum.

Nur das schmerzhafte Pochen ihres Arms, den sie provisorisch mit einem Seidenschal fixiert hatte, und Harveys heftige Umarmung überzeugten sie, dass dies die Realität war.

Mit ihrer gesunden Hand streichelte sie den Kopf ihres Sohnes und zog Mrs. Spencers Häkeldecke mit dem bunten Blumenmuster wieder hoch, die von seiner zitternden Schulter gerutscht war. Harvey fror. Er stand noch immer unter Schock. Er war bleich und hatte kein Wort mehr gesprochen, seit sie ihn zusammen mit den Polizisten aus seinem Versteck im Elternbadezimmer befreit hatte. Stattdessen hatte er sich an seine Mutter geklammert und sie mit leisem Wimmern hinaus ins Freie gezerrt – weg von ihrem Haus, das ihnen nun keine Sicherheit mehr bot. Nicht solange es noch irgendwo diesen unbekannten Eindringling gab, der jetzt spurlos verschwunden zu sein schien.

»Hier, ich habe Ihnen Tee gemacht.«

Fionuala Spencer stellte eine Tasse vor Sarah auf dem Couchtisch ab. Ihr Tonfall war um Höflichkeit bemüht, aber der Blick der alten Dame drückte etwas anderes aus. *Tut mir wirklich leid, was Ihnen zugestoßen ist, meine Liebe*, schienen ihre trüben Augen in dem hageren, faltigen Gesicht zu sagen, *aber mussten Sie deswegen ausgerechnet bei uns Sturm läuten? Sehen Sie denn nicht, was nun Ihretwegen hier los ist?*

Auch ihrem Mann Keith war der Umstand, dass sich seine Nachbarin mit ihrem vor Angst kreidebleichen Sohn samt der Polizei in seinem Haus aufhielten, alles andere als recht. Er gab sich erst gar keine Mühe, Mitleid mit Sarah zu heucheln. Seit er Sarah das Telefon gereicht hatte, um die Polizei zu rufen, saß der schmerbäuchige Pensionär wie ein versteinerter Buddha in seinem Fernsehsessel und verfolgte die Szenerie mit unbeweglicher Miene. Nur hin und wieder huschten seine Augen verstohlen zu Sarahs nackten Beinen. Sie trug noch immer ihr Nachthemd und den Morgenmantel und hatte sich bei der Rückkehr in ihr Haus nur schnell eine Steppjacke übergeworfen und Stiefel angezogen.

Erst als der uniformierte Polizist, der sich Sarah als Police Inspector Martin Pryce vorgestellt hatte, zu ihnen zurückkehrte, hob Spencer den Kopf.

»Dauert es noch lange?«, wollte er wissen, doch Pryce ignorierte ihn. Stattdessen wandte er sich Sarah zu.

»Wie geht es Ihrem Jungen?«

»Er hat Angst.« Sarah drückte Harvey noch fester an sich.

»Und Ihr Arm?«

»Ich fahre in die Klinik, sobald wir hier fertig sind.«

Pryce nickte und ließ sich auf dem freien Sessel neben ihr nieder. Er war ein breitschultriger Mann mit rötlichem Haar und walisischem Akzent.

Der Inspector wirkte vertrauenerweckend, dennoch gefiel Sarah etwas an seinem Blick nicht. Sie glaubte, eine Art Skepsis darin zu erkennen, von der sie nicht wusste, ob sie ihr persönlich galt oder ob es nur eine berufsbedingte Angewohnheit war.

»Ich kann verstehen, dass du dich fürchtest, Harvey.« Pryce nahm seine regennasse Mütze ab und schenkte ihrem Sohn ein warmes Lächeln. Es verriet Sarah, dass er selbst Familienvater war. »Aber dafür gibt es jetzt keinen Grund mehr. Du kannst dir sicher sein, der Mann ist *weg*, und er ist auch nicht mehr in der Gegend.« An Sarah gewandt fügte er hinzu: »Jedenfalls konnten wir kein verdächtiges Fahrzeug in der Umgebung ausmachen.«

»Es war ein silbergrauer Mercedes«, berichtigte ihn Sarah. Ihre Stimme zitterte. »Der Wagen meines Mannes.«

»Keine Sorge, Mrs. Bridgewater, ich habe ihn zur Fahndung ausschreiben lassen.«

»Ich soll mir keine Sorgen machen? Was ist, wenn er Stephen ...«, Sarah unterbrach sich, sah zu ihrem Sohn und dann wieder zu Pryce. »Sie wissen schon, was ich meine.«

»Sie haben ihn immer noch nicht erreicht?«

Pryce deutete zu ihrem Handy, das vor ihr auf dem Couchtisch lag.

»Nur seine Mailbox. Er geht nicht ran. Wahrscheinlich *kann* er es nicht.«

Ihr war nach Schreien zumute, und hätte sie nicht ihren verstörten Sohn im Arm gehalten, hätte sie wahrscheinlich auch geschrien – nicht um sich Gehör zu verschaffen, sondern um ihre Verzweiflung loszuwerden.

»Was werden Sie jetzt tun?«

Pryce sah auf seine Mütze, als stünde dort die Antwort. »Nun ja, wie gesagt, Mrs. Bridgewater, wir werden nach dem Einbrecher und dem Mercedes Ihres Mannes fahnden. Aber solange Sie uns nicht sagen können, wohin Ihr Mann unterwegs ist, werden wir vorläufig nicht sehr viel mehr unternehmen können. Ist Ihnen inzwischen vielleicht eingefallen, zu welchem Kunden er wollte?«

Sie schüttelte den Kopf und presste die Augen zusammen, doch ein paar ihrer Tränen fanden dennoch den Weg über ihre Wangen. »Nein. In letzter Zeit war er häufiger in Kent, aber ich glaube, dieses Mal hat er keinen Ort genannt.«

»Das klingt, als seien Sie sich nicht sicher?«

»Doch, schon …« Sie dachte noch einmal kurz nach, dann schüttelte sie den Kopf. »Er hat es mir wirklich nicht gesagt.«

Da war sie wieder, diese Skepsis in Pryce' Augen. »Kommt es häufiger vor, dass er Ihnen sein Reiseziel verschweigt?«

»Er hat es mir nicht *verschwiegen*, verdammt noch mal!«

Nun hatte sie doch geschrien. Es war einfach so aus ihr herausgeplatzt. Harvey fuhr erschrocken zusammen, und sie drückte ihn wieder an sich.

»Tut mir leid, Schatz, Mummy ist ... mir ist gerade alles ein bisschen zu viel, verstehst du das?«

Ein bisschen zu viel, höhnte ihre innere Stimme. *Eine hübsche Untertreibung.*

Harvey sagte nichts, aber er schmiegte sich wieder an sie, und das war ihr Antwort genug.

»Hören Sie«, wandte Sarah sich mit gedämpfter Stimme wieder an Pryce, »mein Mann war in den letzten Monaten fast ständig zu irgendwelchen Kunden unterwegs. Er bekommt Aufträge im ganzen Land. Ich kann froh sein, wenn ich den Überblick behalte, wann er wieder zu Hause ist.«

Pryce nickte. »Dann läuft sein Geschäft also gut.«

Es war keine Frage, eher eine Feststellung, und Sarah entgegnete nichts.

»Sie wohnen in einer vornehmen Gegend«, fuhr Pryce fort. »Sie haben ein sehr schönes Haus und ein teures deutsches Auto ...«

»Ja und? Was wollen Sie damit sagen?«

»Nun ja, Häuser wie das Ihre locken nun einmal Einbrecher an.«

»Nein«, fuhr sie ihn an. »Ich habe es Ihnen doch schon gesagt. Dieser Mann war kein gewöhnlicher Einbrecher. Er war verrückt. Er trug Stephens Anzug und tat so, als *sei* er mein Mann.«

Pryce räusperte sich. »Es tut mir leid, dass ich Sie das fragen muss, aber ich hoffe, Sie werden das verstehen ...«

»Was meinen Sie?«

»Nun ja, sind Sie wirklich *sicher*, dass es der Anzug Ihres Mannes gewesen ist?«

»Ja, ich denke schon.«

»Sie *denken* es nur?«

Sarah musste schlucken. »Er sah genauso aus wie Stephens Anzug. Der gleiche Stoff, derselbe Schnitt. Und er war diesem Mann zu kurz. Dieser Mann war größer als Stephen, und der Anzug hat ... ja, er hat *lächerlich* an ihm ausgesehen.«

»Vielleicht war es aber auch nur ein Anzug, der dem Ihres Mannes geähnelt hat. Das könnte doch sein? Oder kauft Ihr Mann nur Einzelstücke?«

Sie funkelte ihn zornig an. »Was soll das werden? Glauben Sie mir etwa nicht?«

»Ich versuche nur, Fakten zu sammeln. Jedwede Spekulation könnte uns in die Irre leiten.«

»Aber was ist mit Stephens Auto? Glauben Sie mir das ebenfalls nicht?«

»Haben Sie auf das Kennzeichen geachtet?«

»Natürlich.« Sie lachte verbittert auf. »Ich hatte vorhin nichts anderes zu tun, als mir das Kennzeichen unseres eigenen Wagens zu notieren, damit Sie mir auch ja glauben. Hätte ich vielleicht noch ein Foto machen sollen?«

»Mrs. Bridgewater, bitte.« Pryce machte eine beschwichtigende Geste. »Ich will Ihnen ja gerne glauben. Aber ich muss auf Nummer sicher gehen, und dazu muss ich zunächst einmal alle Eventualitäten ausschließen. Im Moment kann ich diesen Unbekannten höchstens wegen Hausfriedensbruchs belangen, denn wie Sie sagen, hat er nichts aus dem Haus mitgenommen. Und abgesehen von Ihrer Aussage habe ich keinerlei Beweise, dass dieser *Verrückte*, wie Sie ihn nennen, tatsächlich mit dem Wagen Ihres Mannes unterwegs ist und seinen Anzug trägt.«

Sarah schnaubte verächtlich. »Also glauben Sie mir doch nicht! Wahrscheinlich bin ich für Sie nur ein weiteres hysterisches Einbruchsopfer in Ihrer Statistik. Ist es so? Sie können es mir ruhig sagen.«

»Nein, so ist es nicht.« Pryce stieß einen tiefen Seufzer aus. »Ich glaube Ihnen, dass Sie überzeugt davon sind, Mrs. Bridgewater. Wirklich. Aber auch dann muss das noch nicht heißen, dass Ihrem Mann tatsächlich etwas zugestoßen ist. Dieser Unbekannte kann seinen Schlüssel ebenso gut irgendwo gestohlen haben, ohne dass Ihr Mann davon weiß.«

»Und wie sollte das gehen?«

»Vielleicht hat er das Auto geknackt, während Ihr Mann gerade in irgendeinem Hotel schläft und sein Handy abgeschaltet hat. Es wäre nicht das erste Mal, dass so etwas passiert. Mit einem ähnlichen Fall hatten wir kürzlich in Norbury zu tun. Die Familie war über ein verlängertes Wochenende unterwegs, man hat ihr Auto mitsamt den Schlüsseln gestohlen, und bis sie wieder zu Hause waren, war die Wohnung leer geräumt. Bevor wir also vom Schlimmsten ausgehen, sollten wir auch diese Möglichkeit in Betracht ziehen.«

»Meine Wohnung *ist* nicht leer geräumt«, gab Sarah zurück. »Im Gegenteil, dieser Kerl hat Geschenke mitgebracht, für mich und meinen Sohn. Warum ziehen Sie also nicht auch in Betracht, dass dieser Wahnsinnige meinem Mann etwas angetan hat? Warum wollen Sie das nicht einsehen?« Sarah zögerte. Dann fuhr sie fort: »Außerdem *gibt* es einen Beweis, dass es wirklich die Sachen meines Mannes waren.«

Pryce sah sie irritiert an. »Was meinen Sie?«

»Stephens Gepäck und seinen Mantel! Er hat den Koffer im Flur abgestellt.«

»Im Flur? Nein, da war nichts.«

»Was? Das kann nicht sein! Ich habe Stephens Koffer doch gesehen.«

»Wann?«

»Als dieser Mann in der Küche stand.«

Der Police Inspector runzelte die Stirn. »Und vorhin, als wir Ihren Sohn aus dem Haus geholt haben, war der Koffer immer noch da?«

Sie überlegte kurz und zuckte dann mit den Schultern. »Ich ... weiß es nicht mehr. Ich wollte nur zu Harvey. Der verdammte Koffer hat mich nicht interessiert. Aber ja, er muss noch da gewesen sein.«

»Einen Moment«, entgegnete Pryce und rief über Funk einen der Kollegen, die im Haus der Bridgewaters mit der Spurensicherung beschäftigt waren.

»Nein, da ist nichts«, quäkte die Antwort aus dem Funkgerät. »Kein Koffer.«

Sarah ballte ihre gesunde Hand zur Faust. »Dann muss er ihn wieder mitgenommen haben, gottverdammt! Er will, dass Sie mir nicht glauben. Verstehen Sie das denn nicht?«

Wieder kämpfte sie gegen die Tränen an, und diesmal verlor sie.

Pryce zog ein zerknittertes Päckchen Papiertaschentücher aus seiner Uniformjacke und hielt es ihr hin. »Bitte beruhigen Sie sich, Mrs. Bridgewater. Ich verspreche Ihnen, wir werden tun, was wir können.«

Sie nahm die Packung, nestelte ein Taschentuch heraus und putzte sich die Nase. »Wissen Sie was? Das sagen die Polizisten in jedem beschissenen Krimi. Und zwar immer dann, wenn sie mit ihrem Latein am Ende sind.«

»Das sind wir noch lange nicht«, entgegnete Pryce und erhob sich. »Vertrauen Sie mir.«

Ein weiteres Polizistenklischee, dachte Sarah, aber sie verkniff sich diese Bemerkung. *Beiß niemals eine helfende Hand, auch wenn sie dir gerade keine Hilfe ist.*

»Das würde ich gerne, Inspector. Aber bitte glauben Sie mir, dass mein Mann in Gefahr ist. Ich habe zwar keine Beweise, aber ich *weiß* es trotzdem.«

Der Polizist nickte ihr zu. »Kommen Sie, ziehen Sie sich etwas an. Ich bringe Sie in die Klinik. Ihr Arm muss behandelt werden.«

»Danke.« Sie winkte ab. »Ich habe eine Freundin angerufen, die mich fahren wird. Sie müsste eigentlich gleich hier sein.«

»In Ordnung«, sagte Pryce. »Wir melden uns umgehend bei Ihnen, sobald wir mehr wissen. Bis dahin halten Sie bitte die Augen offen. Melden Sie sich, sobald Ihnen irgendetwas verdächtig erscheint.« Damit gab er Sarah eine Visitenkarte. »Und wechseln Sie Ihre Schlösser aus, ja?«

Sarah hatte sichtlich Mühe, ihre hilflose Wut zu unterdrücken. »Mehr werde ich im Augenblick ja wohl nicht tun können.«

Da war sie wieder, diese namenlose Angst.

14.

Zur großen Erleichterung der Spencers klingelte Sarahs Freundin Gwen kurze Zeit nachdem die Polizisten gegangen waren. Bis dahin war das Wohnzimmer des Rentnerpaares von bedrückendem Schweigen erfüllt gewesen.

Fionuala Spencer begleitete ihre ungebetenen Gäste noch bis zur Tür und schloss gleich hinter ihnen ab. Sarah hörte das zweimalige Schnappen des Türschlosses, als sie noch keine drei Schritte vom Haus entfernt waren.

Die Illusion der Sicherheit in den eigenen vier Wänden, dachte sie und fröstelte. *Glaubt lieber nicht daran.*

Dennoch ging sie noch einmal zurück in ihr Haus, um sich umzuziehen, während Gwen mit Harvey im Auto auf sie wartete.

Sarah beeilte sich und atmete auf, als sie wieder im Freien war.

15.

In der Notaufnahme musste Sarah nicht lange warten.

»Sind Sie Rechtshänderin?«, fragte der Arzt, während er ihren Arm behandelte.

Sie nickte.

»Na, dann haben Sie ja Glück im Unglück gehabt«, sagte er und betrachtete ihren geschienten Unterarm. »Es ist ein glatter Bruch. Sie werden sehen, das ist schon bald wieder vergessen.«

Daraufhin brach Sarah in schallendes Gelächter aus. Es

war ein unheimliches, hysterisches Lachen, und sie konnte nichts dagegen tun.

16.

Als er dieses Mal aus der Ohnmacht erwachte, wusste er sofort, wo er sich befand. Beim letzten Mal war er noch zu kaum einem klaren Gedanken fähig gewesen – zumindest zu keinem, der ihm Aufschluss gegeben hätte, wo er gefangen gehalten wurde –, aber diesmal war es ihm schlagartig klar.

Die Wirkung der Spritze, die ihm dieser Scheißkerl hinterrücks verabreicht hatte, war nun völlig verflogen.

Nun spürte er deutlich den harten Untergrund und den filzartigen Stoff, der an seiner Wange rieb, sobald er den Kopf zu drehen versuchte. Und er roch den vertrauten Geruch von Metall, Gummi und Benzin, der irgendwann den süßlichen Geruch jedes Neuwagens verdrängt.

Kein Sarg, meldeten seine Sinne, die in der allumfassenden Dunkelheit seines engen Gefängnisses auf Hochtouren liefen. *Es ist ein Auto. Ich liege in einem Kofferraum. Einem verdammt* engen *Kofferraum!*

Das war nun also geklärt, und auch wenn ihm dieses Wissen nicht viel nutzte, verschaffte es ihm ein klein wenig Erleichterung. Wenigstens lag er nicht sechs Fuß tief in irgendeinem Wald verscharrt.

Es gab also einen Funken Hoffnung, hier wieder herauszukommen.

Doch mit der Rückkehr seines klaren Denkens setzten

auch die Schmerzen ein. Sein ganzer Körper meldete, dass er die eingekeilte Haltung nicht mehr lange ertragen konnte. Sein unnatürlich gebeugtes Rückgrat schien in Flammen zu stehen, und seine angewinkelten Arme und Beine kribbelten, als würden Heerscharen brennender Ameisen durch sie marschieren. Außerdem spürte er seinen Puls in den Kniekehlen. Wie glühende Messerklingen, die mit jedem Herzschlag zustachen.

Aber ganz gleich, wie sehr er sich auch wand und auf den Rücken zu drehen versuchte, das Brennen wollte nicht aufhören.

Ihm schoss eine Erinnerung durch den Kopf, ein Hinweis, den man Fluggästen auf Langstreckenflügen gab: Die Passagiere sollten sich ausreichend bewegen, da andernfalls Thrombosegefahr bestand. Ihm war, als sähe er das Innere seiner Venen und Arterien wie in einem animierten Fernsehspot vor sich, wie sie mehr und mehr von Blutgerinnseln verstopft wurden, ehe sich eines dieser Gerinnsel von den Gefäßwänden löste, um sich auf den Weg zu seiner Lunge, seinem Herzen oder seinem Gehirn zu machen und ihm einen tödlichen Infarkt zu bescheren.

Wie lange mochte es dauern, bis es so weit war? Seinen Schmerzen nach zu urteilen, nicht mehr lange.

Wieder versuchte er, sich auf den Rücken zu drehen, doch etwas stach ihn und blockierte ihn. Irgendein harter Gegenstand, der mit ihm das enge Gefängnis teilte – vielleicht der Wagenheber, das Radkreuz oder der Verbandskasten.

Also drückte er von seitwärts mit aller Kraft gegen den Kofferraumdeckel, so gut es mit zusammengebundenen Beinen ging – ein immenser Kraftakt.

Doch nichts rührte sich.

Er hämmerte mit den gefesselten Fäusten dagegen.

Nichts.

Nur Stille.

Er vernahm nicht einmal mehr das weit entfernte Brummen vorbeifahrender Autos, das er beim letzten Mal zu hören geglaubt hatte.

War der Wagen in der Zwischenzeit womöglich umgeparkt worden?

Vielleicht. Vielleicht auch nicht.

Da er jegliches Zeitgefühl verloren hatte, konnte es ebenso gut sein, dass nun wieder tiefe Nacht war und sein gegenwärtiger Standort sich außerhalb der Stadt befand. Und dass dieser Wagen nicht in der Innenstadt parkte, war so gut wie sicher.

Das einzige Geräusch, das noch gelegentlich zu ihm in die Dunkelheit drang, war ein entferntes Tropfen. Es konnte von einem Wasserhahn stammen oder von einer undichten Rohrleitung, und jedes Mal wurde es von einem Echo begleitet. Es ließ darauf schließen, dass das Auto womöglich in einer großen leeren Halle stand.

Dieser Gedanke machte ihm sofort wieder Angst. Wahrscheinlich stand er an irgendeinem gottverlassenen Ort, an dem ihn niemand finden würde.

Dann hätte ihn dieser Mistkerl ebenso gut in einem Sarg verscharren können.

Obwohl er sich wie ausgetrocknet fühlte und ihm seine Zunge wie ein totes Pelztier im Mund lag, rannen Tränen über seine Wangen. Zum Weinen schien sich der Körper immer noch ein wenig Flüssigkeit aufzubewahren.

Er wollte nicht sterben. Dazu war er noch nicht bereit.

Er hatte Familie. Was, wenn sie nie erfahren würden, was aus ihm geworden war?

Mit der Verzweiflung kochte gleichzeitig unbändige Wut in ihm hoch. Warum, zum Teufel, tat man ihm das an? Es gab doch keinen Grund, ihn hier elendiglich krepieren zu lassen! Er hatte doch niemandem etwas getan!

Ruhig, ganz ruhig, redete er sich zu. Wenn er jetzt in Panik geriet, würde er seine Situation nur noch verschlimmern.

Denk an die Blutgerinnsel, die der erhöhte Pulsschlag von den Gefäßwänden reißen wird. Wenn das passiert, ist es aus, noch ehe jemand überhaupt die Chance *hat, dich zu retten!*

Aber wie sollte er jetzt ruhig bleiben? Seine Klaustrophobie war längst wieder zu ihm zurückgekehrt. Jetzt fehlte nur noch das Gefühl, ersticken zu müssen, und dann wäre die Panik perfekt.

Er spürte bereits, wie sich seine Kehle zuzog und …

Schluss damit!, befahl er sich. *Ich will überleben! Ich* muss *überleben!*

Und tatsächlich ließ der Angstschub ein wenig nach. Nicht viel, aber genug, um bei Verstand zu bleiben.

Er bemühte sich, seine Gedanken auf das zu lenken, was geschehen war, bevor er sich in dem Kofferraum wiedergefunden hatte. Doch alles, was ihm in Erinnerung kam, waren Fragmente. Puzzleteile, die nicht recht zusammenpassen wollten.

Ein plötzliches Brennen in seinem Nacken.

Er war gestürzt.

Jemand hatte ihn aufgefangen und auf den Boden gelegt.

Dann ein Stich in die Schulter.

Die Straße, die sich wie ein Karussell zu drehen begann.

Finsternis.

Aber davor? Was war davor gewesen?

Ein Kiosk.

Ein Becher Tee, so heiß, dass er sich fast die Zunge daran verbrannt hätte, mit einem Schuss Zitronensaft. Das ideale Getränk an kalten Wintertagen.

Die neueste Ausgabe des *Observer*.

Auf der Titelseite ein weiterer Artikel über den Mann, der am helllichten Tag vor den Augen zahlreicher Zeugen von der Millennium Bridge gesprungen war. Das anhaltende Rätselraten über die Gründe seines Selbstmords. Er war eine angesehene Persönlichkeit gewesen. Irgendein Direktor. Nein, ein Professor. Oder doch ein …

Ein metallisches Rumpeln riss ihn jäh aus seinen Gedanken. Ein Rolltor, das in einiger Entfernung geöffnet wurde.

Dann näherten sich Schritte. Vielleicht war das die Rettung!

Er stieß einen Schrei aus, der jedoch von dem Klebeband zu einem Grunzen gedämpft wurde. Dann hämmerte er mit den Fäusten gegen den Kofferraumdeckel.

Ja, da kommt jemand! Endlich! Ich kann hier raus!

Erst als die Schritte unmittelbar vor dem Wagenheck endeten und für eine Weile nichts geschah, verstummte er.

Er hörte das Klimpern von Schlüsseln, das ihm merkwürdig vertraut schien, und dann wurden ihm schlagartig zwei Dinge klar.

Erstens: Er lag in seinem *eigenen* Fahrzeug. Dieses Schlüsselklimpern hätte er unter Tausenden anderen herausgehört.

Und zweitens: Die Person, die jetzt mit seinen Schlüsseln vor dem Kofferraum stand, war auch die Person, die ihn hier gefangen hielt.

Dieser Mann – denn aus irgendeinem Grund war er überzeugt, dass es ein Mann war – würde ihn nicht *retten*. Nein, dieser Mann war eine *Gefahr*!

Noch während er fieberhaft überlegte, wie er sich gegen seinen Entführer wehren konnte, öffnete sich das ferngesteuerte Kofferraumschloss mit einem metallischen Klacken. Gleich darauf wurde der Deckel aufgerissen, und das grelle Licht einer Handlampe blendete ihn. Eine Weile sah er gar nichts. Dann tauchte eine schemenhafte Hand auf. Sie hielt etwas Dünnes, so viel konnte er erkennen.

Etwas Spitzes!

Eine Nadel!

Nein! Nein! Nein!

Wieder schrie er, und wieder dämpfte das Klebeband den Schrei.

Die Nadel drang in seine Schulter. Ein kurzes Brennen, dann wurde die Hand mit der Spritze zurückgezogen.

In einer unsinnigen Bewegung versuchte er, mit seinen gefesselten Händen danach zu schlagen, aber die Hand mit der Spritze war schon wieder verschwunden.

»Es tut mir leid«, hörte er eine Männerstimme aus dem Licht. »Ich hoffe, Sie werden mir das nachsehen, aber mir blieb keine andere Wahl.«

Was, zur Hölle, redet dieser Scheißkerl?, durchfuhr es ihn, und dann breitete sich erneut das dumpfe Gefühl in seinem Kopf aus.

»Bleiben Sie ruhig«, sagte die Männerstimme. »Ich verspreche Ihnen, Sie haben es bald hinter sich.«

Dann wurde der Kofferraumdeckel wieder geschlossen, die Schritte entfernten sich, und er hörte das Schlagen der Fahrertür.

Jetzt werde ich sterben, war sein letzter Gedanke.

Als der Motor angelassen wurde und der Wagen sich in Bewegung setzte, verlor er erneut das Bewusstsein.

17.

Eine halbe Stunde später saß Sarah am Esstisch in Gwens offener Küche und starrte auf ihr Handy.

Was hätte sie dafür gegeben, wenn Stephen sich endlich melden würde. Wenn er ihr erzählen würde, dass man ihm tatsächlich den Mercedes und seine Schlüssel gestohlen hatte. Stattdessen erreichte sie nur immer wieder seine Mailbox und bekam seine knappe Aufforderung zu hören, nach dem Signalton eine Nachricht zu hinterlassen.

»*Das* wäre Glück im Unglück«, murmelte sie und dachte an die Formulierung, die der ahnungslose Arzt gebraucht hatte. »Wenn ich endlich wüsste, dass ihm nichts geschehen ist.«

Aber ihr Glück beschränkte sich weiterhin nur auf ihren Arm. Ein glatter Bruch, eine blaue Plastikschiene, die Aussicht auf baldige Genesung – damit war ihr Glücksguthaben wohl fürs Erste aufgebraucht.

Nein, das stimmt nicht, musste sie sich korrigieren. *Harvey ist nichts geschehen. Und ich habe Gwen. Sie ist jetzt mein größtes Glück.*

Gwen hatte darauf bestanden, dass Harvey und Sarah

bei ihr wohnten, bis der Fall geklärt war, und Sarah war ihr unendlich dankbar dafür. In ihr Haus wollte sie auf keinen Fall zurückkehren. Sie würde schnellstmöglich die Schlösser auswechseln lassen, ja, aber dort wohnen? Nein.

Nicht, solange der Narbenmann mit Stephens Anzug auf freiem Fuß war.

Und es *war* Stephens Anzug gewesen. Dabei blieb sie, auch wenn ihr dieser Polizist versucht hatte einzureden, der Verrückte habe nur einen ähnlichen Anzug getragen. Warum trug er dann nicht einen Anzug in seiner Größe, statt in albernen Hochwasserhosen herumzulaufen?

Gwen kam ins Wohnzimmer und trat zu ihr.

»Die beiden schlafen jetzt«, sagte sie leise. »Diana hat Harvey ihren heiß geliebten Winnie Pooh geschenkt, kannst du dir das vorstellen? Ich sage dir, *das* ist wahre Liebe.«

»Danke.« Sarah lächelte müde. »Euch beiden.«

»Keine Ursache, wozu sind beste Freundinnen sonst da? Außer zum Shoppen.«

Gwen zwinkerte ihr zu. Sie trug wieder die selbstbewusste Brünette zur Schau. Nur sehr wenige Leute außer Sarah wussten, dass dies bloß Maskerade war. Die beiden Frauen hatten sich in einer Gesprächsgruppe kennengelernt, kurz nachdem Sarah ihre Kündigung eingereicht hatte. Damals hatte Sarah sich gefragt, was diese selbstbewusste Frau mit der sportlichen Figur und den Mandelaugen, die die Blicke sämtlicher Männer im Raum auf sich zog, in einer Gruppe Angsterkrankter verloren hatte.

Sarah und Gwen hatten sich auf Anhieb verstanden, und nur drei oder vier Sitzungen später waren sie zu dem Schluss gelangt, dass ihnen die Gruppengespräche nicht annähernd so viel gaben wie ihre privaten Unterhaltungen. Also hatten sie die Therapie abgebrochen und sich fortan abwechselnd bei sich zu Hause oder in Pubs getroffen. Sarah erfuhr die Geschichte ihrer Freundin. Vor acht Jahren war Gwen während ihrer Schwangerschaft depressiv geworden, sie hatte sogar an Selbstmord gedacht. Schließlich ließ sie sich in eine Psychiatrie einweisen. Der Vater ihrer Tochter hatte sie daraufhin im Stich gelassen. Seither kämpfte Gwen sich allein durch. Längst ging es ihr wieder gut, aber aufgrund ihrer Vorgeschichte hatte sie ihren Job als Erzieherin verloren und fand auch keine neue Anstellung mehr. Offenbar wollte niemand seine Kinder einer Person anvertrauen, die schon einmal psychiatrisch behandelt worden war. So schlug sie sich seit Jahren mit Gelegenheitsjobs durch, die sie ebenso häufig wechselte wie ihre Affären.

»Du solltest dir ein Beispiel an Harvey nehmen und ebenfalls ein wenig schlafen«, sagte Gwen und ging zum Kühlschrank. »Unter uns gesagt, du siehst schlimm aus.«

»Ich weiß«, seufzte Sarah. »Aber ich kann nicht. Nicht, solange ich nichts von Stephen gehört habe.«

»Nun komm schon.« Gwen kam mit zwei Flaschen und zwei Gläsern an den Tisch zurück. »Die beiden Jungs hier werden dir helfen, ein bisschen Schlaf zu finden. Darf ich vorstellen: Mr. Gordon und Mr. Tonic.«

Sie goss ihnen ein und sparte dabei nicht mit Gin. Sarah nahm einen Schluck und verzog das Gesicht. »O Gott! Damit gebe ich mir jetzt den Rest.«

»Mach dir nicht so viele Sorgen«, sagte Gwen. »Harvey schlägt sich wirklich tapfer. Er hat vorhin sogar schon wieder gelacht, als Diana ihm den Teddy in den Arm gedrückt hat. Sie tut ihm gut, du wirst sehen. Und sicher wird die Polizei diesen Kerl bald schnappen.«

»Aber Stephen …«

»Ihm ist bestimmt nichts passiert, glaub mir«, fiel Gwen ihr ins Wort. »Wahrscheinlich hat der Polizist recht. Stephen wird in irgendeinem Hotel schlafen und von dem Diebstahl gar nichts mitbekommen haben.«

Sarah drehte gedankenverloren ihr Glas in der Hand. »Nein«, flüsterte sie. »Dieser Kerl hatte Stephens Koffer. Was ist, wenn … wenn er ihn umgebracht hat?«

Gwen ergriff ihre Hand. »Daran darfst du nicht einmal denken, Liebes! Warum sollte er das tun? Das ergibt doch keinen Sinn.« Gwen winkte ab, aber sie klang nicht wirklich überzeugend. »Mag sein, dass er Stephens Sachen gestohlen hat, aber deswegen bringt er ihn doch nicht gleich um. Ich denke, dieser Spinner wollte dich einfach nur erschrecken. Von solchen Freaks hört man immer wieder.«

Sarah blinzelte gegen die Tränen an. Noch nie zuvor hatte sie sich derart erschöpft und gleichzeitig aufgewühlt gefühlt.

»Das Schlimmste ist, dass ich nichts tun kann. Wenn ich doch nur wüsste, wohin Stephen gefahren ist. Ich hätte ihn fragen sollen, aber wir haben nur kurz zwischen Tür und Angel miteinander gesprochen.« Sie schnaubte vorwurfsvoll. »Weil ich dämliche Kuh noch *einkaufen* gehen wollte.«

Gwen trank einen Schluck, dann sah sie Sarah prüfend über den Rand ihres Glases an. »Ist das die ganze Wahrheit, oder gab es noch einen anderen Grund, warum ihr nicht darüber gesprochen habt?«

Sarah wischte sich mit dem Handrücken übers Gesicht. »Nein, du hast recht, ich mache mir etwas vor. In letzter Zeit haben Stephen und ich nur wenig miteinander gesprochen.«

»Und warum?«

»Wegen seiner Arbeit. Weißt du, ich freue mich ja, dass seine Projekte so gut laufen, wirklich. Stephen überlegt sogar, einen Mitarbeiter einzustellen. Aber ich war auch gereizt, weil er nur noch für seine Arbeit lebt. Für Harvey oder mich hat er kaum noch Zeit. Und er scheint nicht einmal zu merken, dass er uns fehlt.« Sie griff nach ihrem Glas und trank es in einem Zug leer. »Ich wollte es ihn spüren lassen. *Deshalb* habe ich ihn nicht mehr gefragt, wohin er fährt. Ich dachte, irgendwann muss er es doch merken.«

»Okay, verstehe.« Gwen deutete zu der Couch am anderen Ende des Zimmers, auf der sie mehrere Wolldecken und ein Kopfkissen für Sarah bereitgelegt hatte. »Jetzt schlaf erst einmal. Es bringt nichts, wenn du hier herumsitzt und dir Vorwürfe machst. Denk an Harvey, er braucht dich jetzt. Ich bin oben im Schlafzimmer, falls etwas ist.«

Damit stand sie auf, ging zur Tür und sah sich noch einmal zu Sarah um. »Hast du mich verstanden? Du wirst jetzt schlafen. Das war kein freundschaftlicher Rat, sondern ein Befehl.«

»Aye, Ma'am.«

Gwen nickte ihr lächelnd zu und verschwand nach oben.

Sarah blieb allein am Esstisch zurück und sah aus dem Fenster. Es dämmerte bereits, und der Regen hatte aufgehört. Der versprochene Schnee blieb aus, dafür war es nun zu kalt.

Irgendwo dort draußen war Stephen.

Aber wo?

Eine Joggerin lief vor dem Fenster vorbei. Sie trug enge schwarze Laufkleidung und riesige Kopfhörer, deren weiße Kabel vor ihrer flachen Brust hin und her hüpften.

Kopfhörer, wie wir sie früher hatten, dachte Sarah, und zunächst schien ihr dieser Gedanke zusammenhanglos – beinahe so, als sei er ihr von einer fremden Stimme zugeflüstert worden. Doch schon im nächsten Moment erschien ein Bild vor ihrem inneren Auge. Eine Erinnerung, die der Anblick der Joggerin und der Kopfhörer in ihr geweckt hatte.

Mark, ihr Freund aus Kindertagen, hatte ihr vor vielen Jahren mal einen Walkman geschenkt.

Hier, hörte sie ihn sagen, *das hilft, wenn einem alles zu viel wird.*

Sarah sah sein schmales, sonnengebräuntes Gesicht vor sich wie auf einem Foto. Seine blauen Augen und die dichten dunklen Locken, die immer ein wenig verstrubbelt aussahen.

»Merkwürdig«, murmelte sie in die Stille der Küche. In den letzten Tagen musste sie immer wieder an jene Zeit denken, die so weit zurücklag, dass sie ihr fast wie ein früheres Leben schien. An ihre Kindheit und Jugend und an Mark, den Jungen aus der Nachbarschaft, der wie sie in Oxford studiert hatte. Aber nach dem Studium hatte sie ihn aus den Augen und irgendwann auch aus dem Sinn verloren. Erst ein Zeitungsartikel über den spektakulären Tod eines ehemaligen Professors aus Oxford, der Anfang letzter Woche erschienen war, hatte die Erinnerungen an Mark wieder aus der Dunkelheit ihres Unterbewusstseins zurückgeholt. Auch vorhin, als sie auf dem Höhepunkt ihres Albtraums an die Flucht aus dem Fenster gedacht hatte, war ihr Mark wieder erschienen.

Wäre sie abergläubisch gewesen, hätte sie dies für ein Zeichen halten können. So aber schob sie diese Bilder auf die Übermüdung und die Schrecken der letzten Stunden.

Dennoch wollte Mark ihr nicht mehr aus dem Kopf gehen.

Hier … das hilft, hatte er damals gesagt, und beinahe war es so, als sagte er es gerade wieder zu ihr.

Sie schüttelte den Gedanken ab und legte sich auf die Couch. Sicherlich würde sie wieder nicht einschlafen können, fürchtete sie, aber kaum hatte sie die Augen geschlossen, dämmerte sie auch schon in eine traumlose Dunkelheit.

So lag sie eine Weile, ehe sie erschrocken hochfuhr, weil sie glaubte, Stephens Stimme vor dem Fenster gehört zu haben.

Mit rasendem Herzen sprang sie auf und sah nach. Doch es war nur der Milchmann, der sich mit Gwens Nachbarn unterhielt.

Zitternd ließ sie sich wieder auf die Couch sinken und starrte ihr Handy an.

»Bitte ruf an«, beschwor sie das Telefon. »Sag, dass dir nichts passiert ist.«

Doch das Handy schwieg.

TEIL DREI

Die Stimmen der Toten

18.

»Bitte sehr, Dr. Behrendt.«

Ferdinand Ludtke war ein schwammiger Kahlkopf mit einem monströsen Schnurrbart. Er sah aus wie ein Walross, das man in einen Anzug gestopft hatte. Die Visitenkarte, die er Mark entgegenhielt, verschwand fast völlig zwischen seinen Wurstfingern.

Während der Führung hatte sich der Makler noch höflich und zuvorkommend gegeben, hatte sogar ein paar flaue Scherze gemacht, mit denen er Mark und Tanja für sich gewinnen wollte. Doch nun standen sie wieder vor dem Hauseingang, und Ludtke wurde sichtlich nervös. Wie beiläufig sah er auf die Uhr, und in seinem gewaltigen Bauch rumorte es lautstark. Wahrscheinlich wollte er längst zum Essen zu Hause sein und hatte der abendlichen Wohnungsbesichtigung nur deshalb zugestimmt, weil ihn ein *Ärztepaar* kontaktiert hatte.

Umso enttäuschender war für ihn das Resultat seiner Überstunden – das hätte Mark auch ohne Psychologiestudium erkannt.

»Am besten, Sie überlegen es sich noch einmal und rufen mich an, sobald Sie sich einig sind«, sagte Ludtke mit einem Seitenblick zu Tanja, der wohl freundlich gemeint war. »Wenn ich Ihnen jedoch einen guten Rat geben darf, dann lassen Sie sich nicht *zu viel* Zeit dafür. Wie gesagt, es gibt noch andere Interessenten, und dieses Objekt ist eindeutig ein Schnäppchen. Jedenfalls, wenn Sie eine ordentliche und ruhige Wohnlage in Zentrumsnähe suchen. Auf die Gefahr hin, dass ich mich wiederhole, aber von hier aus sind Sie im Handumdrehen an Ihrem Arbeitsplatz. Bis zur Klinik ist es keine Viertelstunde, und wie Sie sich überzeugen konnten, ist die Wohnung geräumig und in einem Topzustand. Und denken Sie an die wundervolle Aussicht auf den Park. Und für Frankfurter Verhältnisse ist der Preis unschlagbar, das müssen Sie zugeben.«

Ludtke sah noch einmal Mark an, dann Tanja, als hoffte er, dass sie sich doch noch zu einem sofortigen Ja entschieden.

»Vielen Dank, Herr Ludtke«, sagte Mark schließlich, »wir werden Sie anrufen.« Er hielt wie zum Beweis die Visitenkarte hoch.

Das aufgesetzte Lächeln des Maklers erschlaffte, und sein Schnurrbart sank herab.

»Wie Sie meinen«, sagte er, und diesmal klang es unverblümt enttäuscht. Dann schüttelte er beiden die Hand, wünschte Ihnen einen angenehmen Abend und stampfte zu seinem Porsche Cayenne, den er vor Marks Volvo auf der gegenüberliegenden Straßenseite geparkt hatte.

Mark sah ihm nach und steckte sich seine erste Zigarette seit Wochen an. Tanja trat dichter neben ihn und berührte seinen Arm.

»Ich dachte, du hast aufgehört?«

»Das dachte ich auch.«

»Bist du wütend auf mich?«

»Nein.« Er wandte sich zu ihr und sah die Unsicherheit in ihrem Blick. »Es war schließlich meine Schuld. Ich hätte dich nicht drängen sollen. Wahrscheinlich ist es besser, wenn wir noch etwas damit warten.«

»Es tut mir so leid, Mark.« In ihren großen grünen Augen funkelten Tränen. »Ich weiß nicht, was da vorhin über mich gekommen ist. Das war idiotisch, aber … ich *konnte* einfach nicht anders.«

»Wovor hast du Angst, Tanja?«

Sie wandte den Kopf ab und strich sich die langen dunklen Haare aus dem Gesicht. Wind war aufgekommen und trug erste Regentropfen vor sich her.

»Ich weiß nicht, aber … als uns dieser Makler das Kinderzimmer gezeigt hat …«, begann sie.

Mark dachte, dass ihre Wortwahl nicht ganz korrekt war. Ludtke hatte den Raum *Kinder- oder Arbeitszimmer* genannt. *Je nachdem, was die Zukunft bringen wird*, hatte er hinzugefügt. *Sie sind beide jung, und das Leben liegt noch vor Ihnen, wie man so schön sagt.*

Doch Mark behielt seinen Einwand für sich. Tanja wollte auf etwas anderes hinaus.

»Da … da war etwas«, fuhr sie schließlich fort und sah zu der Grünanlage hinüber, die hinter den Parkbuchten im Halbdunkel der Straßenlampen lag. »Ich musste plötzlich an eine meiner Patientinnen denken. Das heißt, nein, nicht plötzlich. Ich muss in letzter Zeit *immer wieder* an sie denken. Seit wir über eine gemeinsame Wohnung gesprochen haben. Es lässt mich einfach nicht los.«

»Was ist mit dieser Patientin?«, fragte Mark und nahm einen tiefen Lungenzug. Später würde er sich darüber ärgern, auf seine Notfallzigaretten zurückgegriffen zu haben, davon war er überzeugt. Aber das hier war nun einmal ein solcher Notfall.

»Sie ist depressiv und will sich von ihrem Mann trennen.« Wieder streifte Tanja sich die Haare aus dem Gesicht. »Weil … weil sie es nicht mehr mit ihm aushält. Er habe sich völlig verändert, sagt sie. Aber nicht nur er, auch sie selbst. Von dem, was sie früher füreinander empfunden haben, sei nichts mehr übrig geblieben. Alles, was sie sich in ihrer Anfangszeit gewünscht hatten, die Wohnung, die Kinder, die Ehe – das alles kommt ihnen jetzt banal vor. Sie habe alles versucht, aber das *Besondere* ist aus ihrem Leben verschwunden, sagt sie. Unwiderruflich. Das hat sie voneinander entfremdet.«

»Fürchtest du dich davor, dass es uns genauso ergehen könnte?«

»Nein … das heißt, ich weiß es nicht. Ja, vielleicht.« Sie sah Mark an. »Du bist hier der Angstexperte. Sag mir, was ich dagegen tun kann!«

Er berührte sanft ihre Schulter. »Bleib bei mir. Lass uns so weiterleben wie bisher. Du behältst deine Wohnung, ich meine, und wir warten, bis du dir sicher bist. Ich denke, wenn dich etwas überzeugen kann, dann nur die gemeinsame Zeit.«

Sie nickte, schlug die Augen nieder und sah dann wieder zu ihm auf. Noch immer war Angst in ihrem Blick. »Habe ich jetzt etwas zwischen uns kaputt gemacht?«

»Nein, hast du nicht.«

»Wirklich nicht?«

Er schüttelte den Kopf. »Im Gegenteil. Ich bin froh, dass du es mir rechtzeitig gesagt hast.«

»Mark, ich wollte dich damit nicht kränken. Es ist nur, dass ich mir ganz sicher sein möchte.«

»Ich weiß. Und jetzt komm, es ist schon spät. Lass uns was essen gehen.«

»Danke.« Sie küsste ihn auf die Wange. »Und das mit

dem Essen ist eine gute Idee. Ich bin am Verhungern und werde mich sonst bestimmt bald anhören wie dieser dicke Makler.«

Sie lachten, und Mark zog sie an sich. Für einen Moment standen sie eng umschlungen unter dem Vordach des Hauseingangs, auf das nun dicke Regentropfen patschten. Mark wünschte sich, dass es auf ewig so bleiben würde. Es war ein Gedanke, der ihn gleichzeitig auf seltsame Weise beunruhigte, ohne dass er wirklich hätte erklären können, warum.

»Komm, bevor es noch stärker zu schütten beginnt«, sagte Tanja schließlich und schob ihn von sich. Dann zeigte sie auf die Zigarette in seiner Hand. »Aber wehe, du wirfst deine Kippe auf den Boden. Denk dran, wir hätten hier fast gewohnt, und ich hätte sie nicht für dich weggeräumt.«

Mark grinste verschämt und sah sich nach einem Mülleimer um – oder nach etwas, das sich als Aschenbecher zweckentfremden ließ –, während Tanja bereits über die Straße zum Auto ging.

Er entdeckte eine private Mülltonne neben dem Hauseingang und streifte die Glut sorgfältig an einem Betonsockel ab.

»Weißt du was?«, hörte er Tanja hinter sich rufen. »Ich hätte jetzt einen Wahnsinnsappetit auf …«

Ein schrilles »Hey, Doktor!« zerriss ihren Satz.

Im gleichen Augenblick heulte ein Motor auf.

Mark wirbelte herum, und plötzlich schien die Zeit stillzustehen. Erstarrt vor Schreck kam es ihm vor, als wäre er Teil eines ins Stocken geratenen Films. Seine ganze Wahrnehmung hatte sich jäh verlangsamt und sich auf einzelne ruckende Bilder reduziert, von denen sich jedes unauslöschlich in sein Gehirn einbrennen sollte. Alles geschah in Sekundenbruchteilen, aber er nahm es mit erschreckender Präzision in sich auf. Bild für Bild für Bild.

Tanja, die erschrocken zur Seite sah, wobei ihre aufgewirbelten langen Haare in der Luft festgefroren zu sein schienen.

Ihr entsetztes Gesicht, erhellt vom grellen Licht der Scheinwerfer.

Die dicken Regentropfen, die dieses gleißende Licht auf bizarre Weise reflektierten, sodass sie vor dem dunklen Hintergrund des Parks wie weiße Punkte aussahen.

Und schließlich der Wagen, der durch Marks Blickfeld schoss und Tanja mit sich riss, begleitet von einem hässlichen blechernen Scheppern.

Später glaubte Mark sich zu erinnern, dass dies der Moment gewesen war, in dem er sich aus der Schreckstarre gelöst und zum ersten Mal geschrien hatte, aber sicher war er sich nicht.

Er wusste nur noch, dass er losgerannt war, noch ehe der Wagen mit kreischenden Bremsen am Ende der Straße zum Stehen kam, und dass er eine lange rote Schleifspur auf dem Asphalt gesehen hatte. Tanjas Blut, das sich sofort mit dem Regen vermischte.

Warum bremst er erst so spät?, war ihm durch den Kopf geschossen, als würde das noch etwas ändern, und dann war er endlich bei Tanja.

Er ließ sich auf die Knie fallen, riss Tanja an sich und stellte mit Entsetzen fest, wie schlaff sich ihr Körper anfühlte.

Dann heulte der Motor erneut auf, Reifen quietschten

auf der nassen Straße, und der Wagen jagte um die Kurve davon.

Mark blieb am Boden kniend zurück. Er hielt Tanjas zerschmetterten Körper im Arm, tastete verzweifelt nach ihrem Puls und rief immer wieder ihren Namen.

Doch sie reagierte nicht. Sie atmete kaum noch und fühlte sich an wie eine leblose Puppe, die jemand auf die Straße geworfen hatte.

Binnen weniger Augenblicke war der Arzt in ihm zu der unerbittlichen Diagnose gelangt, dass sie im Sterben lag. Doch ein anderer Teil in ihm wollte es nicht wahrhaben. Der Mark, der diese junge Frau liebte, wollte mit aller Macht ignorieren, was er sah. All das Blut, ihre zerfetzte Jacke, das gebrochene Schlüsselbein, das wie ein Fremdkörper aus ihrer Schulter ragte …

»Nein, nein, nein!«, heulte er, während sie ihn aus weit aufgerissenen Augen anstarrte. Dicke Regentropfen rannen wie Tränen über ihr Gesicht.

Was ist geschehen?, schien ihn dieser Blick zu fragen. *Warum ich? Ich verstehe das nicht.*

Sie bewegte die Lippen, und ein Schwall aus Blut und Speichel ergoss sich über ihr Kinn.

Mark glaubte, den Verstand zu verlieren.

»Hilfe!«, brüllte er und sah sich verzweifelt um.

Doch da war keiner. Die Seitenstraße war verlassen, und niemand schaute auch nur aus dem Fenster. Er sah zu den Lichtern hoch, wusste, dass dort oben jemand war, aber niemand kümmerte sich um sie.

»Zu Hilfe! Verdammt, warum hilft denn keiner?«

Erneut klaffte Tanjas Mund auf, doch wieder drang kein Laut über ihre Lippen. Wieder schwappte nur Blut hervor, diesmal dunkler und mit Schaum durchsetzt, dann ging ein Rucken durch ihren Leib. Sie stieß ein Röcheln aus und verdrehte die Augen, bis nur noch das Weiße zu sehen war. Ihre Lider flackerten ein letztes Mal, dann war es vorbei.

Mark schrie, er heulte. Animalische Laute grenzenlosen Schmerzes und der Verzweiflung. Auf einmal begann sich alles um ihn herum zu drehen. Es war, als werde er in einer gigantischen Zentrifuge umhergeschleudert.

Hände packten ihn. Sie wollten ihm Tanjas toten Körper entreißen.

»Nein!« Er brüllte wie von Sinnen und drückte sie noch fester an sich. »Nein! Lasst sie los! Lasst sie …«

»Hören Sie auf!«, rief ein Mann, doch Mark achtete nicht auf ihn. »Hören Sie sofort auf damit!«

Er spürte, wie ihm Tanja aus den Armen gezerrt wurde, aber er konnte nicht erkennen, wer es war. Noch immer schien sich alles zu drehen.

Verzweifelt klammerte er sich an Tanjas Leiche, wollte sie festhalten, doch sie verschwand, ganz gleich, wie sehr er sich dagegen wehrte.

»Nein! Nicht! Das dürft ihr nicht tun! Tanja, bleib hier!«

»Herr Behrendt!«

Diesmal war es die Stimme einer Frau.

»Lassen Sie los!«

Dann schlug ihm jemand ins Gesicht und …

19.

... Mark riss die Augen auf.

»Mann, sind Sie verrückt geworden?«

Er blinzelte gegen die Helligkeit an und war für einen Augenblick ohne Orientierung.

Die Straße, der Regen, Tanja ...

Sie waren verschwunden – zurück an jenen dunklen Ort des Unterbewusstseins, an den alle bösen Träume verschwinden.

Stattdessen saß nun wieder der massige Mann im Anzug neben ihm, und er hielt die rechte Hand zu einem weiteren Schlag erhoben.

»Lassen Sie mich jetzt endlich los, oder soll ich Ihnen noch eine verpassen?«

Noch immer verwirrt schüttelte Mark den Kopf, dann wurde ihm wieder klar, wo er sich befand. Er saß in einer Airbus-Maschine der Lufthansa auf dem Flug nach London – und er hielt nicht Tanjas toten Körper, sondern den Oberarm seines Sitznachbarn umklammert.

Augenblicklich ließ er von ihm ab.

»Entschuldigung ... ich ... hatte einen Albtraum«, stammelte Mark, und sofort wusste er, dass diese Formulierung nicht korrekt war. Wenn es wenigstens nur ein Albtraum gewesen wäre. Dann hätte er gleich nach der Landung bei Tanja anrufen können und wäre beim Klang ihrer Stimme wieder beruhigt gewesen.

»Stell dir vor, was ich unterwegs für einen Mist geträumt habe«, hätte er gesagt, und sie hätte geantwortet, dass er sich keine Gedanken machen müsse. Alles sei in Ordnung, und er solle nur bald zurückkommen. Vielleicht – nein, sicher sogar – hätte sie das Telefonat mit einem »Ich vermisse dich« beendet, das er umgehend erwidert hätte.

Aber das war reines Wunschdenken. Tanja war tot, überfahren von einem Unbekannten, der Fahrerflucht begangen hatte, und die Erinnerung daran verfolgte ihn jetzt seit anderthalb Jahren. In der Realität und in seinen Träumen.

»Tut mir leid«, sagte er zu dem Anzugträger und rieb sich die Schläfen. Sein Schädel drohte zu zerspringen. »Tut mir wirklich leid.«

»Das will ich hoffen«, brummte der Mann. »Sie haben geschrien wie ein Wahnsinniger, wissen Sie das?«

Er strich sich die mit Gel an den Kopf geklebte Frisur zurecht, klopfte den Ärmel seines Sakkos ab und wechselte einen Blick mit jemandem, der hinter Mark stand.

Mark sah sich um und blickte in das erstaunte Gesicht einer Flugbegleiterin.

»Alles in Ordnung mit Ihnen?«

Sie wirkte viel zu verdutzt, um ihr einstudiertes Wie-kann-ich-Ihnen-behilflich-sein-Lächeln aufrechtzuerhalten, mit dem sie vor Marks Ausflug ins Reich der schlimmen Träume noch zwischen den Fluggästen auf und ab gegangen war.

Als er feststellte, dass ihn auch die übrigen Passagiere argwöhnisch musterten, nickte er nur.

»Kann ich Ihnen irgendetwas bringen?«, fragte die Flugbegleiterin, und nun kehrte wieder der Ausdruck des stets dienstbaren Geistes in ihr Gesicht zurück. »Ein Glas Wasser oder vielleicht ein Aspirin?«

Ja, das können Sie, dachte er. *Bringen Sie mir Ihren*

verdammten Getränkewagen, und ich mache sie alle nieder. All die kleinen Johnnie Walkers, Jack Daniel's, Southern Comforts, Chantrés, Gordon's Dry Gins und Wodka Smirnoffs. Manchmal hilft mir das, wissen Sie? In letzter Zeit sogar recht oft. Und wenn schon nicht gegen die bösen Erinnerungen, dann wenigstens gegen das verfluchte Zittern in meinen Händen. Also los, los, her damit! Geld spielt keine Rolle. Ich bin sowieso gerade so gut wie pleite.

Er starrte auf seine Hände und ertappte sich bei dem Gedanken, er könnte tatsächlich einen Drink bestellen. Vielleicht sogar zwei. Seine Zunge und erst recht seine Kehle lechzten förmlich nach etwas Scharfem, das ihr schmerzhaftes Verlangen befriedigte.

Dann presste er sich die Handflächen auf die Schenkel und sah wieder die Flugbegleiterin an.

»Hätten Sie vielleicht ein Päckchen Pfefferminzdragees für mich?«

20.

Als Mark aus der Zollkontrolle trat, empfing ihn Londons größter Flughafen mit typischer morgendlicher Betriebsamkeit. Der Anzugträger, der während des Flugs neben ihm gesessen hatte, eilte mit seinem Rollkoffer an ihm vorbei, um schnellstmöglich ein Taxi, den Heathrow Express oder einen Anschlussflug zu erreichen, und eine Blondine im grauen Businesskostüm entschuldigte sich bei ihrem Telefonpartner für die Verspätung. Der Abflug von Frankfurt hatte sich um zehn Minuten verzögert, und Mark dachte, was für eine absurde Welt, in der man in kürzester Zeit Hunderte von Kilometern zurücklegte und sich dann für eine zehnminütige Verspätung entschuldigen musste.

Dabei hatte er bis vor anderthalb Jahren noch ähnlich gedacht. Aber inzwischen wusste er, wie wenig man seine Zeit wirklich unter Kontrolle hatte. Darin lag die Ironie des Lebens: Manchmal bedurfte es schlimmer Ereignisse, um zu erkennen, was tatsächlich von Bedeutung war.

Er entdeckte Somerville neben einer kleinen Gruppe Wartender. Auch wenn sie sich seit Jahren nicht mehr gesehen hatten, erkannte er den Professor sofort. Zuletzt waren sie sich auf einem Psychiatriekongress begegnet, als sie gemeinsam an einer Podiumsdiskussion über die Therapiemöglichkeiten schwerer Traumata teilgenommen hatten. In den Monaten davor war Mark im Rahmen eines Hilfsprogramms der »Ärzte ohne Grenzen« in den ehemaligen Kriegsgebieten des Kosovo unterwegs gewesen und hatte bei dem Kongress über seine Erfahrungen mit den Opfern der Kriegsgräuel berichtet. Damals hatte er noch nicht ahnen können, dass er selbst einmal Opfer eines schweren Traumas werden würde, und jetzt erschien ihm die Erinnerung an jene Zeit wie die eines Fremden. Er war heute ein völlig anderer Mensch.

Lionel Somerville hingegen hatte sich, zumindest seinem Äußeren nach zu urteilen, kein bisschen verändert. Sein graues Haar war vielleicht eine Spur weißer geworden, aber seine Haltung war noch immer aufrecht, sein Erscheinungsbild gepflegt, und sein schlanker Körperbau verriet, dass er nach wie vor die Mittagspausen mit Joggingrunden auf dem Campusgelände des Londoner King's College verbrachte.

Als er Mark sah, winkte er ihm zu und lächelte breit. Dieses Lächeln irritierte Mark, ebenso wie Somervilles helle Sportjacke, seine beige Hose und der braune Seidenschal. Eigentlich hatte er erwartet, dass der Professor Schwarz tragen würde.

Somerville ging Mark entgegen und schüttelte ihm die Hand.

»Mark! Ich freue mich, Sie zu sehen. Wenn ich ehrlich sein soll, hatten George und ich ein wenig Zweifel, dass Sie kommen würden.«

»George?« Mark sah ihn konsterniert an. »Wollen Sie damit sagen, Professor Otis hat damit gerechnet, dass ich zu seiner Beerdigung kommen werde?«

»Zu behaupten, dass er damit *gerechnet* hätte, wäre übertrieben«, entgegnete Somerville. »Sagen wir lieber, er hatte es sich sehr *gewünscht.*« Er deutete auf Marks Sporttasche. »Ist das Ihr einziges Gepäckstück?«

»Ja, ich bleibe ja nur kurz.«

Wieder lächelte Somerville, und wieder irritierte er Mark damit, denn in seinen wasserblauen Augen spiegelte sich ein merkwürdiger Ausdruck – so als wisse Somerville, dass Mark sich täuschte. Mark sah ihn fragend an, aber der Professor ging nicht darauf ein, sondern sagte: »Wie sieht's aus? Möchten Sie hier am Flughafen noch einen Tee oder Kaffee trinken, oder sollen wir gleich aufbrechen?«

»Von mir aus können wir losfahren.«

»Sehr gut, dann kommen Sie. Nicht, dass Sie es mir nicht wert wären, mein Bester, aber die Parkgebühren hier sind recht saftig.«

Damit eilte Somerville voran, aus dem Flughafengebäude zu den Parkplätzen. Er sprach dabei über das lausige Wetter der letzten Tage und mutmaßte, dass es wohl auch in diesem Jahr schlecht um die Aussichten auf weiße Weihnachten bestellt sei.

Mark folgte ihm und fand die Situation irgendwie befremdlich. Zwar war Somerville schon immer eine starke Persönlichkeit gewesen, aber dennoch hatte er zumindest eine Spur von Trauer bei ihm erwartet, immerhin war George Otis sein Halbbruder gewesen.

In seinem Berufsleben als Psychiater hatte Mark mit unzähligen Menschen zu tun gehabt, die Angehörige und nahestehende Personen verloren hatten. Dass jemand so unbeschwert wirkte wie jetzt Lionel Somerville, kam selten vor. Doch jeder ging mit Trauer nun einmal auf seine Weise um.

Der Professor schien seine Gedanken erahnt zu haben, denn kurz nachdem sie losgefahren waren, sprach er das Thema an.

»Sie wundern sich, dass ich nicht traurig wirke, nicht wahr?«

»Ja, offen gesagt schon.«

»Das ist verständlich, aber sehen Sie, Mark, es ist nicht so, dass ich nicht darauf vorbereitet gewesen wäre.«

Verblüfft sah Mark ihn an. »Sie wussten, dass er sich das Leben nehmen wollte?«

»Ja«, entgegnete Somerville knapp und ordnete sich in der Spur ein, die in Richtung Innenstadt führte. »Ihnen gegenüber kann ich doch offen sein. George und ich haben seinen Tod *gemeinsam* geplant. Gleich nachdem er erfahren hatte, dass es keine Heilungschancen für ihn gab.« Wieder lächelte er Mark zu. »Und danach hatten wir noch eine gute Zeit. Eine *sehr* gute Zeit. Sie glauben gar nicht, wie viel intensiver man lebt, wenn man weiß, dass man sterben wird. Wir wissen es natürlich alle, nur wollen wir es nicht wahrhaben.«

Er wandte sich wieder der Straße zu, schaltete einen Gang zurück und überholte einen Lastwagen. »Nun, wie sehen Sie das, Mark? Verurteilen Sie unser Handeln?«

Mark sah aus dem Seitenfenster, wo dichter Verkehr an ihnen vorbeidrängte. Über ihnen erstreckte sich ein grauer Dezemberhimmel. »Nein, ich denke, das muss jeder für sich entscheiden. Ich habe zwar keine Geschwister, aber ich an Ihrer Stelle hätte den Willen meines Bruders wohl ebenfalls akzeptiert. Nur warum, um alles in der Welt, hat er es in der Öffentlichkeit getan?«

»Das hatte mehrere Gründe«, sagte Somerville, und nun trat zum ersten Mal ein ernster Ausdruck auf sein Gesicht. »Der wichtigste Grund war für ihn, dass er *mich* schützen wollte. Es sollte für jedermann klar ersichtlich sein, dass er es aus freien Stücken getan hat. Deshalb die Öffentlichkeit, und die Millennium Bridge hat er geliebt, ebenso wie das Wasser. Wir haben sie oft gemeinsam überquert und dabei die Schwingungen unter den Füßen genossen. Das hatte etwas von Schweben, von Freiheit, verstehen Sie?«

»Ja, sicher«, sagte Mark, »aber ihm muss doch auch klar gewesen sein, dass er den Menschen, die seinen Sprung mit ansehen mussten, einen ziemlichen Schock versetzen würde. So rücksichtslos hatte ich ihn gar nicht eingeschätzt.«

»Rücksichtslos?« Somerville stieß ein spöttisches Lachen aus. »Verzeihen Sie, wenn ich das so sage, Mark, aber ich glaube, Sie kannten Ihren Doktorvater nicht. George hat nie etwas dem Zufall überlassen. Er war von jeher ein Planer, das müssten Sie doch wissen.«

»Ja, schon, aber ...«

»Sie verstehen nicht, Mark«, unterbrach ihn Somerville. »Selbstverständlich hatte er sich seine Zeugen sehr wohl ausgesucht. Keine Kinder, das stand für ihn von Anfang an fest. Als er es tat, waren nur einige Touristen in seiner Nähe. Und was glauben Sie, wie die reagiert haben?«

»Wie meinen Sie das?«

»Nun, sie haben *Fotos* gemacht. Eines davon hatte es sogar auf die Titelseite unserer ach so seriösen *Daily Mail* geschafft. George, wie er auf der Brücke steht, kurz vor dem Sprung. Nein, Mark, das hat nichts mit Rücksichtslosigkeit zu tun. Der Tod ist in unserer zivilisierten Gesellschaft zur Attraktion geworden. Je grausamer, desto auflagenträchtiger. Die Leute sind regelrecht verrückt danach. Das dürften Sie doch inzwischen selbst zur Genüge erfahren haben, oder nicht?«

Mark entgegnete nichts. Er dachte an die Schlagzeilen, die es damals vor anderthalb Jahren gegeben hatte, an die sensationslüsternen Berichte der Presse über die mysteriöse Fahrerflucht. An die Spekulationen, ob es wirklich nur ein unglücklicher Zufall gewesen war, oder ob es sich um eine gezielte Tötung gehandelt hatte.

Ohne dieses Thema weiter zu vertiefen, fuhr Somerville fort: »Und was Georges Beziehung zu mir betrifft, so werden Sie vielleicht schon geahnt haben, dass wir nicht verwandt gewesen sind.«

Mark zuckte die Schultern. »Nun ja, es gab damals

Gerüchte während meines Studiums, aber ich habe nie viel darauf gegeben.«

Nun kehrte das schelmische Lächeln in Somervilles Gesicht zurück. »Oh, das hätten Sie ruhig tun können, mein Lieber, denn es ist wahr. George und ich waren keine Brüder, weder ganz noch zur Hälfte. Dieser kleinen Notlüge bedurfte es seinerzeit, sonst hätten wir unsere Professuren nie bekommen. Mag sein, dass man das heutzutage toleranter und politisch korrekter handhabt, aber zur damaligen Zeit im erzkonservativen Oxford ... Eher hätte der Papst für Kondome geworben.«

»Da haben Sie allerdings recht. Obwohl ich mir sicher bin, dass es die meisten dort gewusst haben.«

»Ja, ja, aber der Schein muss schließlich gewahrt bleiben, nicht?«, schmunzelte Somerville. Dann griff er in die Innentasche seiner Jacke und reichte Mark einen laminierten Ausweis.

Mark las seinen Namen darauf. Darunter prangte das Wappen des King's College.

»Wofür brauche ich den?«

»Tja«, Somerville bedachte ihn mit einem beinahe entschuldigenden Blick, »betrachten Sie diesen Ausweis als mein kleines Begrüßungsgeschenk. Ich hätte Ihnen zwar sehr gern unser Gästezimmer angeboten, aber da ich mich noch vor der Beerdigung aus dem Staub machen werde, habe ich Sie im Wohnheim des Colleges untergebracht. Sie sind nun offizieller Gastdozent und können Ihr Zimmer nutzen, solange es Ihnen beliebt. Ich hoffe, das ist für Sie in Ordnung?«

»Vielen Dank, aber wenn ich das gewusst hätte, hätte ich mir auch ein Hotelzimmer nehmen können.«

»Genau deswegen habe ich es Sie *nicht* wissen lassen.« Der Professor zwinkerte ihm verschwörerisch zu. »Wissen Sie, Mark, ein Hotelzimmer hätten Sie für einen bestimmten und wahrscheinlich recht kurzen Zeitraum gebucht. Aber wenn Sie schon einmal in Ihre alte Heimat zurückkehren, können Sie sich doch auch ein bisschen mehr Zeit lassen, nicht wahr? Vielleicht hilft Ihnen der Blick zurück, den Weg nach vorn wiederzufinden. Oder haben Sie in nächster Zeit etwas Besseres vor?«

Mark betrachtete den Ausweis, dann schüttelte er den Kopf. »Solange das nicht bedeutet, dass ich vor Studenten reden muss, vielen Dank.«

»Keine Sorge«, Somerville lachte, »es sind sowieso bald Weihnachtsferien.«

Es dauerte noch eine Weile, ehe sie den Parkplatz des College-Wohnheims erreicht hatten, und Mark wurde den Eindruck nicht los, dass es noch etwas gab, das Somerville ihm zu sagen hatte. Aber wenn dem so war, umging er dieses Thema geschickt während ihrer weiteren Unterhaltung. Stattdessen sprachen sie über die Stadt und wie sie sich verändert hatte in den letzten Jahren, und Somerville hatte jede Menge Anekdoten zu erzählen.

Erst als sie neben dem Eingang zum Wohnheim hielten und Somerville Marks Tasche aus dem Kofferraum nahm, trat wieder dieser vielsagende Ausdruck in seine Augen.

»So, da wären wir«, sagte er und reichte Mark sein Gepäck. »Willkommen im guten alten London. Nun kommen Sie erst einmal in Ruhe hier an, und heute Abend sehen wir uns dann bei uns zu Hause. Wäre acht Uhr in Ordnung für Sie?«

Mark fiel auf, dass Somerville noch immer von *uns*

sprach, obwohl es jetzt nur noch *sein* Haus sein würde, und ihm wurde klar, dass der Professor damit seine Trauer enttarnte.

Für ihn ist es noch immer unser Haus, dachte er, *weil es so unendlich schwerfällt, loszulassen.*

Er bedankte sich für die Einladung und wartete darauf, dass Somerville noch etwas hinzufügte. Etwas, das seinen wissenden Gesichtsausdruck erklärt hätte. Als sich der Professor ohne ein weiteres Wort zum Gehen wandte, beschloss Mark, in die Offensive zu gehen.

»Professor?«

Somerville blieb stehen. Er nickte zufrieden, ehe er sich wieder zu Mark umsah.

»Lionel«, sagte er. »Nennen Sie mich Lionel, wie alle meine Freunde.«

»Also gut, Lionel, ich möchte Sie gern noch etwas fragen. Es geht um unser Telefonat neulich, um die Andeutung, die Sie gemacht haben.«

»Ich weiß, was Sie meinen.« Wieder sah ihn Somerville mit seinem wissenden Lächeln an. »Und Ihre Neugier freut mich. Sehr sogar. Kommen Sie heute Abend vorbei, dann werde ich es Ihnen erklären. Ich habe etwas für Sie, das womöglich Ihr Leben verändern wird.«

21.

Das Zimmer im Wohnheim des King's College war klein und zweckmäßig. Ein Bett, ein Schrank, ein kleiner Tisch mit einem Holzstuhl und die Nasszelle, das war alles. Die

Toilette befand sich auf dem Gang. Es gab keine Bilder an den Wänden und auch sonst nichts, was den Raum auch nur annähernd wohnlich gestaltet hätte.

Eine Weile sah Mark aus dem Fenster in den Innenhof, auf dessen rötlichem Pflaster der Regen tanzte, und fragte sich, ob es wirklich richtig gewesen war, nach London zu kommen.

Natürlich hatte er Professor Otis sehr geschätzt. Sie hatten sich immer gut verstanden und auch noch lange Zeit nach seinem Studium den Kontakt aufrechterhalten – die Nachricht vom Selbstmord seines Doktorvaters war ein ziemlicher Schlag für ihn gewesen. Aber der Grund, warum er nun hier war, war nicht allein Otis' Beerdigung. Vielmehr war es eine Flucht – vor seinem Leben und vor etwas, für das er noch immer keinen Namen fand.

Angst vielleicht.

Oder *Leere*.

Oder beides.

Mark wandte sich vom Fenster ab. Er beschloss, trotz des Regens und des kalten Windes, einen Spaziergang zu machen.

Das Themseufer lag unweit des Campus, und Mark konnte schon von Weitem das London Eye mit seinen futuristisch anmutenden Gondeln ausmachen. Bei seinem letzten Besuch hatte er für einige Stunden den Kongress für eine Fahrt mit dem Riesenrad geschwänzt. Damals war der Himmel strahlend blau und die Aussicht auf das Parlamentsgebäude phänomenal gewesen, doch heute würden die Touristen ihre Kameras eingesteckt lassen.

Wegen des schlechten Wetters waren nur wenige Passanten am Victoria Embankment unterwegs, und als Mark schließlich die Millennium Bridge erreichte, fand er sie für einige Minuten menschenleer vor. Ein ungewohnter Anblick.

Erst als er die Fußgängerbrücke betrat, kamen ihm von der gegenüberliegenden Seite ein Jogger und dahinter zwei junge Frauen entgegen, die sich laut lachend unterhielten, während der Wind an ihren Regenschirmen zerrte.

Die Stelle, von der Professor George Otis gesprungen war, ließ sich leicht ausmachen. Ziemlich exakt in der Mitte der Brücke hatten Freunde und Studenten allerlei Blumen und sogar Kränze niedergelegt – bunte Farbtupfer im tristen Grau des späten Vormittags.

Mark blieb an der Stelle stehen und sah zur Themse hinab, die träge und dunkel unter ihm dahinfloss. Er spürte die sanften Schwingungen der Brücke im Wind und musste an Lionel Somervilles Worte denken.

Das hat etwas von Schweben, von Freiheit, verstehen Sie?

Ja, Mark verstand, was er meinte, und er versuchte auch zu verstehen, was in Otis vorgegangen sein musste, ehe er das Seitengeländer erklommen hatte und gesprungen war.

Ihm musste bewusst gewesen sein, dass ihn dieser Sprung nicht töten würde, dafür war die Millennium Bridge nicht hoch genug. Die Hornsey Lane Bridge im Norden der Stadt, die sich mit der Clifton Suspension Bridge in Bristol den traurigen Ruf als beliebteste Selbstmörderbrücke des Landes teilte, hätte sich für seine Absicht deutlich besser geeignet.

Aber George Otis wäre niemals auf eine stark befahrene Straße gesprungen. Schon allein nicht wegen der Leute, die er dadurch in Gefahr gebracht hätte.

George Otis war hier gesprungen, weil er *das Wasser liebte*, wie Somerville gesagt hatte. Er hatte die Arme ausgebreitet und sich mit den Füßen vom Geländer abgestoßen. Nur Sekundenbruchteile später war er in die Themse eingetaucht und schließlich ertrunken.

Otis war ein sportlicher Mann gewesen, ein guter Schwimmer. Wie viel Überwindung musste es ihn gekostet haben, sich dem kalten Wasserstrom einfach auszuliefern?

Wie viel Willensstärke?

Wie viel Angst musste er gehabt haben?

Nicht so viel Angst wie vor den Metastasen in seinem Kopf, die ihm früher oder später den Verstand und letztlich seine Persönlichkeit geraubt hätten, dachte Mark.

»Hey!«

Eine entfernte Männerstimme hinter ihm. Erschrocken fuhr Mark herum.

Dieses »Hey«!

Er sah einen Fahrradkurier, der auf ihn zuradelte. Sein neongelbes Regencape flatterte im Wind.

»Hey! Sie! Warten Sie doch!«

Wieder die Männerstimme, und dann erkannte Mark den Rufer in einiger Entfernung. Es war ein älterer Mann, der einen kleinen dunklen Gegenstand hochhielt.

Im selben Augenblick bremste der Kurier und sah sich um.

»Sie haben etwas verloren!«, rief der Mann dem Radler zu, und Mark atmete erleichtert auf. Der Hey-Ruf hatte nicht ihm gegolten.

Diesmal nicht.

Aber als Mark sich auf den Weg zurück zum Campus machte, schlug sein Herz noch immer wie wild.

Dieses »Hey«, das seit jenem Abend vor anderthalb Jahren in seinem Kopf nachhallte …

Wann würde es endlich verstummen?

22.

»Fuck!«

Sarah packte den nächstbesten Gegenstand, den sie in die Finger bekam, und schmetterte ihn zu Boden.

Stephens schwarzer Stifteköcher barst in zahllose Plastiksplitter, und ein Heer von Kugelschreibern schlitterte über den Parkettboden des Arbeitszimmers. Die meisten stammten aus Hotels, in denen ihr Mann während der letzten Jahre übernachtet hatte, wenn er zu Kunden oder Bauabnahmen oder anderen Geschäftsterminen unterwegs gewesen war. Seine heimlichen Reisesouvenirs aus allen Ecken des Landes.

Doch wohin er diesmal gefahren war, verrieten sie ihr ebenso wenig wie Stephens Unterlagen.

»Verdammt, Stephen, wo bist du hin?«

In einer weiteren Welle hilflosen Zorns trat sie nach den Kugelschreibern, die wie ein bunter Haufen Mikadostäbe durcheinanderfielen, dann sah sie zur Wanduhr hoch.

Fast drei Stunden, dachte sie erschrocken. So lange durchsuchte sie nun schon sein Arbeitszimmer nach einem Anhaltspunkt, und was hatte sie gefunden?

Nichts.

Nur Berge von Ordnern und Unterlagen über Projekte, die bereits in die Wege geleitet oder abgeschlossen waren.

Stephen hatte von der Aussicht auf ein *neues* Projekt gesprochen, das wusste sie jedenfalls sicher. Aber offenbar gab es keinerlei Aufzeichnungen darüber. Zumindest nicht hier. Er musste alle relevanten Unterlagen mitgenommen haben.

Irgendetwas war in den letzten Jahren schiefgelaufen, das spürte Sarah mehr denn je. Sie hatten sich voneinander entfernt. Jeder hatte sein eigenes Leben geführt. Und obwohl Sarah es seit Langem bemerkt hatte, hatte sie keine Anstrengung unternommen, etwas dagegen zu tun. Im Gegensatz zu Stephen – das wurde ihr jetzt schmerzlich bewusst. Oft genug hatte Stephen versucht, sich ihr wieder anzunähern, und ebenso oft hatte sie ihn auflaufen lassen. Was sollte denn nicht stimmen? Nein, in ihrer kleinen Ehewelt war doch alles in bester Ordnung!

Nun sah sie das Ergebnis: Nun war sie die Ehefrau, die viel zu wenig von ihrem Mann wusste. Nicht einmal das Passwort zu seinem Computer, um in seinem Terminkalender nachsehen zu können. Sämtliche Passwörter, die ihr in den Sinn gekommen waren, hatten sich als falsch erwiesen. Wie es schien, bediente sich ihr Mann nicht mehr der Vornamen, Kosenamen oder Geburtstage der Familienmitglieder, wie er es früher getan hatte. Und falls Stephen seine Angewohnheiten nicht geändert hatte und immer noch zusätzlich zum elektronischen Organizer seines Smartphones einen klassischen Terminkalender benutzte, so musste er ihn ebenfalls mitgenommen haben.

Natürlich hat er das, dachte sie frustriert. *Ich hätte den Kalender an seiner Stelle ja auch mitgenommen. Der*

Technik kann man schließlich nicht trauen. Aber einen Versuch war es trotzdem wert. Ich muss doch etwas tun! *Ich kann doch nicht nur herumsitzen und warten, bis die Polizei seinen Wagen findet.*

Aber wie sollte sie jetzt weitermachen?

Bei sämtlichen seiner Kunden anrufen und fragen, ob sie zufällig wussten, wo sich ihr Mann gerade aufhielt?

Oder alle Krankenhäuser des Landes abtelefonieren?

Wie viele Notaufnahmen mochte es wohl allein in Kent geben?

Falls Stephen überhaupt nach Kent gefahren ist.

Sie war sich ja nicht einmal mehr sicher, ob er tatsächlich von Kent gesprochen hatte. Stattdessen erinnerte sie sich jetzt, worüber sie wirklich nachgedacht hatte, als Stephen sich von ihr für die nächsten Tage verabschiedet hatte – daran, dass Harveys Frühstücksflocken zur Neige gingen, und dass sie auf dem Rückweg vom Supermarkt etwas beim Italiener mitnehmen würde, eine große Portion von Harveys Lieblings-Spaghettigericht und etwas Süßes zum Nachtisch.

Daran hatte sie gedacht, während ihr Mann mit seinem Koffer im Flur gestanden hatte. *Das* waren inzwischen ihre Prioritäten.

Am liebsten hätte sie sich dafür selbst geohrfeigt.

Sie konnte *nichts* tun, so sah die Wahrheit aus. Das war ebenso frustrierend wie die Angst, die sie vor ihrem eigenen Haus entwickelt hatte. Die Furcht davor, beim Eintreten von einem fremden vernarbten Gesicht empfangen zu werden – von einem Mann, dem Stephens Anzug viel zu klein war und der ein Küchenmesser in der Hand hielt.

Während der letzten drei Stunden war sie immer wieder

zusammengefahren, wenn der Heizkörper ein leises Brummen von sich gegeben oder der Kühlschrank in der Küche sich eingeschaltet hatte. Kleine Alltagsgeräusche, die sie Tag für Tag hörte, waren nun zu Lauten geworden, die sie erschreckten. Daran änderte auch die Alarmanlage nichts, die sie während ihrer Abwesenheit eingeschaltet hatte, wie immer, wenn niemand im Haus war. Sie hatte auch bereits den Schlüsseldienst bestellt, aber eine freundliche junge Frau hatte ihr am Telefon erklärt, ihr Haustürschloss werde man frühestens in zwei Tagen austauschen können, schneller gehe es beim besten Willen nicht.

Willkommen im Club meiner Ängste, dachte Sarah in einem Anflug von verzweifeltem Sarkasmus und rieb sich erschöpft die Schläfen.

Aber was mache ich mir Gedanken um das Haus? Es gibt ohnehin keinen Grund für uns, hierher zurückzukommen. Stephen wird sich nicht melden. Ich habe bis jetzt nichts von ihm gehört, und ich werde auch weiterhin nichts von ihm hören. Der Anrufbeantworter wird tot bleiben, weil Stephen ebenfalls …

Das Schrillen ihres Handys bewahrte sie davor, den Gedanken zu Ende zu denken. Sie schreckte auf wie aus einem Albtraum.

Stephen!

Sie stieß den ledernen Bürostuhl zurück und lief auf den Flur, wobei sie fast auf den Kugelschreibern auf dem Boden ausgerutscht wäre. In fieberhafter Eile durchsuchte sie ihre Jackentaschen und fand schließlich das Handy.

Sie zögerte. Nein, Stephen konnte es nicht sein, sie machte sich da besser keine falschen Hoffnungen. Vielleicht war es nur Gwen, die wissen wollte, ob Sarah etwas gefunden hatte, oder wann sie wieder zurückkam. Oder es war die Polizei, die ihr mit routiniertem Bedauern mitteilen würde, dass man eine schlechte Nachricht für sie habe …

Doch es waren weder Gwen noch die Polizei. Stattdessen las sie auf dem Display einen Namen, der ihr vor Freude den Atem stocken ließ.

Stephen.

»Stephen! Endlich! Wo steckst du, um Himmels willen? Ich habe mir solche Sorgen gemacht!«

»Das tut mir leid, mein Schatz«, kam die ruhige Antwort, und ihr Herz schien für einen Schlag auszusetzen.

»Wirklich«, hörte sie den Unbekannten mit dem Narbengesicht sagen, »ich wollte dir gestern keine Angst machen, und Harvey erst recht nicht. Ich liebe euch doch!«

Für einen Moment schnürte es Sarah die Kehle zu. Sie schnappte nach Luft.

»Was … was wollen Sie?« Sie konnte kaum sprechen. »Wo ist mein Mann?«

Für einige Sekunden herrschte Stille am anderen Ende der Leitung, und Sarah befürchtete schon, der Unbekannte habe aufgelegt. Dann meldete er sich wieder.

»Ich verstehe dich nicht.« Er sprach leise, und seine Stimme klang seltsam traurig. »Ich *bin* dein Mann, Sarah.«

»Nein, verdammt, Sie sind nicht Stephen! Ich will endlich wissen, wo er ist!«

»Im Moment bin ich gar nicht weit von dir entfernt.«

Ihr wurde schwindelig.

Ob er das Haus beobachtete?

Gut möglich.

Sie schlich zur Haustür und stellte erleichtert fest, dass ihr Schlüssel nach wie vor von innen steckte. Wenn dieser

Kerl hereinwollte, würde er eine Fensterscheibe einschlagen müssen, und das würde selbst ein Verrückter wie er nicht am helllichten Tag wagen.

»Ich habe meine Reise abgesagt«, fuhr der Unbekannte fort, während Sarah zum Festnetzapparat auf der Kommode sah und dann ihre Taschen nach der Visitenkarte des Polizisten durchsuchte. »Ich werde auch keine neuen Termine mehr annehmen, das verspreche ich euch. Wir sollten wieder mehr Zeit miteinander verbringen. So wie früher.«

Sie schnaubte verächtlich in das Telefon. »Denken Sie allen Ernstes, ich werde Ihnen glauben, dass Sie mein Mann sind? Wie verrückt sind Sie eigentlich?«

Er seufzte tief. »Sarah, mein Schatz, bitte hör mir doch zu …«

»Nein«, unterbrach sie ihn, »Sie werden jetzt *mir* zuhören. Ich weiß nicht, was Sie von mir wollen und warum Sie das tun, aber ich schwöre Ihnen, ich lasse mich nicht von Ihnen einschüchtern. Und wenn Stephen irgendetwas zugestoßen sein sollte, dann gnade Ihnen Gott!«

»Sarah!« Nun wurde seine Stimme ebenfalls lauter. »Warum willst du mir denn nicht glauben? Sei doch vernünftig!«

»Vernünftig? Das sagen ausgerechnet Sie?«

»Ja, Sarah. Denk doch einmal nach. Warum machst du es dir unnötig schwer?«

»Zum letzten Mal«, fuhr sie ihn an. »Sagen Sie mir, wo mein Mann ist!«

»Sarah, Sarah, Sarah … « Wieder seufzte er tief. »So geht das nicht. Wir sollten uns unterhalten, aber nicht jetzt.«

»Doch, wir werden *jetzt* reden! Hören Sie? Jetzt!«

»Du solltest dich zuerst einmal beruhigen. Ich rufe dann wieder an.«

»Nein, bitte!« Nun bettelte sie. Die harte Tour hatte nicht geholfen, aber vielleicht gab ihm ihr flehender Tonfall das nötige Machtgefühl zurück. »Bitte legen Sie nicht auf!«

»Keine Sorge«, sagte er, und es kam ihr so vor, als ob er dabei lächelte. »Ich bin immer in deiner Nähe. Ach ja, noch etwas, du hattest übrigens recht, mein Liebling.«

»Recht? Womit?«

»Das Tiramisu war tatsächlich so gut wie das von Vittorio.«

Dann legte er auf.

»Nein! Nicht!«

Sarah wählte hektisch Stephens Nummer. Sie musste weiter mit diesem Verrückten reden, eine andere Chance sah sie nicht. Doch sie erreichte wieder nur Stephens Mailbox, und der Klang seiner Stimme trieb ihr die Tränen in Augen.

»Verdammter Scheißkerl!«

Sie hob ihr Handy, wie um es gegen die Wand zu schleudern, besann sich aber im allerletzten Moment.

Schluchzend ließ sie sich auf den Boden sinken. Sie konnte minutenlang keinen klaren Gedanken fassen. Schließlich fiel ihr Blick auf die Visitenkarte, die sie noch immer in der Hand hielt.

PI Martin Pryce

Metropolitan Police Service

Sie wischte sich die Tränen aus den Augen und wählte die Nummer. Ihre Finger zitterten, und sie hatte Mühe, die richtigen Tasten zu treffen. Tatsächlich meldete sich eine elektronische Frauenstimme, die ihr mitteilte, dass die gewählte Rufnummer nicht existierte.

»Ich muss mich zusammennehmen«, murmelte sie. »Sonst verliere ich noch den Verstand.«

Der zweite Versuch glückte. Als Pryce sich meldete, durchströmte Sarah ein merkwürdiges Gefühl der Erleichterung. Es musste daran liegen, dass sie der Polizist sofort wiedererkannte.

»Oh, Mrs. Bridgewater! Sehr freundlich, dass Sie anrufen, aber das wäre nicht nötig gewesen, wir wissen schon Bescheid.«

»Verzeihung?«

»Ihr Mann hat sich bereits bei uns gemeldet.« Seine Antwort traf Sarah wie ein Stromstoß. »Ich bin froh, dass sich die Sache so schnell aufgeklärt hat. So ein defekter Handy-Akku kann eine ziemliche Plage sein, wenn man spätnachts irgendwo in der Walachei unterwegs ist.«

»Aber der Mann in meinem Haus …«

»Keine Sorge«, unterbrach er sie, und sie hörte das Heulen einer Polizeisirene im Hintergrund, »wir werden die Sache im Auge behalten und weiterhin verstärkt in Ihrer Gegend patrouillieren. Jetzt entschuldigen Sie mich bitte, wir sind gerade zu einem Einsatz unterwegs. Aber danke für Ihren Anruf.«

Damit unterbrach er die Verbindung.

Sarah würgte, sie sprang auf und rannte zur Toilette.

23.

Das Haus, in dem die beiden Professoren als vorgebliche Halbbrüder gelebt hatten, befand sich in einem noblen Viertel in Kensington. Es war ein schmucker viktorianischer Bau, der fast hochherrschaftlich anmutete.

Nicht weit davon entfernt erstreckten sich die einstigen königlichen Parkanlagen, und nur wenige Straßen weiter östlich verbarg sich eines der in den Achtzigerjahren wohl bekanntesten Gebäude dieser Gegend hinter einer hohen Mauer: Logan Place Nr. 1, die ehemalige Villa von Freddie Mercury.

Mark erinnerte sich, wie er als Teenager stundenlang vor dem Tor gewartet hatte, in der stillen Hoffnung, ein Autogramm zu ergattern. Doch mehr als Ärger hatte ihm dieses Warten nicht eingebracht. Er und zwei seiner Freunde waren von einer Polizeistreife überprüft worden, und als die Polizisten sie zum Weitergehen aufgefordert hatten, war es zum Streit gekommen. Mark hatte sich im Recht gefühlt, immerhin standen sie auf einem öffentlichen Gehweg und nicht auf dem Privatgründstück des Sängers. Doch die Polizisten hatten das anders gesehen. Sie hatten die Personalien der Jungs aufgenommen und ihnen eine schriftliche Verwarnung verpasst.

Mark konnte sich nur zu gut an das zornrote Gesicht seines Vaters erinnern und wie er seinen aufsässigen halbwüchsigen Sohn auf Deutsch ausgeschimpft hatte, damit Marks Mutter nicht jedes Wort mitbekam.

Als Sohn eines leitenden Bankangestellten habe Mark sich *verflucht noch mal* zu benehmen, denn die Leute kämen in seine Bank, weil sie einem Mann mit *gutem Ruf* vertrauten. Ob Mark denn allen Ernstes wegen eines herumjaulenden *Rock'n'Roll-Idioten* den guten Ruf seiner Familie schädigen wolle?

Was denn als Nächstes käme?

Ob er sich vielleicht ebenfalls die Haare wachsen lassen und *herumgammeln* wolle?

Doch Mark hatte sich stattdessen die Haare abrasiert und in einer Punkband gespielt, zunächst am Bass und dann als Leadgitarrist – was wohl einer der Gründe dafür gewesen war, weshalb sie es nie weit gebracht hatten.

Aber da seine Schulnoten nach wie vor hervorragend waren, hatte sein Vater den Kampf der Generationen schließlich aufgegeben und sich mit Mark versöhnt. Sicherlich hatte auch das gute Zureden von Marks Mutter eine Rolle dabei gespielt. Wenn selbst eine Konzertpianistin Verständnis für die, aus Sicht seines Vaters, *abartigen Musikvorlieben* ihres Sohnes zeigte, dann hatte sein völlig amusischer Vater als Mann der Zahlen dem nicht viel entgegenzusetzen. Und als Mark schließlich auf seinen ursprünglichen Plan einer Musikerkarriere zugunsten eines Medizinstudiums in Oxford verzichtet hatte, waren sämtliche vorangegangenen Streitereien endgültig vergessen.

Wahrscheinlich hätte Marks späterer Entschluss, das Fachgebiet der Psychiatrie zu wählen, für neue Spannungen gesorgt – eine Chirurgenkarriere hätte sicherlich eher dem Wunsch seines alten Herrn entsprochen –, aber diesen Schritt hatten seine Eltern nicht mehr miterlebt. Noch bevor Mark ins dritte Semester gewechselt hatte, waren sie kurz nacheinander gestorben.

Trotz aller Konflikte und der konservativen Ansichten seines Vaters, dachte Mark gern an seine Eltern zurück.

Vor allem jetzt, wo er in seiner eigenen privaten Hölle gefangen war, fehlten sie ihm.

Er schob sich ein Pfefferminzdragee in den Mund, zog die kalte Abendluft durch die Zähne und spürte das Brennen auf der Zunge, das sein Verlangen nach Alkohol ein wenig dämpfte.

Dann ging er auf das Haus zu und fragte sich, was Somerville ihm wohl Wichtiges mitzuteilen hatte, das womöglich sein ganzes Leben verändern würde.

24.

Somerville öffnete ihm mit einem anerkennenden Blick auf die Armbanduhr.

»Guten Abend, Mark. Pünktlich auf die Minute. Ihre deutschen Wurzeln können Sie offensichtlich nicht verleugnen.«

Mark grinste. »Oh, ich wusste gar nicht, dass Sie Klischees lieben. Ausgerechnet Sie?«

»Touché, mein Bester«, lachte Somerville. »Sie sind offensichtlich doch noch der Mark Behrendt, den ich kannte. Na denn, kommen Sie herein.«

Er deutete auf den Durchgang zum Speisezimmer, aus dem Mark ein kräftiger Duft von Kreuzkümmel und Koriander entgegenströmte.

»Hoffentlich mögen Sie indisches Essen? Ich habe uns ein hervorragendes Curry bestellt, denn ich muss gestehen, Kochen ist nicht gerade meine Stärke. Das war Georges Domäne.«

»Ehrlich gesagt, bin ich nicht sehr hungrig«, entgegnete Mark. »Ich dachte, dass wir vielleicht …«

»Ich verstehe.« Somerville nickte. »Ich kann mir vorstellen, dass Sie neugierig sind, Mark, aber tun Sie mir den Gefallen und essen zuerst mit mir zu Abend. Es wird meine letzte Mahlzeit hier im Haus sein, und ich würde sie nur sehr ungern allein einnehmen.«

Mark hob die Brauen. »Ihre letzte Mahlzeit in diesem Haus? Sie wollen fortziehen?«

Wieder lachte der Professor und hob abwehrend die Hände. »Nun ja. Morgen werde ich zunächst in den Urlaub aufbrechen. Weg aus dem düsteren London, auf eine kleine Insel im Südpazifik. Rarotonga, ein wirklich paradiesischer Flecken Erde. Dort haben George und ich unseren ersten gemeinsamen Urlaub verbracht. Aber im Anschluss werde ich tatsächlich eine Stelle in Christchurch antreten. Neuseeland hat mich schon immer fasziniert, wissen Sie? Vielleicht haben Sie ja Lust und besuchen mich dort eines Tages?«

»Das heißt, Sie haben das Haus verkauft?«

»*George* hat es verkauft«, sagte Somerville und machte eine ausschweifende Geste, »mit allem Drum und Dran. Es war *sein* Haus. Damit hat er es mir leichter gemacht, mich in Christchurch zu bewerben. Bis auf ein paar Kleider werde ich den ganzen Krempel hierlassen und neu anfangen. Wenn Sie so wollen, war das sein Vermächtnis an mich.«

Damit wandte sich Somerville um und ging voran ins Speisezimmer. »Nun kommen Sie schon, Mark. Es wäre ein Verbrechen, dieses köstliche Curry kalt werden zu lassen. Ich bin sicher, Sie werden es lieben.«

25.

Der Professor hatte nicht zu viel versprochen. Das Lammcurry war in der Tat köstlich. Mark musste zugeben, dass er nicht mehr so gut Indisch gegessen hatte, seit er aus London weggezogen war.

Während des Essens erzählte ihm Somerville von seiner Arbeit am College und von den Forschungsprojekten, an denen er zusammen mit George Otis gearbeitet hatte. Eines davon, Otis' letztes Projekt, sei von ganz besonderer Bedeutung gewesen, meinte er, ohne jedoch näher darauf einzugehen.

Dass Mark selbst nicht mehr praktizierte und schon seit längerer Zeit auch nicht mehr in der Forschung tätig war, ignorierte Somerville während der Unterhaltung völlig. Immer wieder fragte er nach Marks wissenschaftlicher Meinung, und Mark ging ihm zuliebe bereitwillig darauf ein. Er wollte Somerville nicht diesen letzten Abend verderben, denn ihm war klar, dass er hier auch ein letztes Mal ein Ritual vollzog, das es künftig nicht mehr für ihn geben würde – das gemeinsame häusliche Abendessen.

Nach dem Essen stand Somerville abrupt auf und verschwand in der Küche, als ob er Mark damit zu verstehen geben wollte, dass ihre Unterhaltung nun beendet war und der eigentliche Programmpunkt des Abends folgen würde. Kurz darauf kehrte er mit einer Tasse zurück.

»Ihr Espresso. Schwarz und ohne Zucker, wenn ich mich recht entsinne. Sie sind doch noch Kaffeetrinker, nicht wahr?«

»Ja, bin ich.« Mark nickte und sah auf die Tasse. Somerville stellte sie nicht ab.

»Gut, dann wären wir jetzt so weit.« Der Professor deutete auf eine große Schiebetür. »Folgen Sie mir bitte nach nebenan.«

Er führte Mark in einen großen, mit dunklem Holz getäfelten Raum, der halb Bibliothek, halb Wohnzimmer war und in dem der Geruch nach Leder und Holzpolitur vorherrschte.

Dort stellte er die Tasse auf einem kleinen Couchtisch ab, woraufhin er Mark eine Fernbedienung reichte.

»Was Sie erfahren sollen, wird Ihnen George selbst mitteilen«, sagte er und deutete zu einem großen Flachbildschirm, der in das gegenüberliegende Regal eingepasst war. »Für mich ist es jetzt an der Zeit, mich von Ihnen zu verabschieden. Mein Flug geht morgen sehr früh, und ich muss noch ein paar Dinge packen. Wenn Sie hier fertig sind, finden Sie selbst hinaus, denke ich?«

Mark war erstaunt. Zwar war Lionel Somerville in zwischenmenschlichen Dingen schon immer alles andere als konventionell gewesen, aber dieses merkwürdige Verhalten verblüffte ihn dennoch.

»Sie wollen also wirklich nicht zu seiner Beerdigung kommen?«

Somerville nickte bedächtig. »Ja, ganz recht. Ich habe noch nie viel auf rührende Reden und feierliche Zeremonien gegeben, selbst wenn sie ehrlich gemeint sind. Für mich ist George noch immer lebendig, hier drin und hier.« Er deutete zuerst auf seinen Kopf, dann auf seine Brust. »Können Sie das verstehen?«

»O ja, ich glaube schon.«

»Das dachte ich mir.« Nun erkannte Mark zum ersten Mal die tiefe Trauer in Somervilles Gesicht. Es war, als ob der Professor eine Maske abgenommen hätte. »Sie kennen diese innere Leere ebenfalls, nicht wahr?«

Diesmal konnte Mark nur nicken. Es war schwer, dem Blick seines Gegenübers standzuhalten, denn irgendwie war es für ihn, als würde er in einen Spiegel sehen.

»Wie war ihr Name?«, fragte Somerville.

Mark musste schlucken, ehe er antworten konnte.

»Tanja.«

Wie jedes Mal, wenn er ihren Namen aussprach, kam die Erinnerung zurück und stach wie eine glühende Nadel in seine Brust. Dann schrillte eine hässliche Stimme in seinem Kopf.

Hey, Doktor!

Er ballte die Fäuste, und es kostete ihn alle Kraft, sich sein Entsetzen nicht anmerken zu lassen.

»Tanja«, wiederholte der Professor. »Ein schöner Name.«

Er ging zur Tür und sah sich noch einmal um. »Auf Wiedersehen, Mark. Das hoffe ich zumindest sehr.«

»Ich werde darüber nachdenken«, versprach Mark. »Alles Gute für Sie, Lionel.«

»Dito«, sagte Somerville und machte eine Kopfbewegung zu dem Bildschirm. »Ich bin sehr gespannt, wie Sie sich entscheiden werden.«

»Entscheiden?«

Somerville grinste nur wieder auf seine geheimnisvolle Weise.

»Das wird Ihnen der alte Dickschädel schon erklären.«

Dann schloss er die Schiebetür, und Mark war allein.

26.

Seufzend ließ Mark sich auf die dunkle Ledercouch sinken und betrachtete den schwarzen Bildschirm.

Eine Videobotschaft, die mein Leben verändern wird, dachte er.

Ja, diese theatralische Inszenierung passte zu seinem Doktorvater, ebenso wie sein hochdramatischer Abgang aus dieser Welt.

George Otis war seit jeher ein leidenschaftlicher Philosoph und Theaterliebhaber gewesen. Als Junge hatte er davon geträumt, eines Tages am Royal Shakespeare Theatre den Macbeth zu geben, und hätte er als Schauspieler seinen Lebensunterhalt bestreiten können, wäre er wahrscheinlich nie Psychiater geworden. Das jedenfalls hatte er Mark einmal anvertraut, und Mark hatte keinen Moment daran gezweifelt.

Er nippte an seinem Espresso, dann drückte er die Play-Taste der Fernbedienung. Mit leisem Summen ging der DVD-Spieler in Betrieb, und der Bildschirm erwachte zum Leben.

Gleich darauf erschien ein überlebensgroßer George Otis vor ihm, und Mark erschrak über sein Aussehen.

Sie waren sich zuletzt vor knapp drei Jahren begegnet, aber auf dem Video sah Otis aus, als sei weit mehr Zeit seither vergangen.

Der Krebs hatte ihn ausgemergelt und tiefe Furchen in das markante Gesicht gegraben. Sein dunkles Haar war derart schütter geworden, dass die weiße Kopfhaut durchschimmerte, und die einstmals so lebendigen Augen hatten ihren Glanz verloren.

Der George Otis auf diesem Video war nur noch ein Schatten seiner selbst.

»Hallo, Mark«, sagte er, dann beugte er sich nach vorn und nestelte an der Kamera herum, ehe er sich wieder zurücklehnte.

Mark sah kurz auf die Couch. Otis hatte genau an der Stelle gesessen, an der er jetzt saß.

»Tut mir leid«, fuhr der Professor fort, »aber mit diesen technischen Dingen hatte ich noch nie viel am Hut, wie du sicherlich noch weißt. Dabei ist dies nun schon das fünfte Video, das ich aufzeichne.« Er zuckte die Schultern. »Wie dem auch sei, ich würde jetzt ja gerne sagen, dass ich mich über unser Wiedersehen freue, aber leider dürfte das Vergnügen allein auf deiner Seite sein, mein Lieber. Das ist wirklich bedauerlich, aber du wirst bestimmt verstehen, dass ich dir nichts von meinem Plan verraten konnte. Ich will dich auch nicht lange mit irgendwelchen Rechtfertigungen oder Appellen an dein Verständnis für meine Handlungsweise langweilen. Allein die Tatsache, dass du nun hier sitzt und mir zuhörst, beweist doch, dass du meinen freien Willen akzeptierst, und dafür danke ich dir.«

Er lächelte in die Kamera und gab Mark das Gefühl, als könne er ihn sehen. »Das habe ich übrigens immer sehr an dir geschätzt, Mark. Du warst nie einer von diesen Moralaposteln, die sich von gesellschaftlichen Zwängen oder religiösen Heilsversprechen haben in die Irre führen lassen. Du weißt ebenso gut wie ich, dass ich ab morgen Wurmfutter sein werde, und weder vom Himmel noch von sonst wo auf dich herabschauen kann. Alles was von uns bleibt, ist die Erinnerung an das, was wir für andere gewesen sind. Deshalb möchte ich dir darüber hinaus gern etwas hinterlassen, das dich in der *Zukunft* begleitet. Es ist nicht viel, aber du wirst sehen, die Wirkung ist nicht zu unterschätzen.«

Otis war anzusehen, dass ihn das Sprechen anstrengte. Er räusperte sich und nahm einen Schluck aus einem Wasserglas.

»Zuvor will ich dir aber noch sagen, dass du mir unter all meinen Studenten immer der liebste warst. Unsere gemeinsame Zeit habe ich sehr genossen, weil ich für dich immer wie für den Sohn empfunden habe, den ich aus Gründen, die du nun kennen wirst, nie hatte. Und so habe ich deinen weiteren Werdegang nie aus den Augen verloren, auch wenn wir uns später nur noch selten begegnet sind, was ich rückblickend sehr bedauere. Aber so ist das nun mal, jeder geht seinen eigenen Weg. Deiner hat dich um die halbe Welt geführt und schließlich zurück zu deinen deutschen Wurzeln. Ich habe mich gefreut, dass sich deine Karriere als Kliniker so gut entwickelt hat. Du warst schon immer ein Praktiker, im Gegensatz zu mir.«

Wieder lächelte Otis in die Kamera, doch dann versteinerte sein Gesicht. Er rieb sich die Schläfen und wirkte für einen Moment wie jemand, der die Orientierung verloren hat. Dann schüttelte er sich, und seine Miene wurde entschlossen.

»Schweife ich ab?«, fragte er, und es klang, als erwarte er tatsächlich eine Antwort. Dann nickte er und sprach weiter. »Gut, dann komme ich jetzt zum Punkt.«

Er hob den Kopf, und sein Blick wurde eindringlich. »Mark, ich habe natürlich mitbekommen, was dir zugestoßen ist, und es hat mich tief erschüttert. Umso mehr, als ich sah, dass du dich danach aufgegeben hast. Du hast alles hingeworfen, das ist nicht gut. Ich kann verstehen, dass du erst noch darüber hinwegkommen musst, aber ich fürchte, dass du den richtigen Zeitpunkt dafür verpassen könntest und vollends aus der Bahn geworfen wirst. So ist es doch, nicht wahr?«

Otis schwieg für eine Weile, und Mark ertappte sich dabei, wie er langsam nickte.

»Mark«, fuhr der Professor schließlich fort, »du erinnerst dich vielleicht noch an den Brief, den ich dir kurz nach unserem letzten Treffen geschickt habe. An meine Bitte, den beiliegenden Fragebogen für mein Forschungsprojekt zu beantworten.«

Mark erinnerte sich nur zu gut daran. Es waren eine ganze Reihe sehr persönlicher Fragen gewesen, und er hatte sich gewundert, welche Absicht Otis damit verfolgte.

»Du hast alle Fragen beantwortet, obwohl ich dir im Gegenzug die Antwort nach dem Warum schuldig geblieben bin«, sagte Otis und lächelte verschmitzt. »Bis heute.«

Der Professor zeigte mit dem Finger vor sich, und es schien, als deute er auf den Couchtisch. »Wie ich meinen aufmerksamen Lionel kenne, wird er dir eine Tasse Espresso serviert haben. Und das Ergebnis meines Projekts liegt nun unmittelbar daneben. Sieh nach.«

Mark sah auf den kleinen Tisch vor sich. Tatsächlich, dort lag eine flache dunkle Schachtel. Sie war kaum größer als die Fernbedienung, die Mark noch immer in der Hand hielt. Im Halbdunkel des Raumes war sie ihm zuvor nicht aufgefallen.

»Lionel wird es angedeutet haben«, hörte er Otis sagen. »Was sich in dieser kleinen Schachtel befindet, kann dein

Leben verändern. Insofern rate ich dir, gut darüber nachzudenken, ob du sie wirklich öffnen willst oder nicht.«

Mark blickte wieder hoch zum Bildschirm. Otis hatte sich auf der Couch zurückgelehnt und schaute abwartend drein.

»Es liegt bei dir, Mark, ob du mein Abschiedsgeschenk annehmen möchtest oder nicht. *Falls* du es tust, wird es dich beeinflussen, und danach gibt es kein Zurück mehr, so viel kann ich dir verraten. Deshalb würde ich auch verstehen, wenn du es ablehnst, ohne den Inhalt zu kennen.«

Wieder lächelte der Professor, und Mark konnte ihm ansehen, wie müde er war.

»Schalte das Video jetzt ab, Mark«, sagte er. »Denk in Ruhe über mein Angebot nach, und falls du dich dagegen entscheidest, endet meine Nachricht hier für dich, und ich wünsche dir alles erdenklich Gute für dein weiteres Leben. Andernfalls sehen wir uns gleich wieder. Die Entscheidung liegt bei dir.«

Mark schüttelte den Kopf. Dann drückte er die Aus-Taste der Fernbedienung und betrachtete die Schachtel.

Was, um alles in der Welt, hielt Otis darin für ihn bereit?

Etwas, das mein Leben verändern kann, dachte er. *Aber möchte ich wirklich derart von meinem ehemaligen Doktorvater beeinflusst werden? Liegt es nicht eher an mir selbst, etwas zu ändern?*

Otis' Worte schienen noch immer im Raum nachzuhallen.

Danach gibt es kein Zurück mehr, so viel kann ich dir verraten.

Die Entscheidung liegt bei dir.

27.

»Nudeln oder Reis?«

Der Imbisskoch sah ihn nicht an. Keiner sah ihn an, wenn es nicht unbedingt notwendig war. Seine Hässlichkeit war den Leuten unangenehm. Zwar trug er wie immer die Schildkappe mit dem Arsenal-Logo tief ins Gesicht gezogen, aber sie verdeckte eben nicht alles. Deshalb nahm er dem jungen Asiaten seine Reaktion auch nicht übel. Er konnte seinen Anblick im Spiegel ja selbst nicht ertragen.

»Nudeln. Dazu etwas Hühnchen.«

»Zum Hieressen oder Mitnehmen?«

»Mitnehmen.«

Auch wenn der junge Mann hinter der Theke weiterhin Blickkontakt vermied, war ihm seine Erleichterung deutlich anzumerken. Er füllte eine große Portion in einen Mitnahmekarton und schien es dabei besonders eilig zu haben, auch wenn weit und breit kein anderer Gast in Sicht war.

Dann reichte er ihm das Essen zusammen mit einer Plastikgabel und nahm mit spitzen Fingern den Geldschein entgegen, als könne er sich daran mit irgendeiner üblen Krankheit infizieren. Vielleicht Pocken. Die hinterließen schließlich solch schlimme Narben.

»Den Rest können Sie behalten.«

Der Blick des jungen Mannes zuckte kurz zu ihm hoch. »Das sind zehn Pfund, Sir.«

»Ich weiß.«

Nun glaubte er sogar die Spur eines Lächelns im Gesicht des Imbisskochs zu entdecken, ehe er wieder verlegen den Kopf senkte und ihm einen guten Appetit wünschte.

Was ein paar Pfund doch ausrichten können, dachte er und lächelte finster. *Sie machen sogar ein narbengesichtiges Monster zum Sir.*

Er schlenderte davon, begann zu essen und sah dabei auf die weiße Pappverpackung, die bedruckt war mit einem großen roten Drachensymbol und dem Slogan »*Probieren Sie unsere Spezialitäten, und Sie werden immer wiederkommen*«.

Nein, dachte er. Ganz gleich, wie gut die Nudeln auch schmeckten, er ging niemals ein zweites Mal zu demselben Imbissstand. Genauso wie er jedes Mal in einem anderen Supermarkt einkaufte.

Schließlich hatte er sein altes Leben nicht beendet, um in alte Gewohnheiten zurückzufallen. Jetzt war er Stephen Bridgewater – und deshalb würde er sich zukünftig an dessen Gewohnheiten halten.

Aber vorher gab es noch einige Dinge zu erledigen.

28.

Nervös ging Mark in dem geräumigen Wohnzimmer auf und ab. Es war eine aberwitzige Situation. Er war sich einfach nicht sicher, ob er wirklich wissen wollte, was Otis ihm da vermachen wollte. Einerseits war er neugierig, aber andererseits glaubte er dem Professor aufs Wort, wenn er sagte, dass es kein Zurück mehr gab, wenn er, Mark, erfuhr, worum es sich handelte.

Mark überlegte, das Video wieder einzuschalten und sich einfach nur anzuhören, was Otis weiter sagen würde, aber dann könnte er ebenso gut gleich in die Schachtel schauen.

Es kann mein Leben verändern …

Die kleine Schachtel lag auf dem Couchtisch neben der Tasse. Der Espresso war inzwischen kalt geworden. Mark hatte nicht auf die Uhr gesehen, aber es musste inzwischen mindestens eine halbe Stunde vergangen sein. Somerville hatte sich nicht mehr blicken lassen, aber Mark war überzeugt, dass er gerade irgendwo im oberen Stockwerk an ihn dachte.

Otis hatte von *fünf* Videos gesprochen, und Mark fragte sich, ob er den vier anderen dasselbe Angebot gemacht hatte.

Höchstwahrscheinlich.

Wie sie sich wohl entschieden hatten?

Mark blieb stehen und betrachtete noch einmal eindringlich die Schachtel.

Otis bot ihm eine Hilfestellung. War es nicht das, worauf er gehofft hatte? Dass ihm jemand half, weil er sich selbst nicht mehr zu helfen wusste?

Nach Tanjas Tod war ihm geraten worden, eine Therapie zu machen, aber er hatte sich geweigert. Ausgerechnet er, der Traumaexperte, hatte den Glauben an die Wirksamkeit seiner eigenen Methoden verloren. Der Schmerz, das Entsetzen und seine Angst saßen viel zu tief.

Was sprach also dagegen, die Schachtel zu öffnen, wenn sie ihm einen möglichen Ausweg, eine neue Chance bot?

Somerville hatte recht gehabt, Otis war schon immer ein strategisch denkender Mensch gewesen, der nichts dem Zufall überließ. Er war eben durch und durch Wissenschaftler gewesen. Und dass er Mark nun dieses Angebot unterbreitete, bedeutete letztlich nichts anderes, als dass er wirklich davon überzeugt war, dass er Mark helfen konnte.

Trotzdem sträubte sich etwas in ihm. Vielleicht war es auch nur die Tatsache, sich selbst eingestehen zu müssen, dass er ohne fremde Hilfe nicht weiterkam. Dass andernfalls die Stimmen der Vergangenheit nie in seinem Kopf verstummen würden.

Vor allem diese hässliche, schrille Stimme.

Hey, Doktor!

»Scheiß drauf«, murmelte Mark, dann wandte er sich um, setzte sich wieder auf die Couch und griff nach der Schachtel.

Sie war leicht, der Deckel ließ sich problemlos abnehmen, dennoch kostete es ihn einen letzten Rest Überwindung.

Er legte den Deckel beiseite und atmete tief durch. Dann sah er auf Otis' Geschenk und hob verdutzt die Brauen. Er wusste nicht, was er in der Schachtel vorzufinden erwartet hatte, aber sicherlich nicht das, was er nun sah.

29.

Entnervt rieb er sich die Stirn. Er hatte höllische Kopfschmerzen. Sie fühlten sich an, als würde sein Gehirn anschwellen und mit jedem Pulsschlag ein Stück weiter gegen seinen Schädel gequetscht werden.

Bislang zeigten die Schmerztabletten noch keine Wirkung.

Er gab einer zu hohen Dosis Glutamat in den Nudeln von vorhin die Schuld. Oder dem Kaffee, an den er sich immer noch nicht gewöhnt hatte. Oder dem permanenten Stress, seit er beschlossen hatte, Stephen Bridgewater zu sein.

Aber insgeheim wusste er es besser. Er wollte es nur nicht wahrhaben.

Zu früh. Es ist noch zu früh dafür!

Er stand auf, ging zum Waschbecken und warf sich kaltes Wasser ins Gesicht. Tatsächlich wurde das Pochen nach ein paar Minuten etwas schwächer. Schwach genug, dass er seine Arbeit fortsetzen konnte.

Er trocknete sich sorgfältig ab, setzte sich wieder an den Küchentisch und machte sich daran, seinen Brief zu Ende zu schreiben. Aber seine Hände zitterten unkontrollierbar, und es fiel ihm unendlich schwer, sich zu konzentrieren.

Zu allem Übel drang auch noch laute Jazzmusik von nebenan durch die dünnen Wände. Eine Bigband spielte irgendetwas aus den Dreißigern, vielleicht »Have a Heart«. Oder »Midnight, the Stars and You«.

Er hatte sich diese Stücke schon unendlich oft anhören müssen. Die gute alte Mrs. Livingstone hatte eine Schwäche für Ray Noble, und ihre Schwerhörigkeit konnte eine verdammte Zumutung sein.

Vielleicht dachte sie aber auch, dass ihr Untermieter wieder einmal in der Klinik sei und sie das Haus für sich allein hatte.

Sollte sie in diesem Glauben bleiben. Wenn ihre Aufmerksamkeit Ray Noble und seinen Jungs galt, steckte sie ihre Nase wenigstens nicht in seine Angelegenheiten.

Er schloss die Augen, bemühte sich um innere Ruhe, und als das Zittern seiner Hände endlich etwas nachließ, schrieb er die letzten Zeilen und legte schließlich den Stift beiseite.

Dann las er noch einmal das Geschriebene und nickte am Ende zufrieden.

Er hatte lange überlegt, was er schreiben würde. Erst, als der genaue Wortlaut in seinem Kopf feststand, hatte er mit dem Schreiben begonnen. Denn der Brief sollte *zusammenhängend* geschrieben wirken.

Wie aus einem Guss. So sagt man doch, oder?

Wieder fasste er sich an die Stirn, presste die Fäuste dagegen.

Diese verfluchten Kopfschmerzen!

Ja, es hieß »wie aus einem Guss«, und falls doch nicht, war es ihm auch egal. Wichtig war nur, dass der Leser dieses Briefes nicht den Eindruck bekam, diese Zeilen stammten von einem Kranken, der immer wieder hatte pausieren müssen. Einem geistig Verwirrten, der nicht wusste, was er tat.

Er faltete den Brief sorgfältig und steckte ihn in einen weißen Umschlag. Das Briefpapier war teuer gewesen und wog schwer in seiner Hand.

Zusammen mit einem weiteren steckte er den Brief in den hutschachtelgroßen Pappkarton, der vor ihm auf dem Tisch stand. Dann erhob er sich, nahm einen Klebebandroller und machte sich daran, den Karton zu verschließen. Er sah ein letztes Mal hinein, ehe er die Laschen umklappte und den Roller darüberzog.

Dann setzte er sich wieder, presste die Augen zusammen und versuchte den kalten Schauer zu ignorieren, der ihm wie Eiswasser die Wirbelsäule entlangkroch.

Das Bild des Kopfes mit den leeren toten Augen, der vom Boden des Kartons anklagend zu ihm hochgestarrt hatte, würde ihm nie wieder aus dem Sinn gehen.

»Es tut mir alles so leid«, flüsterte er. »Aber ich kann nicht anders.«

30.

In der schmalen Schachtel lag eine Uhr. Auf den ersten Blick sah sie aus wie eine gewöhnliche Herrenarmbanduhr mit schlichtem schwarzen Lederband. Sie lag auf einer feinen Watteschicht und zeigte mit der Rückseite nach oben.

Marks Name war in das Gehäuse eingraviert. Einfache schnörkellose Buchstaben. Keine Widmung, nur der Name.

Stirnrunzelnd nahm er die Uhr aus der Schachtel und entdeckte dabei einen filigranen Schraubenzieher, der im dämmrigen Licht der indirekten Wandbeleuchtung silbern in dem Wattebett schimmerte. Es war ein Werkzeug, wie es Uhrmacher benutzten.

Er drehte die Uhr um und wunderte sich noch mehr. Die Vorderseite mit der Zeitanzeige wurde von einer dünnen Metallplatte verdeckt, die seitlich mit vier winzigen Schrauben befestigt war.

Was hatte das zu bedeuten?

Das wird Ihnen der alte Dickschädel schon erklären, hatte Somerville gesagt, und Mark griff wieder zur Fernbedienung.

Erneut erschien Otis' ausgemergelte Gestalt auf dem Bildschirm inmitten der Bücherwand. Zuerst saß er nur mit ausdrucksloser Miene da und nestelte am Verschluss einer kleinen Wasserflasche herum. Es schien, als warte er ab, ob Mark auch wirklich abgeschaltet hatte.

Dann verzog er das Gesicht zu einem faltigen Grinsen.

»Tja, Mark, da du mir immer noch zusiehst, wirst du mein Geschenk wohl angenommen haben.« In seiner Stimme schwang leiser Triumph. »Ich kann dir gar nicht sagen, wie sehr mich das freut. Denn weißt du, als ich seinerzeit auf die Idee für dieses Projekt kam, hätte ich mir nicht vorstellen können, wie wichtig es ausgerechnet für dich werden würde. Ich hatte damals gerade von meiner Krankheit erfahren und wie weit die Streuung der Metastasen bereits fortgeschritten war.«

Er zuckte seufzend mit den Schultern. »Vielleicht hätte alles einen anderen Verlauf genommen, wenn ich die Symptome früher ernst genommen hätte, aber Ärzte sind nun einmal die schwierigsten Patienten. Das weißt du ja wohl selbst am besten. Oder hast du dich mittlerweile doch noch für eine Therapie entschieden? Wie ich dich zu kennen glaube, wohl eher nicht.«

Der Professor nippte an der Flasche, und es war nicht zu übersehen, wie sehr seine Hand dabei zitterte. »Jedenfalls wurde ich durch diese äußerst unerfreuliche Diagnose mit einer Tatsache konfrontiert, die wir alle so gern verdrängen«, fuhr er fort. »Wir werden geboren, um eines Tages zu sterben, und sehr oft geschieht dies früher als gedacht. Also beschloss ich, den fünf Personen, die mir am meisten bedeuten, etwas zu hinterlassen. Und damit kommen wir nun zurück zu dir. Denn irgendwie hat dich dein Schicksal, oder was auch immer man sonst dafür verantwortlich machen möchte, zu einer Art unfreiwilliger Hauptperson bei diesem Projekt gemacht.«

Otis hustete, und wieder kehrte für einen Augenblick der desorientierte Ausdruck in sein Gesicht zurück. Er legte den Kopf schief, als lauschte er einer Stimme, die nur er hören konnte, dann rieb er sich erneut die Schläfen, wobei Wasser aus der Flasche in seiner Hand schwappte.

Als er es bemerkte, sah er kurz zu dem Wasserfleck auf seiner Weste und verzog abfällig das Gesicht. Dann blickte er wieder in die Kamera und machte eine entschuldigende Geste.

»Ich muss mich kurz fassen, auch wenn es sehr viel zu dieser Uhr zu sagen gäbe.« Seine Stimme klang schwach, und ihm war anzusehen, dass er Schmerzen hatte. »Es ist eine Lebensuhr, Mark. *Deine* Lebensuhr. Sie zeigt die Zeit, die dir voraussichtlich noch auf dieser Welt bleiben wird. Die Berechnung erfolgte aufgrund meiner Forschungen über die Zusammenhänge zwischen Lebenswandel und durchschnittlicher Lebenserwartung, selbstverständlich unter Einbezug deiner persönlichen Angaben. Deshalb brauchte ich auch die vielen Daten und Informationen über dein Leben.«

Der Professor räusperte sich und trank einen Schluck Wasser, ehe er weitersprach. »Es ist dir, wie allen anderen auch, freigestellt, ob du erfahren willst oder nicht, wie viel Zeit dir noch verbleibt. Du bist noch jung, und die Versuchung wird wahrscheinlich groß sein, die Abdeckung zu lösen. Aber glaub mir, selbst wenn die Ziffern noch weit in die Zukunft reichen sollten, kann es dennoch recht ernüchternd sein, die etwaige Restzeit seines Lebens zu kennen. Ich spreche bewusst von einer *etwaigen* Angabe, denn du kannst deine Lebenszeit natürlich beeinflussen, mit mehr oder weniger Erfolg. Hör mit dem Rauchen auf, trink weniger Alkohol, ernähre dich gesünder, und gib acht, dass dir der Himmel nicht auf den Kopf fällt.« Er stieß ein heißeres Lachen aus. »Vielleicht kannst du damit ein paar Stunden, Tage, Wochen oder Monate herausholen. Aber du wirst erkennen, dass es im Grunde genommen bei dieser Uhr nicht so sehr um die Zahlen geht. Du kannst sie dir ansehen, ja, du kannst beobachten, wie die Ziffern rückwärts laufen, aber viel entscheidender ist, was du letztlich mit diesem Wissen anfängst, denkst du nicht?«

Mark musste schlucken und hatte das irrationale Gefühl, sein Doktorvater sei in diesem Moment tatsächlich hier mit ihm im Raum.

»Das soll mein Abschiedsgeschenk an dich sein, Mark«, sagte Otis und beugte sich nach vorn, sodass sein bleiches Gesicht beinahe den ganzen Monitor ausfüllte. »Werde dir wieder bewusst, dass du *lebst*. Hör auf, ein wandelnder Toter zu sein. Denn das *bist* du geworden. Ich weiß, Angst ist eine tiefschichtige, radikale Emotion. Sie ist heimtückisch, und jeder von uns hat seinen eigenen Dämon, der ihn quält. Ich fürchte mich davor, bald nur noch eine seelenlose Hülle zu sein, und bei dir nehme ich an, dass du dich davor fürchtest, dein Trauma nie wieder zu überwinden. Aber ich will dir etwas verraten, Mark, etwas, das du im Grunde längst wissen dürftest. Angst hat ein Zuhause.« Er tippte sich gegen die Schläfe. »Hier oben. Und es ist zugleich der einzige Ort, an dem wir uns ihr stellen können. Unsere Zeit ist begrenzt, Mark, und es wäre eine Verschwendung, wenn wir sie mit Angst verbrächten.«

Er lehnte sich wieder zurück und seufzte. »Ich hätte dir das alles lieber persönlich gesagt, aber wahrscheinlich wäre ich inzwischen gar nicht mehr in der Lage dazu. Dafür vergesse ich jetzt schon viel zu viele Dinge. Ich habe mir noch zwei Monate gegeben, ehe ich gehen werde, aber diese Zeit will ich meinem treuen alten Weggefährten schenken. Lionel hat es auch nicht gerade leicht, wie du dir denken kannst. Deshalb verabschiede ich mich nun auf diesem Weg von dir. Leb wohl, Mark. Stell dich deiner Angst. Vergiss nie, dass deine Zeit läuft. Dann musst du die Schrauben nie lösen.«

Otis nickte ihm noch einmal zu, dann wurde der Bildschirm dunkel, und Mark blieb nachdenklich im Zwielicht des Zimmers zurück.

Als Mark das Haus eine Weile später verließ und zur U-Bahn schlenderte, trug er die Uhr um sein Handgelenk.

Den Schraubenzieher hatte er auf dem Couchtisch zurückgelassen.

31.

Am nächsten Vormittag wurde George Otis auf dem Friedhof von East Finchley beigesetzt.

Mark hatte die Northern Line genommen und den

Fehler gemacht, eine Station zu früh, in Finchley Central, auszusteigen. Also ging er den restlichen Weg zu Fuß und musste mehrmals nach dem Weg fragen, ehe er endlich – eine gefühlte halbe Stunde später und mit klamm gefrorenen Fingern – den spitzen Turm der Hauptkapelle ausmachte.

Vor dem Eingang zum Friedhof drängte sich die Presse. Beide Seiten der schmalen Zufahrt waren mit Autos und den Kombiwagen mehrerer privater TV-Sender zugeparkt. Neben den eigentlichen Trauergästen waren auch viele Schaulustige gekommen, um dem Begräbnis des Mannes beizuwohnen, der sich auf so spektakuläre Weise das Leben genommen hatte.

Mark schlug den Kragen seiner Jacke hoch und zog die Strickmütze noch etwas tiefer ins Gesicht, bevor er sich durch das Gedränge schob.

Irgendwo in dem Durcheinander aus Stimmen und Husten glaubte er, eine Frau zu hören, die seinen Vornamen rief, aber er sah sich nicht nach ihr um. Er kannte hier niemanden. Bestimmt hatte er sich verhört, oder es war ein anderer Mark gemeint, der Name war schließlich keine Seltenheit.

Als er am Grab der Familie Otis ankam, hatten die Träger den Sarg bereits auf die Hebevorrichtung über der Grube gestellt.

Otis war überzeugter Atheist gewesen, daraus hatte er nie einen Hehl gemacht, und so gab es weder eine Aussegnung noch die Grabrede eines Priesters. Dafür gab es jede Menge Reden von Kollegen und Freunden, die das Leben und Wirken des Professors Revue passieren ließen, und Mark musste an Somerville denken, der bereits seit einigen Stunden unterwegs war zu seinem Südseeparadies, um all diesen weihevollen Nachrufen zu entgehen.

Mark hingegen war froh, dass er gekommen war. Ihm lag viel an dieser Respektbezeugung gegenüber dem Mann, dem er viel zu verdanken hatte in der Vergangenheit – und vielleicht auch in der Zukunft, wer konnte das schon sagen?

Insgeheim hielt er Ausschau, ob er irgendwo weitere Lebensuhren entdecken konnte. Es hätte ihn sehr interessiert, wer die anderen vier waren, die dieses besondere Abschiedsgeschenk erhalten hatten. Somerville würde sicher einer von ihnen sein, aber wer noch?

Als die Reden vorüber waren und Mark ein letztes Mal am offenen Grab Abschied von George Otis genommen hatte, machte er sich mit gesenktem Kopf auf den Weg zum südlichen Ausgang, um den Presseleuten zu entgehen, die wie eine Meute hungriger Hyänen am Haupteingang lauerten.

Plötzlich hörte er eilige Schritte hinter sich, und wieder rief eine Frau seinen Namen.

»Mark? Mark Behrendt?«

Erstaunt sah er sich um. Jetzt, wo es stiller um ihn war, kam ihm die Stimme bekannt vor. Eine schlanke Frau im dunklen Mantel kam auf ihn zu. Ihr langes blondes Haar hatte sie zu einem Pferdeschwanz gebunden, und ihr Gesicht war hinter einer großen Sonnenbrille verborgen. Unter ihrem linken Ärmel lugte eine blaue Armschiene hervor.

Als die Frau bei ihm angekommen war, nahm sie die Brille ab und sah ihn erwartungsvoll an.

»Hallo, Mark, kennst du mich nicht mehr?«

Ja, er hatte diese tiefblauen Augen schon einmal gesehen, auch wenn ihn ihr trauriger, ernster Blick noch verwirrte. Es lag lange zurück, sehr lange. Damals waren es die Augen eines Teenagers gewesen. Aber es waren noch immer unverkennbar ihre Augen.

»Sarah? Sarah Bellingham?«

Sie seufzte erleichtert. »Gott sei Dank! Ich hatte befürchtet, du hättest mich längst vergessen. Oxford liegt schon eine Weile zurück, was?«

»Gefühlt mindestens ein Jahrhundert. Aber du hast dich gar nicht verändert. Das ist natürlich als Kompliment gemeint.«

Er bekam ein schwaches Lächeln zur Antwort. »Danke. Du dich aber auch nicht.«

Mark strich sich verlegen über das stoppelige Kinn. Jetzt erst wurde ihm bewusst, dass er unrasiert war. Da er sonst kaum noch unter Leute ging, erschienen ihm Dinge wie Rasieren oder der Gang zum Friseur ziemlich unwichtig. Nun war es ihm zum ersten Mal seit Langem peinlich, wie wenig Wert er in letzter Zeit auf sein Aussehen legte.

»Schön, dich wiederzusehen, Sarah«, sagte er nach einem Moment des Schweigens. »Aber was machst du hier bei Otis' Beerdigung? Du hast doch bei ihm keine Vorlesungen gehört, oder?«

Sie schüttelte den Kopf und presste die Lippen aufeinander. Ihre Mundwinkel zuckten, und Mark glaubte Tränen in ihren Augen schimmern zu sehen. Hastig setzte sie die Sonnenbrille wieder auf.

»Ich bin wegen dir hier.«

»Wegen mir? Woher wusstest du, dass ich zur Beerdigung kommen werde?«

»Otis war dein Doktorvater, und er hat dir damals viel bedeutet«, sagte sie und zog ein Taschentuch aus der Manteltasche. »Als ich aus der Zeitung von seinem Tod erfuhr, war ich mir ziemlich sicher, dass du zu seinem Begräbnis kommen würdest. Na ja, zumindest hatte ich es gehofft.«

Nicht nur du, dachte Mark. *Somerville hat fast dieselbe Formulierung gebraucht.*

Sie wandte sich von ihm ab, hob die Sonnenbrille ein Stück an und betupfte sich das Gesicht mit dem Taschentuch.

Mark sah sie verwundert an.

»Aber ich verstehe nicht …«, begann er. »Weshalb wolltest du mich sprechen?«

»Tut mir leid, dass ich dich so überrumple, Mark. Ich hätte dich angerufen, aber ich wusste nicht, in welchem Hotel du wohnst. Also habe ich es einfach hier versucht. Ich … ich …« Sie ergriff seinen Arm, und Mark konnte spüren, dass sie am ganzen Leib bebte. »Mark, ich bin hier, weil ich nicht mehr weiter weiß. Ich brauche deine Hilfe!«

»Meine Hilfe? Wobei?«

Sie deutete auf einen Weg zwischen den Grabreihen. »Wollen wir ein Stück gehen? Bitte!«

»In Ordnung.«

Sie spazierten den Weg entlang und näherten sich der Nonkonformistenkapelle, in deren großem Glasfenster über dem Eingang sich der graue Dezemberhimmel spiegelte.

Erneut herrschte Schweigen. Mark sah zu Sarah, die vor sich hin starrte, als suchte sie nach Worten.

»Es tut mir leid, dass wir uns nach dem Studium aus den Augen verloren haben«, sagte sie schließlich.

»Und ich hätte mich ja auch längst mal bei dir melden können.«

»Lebst du noch in England?«

»Nein, ich bin schon vor vielen Jahren weg. Seit einiger Zeit lebe ich in Deutschland.«

»Deutschland«, wiederholte sie und nickte. »Da war ich noch nie. Ist bestimmt etwas ganz anderes als Hackney oder Oxford.«

»O ja, das kann man wohl sagen.«

»Wir hatten damals eine gute Zeit, findest du nicht?«

Mark spürte, dass sie noch um das eigentliche Thema herumschlich, als wüsste sie nicht, wie sie sich ihm nähern sollte. Er kannte das aus seinen Sprechstunden, wenn Patienten anfingen, über Gott und die Welt zu reden, weil sie nicht beim Namen nennen wollten, weshalb sie eigentlich gekommen waren.

»Stimmt«, sagte er, »wir haben viel zusammen erlebt. Wie geht es dir jetzt? Bist du verheiratet?«

»Ja … und du?«

»Nein.«

»Bist du mit jemandem zusammen?«

»Nicht mehr.«

Sie musterte ihn durch die große Sonnenbrille, und es kam ihm vor, als würde sie ihn abschätzen. Dann wandte sie sich wieder dem Weg zu.

»Ich heiße jetzt übrigens Bridgewater. Wir haben ein Haus in Forest Hill.«

»Oh!« Mark nickte anerkennend. »Das ist ein ziemlicher Aufstieg, verglichen mit Hackney.«

»Ja, das ist es wohl«, sagte sie und versuchte ein Lächeln. »Es geht uns gut. Wir haben einen kleinen Sohn, Harvey, er ist vor Kurzem sechs geworden und …«

Sie unterbrach sich mitten im Satz, und es war ihr anzumerken, wie sie mit sich rang, endlich das auszusprechen, was sie ihm wirklich sagen wollte.

»Denkst du noch ab und zu an unsere Kindheit?«, fragte sie.

»Manchmal schon, ja.«

»Kannst du dich noch an deinen Walkman erinnern?«

»Walkman? Ich hatte mehrere. Welchen meinst du?«

»Deinen ersten. So ein einfaches weißes Plastikding. Du hast ihn mir damals geschenkt.« Wieder huschte die Andeutung eines Lächelns um ihren Mund. »Wir waren zwölf oder dreizehn, und es war irgendwann während der Sommerferien. Meine Eltern hatten mal wieder Streit. Mein Vater hatte getrunken und schrie herum, und ich bin zu euch geflüchtet, wie so häufig. Ich glaube, wenn du und deine Eltern nicht nebenan gewohnt hätte, wäre ich sicher irgendwann ganz von zu Hause weggelaufen.«

Sie sah ihn wieder an, doch die Sonnenbrille verbarg, was dabei in ihr vor sich ging. »Du hattest den Walkman zum Geburtstag bekommen, und wir haben hinten bei euch auf der Mauer Musik gehört. Level 42, Europe, A-ha, die Bangles, dieses ganze Achtzigerzeug.«

»Richtig!« Mark schmunzelte. »Ein absoluter Stromfresser. Drei Stunden Musik, und man brauchte einen neuen Satz Batterien für das Ding. Sechs Stück, wenn ich mich nicht täusche. Mein ganzes Taschengeld ging nur für Batterien drauf.«

»Ja. Und den hast du mir an jenem Nachmittag geschenkt, weißt du's wieder?«

»Stimmt, jetzt erinnere ich mich.«

Vor seinem geistigen Auge erschien das Bild von ihnen beiden, wie sie auf der Mauer saßen und sich den großen Kopfhörer teilten. Als Sarah bei ihnen geklingelt hatte, hatte sie geweint, aber als dieser verrückte Österreicher in deutsch-englischem Kauderwelsch über Mozart sang und dabei wie ein heiseres Huhn gackerte, hatte sie lachen müssen.

»Du hast gesagt, Musik kann eine Zuflucht sein, du hast gesagt, sie hilft, wenn einem alles zu viel wird«, sagte sie und trat nach einem verirrten Kieselstein, und für einen kurzen Augenblick sah Mark wieder die leibhaftige zwölfjährige Sarah vor sich. »Das hat mir sehr geholfen, Mark. Irgendwie warst du immer für mich da. Wie ein Bruder.«

»Ja, es war eine gute Zeit mit uns.«

»Und kannst du dich auch noch an diesen Schnösel in Oxford erinnern, von dem du mir so dringend abgeraten hast? Ich wäre fast auf ihn hereingefallen, aber du hast ihn sofort durchschaut. Darin warst du immer ganz besonders gut, hinter die Fassade der Leute zu sehen.«

»O Gott, er hieß Vincent, nicht wahr?« Mark musste grinsen. »*Vin-cent, mit dem gewinnst du keinen Cent.* Himmel, was für ein Idiot! Aber ihr seid alle scharf auf ihn gewesen. Du hattest ...«

Sarah blieb so abrupt stehen, dass Mark sie beinahe umgerannt hätte. Dann platzte es aus ihr heraus.

»Mark, ich werde von einem Verrückten verfolgt! Er ist in unser Haus eingedrungen und hat mich bedroht. Mich und meinen Sohn. Und … und ich glaube, er hat meinen Mann entführt. Entführt oder … Ich darf gar nicht daran denken …«

»Ruhig, ganz ruhig.« Mark fasste sie sanft bei der Schulter und drehte sie zu sich. »Atme tief ein und aus, okay?«

Sie tat ein paar tiefe Atemzüge, und er spürte, dass ihr Zittern nachließ.

»Hast du schon mit der Polizei darüber gesprochen?«

»Natürlich. Aber sie können mir nicht helfen.«

»Und warum nicht?«

»Weil dieser Kerl keine Spuren hinterlassen hat und weil es keinen Anhaltspunkt gibt, dass Stephen etwas zugestoßen ist.«

»Das verstehe ich nicht. Du sagst doch …«

»Sie glauben mir nicht, Mark!«

»Warum sollte die Polizei dir nicht glauben?«

»Stephen ist auf einer Geschäftsreise unterwegs, und man will mir nicht glauben, dass er entführt wurde, weil …« Sie rang um Fassung, ehe sie weitersprechen konnte. »Weil sich dieser verdammte Scheißkerl für Stephen ausgegeben hat. Er hat Stephens Auto, und er hat sein Handy, und er hat die Polizei angerufen und behauptet, es sei alles nur ein Irrtum gewesen. Mark, ich weiß nicht mehr weiter!«

Sie sank gegen seine Brust, und für einen Moment stand Mark wie versteinert da.

Unschlüssig, was er tun sollte, legte er schließlich seine Arme um sie. Er kannte diese tiefe Verzweiflung und Hilflosigkeit nur zu gut. Es war, als ob man von einer höheren Macht von einem Augenblick zum nächsten in einen tiefen Abgrund gestoßen wurde.

»Wenn du willst, begleite ich dich zur Polizei«, bot er an. »Du musst unbedingt noch einmal mit ihnen reden.«

Sie ließ von ihm ab, zog erneut ihr Taschentuch heraus und putzte sich die Nase. »Und was soll ich ihnen sagen?«

»Alles, was du gerade zu mir gesagt hast.«

Sie schüttelte den Kopf. »Nein, Mark, das hat keinen Sinn. Für sie ist Stephen auf Geschäftsreise, und ich habe verflucht noch mal keine Beweise dafür, dass es anders ist!«

Sie schrie es heraus, und eine kleine Gruppe, die unweit von ihnen an einem Grab stand, sah sich zu ihnen um.

»Tut mir leid, Mark«, schluchzte sie. »Ich weiß einfach nicht mehr weiter. Ich weiß nicht mal, wohin Stephen wollte. Und dann hat mich dieser Dreckskerl gestern angerufen und so getan, als sei er mein Mann. Er hat Stephens Handy, also wird er auch wissen, wo Stephen ist.«

»Hat er ein Lösegeld gefordert?«

»Nein, das ist es ja gerade. Er ist überhaupt nicht darauf eingegangen, als ich ihn nach Stephen gefragt habe. Er hat nur immer wieder behauptet, er *sei* Stephen.«

Mark sah sie ratlos an.

»Sarah, hör zu, ich würde dir wirklich gern helfen, aber wenn nicht einmal die Polizei …«

»Du bist Psychiater«, unterbrach sie ihn. »Du kennst dich mit solchen Spinnern aus. Du weißt, was in so einem kranken Kopf vor sich geht. Du kannst den Leuten in die Seele sehen. Das hast du doch immer schon gekonnt.«

»Nein, jetzt nicht mehr.«

»Was?«

»Ich habe meinen Job an den Nagel gehängt. Schon vor über einem Jahr.«

Sie nahm die Sonnenbrille wieder ab und musterte ihn

aus geröteten Augen, die nun nichts mehr mit den Augen des Nachbarmädchens von einst gemeinsam hatten. Jetzt waren es die Augen einer Frau, die mit den Nerven am Ende war.

»Du hast aufgehört? Warum, Mark?«

»Mir ist etwas sehr, sehr Schlimmes passiert«, sagte er und wich ihrem Blick aus. »Das heißt, vielmehr jemandem, der mir sehr nahe stand. Seither habe ich Angst. Angst vor Menschen. Vor dem, wozu sie fähig sind. Früher, als ich noch mit Traumapatienten gearbeitet habe, konnte ich die Distanz wahren, weil es mich nicht unmittelbar betraf. Aber jetzt ist das etwas anderes. Deshalb kann ich dir auch keine Hilfe sein, Sarah. Ich bin ein Wrack. Ich kann ja nicht einmal mir selbst helfen.«

Wieder rannen Tränen über ihr Gesicht. »Bitte nicht, Mark. Lass mich nicht im Stich!«

Mark durchwühlte seine Jackentaschen, fand schließlich das Päckchen Pfefferminzdragees und schob sich zwei davon in den Mund. Er hätte jetzt viel für einen Drink gegeben.

Noch immer spürte er Sarahs flehenden Blick auf sich.

»Sarah, ich kann nicht. Bitte versteh mich doch ...«

Sie schlug die Augen nieder und nickte. »Ja, sicher. Entschuldige, dass ich dich überhaupt damit belästigt habe. Das war dumm von mir.«

»Nein, so war das nicht gemeint.« Mark berührte ihren Arm, doch sie wich ihm aus.

»Ist schon okay, Mark.«

Sie durchsuchte ihre Taschen und zog einen alten Kassenbeleg und einen Kugelschreiber heraus. Dann schrieb sie etwas darauf und reichte ihn Mark.

»Hier, das ist meine Handynummer und die Adresse meiner Freundin in Stepney, bei der ich momentan wohne. Falls du es dir noch anders überlegst ...«

Er nahm den Zettel und las die mit zitternder Hand geschriebenen Zeilen.

»Sarah, wenn dein Mann nicht bald zurückkommt, wende dich noch einmal an die Polizei. Du kannst diesen Leuten vertrauen ...«

Sarah ließ ihn nicht aussprechen.

»Wahrscheinlich weißt du es nicht mehr, Mark, aber mein Vater war auch Polizist. Die Leute haben ihm vertraut. Ein wahrer Freund und Helfer.«

Sie lächelte auf eine seltsame Weise, die wieder ein Bild der Vergangenheit in ihm beschwor. Damals, als sie vor einem Tobsuchtsanfall ihres Vaters zu den Behrendts geflüchtet war, hatte sie ebenfalls auf diese Art gelächelt. Es war ein verzweifeltes Lächeln, eines von der Art, die man in der Psychologie als »inkongruente Aussage« bezeichnete.

»Ich habe deinen Walkman übrigens immer noch«, sagte sie leise. »Aber diesmal hilft er mir leider nicht.«

Dann wandte sie sich um und ging davon.

32.

Nach Typen wie Jamal kann man die Uhr stellen, dachte Bernie, als er seinen Kollegen über die Straße kommen sah. Pünktlich fünf Minuten vor Schichtwechsel.

Wie immer trug der breitschultrige Jamaikaner seine

blaue Uniformjacke schon auf dem Weg zum Dienst, als sei er auch noch stolz auf seine unterbezahlte Stelle bei der Northern Car Park Ltd.

Wieder dachte Bernie, dass es an der Zeit war, sich nach einem neuen Job umzusehen. Bevor er noch so endete wie sein älterer Kollege. Den Entschluss hatte er allerdings schon häufiger gefasst, und nie war etwas passiert. Aber ihm blieben ja auch noch fast zwanzig Jahre Zeit.

Er stand auf und stopfte seine Sachen in den Rucksack – alles, was man zum Überleben in diesem öden Job brauchte: einen MP3-Player, eine Tüte Chips, eine Flasche Diät-Cola und ein Buch.

»Nie ohne Buch, was?«, fragte Jamal zur Begrüßung und lehnte sich in den Türrahmen des winzigen Parkwächterhäuschens, den er völlig ausfüllte.

»Klar, Mann. Könntest du auch mal lesen«, entgegnete Bernie. »Der Typ schreibt echt hammerharte Storys.«

»Welcher Typ?«

»Na, der hier.«

Bernie zog den Reißverschluss seiner Jacke auf und präsentierte ihm stolz sein schwarzes T-Shirt, auf dem das Konterfei eines jungen Mannes zu sehen war. Darüber stand in blutroter Schrift *Fürchte dich vor dem Meister des Horrors*!

»Solltest mal was von ihm lesen«, sagte er und hielt ihm sein Buch entgegen. »*Der Mädchentöter* ist echt heftig. Da geht's richtig zur Sache. So ein Typ entführt heiße Bräute, nagelt sie mit den Händen an 'nen Balken und zieht ihnen dann die Haut ab. Und dann besorgt er's ihnen. Hammer, sag ich dir!«

Jamal schüttelte den Kopf. »Nein danke, mein Junge.

Mir sind die Bräute *mit* Haut lieber. Mit *viel* Haut, und zwar an den *richtigen* Stellen.«

Er wölbte seine Pranken in gebührendem Abstand vor der Brust.

Bernie winkte ab. »Ach Quatsch. Du hast ja keine Ahnung, Mann! Der Typ ist ein Thrillergott, verstanden? Wenn der loslegt, geht's zur Sache. Zieh dir mal *Der Schlächter* rein. Da hat der Psycho seinen Opfern die Zehen mit 'nem Drahtschneider abgequetscht und sie ihnen in den …«

»Es reicht, okay? Mal im Ernst, für so was gibst du Geld aus?«

»Ach, vergiss es!« Bernie winkte ab und schob sich an ihm vorbei ins Freie. »Du bist einfach nicht hart genug für so was.«

»Du musst es ja wissen.«

Jamal grinste breit und stieg in das kleine Parkwächterhäuschen, das kaum groß genug für ihn war. Dort stellte er seine üblichen Utensilien auf das winzige Pult – eine Tupperdose mit zwei Truthahn-Vollkorn-Sandwiches und einer Orange, daneben eine Thermoskanne mit Rooibos-Tee. Dann griff er sich das Klemmbrett mit der Parkliste und trat wieder hinaus zu Bernie.

»Und, war endlich jemand hier und hat sich das Schrottding angesehen?«, fragte er und deutete mit dem Kinn zu der offenen Schranke und dem Ticketautomaten, an dem ein signalrotes DEFEKT-Schild baumelte.

Bernie schüttelte den Kopf. »Nope.«

»Fuck! Die haben doch gesagt, dass ein Monteur kommen wird.«

»Ja, aber nicht in welchem Jahr.«

»Ich find das nicht witzig, Junge. Ich hab es satt, mir hier jede Nacht die Eier abzufrieren, wo wir da drüben ein warmes Büro hätten.« Jamal zeigte in Richtung des Gebäudetraktes, der sich am anderen Ende des großen Parkplatzes befand. Über einer der Türen prangte das Emblem des Parkplatzbetreibers. »Wir könnten einfach eine Kette spannen, und die Kunden hupen, wenn sie reinwollen, fertig, aus. So ein Quatsch, dass wir hier vorne aufpassen sollen. Das hat man vielleicht im Mittelalter so gemacht. Scheiße, Mann, im Büro gibt's wenigstens einen Fernseher.«

»Ich kann dir ja ein Buch leihen«, feixte Bernie, doch Jamal ging nicht darauf ein, sondern prüfte die neuen Eintragungen auf der Liste und ließ dann den Blick über den Parkplatz schweifen. Wie immer nahm er die Sache sehr genau. Bernie sah ungeduldig auf die Uhr.

»Hey, Mann, ich will endlich nach Hause.«

»Hetz mich nicht«, brummte Jamal, ohne von der Liste aufzusehen. »Auf dich wartet doch sowieso niemand.«

»Ach, leck mich, Mann. Mir ist kalt!«

»Moment noch.« Jamal runzelte die Stirn. »Warum steht das Taxi nicht auf der Liste?«

»Was denn für ein Taxi?«

»Na, das da drüben. Bei den Kurzparkern.«

Bernie glaubte seinen Augen nicht zu trauen. »Den hab ich nicht reinfahren sehen, ich schwör's.«

»Also in meiner letzten Schicht stand das Taxi noch nicht da.« Jamal sah ihn zornig an. »Du Penner hast ihn nicht eingetragen!«

»Jamal, wirklich, ich schwör dir …«

»Keine Diskussion, Junge!« Jamal trat einen Schritt auf

Bernie zu und sah verärgert auf ihn herab. »Mach einfach deinen Job korrekt, statt diesen Dünnschiss zu lesen. Ich habe verdammt noch mal keine Lust, wegen dir gefeuert zu werden. Ich hab 'ne Familie, kapiert?«

»Jetzt bleib mal locker, Mann«, sagte Bernie und machte eine abwehrende Geste. »Kann sein, dass ich vielleicht kurz auf dem Klo war, als der …«

»Schnauze!« Jamal drückte ihm das Klemmbrett in die Hand. »Du gehst jetzt da rüber und schreibst dir das Kennzeichen auf. Wir berechnen ihm die Gebühr ab heute Vormittag, und die Sache ist vergessen. Aber das ist das letzte Mal, dass ich dir den Rücken decke, kapiert? Wenn so etwas noch mal passiert, schnapp ich dich mir und liefere deinem Meister des Horrors neuen Stoff für seine Bücher.«

»Jamal, wirklich, ich …«

»Habe ich mich klar genug ausgedrückt?«

Bernie sah zu ihm auf und nickte. »Ja, schon gut.«

»Dann ab mit dir!«

Missmutig stapfte Bernie los. Dieser Wichtigtuer ging ihm auf die Nerven. Man musste doch wohl mal aufs Klo gehen können oder kurz ins Büro, um sich aufzuwärmen. Der Geizkragen von Chef sollte ihnen endlich einen Heizkörper für das zugige Glaskabuff spendieren, dann sähe alles schon ganz anders aus.

Und überhaupt, was bildete sich dieser Taxifahrer eigentlich ein? Wenn das Wärterhaus nicht besetzt war, dann hatte er zu warten, bis jemand kam und ihm sein Ticket ausstellte. Das stand schließlich dick und fett auf dem Schild neben der Schranke. Der *offenen* Schranke, die der Boss längst schon reparieren lassen wollte.

Wobei es schon seltsam ist, dass hier bei uns ein Taxi parkt, dachte Bernie, während er sich das Kennzeichen notierte. Zwar gab es inzwischen viele Liebhaber, die mit den alten schwarzen Austins privat herumkutschierten, aber dieses Taxi war ganz offensichtlich immer noch im Dienst. Die Lizenz hinter der Windschutzscheibe war gültig.

Gerade als er fertig war und wieder zurückgehen wollte, fiel ihm noch etwas Seltsames auf. Im Schloss des Kofferraums steckte der Schlüssel.

Bernie pfiff durch die Zähne und sah sich um. Jamal stand an der Zufahrt, mit dem Rücken zu ihm, und unterhielt sich mit dem Fahrer eines Geländewagens. Bernie blieb nicht viel Zeit, aber ein kleiner Blick in den Kofferraum konnte nicht schaden. Vielleicht fand er ja etwas, das er verscherbeln konnte? Was musste der Fahrer auch so dumm sein, den Schlüssel stecken zu lassen? Immerhin stand der Wagen in Brixton und nicht auf dem Vorstandsparkplatz der Bank of England.

Noch einmal sah Bernie zu Jamal, der sich noch immer mit dem Kunden unterhielt, dann bückte er sich, drehte den Schlüssel, und der Kofferraumdeckel sprang auf.

33.

Erschöpft ließ er sich auf das harte Feldbett sinken und schloss die Augen. Ihm war schwindelig und entsetzlich übel. Gegen Abend waren seine Kopfschmerzen wieder schlimmer geworden, und nun sah er grelle Lichtpunkte, die hinter seinen geschlossenen Lidern pulsierten.

Über ihm flüsterte der Wind in den Stahlträgern des defekten Daches, und vom anderen Ende der Halle hörte er das Tropfen einer undichten Rohrleitung. Er versuchte sich auf dieses Tropfen zu konzentrieren und damit seine Schmerzen auszublenden. Er musste sich ausruhen, ehe er weitermachen konnte.

Auch seine versengten Fingerkuppen brannten wieder. Kein wirklich schlimmer Schmerz, verglichen mit dem Stechen hinter seinen Schläfen, trotzdem war dieses Ziehen und Brennen unangenehm. Aber es war notwendig gewesen. Nur so hatte er sich seiner bisherigen Identität entledigen können.

Nun gab es nur noch einen Schritt zu tun, und dann wüsste niemand mehr, wer er einmal gewesen war. Doch dieser letzte Schritt konnte gefährlich für ihn werden. Deshalb war es wichtig, dass er vorher wieder zu Kräften kam.

Er lauschte weiter den Tropfgeräuschen, bis er schließlich in einen tiefen und traumlosen Schlaf sank.

Neben dem Bett stand der Karton, in dem sich der augenlose Kopf befand. Auf die Oberseite hatte er in ordentlichen Druckbuchstaben einen Namen geschrieben.

SARAH BRIDGEWATER

34.

»Einen kleinen Moment noch, Sir«, sagte Jamal zu dem Mann in dem Geländewagen. »Mein Kollege mit der Liste ist gleich wieder hier.«

»Das hoffe ich«, gab der Geländewagenfahrer zurück und zeigte auf seine Rolex. »Ich kann hier nicht ewig warten. Ich habe *Termine.*«

»Sicher, Sir, ich verstehe.«

Ungeduldig sah sich Jamal nach Bernie um. Er runzelte die Stirn. Was, um alles in der Welt, machte der Junge da?

Er sah, wie Bernie den Kofferraumdeckel des Taxis öffnete und dann mit einem spitzen Schrei zurückwich, als hätte ihn etwas angesprungen. Dann stand der Junge wie versteinert da, würgte und übergab sich.

»Hey!«, rief Jamal erschrocken aus und lief zu ihm, begleitet von den entnervten Rufen des Geländewagenfahrers.

Als Jamal bei Bernie angekommen war, schlug ihm der strenge Geruch nach Erbrochenem entgegen. Aber da war noch etwas anderes, ein weitaus üblerer Gestank, der aus dem nun offenen Kofferraum zu strömen schien.

»Bernie! Was zum ...«

Der Junge kam auf ihn zugewankt.

»Tut mir leid, Mann«, keuchte er. »Aber das ist mir echt zu heftig ... «

Jamal wich vor ihm zurück. Bernie hatte sich von oben bis unten vollgekotzt. Eine braune Brühe voller halbverdauter Chips troff von seiner Brust. Bis auf die Worte *Fürchte dich* war von seinem T-Shirt-Aufdruck nichts mehr zu erkennen.

»Mann, ich wollte doch nur ...«, krächzte Bernie. »Der Schlüssel steckte und ...«

Er schüttelte sich und sprach nicht weiter.

35.

Mark hatte den Nachmittag mit einem langen Spaziergang durch Hackney verbracht und die Orte seiner Kindheit und Jugend aufgesucht. Dabei hatte er an Somerville gedacht. Der Professor hatte recht gehabt, London hatte sich verändert.

Viele Ecken in seinem ehemaligen Viertel waren kaum wiederzuerkennen. Der Spielplatz am Ende der Straße war zu einem Anliegerparkplatz geworden. Der Friseurladen musste schon seit einer Ewigkeit leer stehen, wie die verstaubten Schaufenster mit den ZU MIETEN-Aufklebern vermuten ließen.

Auch die Fleischerei daneben, aus der seine Eltern sich den alljährlichen Weihnachtstruthahn liefern ließen, gab es nicht mehr. Stattdessen hing nun das Schild einer nicht näher definierten Import-Export-Firma über der Tür. Und das Restaurant, in das Heinrich Behrendt seine Familie gelegentlich an Sonntagmittagen ausgeführt hatte, nannte sich jetzt Art Café. Der Aufsteller neben dem Eingang warb für hausgemachtes Soja-Chili statt für den traditionellen English Roast, den Marks Vater so sehr geliebt hatte, weil er angeblich dem westfälischen Rinderbraten ähnlich war.

Zuletzt hatte Mark noch eine ganze Weile vor seinem ehemaligen Elternhaus gestanden, bis ein fetter Kerl mit Glatze herausgekommen war und ihn argwöhnisch gemustert hatte. Demonstrativ hatte er die Ärmel seines Sweatshirts hochgeschoben und die tätowierten Arme vor der Brust verschränkt.

»Was gibt's hier zu glotzen?«, hatte er in breitem Cockney gefragt, und Mark war ohne Antwort weitergegangen. Er hatte ohnehin genug gesehen. Einmal mehr war ihm klar geworden: Das Gestern ist Geschichte, nur das Hier und Jetzt zählt, denn es stellt die Weichen für die Zukunft.

Während seines Spaziergangs war ihm Sarah nicht mehr aus dem Kopf gegangen. Ihre Bitte um Hilfe und seine Reaktion darauf. Es war das erste Mal gewesen, dass er jemandem eine dringende Bitte abgeschlagen hatte. Aber er hatte nicht anders gekonnt. Er war für niemanden mehr eine Hilfe, auch nicht für Sarah. Der Mark Behrendt von einst war ebenso Geschichte wie all die Relikte ihrer gemeinsamen Jugend. In seinem derzeitigen Zustand war er allenfalls eine Last für andere. So leid es ihm um Sarah tat.

Auf dem Rückweg zum Campus hielt er es nicht länger aus und machte an einem Spirituosengeschäft halt. Er kaufte sich eine Flasche Gin – wohl wissend, dass es ein Riesenfehler war, seiner inneren Leere auf diese Art entgegenzutreten. Dann ging er zum Wohnheim und auf sein Zimmer, um zu packen.

Danach setzte er sich aufs Bett, drehte den Schraubverschluss von der Flasche und füllte den Zahnputzbecher randvoll. Seine Hand zitterte, als er ihn zum Mund führte. Doch ein sonderbares Blitzen ließ ihn innehalten. Irritiert stellte er den Becher ab. Und wieder funkelte es an seinem Handgelenk.

Es war die Metallplatte seiner Lebensuhr, die das Licht der Deckenlampe reflektierte.

»Scheiße«, murmelte er und starrte auf den Becher und die Flasche.

Eine Weile blieb er so sitzen und dachte darüber nach,

was aus ihm geworden war. *Ein Wrack*, so hatte er sich Sarah gegenüber bezeichnet, und verdammt, das war nicht übertrieben. Nicht mehr lange, und er würde in der Gosse enden.

Was für eine Karriere.

Er packte die Flasche und den Becher, ging zur Nasszelle und goss den Gin in den Abfluss. Während er mit der Dusche nachspülte, zitterten seine Hände noch immer, seine Kehle brannte, und sein Magen verkrampfte sich. Dennoch fühlte er sich deutlich besser.

Er legte sich aufs Bett, aber wegen der Entzugserscheinungen machte er sich keine großen Hoffnungen, schlafen zu können. Doch kaum hatte er das Licht ausgeschaltet, trieb er bereits dem Schlaf entgegen. Wie ein Floß, das auf spiegelglatter See in die Dunkelheit entschwand.

Die Belohnung für meine Standhaftigkeit, dachte er noch, dann war er auch schon eingeschlafen.

Er schlief tief und ohne Träume, bis die Tür zu seinem Zimmer leise geöffnet wurde.

36.

Mark fuhr auf und sah die Silhouette einer Frau mit langen Haaren, mehr konnte er im Halbdunkel des Zimmers nicht erkennen. Sie kam näher, aber es schien ihr schwerzufallen, beim Gehen das Gleichgewicht zu wahren. Jetzt sah er, dass der Rücken der Frau merkwürdig verkrümmt war.

Mark wollte sie ansprechen, sie fragen, was sie mitten

in der Nacht in seinem Zimmer verloren hatte, doch sie hob beide Hände und bedeutete ihm, still zu sein.

Jetzt hatte sie sein Bett erreicht, und das orange Licht der Hoflampe traf ihr Gesicht.

Als Mark sie erkannte, setzte sein Herz für einen Schlag aus. Vor ihm stand Tanja. Sie war entsetzlich verunstaltet. Aus ihren weit aufgerissenen Augen war alles Leben gewichen. Sie waren überzogen von milchigen Schleiern, die wie zähe Tränen auf ihren aufgedunsenen grauen Wangen zerrannen.

Die Verwesung hatte ihren einst so zierlichen Körper aufgebläht, sodass sich ihr Kleid, das sie an ihrem letzten Abend getragen hatte, als dunkler Fetzen um ihren verquollenen Leib spannte.

Sie öffnete den Mund, und eine der verklebten Haarsträhnen löste sich von ihrem mit schwarzem Blut verkrusteten Kinn.

Warum hasst du dich?, fragte sie mit einer Stimme, die wie ein Ächzen aus einem dunklen Abgrund zu ihm heraufklang.

Mark schauderte, doch gleichzeitig war er erleichtert. Dies war nur ein Traum, wurde ihm bewusst. Ein schrecklicher Traum, aber eben nur ein Traum.

Dennoch schmälerte diese Erkenntnis nicht den Schrecken, den er bei Tanjas Anblick empfand. Ihren verunstalteten Leichnam zu sehen, konnte er nicht ertragen. Bis jetzt hatte ihn stets Tanjas Sterben in seinen Albträumen heimgesucht, doch diesmal sah er, was er sich nie hatte vorstellen wollen – was *danach* aus ihr geworden war, nachdem er an ihrem Grab gestanden und sich gefragt hatte, warum er nicht weinen konnte.

»Geh wieder«, flüsterte er der unheimlichen Gestalt zu, die ihn weiterhin mit toten Augen fixierte. »Bitte geh. Lass mich aufwachen.«

Warum hasst du dich?, fragte sie wieder, doch es war nicht Tanjas Stimme. Es war die Stimme eines Wesens, das tief unter der Oberfläche von allem Sichtbaren existierte. Die Stimme seines Unterbewussten, das sich in hässlichen Träumen wie diesem zu artikulieren versuchte. Dennoch glaubte er, die Fäulnis ihres toten Körpers ganz real riechen zu können – vermischt mit Tanjas Parfüm, das ihm der Wind an jenem letzten gemeinsamen Abend zugetragen hatte.

Sie streckte einen ihrer zerschmetterten Arme aus, schien nach ihm zu greifen, und Mark sah voller Grauen den bleichen Splitter ihres gebrochenen Schlüsselbeins, der im Licht der Hoflampe aus ihrer Schulter ragte.

Er warf sich hin und her, um endlich aufzuwachen, aber es gelang ihm nicht. Stattdessen spürte er ihre kalten Fingerspitzen, die seine schweißnasse Brust berührten. Tanja griff nach seinem Herzen, das wie rasend schlug.

Hilf ihr, und du wirst dir selbst helfen, flüsterte sie ihm zu.

Dann endlich kam er zu sich.

37.

Mit pochendem Herzen setzte Mark sich auf. Er schwang die Beine aus dem Bett und starrte auf den Schatten des Fensterkreuzes zu seinen Füßen.

Es fiel ihm schwer zu atmen. Der kleine Raum wirkte beklemmend. Mark kam sich vor wie ein Gefangener.

Doch dann wurde ihm klar, dass er sich etwas vormachte. Im Augenblick wäre er sich selbst im größten Saal wie ein Gefangener vorgekommen, denn sein eigentliches Gefängnis befand sich tief in ihm selbst. Es wurde bewacht von Schreckgestalten wie dem mysteriösen Fahrer, an dessen Aussehen er sich nicht erinnern konnte, und von Tanja, die ihn wieder und wieder heimsuchte. Und von jener unbekannten, schrillen Stimme, die »Hey, Doktor!« gerufen hatte. Auch sie echote in seinen Träumen und Erinnerungen.

Ich muss hier raus, sonst ersticke ich!

Er zog sich hastig an, schnappte sich seine Sporttasche und verließ das Zimmer. Die Wände des Wohnheims waren dünn und hellhörig. Auf dem Flur hörte er hinter einer Tür heftiges Schnarchen, hinter einer anderen das Stöhnen eines Pärchens.

Es sind junge Stimmen, dachte er. *Ein junger Mann und eine junge Frau. Und auch der Schnarcher kann höchstens Mitte zwanzig sein.*

Natürlich war dieser Gedanke naheliegend, immerhin war dies ein Studentenwohnheim, aber auch wenn er sich dessen nicht bewusst gewesen wäre, hätte Mark diese Stimmen als die von jungen Leuten erkannt, da wäre er jede Wette eingegangen. Ganz anders als bei jenem schrillen Kreischen.

Hey, Doktor!

Mark schüttelte diesen Gedanken ab und trat in den verlassenen Innenhof hinaus. Kalter Wind schlug ihm entgegen, und er stellte sich schutzsuchend zwischen zwei überdachte *Snax*-Automaten.

Warum hasst du dich?, hatte Tanjas Traumbild ihn gefragt. Die Antwort darauf war, dass er sich für Tanjas Tod verantwortlich fühlte. Wenigstens zum Teil.

Er hatte sie nicht beschützen können. Im entscheidenden Moment war er nicht an ihrer Seite gewesen.

Dafür bestrafte er sich, indem er sich gehen ließ und trank. Unmittelbar nach Tanjas Tod hatte er sich nur noch in sein Bett verkrochen und die Welt an sich vorbeiziehen lassen. Anfangs hatten Freunde, Kollegen und Bekannte noch nach ihm gesehen. Sie hatten sich um ihn gesorgt, hatten ihm ihre Hilfe angeboten – doch Mark hatte sie abgewiesen, und irgendwann waren sie nicht wiedergekommen.

Schließlich hatte er seine Stelle in der Klinik verloren, und als seine Ersparnisse zu Ende gegangen waren und er seine Miete nicht mehr zahlen konnte, hatte ihm die Vermieterin das Apartment gekündigt.

Mark hatte all das kaltgelassen. Seine Depression war viel zu stark gewesen. Er zog in eine winzige Dachwohnung, die im Sommer brüllend heiß und im Winter eiskalt war, und wenn er Geld brauchte, half er in einem Nachtklub als DJ aus oder führte Filme in einem alten Programmkino vor.

Musik und Filme waren noch die einzigen Dinge, die ihm ein wenig Freude bereiteten. In beiden Jobs konnte er sich von der Welt zurückziehen. Im Vorführraum und hinter dem Mischpult musste er mit niemandem reden.

Ihm war klar, dass er die soziale Isolation nicht nur wegen seiner Depression suchte, sondern weil er allem und jedem misstraute. Ganz gleich, wie paranoid es sich auch anhören mochte, im Grunde genommen konnte *jeder* den

Wagen gefahren haben – aber es hatte *ihm* gegolten, davon war Mark überzeugt. Denn auch wenn er den Rufer nicht hatte identifizieren können, dieses *Hey, Doktor!* hatte sich nicht wie eine Warnung angehört. Eher wie die zynische Ankündigung dessen, was gleich geschehen würde.

Er durchsuchte seine Jackentaschen nach den Pfefferminzdragees. Dabei fiel der Zettel mit Sarahs Telefonnummer zu Boden. Er hob ihn auf, strich ihn glatt und dachte an Tanjas Worte, die seine eigenen gewesen waren.

Hilf ihr, und du wirst dir selbst helfen.

Ein leises Rascheln ließ ihn aufsehen. Er schaute zu der Grünanlage auf der gegenüberliegenden Seite des Hofes und glaubte seinen Augen nicht zu trauen. Dort stand eine Füchsin mit ihren drei Welpen neben einem Abfallkorb und beobachtete ihn.

Mark hatte schon häufiger von den Stadtfüchsen gehört, die angeblich inzwischen zu London gehörten wie die Tauben am Trafalgar Square. Aber der Anblick kam ihm dennoch surreal vor.

Die vier betrachteten ihn ohne jegliche Scheu. *Was schaust du so?*, schienen die braunen Augen der Füchsin zu fragen. *Wir leben jetzt auch hier. Ihr Menschen habt unser Territorium besetzt, also teilen wir es jetzt mit euch. Und wir haben keine Angst mehr, weil wir sonst nicht überleben könnten.*

Dann lief sie mit ihren Jungen über den Hof zum Ausgangstor, schlüpfte durch das Gitter. Kurz darauf waren sie verschwunden.

Mark sah den Tieren nach. *Angst hat ein Zuhause*, hatte Otis gesagt, und Mark sah ein, dass es längst an der

Zeit war, sich seinen Ängsten zu stellen. Er musste in die Gegenwart zurückkehren, wenn er überleben wollte. Und dabei spielte es keine Rolle, welche Zahlen auf seiner Lebensuhr abliefen, um zu begreifen, dass es ein Fehler war, weiterhin vor allem davonzulaufen. Er wurde gebraucht, hier und jetzt. Es war eine Chance, und es lag nur an ihm, sie zu ergreifen.

Er nahm sein Handy und wählte Sarahs Nummer.

TEIL VIER

Ausgeliefert

38.

Es war kurz nach halb acht Uhr morgens, als er – mit einem Kaffeebecher in der einen Hand und einem Beutel schmutziger Wäsche in der anderen – »Mr. Yu's Supreme Launderette« betrat. Er hatte mit vielen Morgenkunden gerechnet, und wenn dem so gewesen wäre, hätte er sich nach einem anderen Waschsalon umgesehen, doch er traf nur auf eine junge Frau, die auf der Holzbank in der Mitte des Salons saß und in einem Buch las, während vor ihr die Wäsche hinter einem der großen Bullaugen rotierte.

Die Frau sah auf, als er hereinkam. Sie mochte Ende zwanzig sein, aber sie war so dick, dass ihr Alter nur schwer zu schätzen war. Ihr Kopf ging halslos in einen massigen Leib über, und es sah aus, als würde sie mehrere Schwimmringe unter ihrem lila Sweater tragen. Ihr Gesicht war von Pickeln übersät und ihr Haar so dünn und schütter, dass man die weiße Kopfhaut glänzen sah.

Mit einem Wort, sie war *hässlich*. So wie er. Aber sie hatte hübsche Augen, klar und blau und wachsam, auch wenn sie den Blick sofort wieder von ihm abwandte. Das war er gewohnt.

Er stellte den Kaffeebecher ab, steckte seine Wäsche in den Automaten und füllte eine Spezialmischung aus Waschmittel und Bleiche sowie etwas Backpulver ein. Dabei ging er behutsam vor, um nichts zu verschütten, denn seine versengten Fingerkuppen behinderten ihn.

Auch mit dem Geldeinwurf hatte er Schwierigkeiten. Er

konnte die Münzen nicht richtig fühlen, und eine davon fiel ihm zu Boden. Es würde noch eine Weile dauern, bis sein Tastsinn zurückgekehrt war.

Er setzte sich ebenfalls auf die Bank und war nicht weiter verwundert, als die Frau wie beiläufig in ihrer Handtasche zu wühlen begann und dabei ein Stück von ihm abrückte.

»Guten Morgen«, sagte er, als hätte er es nicht bemerkt, und prostete ihr mit seinem Kaffeebecher zu. »Ich bin Stephen. Den Kaffee von Henry's gegenüber kann ich nur empfehlen. Schmeckt eindeutig besser als der von Starbucks. Trinken Sie Kaffee?«

Doch sie ging auf seinen Smalltalk-Versuch nicht ein. Stattdessen holte sie Ohrstöpsel aus ihrer Jackentasche und steckte sie sich in die Ohren – was bei ihrem feisten Gesicht aussah, als schöbe sie sich die Stöpsel direkt in den Kopf. Dann setzte sie einen MP3-Player in Gang und widmete sich wieder ihrem Buch.

Er sah den abgeschnittenen Finger auf dem Umschlag und las den Titel. *Die Blutrache des Schlächters*.

»Gutes Buch?«, fragte er mit lauter Stimme, aber er bekam keine Antwort. »Wahrscheinlich kein Buch für mich«, fuhr er fort. »Das wirkliche Leben ist schon grausam genug.«

Sie musterte ihn flüchtig aus den Augenwinkeln und runzelte dabei die Stirn, was sie wie einen Mops aussehen ließ. Wahrscheinlich irritierten sie seine zu kurzen Hosenbeine oder die Schuhe von Bugatti, die ihm offenkundig eine Nummer zu klein waren.

Dann rückte sie noch ein Stück weiter von ihm ab. Es fehlte nicht mehr viel, und sie würde von der Bank fallen.

Schade, dachte er. Ein wenig Konversation hätte ihm jetzt gefallen. Er hätte gern sein neues Ich an ihr ausprobiert, um zu sehen, ob er überzeugend wirkte. Dass sie ihn so vehement ignorierte, enttäuschte ihn.

Dabei müsstest du doch selbst wissen, wie es sich anfühlt, wenn man hässlich ist, wenn man von allen gemieden und nur heimlich angegafft wird, dachte er.

Aber offenbar wichen sich die hässlichen Menschen auch untereinander aus, weil sie sich für ihr Aussehen schämten oder vielleicht, weil sie sich selbst hassten. So wie er sich gehasst hatte für das, was er war – ehe er zu Stephen Bridgewater geworden war.

»Dann eben nicht.«

Er zuckte lapidar mit den Schultern und holte aus seiner Jackeninnentasche eine Zeitung hervor.

Er hatte sich vorhin am Kiosk für die *Sun* entschieden, denn wenn eine Zeitung ausführlich über den Vorfall berichten würde, dann war es das auflagenstärkste Boulevardblatt – natürlich vorausgesetzt, man hatte den Mann bereits gefunden.

Er überflog die Schlagzeilen, die verkündeten, dass Chelsea 2 : 1 gegen Arsenal gewonnen hatte, der Premierminister über einen Ausstieg aus der Europäischen Union nachdachte, Britney Spears neuerdings auf einen BH verzichtete und ein Student sich im Drogenrausch das Gesicht vom Kopf gekratzt hatte.

Schließlich fand er, wonach er gesucht hatte, und für einen Moment stockte ihm der Atem. *Das klingt nicht gut!*

MYSTERIÖSE ENTDECKUNG AUF PARKPLATZ lautete die Schlagzeile. Darunter stand: PARKWÄCHTER FINDET ENTFÜHRUNGSOPFER.

Okay, sie haben ihn also gefunden, dachte er, während er auf das Foto des Taxis starrte, das allein auf dem Parkplatz zu stehen schien, umringt von mehreren Polizisten.

Dann begann er mit pochendem Herzen zu lesen.

Den Schreck seines Lebens bekam Parkwächter Bernard Norris, 23, bei seinem gestrigen Kontrollgang auf dem Gelände der Northern Car Park Ltd. in Brixton. Im Kofferraum eines widerrechtlich abgestellten Taxis fand er einen Mann, der mit Klebeband gefesselt und geknebelt war. Offenbar wurde der Mann über mehrere Tage in dem Fahrzeug gefangen gehalten.

»Es hat gestunken wie in einer Kläranlage«, verriet der Parkwächter. »Aber ich wusste natürlich sofort, was zu tun war.«

Laut eines Polizeisprechers handelt es sich bei dem Opfer um einen sechsundvierzigjährigen Taxifahrer aus Sundridge. Der Mann sei bei seinem Auffinden stark dehydriert gewesen und werde jetzt intensivmedizinisch behandelt. Laut Aussage eines Arztes sei er jedoch außer Lebensgefahr. Im Blut des Taxifahrers habe man Spuren eines starken Betäubungsmittels gefunden. Außerdem gebe es Anzeichen, dass er mit einem Elektroschockgerät misshandelt wurde, erklärte der Arzt.

Über die Hintergründe der Tat ist bislang noch nichts bekannt.

Er ließ die Zeitung auf den Schoß sinken und atmete erleichtert auf.

Sie wussten nicht, *wer* es getan hatte.

Das war gut.

Und der Taxifahrer war am Leben und würde durchkommen.

Das war sogar noch viel besser.

Er hatte dem Mann nicht schaden wollen. Aber es war nicht zu vermeiden gewesen. Weil er das Taxi gebraucht hatte, um an Stephen heranzukommen. Dass der Mann eine Weile in seinen eigenen Hinterlassenschaften hatte zubringen müssen ... nun, das war bedauerlich. Aber wenn der Mann gestorben wäre ... ja, das hätte ihn betroffen gemacht.

So aber blieb ihm die gute Laune erhalten. Alles lief bestens, und bald konnte er Sarah einen weiteren Teil seines Geschenks zukommen lassen. Vielleicht entdeckte sie es sogar selbst?

Um sich die Zeit zu vertreiben, bis seine Wäsche fertig war, las er noch die anderen reißerisch aufgemachten Artikel mit Tagesaktualitäten: Es ging um Starlets und ihre Brustvergrößerungen, um Scheidungsdramen und Kinderwünsche diverser Prominenter, dramatische Lebensbeichten magersüchtiger Models und natürlich um Sport.

Ja, das ist es, was die Welt interessiert, dachte er. *Damit füllen die Leute die Leere in ihrem Dasein. Mit den Lebensgeschichten anderer Leute. Irgendwann stellen sie dann fest, dass ihr eigenes Leben vorbei ist, ohne dass sie es gelebt haben. Sie würdigen ihr Leben nicht. Aber das kann ich jetzt ändern.*

Irgendwann kehrte er aus seinen Gedanken zurück und stellte überrascht fest, dass die dicke junge Frau gegangen war. Er hatte es gar nicht bemerkt.

An ihrer Stelle saß da ein alter Mann mit zerzaustem Bart, der ebenfalls in die *Sun* vertieft war. Dabei grinste er über das ganze Gesicht. Das Titelgirl schien nicht nur seine Aufmerksamkeit erregt zu haben.

»Hey, Scarface«, sagte er und deutete auf das Bild, »das sind Titten, was? So was kriegen wir beide wohl nie ins Bett.«

Scarface.

Das hatte gesessen.

»Ich heiße Stephen«, entgegnete er scharf. »*Stephen!* Haben Sie mich verstanden?«

Schlagartig verschwand das Grinsen aus dem faltigen Gesicht seines Gegenübers.

»Klar doch, Mann«, sagte er kleinlaut und hob abwehrend die Hand. »Ich meine natürlich, es tut mir leid, *Stephen.*« Dann deutete er auf die Waschmaschinen. »Ist das da ... ist das Ihre Wäsche? Die wäre jetzt fertig. Ich mein ja nur ...«

Als er die Furcht in den Augen des Alten sah, musste er sich ein triumphierendes Lächeln verkneifen. Es gefiel ihm, dass er ihn hatte einschüchtern können. Dabei hatte er nur seinen neuen Namen genannt.

Das verlieh ihm Selbstbewusstsein.

»Ich bin verheiratet«, sagte er voller Stolz. »*Glücklich* verheiratet. Mit der besten Frau, die man sich wünschen kann. Und ich habe einen wundervollen Sohn, aus dem eines Tages etwas ganz Besonderes werden wird. Also verschon mich mit deinen Tittenbildern, alter Mann.«

Der Alte nickte nur und schluckte heftig. Es war ein wunderbares Gefühl.

Dann erhob er sich, nahm seine Wäsche aus der Maschine und hielt sie ins Licht.

Makellos rein, stellte er zufrieden fest. Der Tipp mit

dem Backpulver und der Bleiche, den er auf einer Website für Junggesellen entdeckt hatte, war Gold wert gewesen. Zwar waren seine Hose und der Pullover nun etwas heller als zuvor, und aus Braun war Beige geworden, aber von den Blutflecken war keine Spur mehr zu sehen.

Sehr gut!

Er ging, ohne den Alten noch eines Blickes zu würdigen.

Den Beutel mit seiner Wäsche entsorgte er zwei Straßen weiter in einem Altkleidercontainer. Dann ging er pfeifend davon.

Was für ein Tag, dachte er.

Alles lief nach Plan.

39.

»Ich bin so froh, dass du gekommen bist!«

Noch in der Tür empfing ihn Sarah mit einer Umarmung. Sie wollte ihn gar nicht wieder loslassen, bis Mark spürte, dass sie weinte – leise, damit ihr Sohn nichts davon mitbekam. Mark hielt sie eine Weile fest, bis sie sich beruhigt hatte.

Sie sieht schlecht aus, dachte er, als sie sich wenig später in der offenen Küche ihrer Freundin, die sich als Gwen vorgestellt hatte, gegenübersaßen. Wie zur Bestätigung hing neben ihr ein Foto am Kühlschrank, das Sarah zusammen mit Gwen auf einer Party in ebendieser Küche zeigte: das blühende Leben, wie sie da dem Fotografen lachend ihr Cocktailglas entgegenhielt. Doch jetzt waren ihre Wangen eingefallen, und ihre Augen hatten dunkle

Ringe. Eindeutige Zeichen, dass sie seit dem Vorfall in ihrem Haus nicht mehr richtig gegessen und geschlafen hatte.

»Ich habe heute eine Vermisstenanzeige aufgegeben«, sagte sie und schenkte ihm eine Tasse Tee ein.

»Und was hat die Polizei zu der Sache mit dem Unbekannten gesagt?«

Sie machte eine hilflose Geste. »Dasselbe wie vor zwei Tagen. Dass sie nach Stephens Auto fahnden werden. Und dass es außer meiner Aussage keinen Hinweis auf eine Entführung gibt. Dass es nach dem gegenwärtigen Stand der Dinge allenfalls Hausfriedensbruch gewesen sei. Die wissen nicht, wie sie mir helfen können, Mark. Ich bin mir nicht einmal sicher, ob sie mir wenigstens *diesmal* geglaubt haben. Ich kann ja nichts von alldem beweisen. Mir kam es eher so vor, als denken sie, er sei mir davongelaufen. *Zigaretten holen.*«

Sie stieß ein bitteres Lachen aus, legte ihren verletzten Arm auf die Tischplatte und kratzte nervös an einer Stelle knapp unterhalb der Schiene. »Mein einziger Trost ist, dass es Harvey wieder gut geht. Er weiß zwar, dass etwas nicht stimmt, aber er lacht wieder, spielt mit Diana.«

Mark schaute hinüber in den Wohnzimmerbereich, wo Harvey neben Gwen und ihrer Tochter auf dem Sofa saß. Die drei hatten Muffins gebacken, und in der Wohnung hing noch der süßlich schwere Geruch nach Teig, Blaubeeren und Schokolade. Sie sahen sich einen Zeichentrickfilm im Fernsehen an. Die Musik deutete auf eine wilde Verfolgung à la *Tom und Jerry* hin.

Mark musste an die Kinder denken, mit denen er früher gearbeitet hatte. Kinder, die ihre Eltern oder Geschwister unter dramatischen Umständen im Krieg oder bei Unfällen verloren hatten und die wenig später wieder mit anderen Kindern gespielt und gelacht hatten, als sei nichts geschehen. *Die Macht der Verdrängung*, dachte er. Anfangs war sie ein Segen. Sie half dem Unterbewusstsein, den Schrecken zu bewältigen, ehe man sich Schritt für Schritt an die Realität herantasten konnte.

Sarah riss ihn aus seinen Gedanken.

»Mark, ich habe mich an Polizei gewandt, wie du gesagt hast. Aber es muss doch noch mehr geben, was wir tun können. Hast du denn keine Idee?«

Mark sah sie lange an. Er hatte sich in der Tat auf dem Weg hierher so seine Gedanken gemacht.

»Nun«, begann er, »ein erster Ansatzpunkt wäre, wenn wir herauszufinden versuchen, was dieser Unbekannte eigentlich von euch will.« Er zögerte, bevor er fortfuhr: »Also, wenn er keine Lösegeldforderung gestellt hat und auf die Fragen nach deinem Mann nicht eingegangen ist, muss er eine andere Motivation haben. Sehr wahrscheinlich liegst du richtig mit deiner Annahme, dass er auf irgendeine Weise psychisch gestört ist. Zumindest, wenn er sich *tatsächlich* für Stephen hält und es nicht nur vorgibt.«

»Nein, Mark, dieser Kerl hat das nicht gespielt. Er *ist* gestört. Du hättest ihn erleben müssen!« Sie schauderte bei der bloßen Erinnerung. »Gerade das ist es ja, was mich dabei so fertigmacht. Weil Verrückte unberechenbar sind. Oder nicht?«

Mark machte eine vage Geste. »Ja und nein. Meistens hat es einen bestimmten Hintergrund, wenn Menschen vorgeben, jemand anders zu sein. Immerhin behauptet er nicht, er sei Jesus oder George Clooney. Nein, er sagt, er sei dein Mann, und das macht die Situation zu einer besonderen. Warum wählt er ausgerechnet die Identität von Stephen Bridgewater?«

»Was denkst du? Warum tut er das?«

»Ich weiß es nicht, Sarah, aber es muss einen Grund geben. Natürlich ist nicht jede Wahnvorstellung logisch erklärbar, aber manchmal gibt es rationelle Zusammenhänge. Wenn wir herausfinden könnten, wie er auf euch gekommen ist, könnten wir vielleicht auch seine Motivation durchschauen.«

»Glaubst du, du könntest dann verstehen, was in diesem Kerl vor sich geht, und was er plant?«

Nachdenklich betrachtete Mark seine Teetasse. »Ich will dir nicht zu viel versprechen, aber denkbar wäre es. Wenn er sich schon einmal telefonisch bei dir gemeldet hat, stehen die Chancen gut, dass er auch weiterhin zu dir Kontakt halten wird. Erst recht, wenn er sich mit deinem Mann identifiziert. Dann wäre es gut, wenn wir darauf vorbereitet sind. Vielleicht bekomme ich ja Zugang zu ihm, wer weiß ...«

»Also, was schlägst du vor? Was sollen wir tun?«

Mark trank einen Schluck Tee und überlegte. Es gab eine Möglichkeit, aber damit würde er Sarah sehr viel abverlangen.

Sie schaute ihn skeptisch an. »Rede mit mir, Mark. Du hast doch eine Idee, oder?«

»Nun ja, ich hätte eine Idee, aber ...«

»Nun sag schon.«

»Du solltest mir noch einmal sehr genau erzählen, was in dieser Nacht geschehen ist. Am besten vor Ort, damit du dich an so viele Details wie möglich erinnerst. Das wird nicht leicht für dich sein. Glaubst du, du schaffst es trotzdem?«

Sie stand von ihrem Platz auf, und in ihren Augen funkelte ein Tatendrang, den Mark von sich selbst nur zu gut kannte. Es war das drängende Bedürfnis, etwas zu tun – irgendetwas, Hauptsache man war nicht zum Herumsitzen und Abwarten verdammt.

»Lass uns keine Zeit verlieren«, sagte sie. Dann wandte sie sich an ihre Freundin: »Gwen, kann ich mir deinen Wagen leihen?«

»Natürlich«, sagte Gwen und lächelte ihr aufmunternd zu.

Im Fernsehen jagte nun Wile E. Coyote den Roadrunner – leicht zu erkennen an dem frechen »*Meep-meep*«, mit dem der Roadrunner seinen Verfolger verspottete, der wie immer zu langsam war.

Die Kinder fanden das lustig, doch Mark hoffe inständig, dass es ihm und Sarah mit dem Unbekannten nicht ebenso ergehen würde.

40.

Als Mark das Haus der Bridgewaters betrat, beschlich ihn ein ungutes Gefühl. Es war ein Gefühl, für das er zunächst keine Erklärung fand, denn es stand völlig im Gegensatz zu dem ersten Eindruck, den das Haus auf ihn machte. Mark gefiel die eigenwillige Bauweise, und er staunte über die geschickt geschnittenen Räume, die das

Innere größer wirken ließen, als man von außen erwartete. Auch mochte er die hohen, hell getünchten Zimmer und die geschmackvolle Einrichtung, die ein sicheres Gespür der Besitzer für Wohnlichkeit bewies.

Dennoch war da eine seltsame, undefinierbare Ahnung, die ihn beklommen machte. Es war, als hätte der unbekannte Eindringling nach seinem Verschwinden etwas zurückgelassen – eine Art von bedrohlicher Präsenz, die jeden Raum erfüllte wie ein geruchloses Gas. Irgendetwas war hier. Etwas, das nicht nur mit Sarah, sondern auch mit ihm zu tun hatte – auch wenn ihm dieser Gedanke zunächst absurd vorkam.

Und während Mark über diesen merkwürdigen Eindruck nachdachte, wurde ihm klar, dass nicht das Haus dafür verantwortlich war, sondern er selbst. Der Grund für seine Beklemmung war die Empathie, die er für Sarah empfand. Jemand war von einem Moment zum nächsten in Sarahs Leben eingedrungen und hatte ihr jegliches Sicherheitsgefühl geraubt. So, wie es auch ihm ergangen war. Und wie Sarah jetzt, hatte auch er anfangs obsessiv nach Anhaltspunkten gesucht, um den Täter zu überführen und somit wenigstens einen Teil seiner Sicherheit wieder zurückzuerlangen. Es hatte ihn aufgerieben, dass er nicht wusste, wer der Fahrer gewesen war. Mark hatte *verstehen* wollen, warum der Fahrer nicht gebremst hatte. Hatte er Tanja zu spät gesehen, oder war es ein heimtückischer Anschlag gewesen? Er wollte – er *musste* es einfach wissen, wenn er schon nichts mehr an Tanjas Tod ändern konnte.

Hätte er die Zusammenhänge verstanden, wäre es vielleicht einfacher für ihn gewesen, seine neue Situation zu bewältigen. Das hatte er zumindest gehofft. Denn die Ursache des Leids zu verstehen – ganz gleich, wie abwegig sie auch scheinen mag – ist der erste Schritt, um über das Leid hinwegzukommen.

So aber ließen ihm die vielen offenen Fragen keine Ruhe. Warum hatte ihn der Rufer *Doktor* genannt? Kannte er ihn, und wenn ja, woher? Gab es zwischen ihnen irgendeine Verbindung, von der Mark nichts wusste? Oder hatte der Mann Tanja damit gemeint? Hatte er *sie* gekannt, möglicherweise von früher?

Fragen über Fragen, aber keine Antwort.

Irgendwann hatte Mark angefangen, die Menschen in seinem Umfeld mit unverhohlenem Argwohn zu betrachten. Er hatte auf ihre Stimmen geachtet, auf alles, was ihm hätte verdächtig erscheinen können. Er hatte sich sogar in Garagen geschlichen, um nachzusehen, ob der Kleinwagen irgendeines Kollegen, mit dem er einmal eine Auseinandersetzung gehabt hatte, Spuren eines Unfalls aufwies. Doch es war aussichtslos. Er konnte sich ja nicht einmal an die Marke des Unfallwagens erinnern, geschweige denn an die Farbe – hell, vielleicht grau oder weiß.

Am Ende hatte er sich eingestehen müssen, dass ihn keine seiner Bemühungen, die Wahrheit herauszufinden, zu einem Ergebnis geführt hatte. Stattdessen hatte er höllische Qualen durchlitten und es schließlich aufgegeben – zuerst nur die Suche nach Antworten, aber irgendwann auch sich selbst.

Ähnlich musste es nun auch Sarah ergehen, als sie ihm die Räumlichkeiten zeigte, die bei ihrer Begegnung mit dem rätselhaften Eindringling eine Rolle gespielt hatten. Sie war aufgewühlt und geradezu besessen von der Vorstellung, dass sie gemeinsam eine Spur finden würden. Irgendetwas, das ihnen Aufschluss gab, um wen es sich bei dem Fremden in ihrer Küche handelte, und – noch viel wichtiger – was aus Stephen geworden war.

Denn im Gegensatz zu Mark durfte sie noch hoffen.

41.

Als sie ihren Rundgang beendet hatten, ließ Sarah sich in der Küche auf einen Stuhl sinken und rieb sich erschöpft übers Gesicht. Sie war bleich, hatte Schweißperlen auf der Stirn und zitterte am ganzen Leib. Es war, als habe es sie ihre letzte Kraft gekostet, Mark ihre unheimliche Begegnung bis ins Detail zu schildern.

»Immer wenn ich die Augen schließe, sehe ich Stephen vor mir«, flüsterte sie und starrte ins Leere. »Er ist verzweifelt und ruft irgendetwas. Aber ich kann seine Worte nicht hören. Ich sehe nur sein Gesicht. Es ist so voller Angst. Und dann ist er verschwunden, und ich weiß nicht wohin. Mein Gott, Mark, ich hoffe so sehr, dass er noch lebt!«

Mark entgegnete nichts. Er wusste genau, was in ihr vor sich ging.

Für eine kleine Ewigkeit herrschte Schweigen zwischen ihnen. Mark lehnte im Türrahmen und ließ im Geiste Revue passieren, was Sarah ihm gezeigt hatte.

Harveys Zimmer und sein Ausblick in den Garten.

Der Baum dicht am Haus, dessen Äste sich an der Scheibe wie knochige Finger angehört hatten.

Das Schlafzimmer und das Fenster, aus dem Sarah gesprungen war, um Hilfe zu holen.

Die Treppe und der Flur.

Die Stelle, an der Stephens Koffer mit dem Mantel gestanden hatte.

Der Garderobentisch, auf dem der Unbekannte Stephens Schlüsselbund abgelegt hatte, so wie Stephen selbst es immer tat.

Jetzt sah sich Mark in der Küche um. Hier war Sarah dem Narbenmann begegnet. Er hatte am Kühlschrank gestanden und war dabei gewesen, sich ein Sandwich zuzubereiten, an das er angeblich während seiner Autofahrt gedacht hatte.

Mark überlegte, warum der Mann das gesagt hatte. Warum hatte er vorgegeben, er hätte auf seinem Weg zu Sarah an die Mortadella im Kühlschrank denken müssen?

Es war wie eine Drohung. *Ja, ich kenne dich*, schien er damit zu sagen. *Ich kenne* dich*, aber du kennst* mich *nicht. Und das gibt mir Macht.*

Auf dem Küchentisch stand noch immer der Blumenstrauß in einer bauchigen Glasvase, und Mark fragte sich, ob diese Beobachtung wichtig war.

Der Strauß war geschmackvoll zusammengestellt – keine Billigblumen, wie man sie im Supermarkt oder an der Tankstelle bekam.

Nein, dachte Mark, *dieser Strauß muss teuer gewesen sein.*

Daneben lag der Karton mit der PlayStation für Harvey. Ebenfalls ein teures Geschenk.

Aber da war etwas, das Mark noch viel mehr irritierte.

Es hatte mit dem Teller zu tun, der jetzt im Spülbecken stand. Mit dem Messer, das auf dem Teller lag.

Nachdenklich ging Mark zur Küchenzeile, holte ein Glas aus dem Hängeschrank und füllte es mit Leitungswasser. Dann reichte er es Sarah.

»Hier, du bist blass. Du musst trinken, um deinen Kreislauf wieder in Schwung zu bringen.«

Sarah griff nach dem Glas und sah ihn erwartungsvoll an.

»Also? Was denkst du?«

Mark fuhr sich durchs Haar und sah zu dem Messerblock über der Arbeitsfläche. Er war so hoch angebracht, dass er für Kinder unerreichbar war, und somit genau auf Augenhöhe eines Erwachsenen.

Die Messer darin waren vollzählig, und das verwirrte ihn.

Während seiner Facharztausbildung hatte einer der Dozenten einmal gesagt, das wichtigste Handwerkszeug eines guten Psychiaters sei nicht nur die umfassende Kenntnis der Seelenheilkunde, es sei vor allem die Gabe der genauen Beobachtung, wenn man eine zuverlässige Diagnose stellen wollte. *Denn wir lassen uns zu gerne von einem ersten oberflächlichen Eindruck täuschen*, hatte der Dozent erklärt. *Entscheidend sind die vielen kleinen Details, aus denen sich diese Oberfläche zusammensetzt.*

Dementsprechend hatte Mark über die Jahre seine Beobachtungsgabe geschult, und wenn man die vielen kleinen Details einzeln betrachtete, ergab sich ein ganz anderes Bild.

Da waren zum einen der Messerblock und zum anderen der Teller im Spülbecken, auf dem das Messer lag, das der

Unbekannte benutzt hatte. Und da war die bauchige Glasvase mit dem Blumenstrauß.

Je mehr Mark darüber nachdachte, desto klarer wurde ihm, was ihm diese Beobachtungen sagen wollten. Und nun wuchs das ungute Gefühl in ihm so stark an, dass er glaubte, ein Heer winziger Spinnen kröche ihm über den Rücken.

»Sag mal«, begann er, »hast du irgendetwas aufgeräumt, seit dieser Mann hier gewesen ist?«

Sarah sah ihn verwundert an. »Nun ja, die Matratzen und das Bettzeug, das ich aus dem Fenster geworfen habe …«

»Nein, ich meine hier in der Küche.«

»In der Küche? Nein. Warum?«

»Und der Teller und das Messer?«

Sie sah zum Spülbecken, wandte den Blick aber schnell wieder ab. »Das … das ist *er* gewesen.«

»Du meinst, dieser Kerl hat hier am Tisch gegessen und danach aufgeräumt?«

Sie nickte.

»Und deine Blumenvasen, wo bewahrst du die normalerweise auf?«

»Meine Blumenvasen?« Sie schüttelte erschöpft den Kopf. »Ich verstehe nicht, worauf du hinauswillst. Sie sind im Einbauschrank im Flur.«

»Okay«, sagte Mark und glaubte allmählich zu verstehen. »Noch einmal zu dem Messer. Ist irgendetwas besonders daran?«

»An dem Messer? Mark, was sollen diese Fragen?«

»Das sage ich dir gleich, aber bitte antworte mir zuerst.«

»Na ja, Stephen und ich verwenden es häufig. Eigentlich fast immer. Es ist aus irgendeinem speziellen japanischen Stahl, der besonders gut schneidet. Stephen hatte es mitgebracht, zusammen mit einem Chukanabe.«

»Einem was?«

»Eine Art japanischer Wok oder so. Es war ein Geschenk von einem von Stephens Kunden. Ein Koch aus Osaka, der nach Cambridge gezogen ist. Sagst du mir jetzt endlich, worauf du hinauswillst?«

Mark ließ das Messer nicht aus den Augen. »Weißt du noch in etwa, wann das gewesen ist?«

»Du meinst, wann Stephen es geschenkt bekommen hat?«

»Ja.«

Verunsichert runzelte sie die Stirn. »Irgendwann letztes Jahr. Oder vorletztes. Ist schon eine Weile her.«

Nun sah Mark hinüber zu dem Messerblock. »Und wo bewahrt ihr dieses spezielle Messer normalerweise auf?«

Sarah zeigte auf eine Schublade unterhalb der Arbeitsfläche. »Da drin. Ganz hinten, damit Harvey nicht rankommt. Es ist wirklich sehr scharf.«

»Und an diesem Abend war es wie immer in der Schublade?«

»Ja, ganz sicher. Mark, jetzt sag mir endlich, was das zu bedeuten hat!«

Mark zog sich einen Stuhl heran und setzte sich neben sie.

»Also«, begann er und holte tief Luft. »Ich habe darüber nachgedacht, was du mir erzählt hast. Dass dieser Mann sich exakt an Stephens Rituale gehalten hat, als er in euer Haus kam. Dass er von eurem Lieblingsitaliener wusste, der vor einem Jahr geschlossen hat. Er kannte den Inhalt eures Kühlschranks, und er benutzte nicht irgendein Messer aus dem Block da oben, sondern das japanische Messer, das du und Stephen vorzugsweise benutzt. Er wusste, wo ihr es aufbewahrt. Ebenso wusste er, wo deine Blumenvasen stehen.«

Sarah sah ihn mit großen Augen an. Und dann verstand sie.

»Verdammt! Ich hätte selbst darauf kommen können!«

Mark schaute aus dem großen Küchenfenster hinaus in den Garten. Unweit daneben befand sich die Zufahrt zum Carport.

»Er muss euch beobachtet haben«, sagte er. »Offenbar über eine lange Zeit. Mindestens ein Jahr, aber ich schätze, eher länger. Immerhin wusste er von dem Restaurant.«

Sarah ballte die gesunde Hand zur Faust, dass die Knöchel weiß hervortraten. »O mein Gott, und wir haben nichts davon bemerkt!«

Mark sah sie prüfend an. »Vielleicht doch.«

»Nein, du kannst mir glauben …«

»Denk trotzdem noch einmal nach. Gab es vielleicht irgendwelche Vorfälle, die euch *seltsam* vorgekommen sind? Irgendetwas, das euch ungewöhnlich, aber gleichzeitig belanglos erschien?«

Sie überlegte eine Weile, dann schüttelte sie seufzend den Kopf. »Ich kann mich wirklich an nichts dergleichen erinnern. Wenn Stephen oder ich den Eindruck gehabt hätten, dass irgendjemand in unserem Garten herumlungert, hätten wir unverzüglich etwas unternommen. Nein, Mark, das erste Mal, dass ich mich hier beobachtet gefühlt habe, war in der Nacht, als der Kerl bei uns aufgetaucht ist. Und das auch nur, weil Harvey glaubte, er hätte jemanden im Garten gesehen.«

Mark sah auf den Flur hinaus und nickte geistesabwesend.

Vielleicht war es nicht das erste Mal, dass Harvey jemanden gesehen hat, schoss es ihm durch den Kopf. *Denn die Vasen stehen im Flurschrank. Und dort gibt es keine Fenster!*

Er stand abrupt auf und ging zur Tür. Dort ließ er sich auf die Knie nieder und sah sich erneut um.

Wenn es jetzt Nacht wäre, alles ist dunkel, und ich wäre ein kleiner Junge, der verschlafen zur Tür hereinkommt …

»Sarah, du hast doch von Harveys Albtraum erzählt. Von einem großen schwarzen Hund, den er hier in der Küche gesehen haben will. Und dann ist Harvey sofort zu euch ins Schlafzimmer hochgerannt?«

Sie nickte zögerlich. »Ja, warum?«

»Habt ihr hier nachgesehen?«

»Stephen ist nach unten gegangen.«

»Sofort?«

»Nein, wir haben zuerst mit Harvey geredet. Er war ja ganz außer sich. Na ja, und es war ja nur ein Traum.«

»Hat Harvey auch erzählt, wo genau er den Hund gesehen hat?«

Sie machte eine hilflose Geste. »Nein, aber wir haben ihn auch nicht danach gefragt. Er wollte eine Weile nicht mehr auf dem Stuhl sitzen, auf dem du gerade gesessen hast. Du glaubst doch nicht etwa …«

Schweigend betrachtete Mark die Stelle auf dem Boden. Er rieb sich das Kinn und richtete sich dann wieder auf.

»Jetzt sag schon, Mark! Glaubst du, das war womöglich gar kein Traum?«

Wieder fuhr Mark sich durchs Haar. »Na ja, es kann sein, dass ich damit falschliege, aber …«

Langsam sah sie zu der Stelle neben sich, als würde dort etwas Gefährliches lauern. »Du glaubst doch nicht … *er* ist das gewesen?«

»Ich versuche mir nur gerade vorzustellen, was Harvey dort gesehen haben könnte, wenn es *kein* Traum gewesen ist«, sagte Mark, ohne den Blick von dem Stuhl abzuwenden. »Sicherlich keinen Hund. Aber vielleicht einen Mann auf allen vieren? Harvey könnte diesen Kerl überrascht haben, und ihm blieb keine Zeit mehr, aus dem Haus zu verschwinden. Vielleicht wollte er sich unter dem Tisch verstecken? Hier in der Küche wäre das der einzig mögliche Ort dafür. Aber Harvey sah ihn. Der Junge war nicht darauf vorbereitet, und er war verschlafen. Im Dunkeln könnte der kniende Mann für ihn wie ein großer schwarzer Hund ausgesehen haben.« Er machte eine vage Geste. »Es muss nicht so gewesen sein, aber …«

»O Gott!« Sarah fuhr zusammen und sprang von ihrem Platz auf.

»Was ist?«

Sarah war aschfahl. Mit aufgerissenen Augen starrte sie den Tisch an. »Doch, Mark, du könntest recht haben. Gott, ja … Mein Hausschlüssel! Das könnte zeitlich hinkommen.«

»Was war damit?«

»Das war vor ein paar Wochen, etwa zur selben Zeit, als Harvey diesen Traum hatte. Ich hatte geglaubt, ich hätte meinen Schlüssel irgendwo beim Einkaufen verloren, aber ein paar Tage später fand ich ihn wieder. Er lag im Gras auf dem Weg zum Carport. Ich hatte mich zwar noch gewundert, warum Stephen oder ich ihn dort nicht schon früher entdeckt hatten, immerhin kamen wir ständig an dieser Stelle vorbei, und das Gras war kurz gemäht, aber dann war ich einfach nur froh, dass ich ihn wiederhatte. Also habe ich nicht weiter darüber nachgedacht. Und erst recht nicht daran, die Schlösser auswechseln zu lassen.«

Sie musste schlucken, ehe sie weitersprechen konnte. »Vielleicht hatte ich den Schlüssel ja gar nicht verloren? Der Kerl könnte ihn mir im Supermarkt aus der Tasche entwendet haben. Ich stell die Tasche mit meinen Sachen oft in den Einkaufswagen. Na ja, und immer hat man den Einkaufswagen ja nicht im Blick. Stephen hat mir das schon häufig genug vorgeworfen ... Oder ich habe den Schlüssel wirklich irgendwo verloren, und dieser Verrückte ... hat ...«

Sie ging ein paar Schritte rückwärts, ohne den Tisch aus den Augen zu lassen.

»Ich darf gar nicht daran denken«, flüsterte sie. »Wir haben Harvey nicht geglaubt. Wir dachten, er habe nur einen bösen Traum gehabt. Wenn dieser Kerl schon damals im Haus war ... und wir haben oben geschlafen ... Er hätte auch Harvey ...«

Sie schlug sich die Hand vor den Mund, und Tränen rannen ihr über die Wangen.

42.

Der eisige Wind ließ ihn frösteln, als er aus dem Bus stieg. Es war bitterkalt, und von der Haltestelle war es noch ein gutes Stück zu Fuß, sodass er lieber ein Taxi genommen hätte. Aber das wäre ein Fehler gewesen, falls die Polizei inzwischen nach einem Mann mit Narben im Gesicht suchte.

Zwar glaubte er nicht, dass es schon so weit war – andernfalls hätte die Presse sicherlich über den Fall Stephen Bridgewater berichtet –, aber er hielt es dennoch für ratsam, auf Nummer sicher zu gehen.

Deshalb hatte er für diesen Weg auch seine eigene Kleidung gewählt, um in dem heruntergekommenen Viertel nicht aufzufallen. Statt Mantel und Anzug trug er seine übliche Schildkappe mit dem Arsenal-Logo, eine graue Jeans, die an den Knien schon etwas abgerieben war, eine Steppjacke mit hohem Kragen und derbe Straßenschuhe.

Die ausgetretenen Schuhe waren deutlich bequemer als Stephens zu kleine Bugattis, aber er fühlte sich dennoch nicht wohl in diesen Sachen. Sie gehörten zu einem anderen Leben, das er eigentlich hinter sich gelassen hatte.

Geduld, mahnte er sich selbst, als er auf die Reihe grauer Wohnblocks der Sozialbausiedlung zuging. *Geduld.* Bald war es endgültig so weit!

Er kam an einer Gruppe Jugendlicher vorbei, die hinter einem Drahtzaun Basketball spielten. Einer der Jungen sah ihn, blieb wie angewurzelt stehen und zeigte auf ihn.

»Fucko! Das ist ja abgefahren! Schaut mal her, Leute! Da läuft ’n Zombie durch die Gegend!«

Unverzüglich kamen die anderen Jungs angelaufen und grölten ihm durch den Zaun hinterher.

»Hey, Zombie, der Friedhof ist in die andere Richtung! Hast wohl 'nen Ventilator geknutscht, Hackfresse? Scheiße, bist du hässlich!«

Er beachtete sie nicht weiter. Die Jungs sprachen nur aus, was andere dachten.

Als er endlich an dem Wohnblock angekommen war, spürte er vor Kälte seine Finger kaum noch. Der Aufzug war außer Betrieb, und er musste die Treppe zum sechsten Stock nehmen. Das Treppenhaus war mit jeder Menge Graffiti verunstaltet, die Stufen waren mit Kippen übersäht, und es stank nach schalem Bier, kaltem Rauch und Küchendunst.

Als er oben angekommen war, musste er eine kurze Pause einlegen. Seine Kopfschmerzen hatten sich zurückgemeldet, sie pulsierten im wilden Takt seines heftig pochenden Herzens, und das Atmen fiel ihm schwer.

Also wartete er, bis es besser wurde, und betrachtete den Gang. An einer der Türen hing ein Mistelkranz aus Plastik mit einem blinkenden MERRY-X-MAS-Schriftzug, der in dieser Umgebung bizarr und deplatziert wirkte.

In der Wohnung zu seiner Rechten konnte er einen Mann herumbrüllen hören, von einer anderen drang der Motorenlärm eines Autorennens zu ihm und irgendwo plärrte Rap-Musik.

Kein Ort, an dem er wohnen wollte.

Als er wieder genügend Luft bekam, ging er den Flur entlang und las die Namen auf den Türschildern. Am Ende des Ganges blieb er vor Apartment 69 stehen, suchte vergeblich nach einer Klingel und klopfte.

Hinter der Tür näherten sich schlurfende Schritte. Er hörte, wie eine Sicherheitskette vorgeschoben wurde, dann ging die Tür einen Spaltbreit auf, und eine hagere Frau musterte ihn argwöhnisch.

»Ja, was ist?«

Er wusste, dass sie nicht älter als Mitte zwanzig sein konnte, aber mit ihrer heiseren Raucherstimme und ihren herben Gesichtszügen wirkte sie wie eine alte Frau. Ihr Gesicht war knochig, die Haut faltig und unrein, was auch eine dicke Schicht aus Schminke nicht verbergen konnte, und ihre Augen blickten ihn trübe und gleichgültig an.

Er nickte ihr zu und lächelte, als würde er einen freundlichen Empfang erwidern. »Hallo, ich möchte zu Simon.«

Erneut musterte sie ihn von oben bis unten. »Is' nich' da.«

»O doch, das ist er.«

Sie nahm einen Zug von ihrer Selbstgedrehten und blies ihm den Rauch ins Gesicht. »So? Wer sagt das?«

Er lächelte noch breiter. »Ich. Simon hat heute dienstfrei. Dann ist er immer zu Hause. Bei Ihnen.«

»Na und?«

»Ich würde gern mit ihm sprechen.«

»Verpiss dich!«

Sie wollte die Tür wieder schließen, doch er stemmte sich mit der Hand dagegen und hielt sie offen. Viel Kraft brauchte er dazu nicht. Nach allem, was er von der Frau sah, wog sie höchstens hundert Pfund.

»Bitte, Bethany, es ist wichtig. Sagen Sie ihm …«

»Ich kenn dich nicht.« Sie schnippte ihre Kippe durch den Türspalt und verfehlte ihn nur knapp. »Und jetzt geh und fick dich selbst, kapiert?«

Nun waren hinter ihr Schritte zu hören, und eine Männerstimme fragte: »Hey, Beth, was ist denn los?«

Sie sah sich nach der Stimme um. »Da ist so ein Freak, der zu dir will.«

»Okay, Schatz, geh in dein Zimmer, ich mach das schon.«

Sie bedachte ihn noch einmal mit einem abfälligen Blick, dann verschwand sie, woraufhin der Kopf eines drahtigen jungen Mannes mit blonden Dreadlocks erschien. Er sah ihn erstaunt an. »Hey, John! Was machst du denn hier?«

»Hallo Simon, können wir reden?«

»Klar, Mann. Was gibt's? Müsstest du nicht …«

»Kann ich reinkommen?«

»Na gut.«

Simon schob die Türkette zurück, sah sich auf dem Gang um und ließ ihn dann herein. Der lange, schmale Flur der Wohnung befand sich in einem ähnlichen Zustand wie das Treppenhaus. Auch hier waren Graffiti an den Wänden, nur dass Simon versucht hatte, die Schmierereien mit Postern von Bob Marley, Che Guevara, dem Turiner Grabtuch und Kurt Cobain zu kaschieren.

»Mann, John, jetzt bin ich echt überrascht. Wie hast du mich denn gefunden?«

»Ganz klassisch. Du stehst im Telefonbuch.«

»Echt? Muss ich mal ändern lassen. Also, was willst du von mir?«

»Dich um einen Gefallen bitten.«

»Gefallen? Was für einen Gefallen?«

»Ich brauche meine Krankenakte.«

»Was?« Simon kratzte sich an der Brust und sah ihn erstaunt an. »John, dafür bin ich die falsche Adresse. Darüber musst du mit Dr. Stone reden. Lass dir einfach einen Termin geben. Du bist ohnehin längst überfällig.«

»Nein, Simon, das geht nicht. Ich komme zu dir, weil ich *alles* brauche, was es in der Klinik über mich gibt.«

»*Alles*? Was soll das heißen?«

»Meine kompletten Unterlagen. Du kannst sie mir beschaffen.«

Simon schüttelte energisch den Kopf und strich sich dann die Dreadlocks aus dem Gesicht. »Nope, Mann! Unmöglich, ich …«

»Außerdem musst du meine Daten aus der Krankenhausdatei löschen«, unterbrach er ihn. »Ich weiß, dass du das kannst.«

Simon sah ihn entschlossen an und verschränkte die Arme. »John, noch mal zum Mitschreiben: Das kann ich nicht machen! Wenn die mich erwischen, kostet mich das meinen Job. Warum willst du das überhaupt?«

»Dieser Gefallen wäre mir einiges wert, Simon.« Er machte eine weit ausholende Geste. »Und wenn ich mich hier so umsehe, denke ich, du könntest das Geld gut gebrauchen.«

»Ja, *könnte* ich. Aber ich mach's trotzdem nicht. Das Risiko ist mir zu groß. Wenn die mich rausschmeißen, kriege ich beruflich nie wieder ein Bein auf die Erde. Das ist dir doch klar, Mann?«

»Sicher.«

»Na also, was soll dann das Ganze? Warum kommst du mit diesem Scheiß zu mir?«

»Weil wir uns immer gut verstanden haben.«

»Ja, aber deswegen riskiere ich nicht meinen Kopf für dich.«

»Nun komm schon.« Er sah Simon schief an und lächelte. »Du hast sonst doch auch kein Problem damit, etwas zu riskieren.«

Die Augen des jungen Mannes wurden größer. »Was soll das heißen?«

»Das weißt du sehr genau. Und ich verspreche dir, es wird auch weiterhin unser kleines Geheimnis bleiben. Sozusagen unter Freunden.«

Simon funkelte ihn an. »Ich hab keine Ahnung, wovon du redest, Mann, aber es ist besser, wenn du jetzt gehst.«

»Okay, dann gehe ich eben wieder.« Er wandte sich zur Tür, öffnete sie aber nicht. Stattdessen sah er sich noch einmal zu Simon um. »Ach, sag mal, wie kommt Bethany eigentlich mit dem Methadon zurecht? Ist sie inzwischen clean, oder gibt es noch Rückfälle?«

Simon ging einen Schritt auf ihn zu, baute sich vor ihm auf. »Was, zum Teufel, willst du damit sagen, John?«

»Na ja, sagen wir es mal so: Als Krankenpfleger verdienst du nicht gerade viel, und ich denke, ich könnte dir mit dem Geld helfen. Wenn man seine Schwester so sehr liebt wie du, würde man bestimmt alles tun, damit sie sich ihren täglichen Schuss nicht auf dem Strich verdienen muss.«

Er hatte kaum ausgesprochen, als Simon ihn an den Schultern packte. »Raus, Mann, oder ich schlag dir die Fresse ein!« Er riss die Tür auf.

»Schon gut, schon gut! Wie du willst. Ich werde gehen, aber denk lieber noch einmal nach, bevor du ablehnst. Ich biete dir eine faire Chance, damit du dich für lange Zeit nicht mehr am Medikamentendepot vergreifen musst. Vielleicht sogar nie mehr, wenn Beth es endlich in den Griff bekommt. Und ich würde meinen, das Zeug zu klauen und deine Spuren zu verwischen, ist um einiges riskanter als der kleine Gefallen, um den ich dich bitte.«

Der Griff des jungen Mannes erschlaffte. Er schloss die Tür und lehnte sich dagegen.

»Na schön, John. Wie viel?«

Er griff in seine Jackentasche und reichte Simon einen Umschlag. »Das ist die Hälfte. Die andere bekommst du, sobald ich die Unterlagen habe.«

Simon blätterte durch die Geldscheine und stieß einen erstaunten Pfiff aus. Er sah auf.

»Hey, weißt du, wie viel das ist?«

»Klar.«

»Und die Scheine sind echt?«

»So echt wie die Queen.«

Simon starrte erneut das Geld an. »Willst du mich auch nicht verscheißern?«

»Natürlich nicht. Ich habe dir doch gesagt, dass ich dich mag. Du hast mich immer mit Respekt behandelt. Außerdem solltest du doch wissen, dass Geld für mich keine Bedeutung hat.«

Für einen Moment schien Simon noch zu überlegen, dann stopfte er sich den Umschlag in den Hosenbund. »Okay, Mann. Du kriegst deine verdammte Akte, und ich lösche die Datei.«

»Danke, mein Freund. Wusste ich doch, dass du vernünftig bist.« Er legte die Hand auf den Türgriff. »Ach, und noch was, Simon. Es muss schnell gehen. Wenn ich recht informiert bin, hast du heute Nachtschicht. Da sollte es dir gut möglich sein, einen ungestörten Augenblick zu finden.«

Simon schluckte. »Aber verdammt, ich kapier's nicht. Warum gehst du nicht mehr in die Klinik? Und warum willst du jetzt aus der Patientendatei verschwinden? Hast du Scheiße gebaut? Ich meine ...«

»Nein, Simon.« Er winkte ab und öffnete die Tür. »Glaub mir, die Antwort willst du eigentlich nicht wissen. Besorg mir einfach die Unterlagen. Ich komme morgen wieder. Danach siehst du mich nie mehr, versprochen.«

Während er zurück zur Bushaltestelle ging – und dabei einen weiten Bogen um die spielenden Jugendlichen machte –, konnte er es kaum erwarten, sich wieder umziehen zu können.

Wie Simon ihn angesehen hatte ... Genau wie all die anderen in der Klinik. Es war unerträglich gewesen.

Er musste so schnell wie möglich wieder zu Stephen Bridgewater werden, andernfalls würde er durchdrehen.

43.

Mark trat ins Freie und zog den Reißverschluss seiner Jacke hoch. Der nasskalte Wind heulte um das Haus der Bridgewaters und biss ihm ins Gesicht, während er vorbei am Carport zum hinteren Teil des Gartens ging. Dort blieb er stehen und sah sich um.

Die hohe Hecke, die das Grundstück umgab, war ein perfekter Sichtschutz vor den Blicken von Passanten und Nachbarn. Wer sich hier aufhielt, würde von außerhalb nicht bemerkt werden.

Mark ging ein Stück weiter zu drei Büschen, die auf den

Frühjahrsschnitt warteten, und sah zu der Eibe am Haus, die bis zum Fenster des Kinderzimmers hochragte.

Ihr Stamm war dick genug, dass sich dahinter ein schlanker Mann verbergen konnte. Der Baum und die Büsche waren ideale Verstecke, ebenso wie das mit einem dichten Netz umspannte Trampolin des Jungen, das neben dem abgedeckten Sandkasten stand. Nachts würde man niemanden hinter dem schwarzen Netz erkennen können.

Mark versuchte sich in den Fremden hineinzuversetzen. Vermutlich war er sich nicht als Eindringling vorgekommen. Alle Voyeure rechtfertigten ihren Beobachtungszwang damit, dass ihr Verhalten ja niemandem schadete.

Du musst dich hier sicher gefühlt haben, wenn du wieder und wieder hierhergekommen bist, dachte Mark. *Keiner hat etwas davon mitbekommen. Und wenn einmal jemand aus dem Fenster gesehen hat, musstest du dich einfach nur in einen der vielen Schatten stellen. Dann wurdest du ein Teil der Nacht. Dann warst du unsichtbar.*

Er schüttelte den Kopf. Was war das nur? Im Gegensatz zu seinen Bemühungen, sich in den unbekannten Autofahrer hineinzudenken, fiel es ihm mit Sarahs unbekanntem Eindringling sehr viel leichter. Wie er hier stand und über diesen Mann nachdachte, kam es ihm vor, als könne er in dessen Kopf sehen.

Das muss daran liegen, dass wir etwas gemeinsam haben, dachte er. Denn auch Mark hatte sich einmal wie ein Voyeur verhalten – damals, vor vier Jahren. Zwar hatte es zunächst einen berechtigten Grund für seine Nachstellungen gegeben, aber dann war er dem zwanghaften Reiz erlegen, der mit dem heimlichen Beobachten einherging.

Und er hatte feststellen müssen, wie schwer es fiel, wieder damit aufzuhören.

Also griff er nun auf diese Erfahrung zurück und sah mit den Augen eines Voyeurs zu dem Haus der Bridgewaters. Es gab keine Gardinen, keine Vorhänge oder Rollos – nichts, was die Familie vor heimlichen Blicken geschützt hätte. Wegen der hohen Hecke mussten sie sich sicher gefühlt haben – und das war es, was diesen unwiderstehlichen Reiz auf Voyeure ausübte: das vermeintliche Sicherheitsgefühl ihrer Opfer. Es gab ihnen Macht. Im Fall der Bridgewaters musste der Unbekannte süchtig danach geworden sein. Deshalb war es ihm wichtig gewesen, sich unauffällig zu verhalten und keine Risiken einzugehen. Nur so hatte er sich über die lange Zeit hinweg in ihrer Nähe aufhalten können.

Aber irgendwann hatte dieser Mann dann doch das Risiko gesucht. Er hatte sich Sarahs Schlüssel beschafft und war ins Haus eingedrungen, und dabei war er von Harvey entdeckt worden.

Mark fragte sich, warum. Warum hatte es der Mann darauf ankommen lassen?

Weil er es nicht mehr ausgehalten hat, einfach nur zuzusehen. Er wollte dazugehören. Denn Beobachten weckt Begehren. Und von dem Begehren werden Besitzansprüche abgeleitet.

So musste es gewesen sein.

Er hörte Schritte. Sarah kam auf ihn zu. Sie war blass, und ihre Augen waren gerötet, aber ihr Gang wirkte entschlossen. Mit den Händen hielt sie eine dampfende Teetasse umschlossen, und der kalte Wind trug Mark einen Hauch von Kamille entgegen.

»Und?«, fragte sie, als sie bei ihm stand. Ihre Stimme klang rau und heiser. »Was glaubst du, was das für ein Kerl ist? Warum tut er so was?«

»Ich denke, dass er euch beobachtet hat, weil er sich dadurch wie ein Teil eures Lebens fühlte.«

»Ein Teil unseres Lebens«, wiederholte Sarah und betrachtete die Tasse in ihren Händen. »Und warum sucht er sich dazu uns aus? Warum will er ausgerechnet Stephens Platz einnehmen?«

Mark legte die Stirn in Falten und betrachtete nachdenklich das Haus. »Das ist die große Frage.«

Sarah umklammerte ihre Tasse, als gäbe sie ihr Halt. »Glaubst du ... glaubst du, er hat Stephen etwas angetan? Ich meine ...«

»Nein, ich glaube nicht.«

Sie sah zu ihm auf. »Und wieso?«

»Ich bin mir nicht sicher«, sagte er und hielt ihrem eindringlichen Blick stand, »aber Voyeure sind in der Regel keine gewalttätigen Menschen. Im Gegenteil, sie sind zumeist schüchtern und unsicher in sozialen Kontakten. Sie wollen nicht auffallen und tendieren eher zur Flucht, als dass sie jemanden angreifen.«

»Aber wo ist Stephen dann?«

Mark zuckte mit den Schultern. »Tut mir leid, Sarah, ich habe keine Ahnung.«

Sie wandte den Kopf ab, presste die Lippen aufeinander und rang sichtlich mit ihrer Selbstbeherrschung. »Dieser Kerl ... ist also ein Perverser? Er geilt sich daran auf, uns hinterherzuspionieren?«

»Nein, nicht direkt. Er will an eurem Alltag teilhaben. Ihn interessiert, was du einkaufst, wohin ihr ausgeht und was ihr tut, wenn ihr zu Hause seid. Das ist nicht sexuell motiviert. Solche Leute findest du eher im Schwimmbad und in der Sauna, oder sie beobachten Schlafzimmerfenster. Nein, ich denke, bei diesem Mann handelt es sich um jemanden mit einem schweren Komplex. Er ist entstellt, wie du sagst. Er hat wahrscheinlich schlimme Erfahrungen mit den Menschen machen müssen. Vielleicht ist er verspottet worden, oder er denkt, dass er keine Chancen bei Frauen hat.«

»Oh, schlimme Erfahrungen!« Sarah stieß ein verächtliches Lachen aus. »Soll ich etwa Mitleid mit ihm haben?«

Mark sah kalten Zorn in ihrem Blick, und er verstand nur zu gut, wie sie empfinden musste.

»Nein, das entschuldigt natürlich nichts von dem, was er euch antut. Aber was wir bis jetzt von ihm wissen, kann uns unter Umständen helfen, ihn aufzuspüren.«

»Und wie?«

»Nun ja, wenn er wirklich ein Voyeur ist, dann habt ihr etwas, was er nicht hat. Ihr seid eine glückliche, intakte Familie. Könnte sein, dass ihn das auf euch aufmerksam gemacht hat.«

»Aber warum *wir*, Mark?« Sarah sah ihn verständnislos an und strich sich eine blonde Strähne aus dem Gesicht. »Ich meine, wir führen ein ganz normales Leben. Familien wie uns gibt es Tausende. Was sollte uns für ihn so einzigartig machen?«

»Vielleicht erinnert ihr ihn an jemanden? An seine eigene Familie in der Kindheit. Oder an die Familie, die er selbst gern gehabt hätte. Voyeure fühlen sich zu dem hingezogen, was sie selbst *nicht* haben oder nicht *mehr* haben, oder von dem sie glauben, dass sie es *niemals* haben werden. Keine Ahnung, was davon auf ihn zutrifft. Aber mit einem bin ich mir sicher.«

»Und das ist?«

Mark deutete mit dem Kinn Richtung Straße. »Es ist gut denkbar, dass er hier aus der Gegend stammt. Er hat euch über ein Jahr beobachtet. Wenn er weiter außerhalb leben würde, hätte das einen ziemlichen Aufwand für ihn bedeutet.«

Sarah nickte. Offenbar schien sie selbst schon über diese Möglichkeit nachgedacht zu haben.

»Ja, er könnte hier irgendwo in der Nähe wohnen. Nur ... wieso habe ich ihn dann nie vorher gesehen? Dieses vernarbte Gesicht ... Er wäre mir doch aufgefallen.«

»Möglich, dass er erst in eure Nähe gezogen ist, *nachdem* er sich euch ausgesucht hat«, gab Mark zu bedenken. »Dann hätte er sich gewiss bedeckt gehalten.«

Sarah sah ihn stirnrunzelnd an. »Denkst du, er würde das alles auf sich nehmen, nur um uns zu beobachten?«

»Ich weiß, es klingt verrückt«, sagte Mark, »aber ich würde es in diesem Fall nicht ausschließen. Nicht, nachdem er sich dir gegenüber für Stephen ausgegeben hat. Er scheint von euch regelrecht besessen zu sein. Mit dem Eindringen in euer Haus hat er eine erste Grenze überschritten. Und jetzt hat er dich direkt angesprochen. Mit dem Beobachten allein gibt er sich also nicht mehr zufrieden. Er braucht mehr.«

Sarah verzog das Gesicht zu einer angewiderten Grimasse. »Mein Gott, wie krank.«

»Ja, der Mann ist krank«, entgegnete Mark. »Und ich fürchte, sein Zustand verschlimmert sich rapide.«

»Aber was sollen wir tun?«, sagte Sarah und schüttete

den restlichen Tee ins Gras. »Du glaubst, dass er hier in der Gegen wohnt ... sollen wir etwa von Haustür zu Haustür gehen und uns nach einem Mann mit Narben erkundigen?«

»Nein, wir dürfen ihn nicht aufschrecken. Aber wir haben ja noch seine Geschenke.« Mark zeigte zum Küchenfenster.

»Die PlayStation?« Sarah sah ihn überrascht an.

»Nein, die bringt uns sicherlich nicht weiter. Er wird sie aus irgendeinem Kaufhaus haben. Ich meine die Blumen. Ich bin mir ziemlich sicher, dass sie von einem Floristen stammen. Der Strauß sieht teuer aus. Er wollte dich damit beeindrucken.«

Sarah schnaubte verächtlich. »Ja, das hat er wirklich.«

Mark hob beschwichtigend die Hände. »Ich versetze mich nur in seine Lage. Blumen kauft man nicht einfach irgendwo. Jedenfalls nicht, wenn einem die Person wichtig ist, für die sie bestimmt sind. Ich an seiner Stelle würde den Strauß in einem Blumenladen kaufen, den ich kenne. Einem Laden, bei dem ich mir sicher wäre, dass ich etwas für mein Geld bekomme.«

»Folglich einem Laden, an dem ich häufig vorbeikomme«, vollendete Sarah seinen Gedankengang.

Mark nickte. »Wie du gesagt hast: Dieses Gesicht vergisst man nicht. Und mit etwas Glück kennt man ihn dort auch mit Namen. Ich weiß, das klingt alles etwas vage, aber ...«

»Es ist mir egal, wie das klingt«, unterbrach ihn Sarah. Sie wirkte wie neu belebt. »Wir müssen es wenigstens versuchen. Alles ist besser als diese Warterei. Wenn Stephen in Gefahr ist, zählt jede Minute.«

44.

Was für ein Tag.

Es war einer dieser ruhigen Nachmittage, die Stanley Moreland nicht ausstehen konnte. Bereits zum fünften Mal machte er die Runde durch sein Reich, die Farben- und Dekorationsabteilung des Screwfix-Heimwerkermarkts, ohne auf einen Kunden gestoßen zu sein.

Um diese Jahreszeit dachte wohl niemand an neue Tapeten oder einen frischen Anstrich, sondern sparte sein Geld für den Geschenkeberg an Heiligabend.

Missmutig prüfte er die Regale. Alle Fächer waren aufgefüllt, und die Artikel standen in Reih und Glied, mit den Etiketten nach vorn ausgerichtet, wie es sich gehörte. Auch die Weihnachtsdekoration war perfekt angebracht, die Angebotsschilder hingen, wo sie hängen sollten.

Kurzum, es gab nichts zu tun, und das war Morelands übelster Albtraum. An einem Tag wie diesem kam er sich schrecklich unnütz vor. Schließlich wurde er nicht dafür regelmäßig zum Mitarbeiter des Monats gewählt, dass er die Hände in die Hosentaschen steckte und auf den Feierabend wartete.

Dann endlich erspähte er einen potenziellen Kunden zwischen den Regalreihen. Moreland aktivierte sein Bei-uns-ist-der-Kunde-noch-König-Lächeln und ging zielstrebig auf ihn zu.

Der Mann stand mit dem Rücken zu ihm, und als Moreland sich ihm näherte, stutzte er. Er trug einen Trenchcoat, der ihm zu kurz war, ebenso wie die Anzughose, die darunter hervorschaute.

Moreland behielt sein routiniertes Lächeln bei, aber

innerlich stieß er einen Seufzer aus. Wahrscheinlich hatte der Mann die Sachen aus der Kleidersammlung gezogen, und wenn es sich nicht zufällig um die Reinkarnation von Howard Hughes handelte, die sich zu Screwfix verirrt hatte, würde er bestimmt kein großes Geschäft mit ihm machen.

Als er nur noch wenige Schritte entfernt war, blieb Moreland abrupt stehen. Erst jetzt fiel ihm auf, dass der Mann sich nach vorn krümmte. Dabei hielt er beide Hände auf den Bauch gepresst, als habe er Schmerzen.

»Kann ich Ihnen behilflich sein, Sir?«

Noch immer lächelte Moreland zuvorkommend, während er sich insgeheim schon auf die Frage vorbereitete, wo sich die nächste Toilette befand.

Der Mann reagierte nicht gleich. Er richtete sich auf und betastete seine Nase. Dann betrachtete er kurz den Finger und zog ein Papiertaschentuch aus der Manteltasche. Er hielt es sich vors Gesicht und sah sich zu Moreland um.

Schlagartig gefror dem mehrfachen Mitarbeiter des Monats das Lächeln auf den Lippen. *Behandle alle Kunden gleich*, war stets seine Devise gewesen, aber nun hatte Moreland ernsthafte Zweifel, ob ihm das diesmal glücken würde.

Es fiel ihm schwer, die freundliche Miene beizubehalten und den Mann nicht anzustarren. Moreland musste an einen Mitschüler aus seiner Kindheit denken, der sich einmal einen Topf mit kochender Milch über die Brust geschüttet hatte. Beim gemeinsamen Duschen nach dem Sportunterricht hatte Moreland die verwucherten Brandnarben stets mit einer Mischung aus Faszination und Ekel betrachtet. Die Haut auf der Brust des Jungen hatte ausgesehen wie dieses Gesicht, auch wenn Moreland es nicht vollständig erkennen konnte, weil es zum großen Teil unter dem Schirm der Arsenal-Kappe und hinter dem Taschentuch verborgen war. Aber was dazwischen hervorlugte, genügte völlig.

Am meisten jedoch erschreckten ihn die wimpernlosen, graublauen Augen des Mannes, die ihn inmitten all dieser Narben ansahen, als würden sie durch eine Maske schauen.

Da war so viel Traurigkeit und Zorn in diesem Blick.

»Ich suche Klebeband«, sagte der Mann durch das Taschentuch hindurch, und Moreland glaubte Blutstropfen daran zu erkennen.

»Ist Ihnen nicht wohl, Sir?«, fragte er und bemühte sich um einen ungezwungen Ton.

»Ich suche Klebeband«, wiederholte der Mann, ohne auf ihn einzugehen. »Letzte Woche stand es noch hier.«

»Klebeband. Natürlich, Sir. Wir haben ein wenig umgeräumt. Wenn Sie mir bitte folgen würden.«

Hastiger als beabsichtigt wandte Moreland sich um und ging voran. Auf ihrem Weg durch die Regalreihen glaubte er den Blick des Mannes auf seinem Rücken zu spüren. Es war ein unangenehmes Gefühl. Umso größer war seine Erleichterung, als sie ihr Ziel erreicht hatten.

»Hier, Sir. Das ist unser umfangreiches Sortiment. Beste Qualität zum kleinen Preis. Suchen Sie vielleicht etwas Bestimmtes?«

»Es muss breit sein«, sagte der Mann und betupfte sich mit dem Taschentuch die Nase. »Außerdem reißfest und luftdicht.«

Moreland musste dem Drang widerstehen, nicht auf

das rote Rinnsal zu starren, das seinem Kunden aus der Nase troff. Er griff in das Regal und reichte ihm eine Rolle doppelt beschichtetes Gewebeisolierband.

Der Mann betrachtete die Rolle eingehend, schien zufrieden und nahm dann auch alle übrigen Rollen aus dem Fach. Dazu musste er das Taschentuch einstecken. Moreland versuchte ihm nicht direkt ins Gesicht zu sehen.

Dann nickte der Mann ihm zu, drehte sich um und ging zur Kasse.

Moreland sah ihm nach und verzichtete auf sein übliches »Vielen Dank für Ihren Einkauf«. Stattdessen atmete er erleichtert auf, als der Mann durch die Glasschiebetür verschwunden war.

Plötzlich war er froh, allein in seiner Abteilung zu sein.

Was für ein Tag, dachte er wieder.

45.

Während Mark sich in »Laurels Floristikshop« erkundigte, wartete Sarah im Wagen und scrollte auf ihrem Smartphone durch die Gelben Seiten.

Es war frustrierend. Laut yell.com gab es allein in der Umgebung von Forest Hill weit mehr als siebzig Blumenläden, und im gesamten Londoner South East waren es sogar mehr als doppelt so viele.

Aber sie durfte sich nicht unterkriegen lassen. Irgendetwas musste sie schließlich tun, und bis jetzt hatten sie erst in vier Geschäften nachgefragt. Ein paar Anläufe sollten sie auf jeden Fall noch unternehmen.

Geistesabwesend kratzte Sarah an ihrer Armschiene, konzentrierte sich auf die Straßennamen und überlegte aufs Neue, welches die nächstgelegene Adresse war, als das Handy plötzlich in ihrer Hand zu vibrieren begann.

Sie starrte auf das Display. Eine Handynummer, die sich nicht in ihrem Adressverzeichnis befand.

Was, wenn es der Unbekannte war?

Was sollte sie sagen?

Sie hatte sich für diesen Fall zwar ein paar Sätze überlegt, aber nun war ihr Kopf wie leer gefegt. Wenn sie etwas Falsches sagte, konnte das Folgen haben.

Schlimme Folgen.

Aber noch schlimmer wäre es, wenn sie nicht ranginge.

Rede einfach mit ihm, forderte ihre innere Stimme sie auf. *Schließlich will er mit* dir *reden. Verwickle ihn in ein Gespräch und versuch ihn so weit zu bringen, dass er dir verrät, wo Stephen ist.*

Plötzlich war ihr Mund staubtrocken. Wie gelähmt hielt sie das vibrierende Handy. Sie sah zu Mark hinüber, der sich hinter der Schaufensterscheibe mit einer Verkäuferin unterhielt. Er wüsste vielleicht, auf welche Weise man mit diesem Verrückten reden musste, aber auf ihn konnte sie jetzt nicht warten.

Sie atmete tief durch, dann strich sie über den Annehmen-Button.

»Ja?«

»Mummy?«

Es war Harvey. Seine Stimme klang unbeschwert, als sei er mitten im Spiel.

»Hallo, mein Schatz. Was ist das für ein Handy, mit dem du telefonierst?«

»Das ist das Handy von Diana. Sie hat schon ein eigenes. Wusstest du das?«

»Nein, Liebling, das ist ja toll.«

Im Hintergrund hörte sie Diana kichern und Gwen, die den Kindern etwas zurief, dann meldete sich Harvey wieder. »Du, wir haben mit der PlayStation *Angry Birds* gespielt. Das war richtig cool, Mummy. Ich hab Diana viermal abgehängt. Gleich *viermal*!«

»Das freut mich, mein Schatz.«

Wieder hörte sie Gwens Stimme.

»Hast du gehört, was Gwen gesagt hat?«, fragte Harvey und lachte. »Ich bin der Champion.«

»Ja, das bist du.«

»Ich muss gleich wieder Schluss machen. Wir backen Pizza mit Gwen. Ich soll dich fragen, ob du auch bald kommst.«

»Ja, Schatz, bald. Mummy muss nur noch etwas nachsehen, dann komme ich zu euch.«

»Du, Mummy?«

»Ja, Schatz.«

»Kommt Daddy bald nach Hause?«

Die Frage versetzte ihr einen Stich. Sarah musste schlucken, ehe sie antworten konnte. »Natürlich, Liebling.«

»Mummy, wenn Daddy wieder da ist, fragst du ihn dann noch mal? Ich möchte so gern eine PlayStation. Diana hat doch auch eine. Dann können wir zusammen *Angry Birds* spielen.«

Sie fröstelte, als sie an das Geschenk des Unbekannten dachte. Er musste sie und Stephen belauscht haben, als sie am Küchentisch gesessen und wieder einmal über Harveys Wunsch diskutiert hatten. Solche Dinge besprachen sie meistens in der Küche, und das Fenster war fast immer gekippt. Nun würde sie es nie wieder öffnen können, ohne dabei ein Gefühl der Bedrohung zu empfinden.

Wieder fiel sie die hilflose Wut an, der so schwer beizukommen war. Wusste dieser Kerl eigentlich, was er ihnen antat?

»Okay, Schatz«, sagte sie, und ihre Stimme klang belegt. »Ich rede mit deinem Vater, sobald er wieder da ist.«

Falls wir ihn jemals lebend wiedersehen werden.

»Versprichst du's mir, Mummy?«

»Ja, Liebling, ich verspreche es dir.«

»Cool! Du bist die beste Mummy der Welt. Ich habe dich lieb.«

»Ich dich auch, mein Schatz.«

Doch Harvey hatte bereits aufgelegt.

Mark kam aus dem Blumenladen und stieg zu ihr ins Auto.

»Alles in Ordnung?« Er sah sie besorgt an. »Du zitterst ja. Hast du Schmerzen im Arm? Soll lieber ich fahren?«

Sie hob das Handy hoch. »Das war Harvey. Er hat mich nach seinem Vater gefragt.«

»Was hast du ihm gesagt?«

Sie wich seinem Blick aus und sah aus dem Fenster. »Ich habe gesagt, dass er bald nach Hause kommt.«

Mark berührte sie sanft an der Schulter. Sie wandte sich ihm wieder zu. »Und? Was haben sie da drin gesagt?«

»Leider wieder Fehlanzeige.«

»Mist! Es ist ja auch unfassbar, wie viele Blumenläden es hier gibt.«

»Du willst doch nicht etwa aufgeben?«

»Aufgeben? Ich? Mark, ich dachte, du kennst mich.«

Er lächelte. »Okay, also wer ist der Nächste auf der Liste?«

»Mal sehen … Hier, Marple Street, das ist nur zwei Straßen weiter. Stanford Flowers and more.« Plötzlich stutzte sie. »Obwohl … warte mal!«

»Was ist?«

»Ach, nichts.«

»Nichts?« Mark sah sie stirnrunzelnd an. »Also, ich bin bestimmt nicht der große Frauenversteher vor dem Herrn, aber wenn eine Frau *nichts* sagt, ist immer irgendwas im Busch. Also, was ist es?«

Stirnrunzelnd betrachtete Sarah das Display. »Es hat vielleicht gar nichts zu bedeuten.«

»Sag es mir trotzdem.«

»Dieser Laden hier – Shalimar Flowers. Irgendwo bin ich über diesen Namen schon einmal gestolpert. Erst kürzlich. Aber mir fällt nicht mehr ein, wo.«

»Hatte es mit Stephen zu tun?«

Sie wiegte den Kopf. »Kann sein. Ich weiß es wirklich nicht mehr.«

»Dann lass es uns einfach dort versuchen«, schlug Mark vor. »Ist es weit?«

»Ellerslie Lane. Nein, das sind nur ein paar Minuten von hier … Aber vielleicht habe ich den Namen auch nur in einer Annonce gelesen.«

»Versuchen sollten wir es trotzdem.«

Sarah nickte und ließ den Motor an. »Wir haben ja nichts zu verlieren.«

Außer wertvoller Zeit, fügte sie in Gedanken hinzu und fuhr aus der Parklücke.

46.

Als die Türglocke über ihnen anschlug, war es, als würden sie eine andere Welt betreten. Sarah war noch nie zuvor hier gewesen, dennoch empfand sie eine merkwürdige Vertrautheit. Sie schauderte wie bei einem Déjà-vu und konnte es sich zunächst nicht erklären.

Draußen herrschte das kalte, graue Dezemberwetter, doch im Inneren des Ladens empfing sie feuchtwarme Luft, gemischt mit den süßlich schweren Düften unzähliger Pflanzen, deren Farbenpracht im Licht der Halogenstrahler fast irreal wirkte. In der Mitte des Raums thronte eine von Orchideen umgebene Ganesha-Statue, die jeden Besucher mit erhobenen Händen und goldverziertem Rüsselgesicht begrüßte, und aus einem Wandlautsprecher drangen leise Sitarklänge, die den exotischen Eindruck zusätzlich verstärkten.

Sarah blieb vor der Statue stehen und betrachtete sie nachdenklich. Hier war ihr Déjà-vu-Gefühl am stärksten.

»Indien …«, flüsterte sie und wirkte für einen Moment wie entrückt.

Mark sah sie fragend an. »Ist irgendwas?«

Ohne den Blick von der Statue abzuwenden, schüttelte sie den Kopf. »Nur eine Erinnerung. Ist lange her.«

»Hat es mit deinem Mann zu tun?«

»Ja, es war unsere erste gemeinsame Reise, gleich nach der Graduierung. Stephens Jugendtraum, mit dem Rucksack durch Indien. Den Flug hatten uns seine Eltern bezahlt.« Sarah blickte ihn an. »Ich weiß, warum du fragst. Aber das alles kann *er* nicht wissen. Dafür liegt es viel zu lange zurück.«

Sie gingen an der Statue vorbei auf die Ladentheke zu, hinter der ein kleiner kahlköpfiger Mann mit rundlichem Gesicht an einem Tisch stand und ein Gebinde zusammenstellte. Als sie bei ihm angekommen waren, legte er die Blumen beiseite, rieb sich die Hände an seiner grünen Floristenschürze ab und kam ihnen lächelnd entgegen.

»Herzlich willkommen, die Herrschaften«, sagte er, und es klang, als würde er die Worte singen. »Ich bin Farhan Ramesh. Was kann ich für Sie tun?«

Wie schon in den anderen Blumenläden schilderte ihm Mark, weswegen sie gekommen waren. Dass sie auf der Suche nach einem Mann seien, der hier womöglich vor drei Tagen ein Gebinde gekauft hatte. Dass dieser Mann ein auffällig vernarbtes Gesicht habe …

Bei Erwähnung der Narben sah Farhan Ramesh sie überrascht über den Rand seiner Brille an.

»Aha, *Sie* sind das also«, sagte er bedächtig und nickte ihnen zu.

Sarah und Mark wechselten erstaunte Blicke.

»Soll das etwa heißen, Sie haben uns erwartet?«, fragte Sarah.

»Gewissermaßen.« Der Florist lächelte, sodass seine weißen Zähne in dem dunkelhäutigen Gesicht funkelten. »Ja, der Mann, den Sie mir beschreiben, war vor ein paar Tagen hier. Ein sehr netter Herr und äußerst großzügig. Er hatte mir angekündigt, dass mich womöglich jemand nach ihm fragen würde. Eine Frau.« Ramesh sah Sarah aus seinen großen dunklen Augen an, die ihn jünger wirken ließen, als er in Wahrheit sein mochte. »Dann müssen Sie Sarah Bridgewater sein, richtig?«

»Ja«, sagte Sarah, und Mark schien ebenso fassungslos

wie sie. »Was hat dieser Mann zu Ihnen gesagt? Kennen Sie ihn?«

»Bedaure, er war mir bis dahin nicht bekannt«, erwiderte Ramesh und lächelte weiter, als würde ihn diese Unterhaltung amüsieren.

Er sieht aus wie jemand, der sich über eine gelungene Überraschung freut, dachte Sarah. *Ein indischer Dom Joly, der sich für die* Versteckte Kamera *verkleidet hat.*

»Und er hat Ihnen gesagt, dass wir Sie nach ihm fragen würden?«, wollte Mark wissen.

»Nein, Sir«, sagte Ramesh, »nicht Sie beide. Nur eine Mrs. Sarah Bridgewater. Aber auch da war er sich nicht sicher.« Wieder wandte er sich Sarah zu. »Er zog lediglich die Möglichkeit in Betracht, dass Sie mich aufsuchen *könnten*. Und für diesen Fall hat er mich gebeten, etwas für Sie aufzubewahren.«

»Wie bitte?« Sarah sah ihn ungläubig an. »Er hat etwas für mich *hinterlassen*?«

Ramesh nickte. »Ja, ja. Eine kleine Überraschung, so hat er es genannt. Einen Moment bitte, dann hole ich es für Sie.«

Damit wandte er sich um und verschwand durch einen Perlenvorhang in ein Hinterzimmer.

Sarah schaute sich unruhig im Laden um. Ihr war, als würden sie beobachtet werden, und auf einmal kam ihr der Gedanke mit der versteckten Kamera gar nicht mehr so abwegig vor.

Mark sah sie stirnrunzelnd an. »Das ist doch absurd«, sagte er und schüttelte den Kopf. »Der Kerl konnte doch unmöglich wissen, dass wir …«

»O doch, Mark! Sieh mal hier.«

Sarah zeigte auf einen Quittungsblock, der auf dem Ladentisch lag. Schlagartig war ihr klar, wieso ihr der Name des Blumenladens bekannt vorkam und was es mit dem seltsamen Gefühl von Vertrautheit auf sich hatte.

Die leuchtend violette Darstellung der Ganesha-Statue nahm die gesamte rechte Hälfte des auffälligen Adresskopfes ein. Sie stach ebenso ins Auge wie der verschnörkelte Schriftzug *Shalimar Flowers*.

»Jetzt weiß ich wieder, woher ich den Namen kenne. Als ich Stephens Unterlagen wegen der neuen Kundenadressen durchgesehen habe, lag eine dieser Quittungen bei seinen Steuerbelegen. Unverkennbar.«

Der Perlenvorhang raschelte wieder, und Farhan Ramesh kehrte zu ihnen zurück. Er hielt einen Briefumschlag hoch und reichte ihn Sarah.

»Hier, bitte schön.«

Sarah nahm ihn mit spitzen Fingern entgegen. Auf dem Umschlag stand ihr Name in ordentlichen Druckbuchstaben.

SARAH BRIDGEWATER

Und etwas kleiner darunter:

Glückwunsch! Ich habe es mir gedacht.

Sarah erstarrte. Diese kurze, zynische Nachricht gab ihr das Gefühl, als sei sie von einer Sekunde zur nächsten von einem Eisblock umschlossen.

»Dieser Mann«, Mark wandte sich wieder an Ramesh, »hat er Ihnen seinen Namen genannt?«

»Ich muss wieder bedauern«, sagte der Florist und hob

entschuldigend die Hände. »Leider ist mein Namensgedächtnis nicht das beste. Gesichter kann ich mir merken, ja, aber Namen … Ich bin mir nicht einmal sicher, ob er sich mir überhaupt vorgestellt hat.«

»Aha, und ist es üblich, dass Sie hier für Fremde als Postbote tätig sind?«

»Habe ich etwas Unrechtmäßiges getan?«

»Nein, Mr. Ramesh, ich frage mich nur, ob Ihnen die Bitte dieses Mannes nicht ungewöhnlich vorgekommen ist?«

»Ich will Ihnen etwas sagen, Sir.« Jetzt war Rameshs Lächeln nicht mehr so breit wie vorhin, es war allenfalls noch ein Ausdruck von höflichem Respekt. »Die Zeiten sind nicht einfach. Die Leute bestellen heute lieber einen Blumenstrauß online, als den Floristen aufzusuchen. Für die meisten Menschen zählt nicht mehr die Qualität, sondern die Bequemlichkeit. Und wenn dann jemand in meinem Laden auftaucht, einen teuren Strauß kauft und mir zusätzlich fünfzig Pfund für die Übergabe eines kleinen Briefes anbietet, dann bin ich gern der Postbote.«

»Fünfzig Pfund?«, wiederholte Mark. »Für einen Brief?«

»Ja, Sir, fünfzig Pfund für einen Brief. Es war ihm wohl viel wert, Sie zu überraschen. Und wenn Sie mir die Bemerkung erlauben, hatte ich darüber hinaus den Eindruck, dass dieser Herr recht vermögend ist. Seine Kleidung mochte täuschen, aber seine Brieftasche war gut gefüllt.«

»Und hat Sie dieser hohe Betrag nicht misstrauisch gemacht? Ich meine, fünfzig Pfund ist eine ordentliche Stange Geld.«

»Genau deshalb habe ich keine Fragen gestellt«, entgegnete Ramesh. »Denken Sie über mich, was Sie wollen, aber diesen Luxus kann ich mir nicht leisten.«

Sarah steckte den Brief ein und zog ihr Portemonnaie aus der Jackentasche.

»Mr. Ramesh, wenn Sie sich Gesichter so gut merken können, wie ist es dann mit diesem hier?«

Sie nahm Stephens Foto heraus und reichte es ihm. Ramesh rückte seine Brille zurecht und betrachtete es eingehend.

»O ja, diesen Herrn kenne ich ebenfalls.« Als er ihr das Foto zurückgab, lächelte er wieder fröhlicher. »Ein treuer Kunde mit einer Vorliebe für meine langstieligen Rosen. Eine spezielle Züchtung aus Gloucestershire, die sich deutlich länger hält als die importierte Massenware, die Sie sonst in der Stadt bekommen. Gelegentlich kauft er auch Gebinde wie dieses.« Er deutete zu seiner Arbeit auf dem Tisch. »Allerdings muss ich gestehen, dass ich ihn in letzter Zeit nur noch selten gesehen habe. Er scheint wohl sehr beschäftigt.«

Sarah schlug die Augen nieder. »Ich weiß.«

»Ihr Mann ist ebenfalls sehr nett«, fügte Ramesh hinzu. »Seine Leidenschaft für meine Heimat bereitet mir bei jeder unserer Unterhaltungen viel Freude.«

Sarah fuhr zusammen. »Woher wissen Sie, dass er mein Mann ist?«

»Nun ja, das war nicht schwer zu erraten, Mrs. Bridgewater.« Ramesh deutete auf ihre Hand. »Sie tragen einen Ehering und haben ein Foto von ihm bei sich.«

»Also gut«, sagte sie, zog eine Zwanzig-Pfund-Note aus ihrer Geldbörse und legte sie auf den Ladentisch. »Ich habe ebenfalls einen Auftrag für Sie.«

Ramesh sah ihr interessiert zu, während sie ihre Handynummer auf den Quittungsblock schrieb. »Rufen Sie mich an, falls der Mann noch einmal zu Ihnen kommen sollte. Abgemacht?«

Der Blumenhändler wiegte lächelnd den Kopf. »Sehr gern, Mrs. Bridgewater. Ich kann Ihnen zwar nichts versprechen, da dieser Mann bisher nur ein Mal bei mir gewesen ist, aber man weiß ja nie. Nicht wahr?«

47.

Sie gingen zu Fuß zu einem Coffeeshop, der sich nur drei Straßen von Shalimar Flowers entfernt befand. Sarah setzte sich an einen Tisch in einer abgelegenen Nische, und Mark ging zur Theke, um ihre Bestellung aufzugeben.

Während er wartete, dachte er über ihr Erlebnis in dem Blumenladen nach. Sie hatten sich auf die Suche nach einem Mann gemacht, der ihnen offenbar mehrere Schritte voraus war. Statt *ihn* zu überraschen, indem sie ihm auf die Spur kamen, hatte *er* sie überrascht, und Mark war sich nicht mehr sicher, ob sie diesem Mann auch nur annähernd gewachsen waren – vor allem, ob er selbst diesem Mann gewachsen war. Sein Mund fühlte sich entsetzlich trocken an, und er betrachtete nervös die Flaschen, die verheißungsvoll in den beleuchteten Glasregalen funkelten.

Sein Sucht-Gen meldete sich wieder einmal zu Wort. *Nur einen Drink*, flüsterte es ihm zu. *Komm schon, nur einen einzigen Drink gegen die Anspannung.*

Doch gleich darauf vernahm er eine weitere Stimme. Sie klang wie Tanja. Jene Tanja, die ihn letzte Nacht in seinem Zimmer aufgesucht hatte.

Hilf ihr, dann hilfst du dir selbst.

Ich hoffe, ich kann es, dachte er und sah zu Sarah hinüber, die zusammengesunken und mit bleichem Gesicht in der Nische saß. Sie wirkte erschöpft, hatte den leeren Blick aus dem Fenster gerichtet und drehte nervös den Briefumschlag des Unbekannten in ihren Händen.

»Möchten Sie noch etwas dazu? Wir hätten frische Scones mit hausgemachter Marmelade.«

Er wandte sich wieder zur Theke um, wo ihn eine rothaarige junge Frau mit Sommersprossengesicht über die beiden Teebecher hinweg anlächelte.

»Haben Sie auch Pfefferminzdragees?«

»Leider nein.«

Er legte einen Zwanziger auf die Theke, und während sie ihm das Wechselgeld abzählte, musste er an die fünfzig Pfund des Unbekannten denken. An das Portemonnaie voller Banknoten, von dem Ramesh gesprochen hatte.

Dieser Mann musste gewusst haben, dass er den Blumenhändler damit beeindrucken konnte, und dass er Sarah davon erzählen würde, wenn sie nach Einzelheiten fragte. Wollte er damit betonen, dass es ihm bei Stephen Bridgewaters Entführung keinesfalls um Geld ging?

Wenn Mark mit dieser Annahme richtiglag, dann verhieß das nichts Gutes.

»Haben Sie auch aufgehört?«, fragte die Bedienung.

»Aufgehört?«

»Na, das Rauchen. Willkommen im Club.«

Das Rauchen aufzugeben war kein Problem für mich,

dachte Mark, als er mit dem Tee zu Sarah ging. Nach Tanjas Tod hatte er nie wieder das Verlangen nach einer Zigarette gehabt. Davon hatte ihn sein Schuldgefühl kuriert.

Wäre ich damals nicht mit meiner Kippe beschäftigt gewesen, könnte Tanja vielleicht noch am Leben sein.

Als er die Tassen auf dem Tisch abstellte, blickte Sarah zu ihm auf, und er sah die hilflose Wut in ihren Augen. Sie nahm einen der Löffel und schob den Stiel unter die Lasche des Briefumschlags.

»Dieses Schwein macht sich über mich lustig«, sagte sie und riss mit einem einzigen zornigen Ruck den Umschlag auf.

Sie schloss für einen Moment die Augen und atmete tief durch. Dann sah sie hinein.

»Ein Foto«, sagte sie überrascht und zog es heraus. Sie starrte es ungläubig an und schüttelte den Kopf.

»Was, zum Teufel, soll das?«, flüsterte sie, dann reichte sie es Mark.

Nach Sarahs erster Reaktion wusste er nicht, was er auf dem Bild zu sehen erwartete, aber am allerwenigsten hätte er mit diesem Schnappschuss gerechnet. Er zeigte eine junge Blondine mit unbeschwertem Lachen. Dem Hintergrund nach zu urteilen, war die Aufnahme in einem großen Garten oder in einem Park entstanden. Die Frau mochte etwa Anfang zwanzig sein und war außerordentlich hübsch. Offenbar hatte sie sich schnell zu dem Fotografen gedreht, sodass ihr langes Haar durch die Luft wirbelte und der gelbe Schriftzug HAPPILY EVER AFTER auf ihrem grünen T-Shirt ein wenig verwischt aussah. Fast wirkte es, als ob sie dort in der Grünanlage tanzte.

»Kennst du sie?«, fragte Mark.

»Nein, ich …«, Sarah schluckte, »ich habe sie noch nie gesehen. Er ist doch nur ein kranker Scherz, oder?«

»Nein, das glaube ich nicht«, sagte Mark, ohne von dem Bild aufzusehen. »Es muss eine Bedeutung haben, immerhin war es ihm fünfzig Pfund wert. Dieser Unbekannte konnte nicht sicher sein, dass du den Blumenladen finden wirst, aber er wusste, dass du nach ihm suchen wirst. Auf dem Umschlag gratuliert er dir zu deinem Fund. Also kann es sein, dass dieses Bild eine Art Belohnung für dich sein soll.«

»Wie bitte? Eine Belohnung? Wofür?«

»Dafür, dass du dich bemühst herauszufinden, wer er ist. Das scheint ihm immens wichtig zu sein.«

»Ach ja?« Wieder funkelte Zorn in ihren Augen. »Es ist mir scheißegal, *wer* er ist, Mark! Ich will nur wissen, wo *mein Mann* ist. Wenn mir dieser Mistkerl doch wenigstens sagen würde, was er von mir will! Warum spielt er mir das Bild dieser Frau zu? Was hat sie mit mir zu tun?«

»Vielleicht ist sie ein Schlüssel zu seinem Motiv. Sie sieht dir ein wenig ähnlich, findest du nicht?«

Sarah wiegte den Kopf. »Vielleicht, mit viel Fantasie.«

»Na ja, so viel Fantasie benötigt man dafür gar nicht.« Mark ließ den Blick zwischen dem Foto und ihr hin und her huschen. »Sie ist groß und schlank, sieht gut aus, hat lange blonde Haare, und dann die Augenpartie …«

»Glaubst du, sie hat ihn abblitzen lassen, und deswegen ist er hinter mir her? Falle ich in sein Beuteschema?«

»Nein, das ist es nicht …« Mark starrte eine Weile auf das Foto, drehte es hin und her und dachte über seine Bedeutung nach. »Es wäre möglich, dass sie tot ist. Ja, das könnte es sein.«

»Tot? Wie kommst du denn darauf?«

»Wenn er es tatsächlich auf sie abgesehen hätte und sie wäre noch am Leben, würde er sicher nicht bei euch auftauchen und behaupten, er sei dein Mann. Außerdem ist es eine ältere Aufnahme.« Er drehte das Bild um und zeigte ihr das Datum, das vom Fotolabor auf die Rückseite gedruckt worden war. »Das Bild wurde im Mai 2005 entwickelt. Wäre sie noch am Leben, hätte er dir wahrscheinlich ein aktuelleres Bild geschickt.«

»Denkst du, dieser Kerl hat sie umgebracht?«

»Nein, dann würde er dir bestimmt nicht ihr Bild zukommen lassen. Das wäre wie ein Schuldgeständnis. Ich denke eher, er hat sie verloren. Vielleicht war sie seine Lebensgefährtin, oder seine Frau?«

»Also gut, nehmen wir an, du hast recht.« Sarah stieß ein genervtes Seufzen aus. Sie drehte nervös den leeren Briefumschlag in den Händen. »Vielleicht erinnere ich ihn ja wirklich an seine Ex-Freundin – oder wer immer sie ist –, und er stellt mir deswegen nach. Aber was bringt uns dieses Wissen?«

»Jedenfalls ist damit klar, dass dieser Mann nicht völlig wahnhaft ist. Zumindest hält er sich nicht wirklich für Stephen. Er wäre nur gern an seiner Stelle. Und mit dem Bild dieser Frau will er dir zu verstehen geben, warum er sich ausgerechnet euch ausgesucht hat.«

»Gut, selbst wenn er nicht *völlig* verrückt ist – was bezweckt er damit? Wenn er wirklich will, dass ich ihn suche, ist mir dieses Bild keine große Hilfe. Oder soll ich jetzt etwa auch nach ihr …«

Sie stutzte und sah vor sich auf die Tischplatte. Ohne es zu bemerken, hatte sie weiter den Umschlag in Händen gedreht. Nun war ein kleiner Zettel herausgefallen, den sie vorher übersehen hatte.

Überrascht hob sie ihn auf. Als sie sah, was darauf stand, begann ihre Hand zu zittern.

Sie legte den Zettel vor Mark auf den Tisch.

»Sieht so aus, als will er, dass ich ihn das selbst frage.«

Auf dem Zettel stand eine elfstellige Handynummer.

48.

Er öffnete die Stahltür und trat in den verlassenen Hof hinaus. Das diffuse Tageslicht blendete ihn, und beinahe wäre er auf den gesprungenen und schiefen Betonplatten gestolpert.

Seine Kopfschmerzen hatten erneut eingesetzt, und er kniff die Augen zusammen. Es war, als würde sich das Nachmittagsgrau in sein Gehirn ätzen. Aber er widerstand dem Impuls, gleich wieder umzukehren. Das Bedürfnis nach frischer Luft war stärker. Er musste endlich den übelkeiterregenden Gestank aus der Nase bekommen.

In seinen Gliedmaßen spürte er wieder das unheilvolle Brennen – kein gutes Zeichen –, und ihm war schlecht. Trotzdem wollte er noch eine Weile auf die Medikamente verzichten. Sie dämpften seine Wahrnehmung, und das konnte er im Augenblick nicht zulassen. Es gab noch zu viel zu erledigen.

Er atmete mehrmals tief ein und aus, und allmählich fühlte er sich besser. Die vergangenen zwei Stunden waren verdammt anstrengend gewesen. Er fühlte sich erschöpft und ausgelaugt, und er wusste, dass auch das kein gutes Zeichen war. Es würde nun immer schneller mit ihm bergab gehen, ganz gleich, wie viele Tabletten er auch einnahm.

Dennoch war er zufrieden. Er hatte beinahe das gesamte Klebeband aufgebraucht, um den Gestank einzudämmen, aber es würde helfen. Zumindest vorerst.

Er nahm einen Schluck aus seiner Wasserflasche und presste sie sich gegen die pochende Schläfe. Die Kühle tat ihm gut.

So stand er eine Weile da, als er plötzlich das Vibrieren des Handys in seiner Jackentasche spürte. Er nahm es heraus, las die Nummer des Anrufers und lächelte.

Tatsächlich. Sie war es.

»Respekt. Und ich wollte schon die Hoffnung aufgeben«, sagte er und nahm den Anruf entgegen.

49.

»Hallo, Sarah.«

Die dunkle, raue Stimme ließ sie zusammenfahren. Sie sah wieder das vernarbte Gesicht vor sich, das ihr bei der nächtlichen Begegnung in der Küche wie die Fratze einer Albtraumgestalt zugelächelt hatte. Und selbst wenn der Mann sich jetzt nicht mit ihr in einem Raum befand und sie sich in der Sicherheit des Coffeeshops wähnte, so lief ihr doch eine Gänsehaut über die Arme.

»Wie Sie merken, habe ich Ihre Nachricht bekommen«,

sagte Sarah und gab sich alle Mühe, gefasst und selbstsicher zu klingen. »Sagen Sie mir jetzt endlich, wo mein Mann ist? Was wollen Sie von uns? Wer sind Sie?«

»Um die richtigen Antworten zu erhalten, muss man die richtigen Fragen stellen, Sarah. Leider stellst du noch immer die falschen Fragen.«

Sie wechselte einen unsicheren Blick mit Mark, der sich dicht neben sie gesetzt hatte, um mithören zu können. Er nickte ihr ermutigend zu.

Bleib an ihm dran, geh auf ihn ein, sagte sein Blick.

»Gut, dann helfen Sie mir. Was wären Ihrer Ansicht nach die richtigen Fragen?«

»Die wichtigste von allen ist jedenfalls nicht, wo Stephen ist, sondern wo *du* bist, Sarah. Und damit meine ich nicht nur heute. Wo bist du in den vergangenen Monaten gewesen? Du hast dich versteckt. Vor allem und jedem. Das ist nicht gut, Sarah. Das ist gar nicht gut.«

Sie spürte, wie ihr das Blut ins Gesicht schoss. Einerseits aus Scham, da dieser Kerl etwas Wahres aussprach, aber vor allem aus Wut. Am liebsten hätte sie ihn angebrüllt, dass ihn das einen Scheißdreck angehe. Aber sie nahm sich zusammen. Sie durfte ihn nicht reizen.

»So, und Sie denken also, Sie könnten das beurteilen?«, sagte sie daher, so ruhig sie konnte. »Glauben Sie, weil Sie meine Familie und mich heimlich beobachtet haben, würden Sie uns kennen? Warum mischen Sie sich überhaupt in unser Leben ein? Wer gibt Ihnen das Recht dazu?«

»Ich hatte gehofft, meine kleine Botschaft würde dir helfen, es zu verstehen.«

»Sie meinen das Foto? Wer ist diese Frau? Was hat sie mit mir zu tun?«

Für einen Moment herrschte Stille, und Sarah befürchtete schon, er werde das Telefonat beenden.

»Mehr, als du glaubst«, sagte er schließlich. »Sie war eine fröhliche junge Frau und hätte viel in ihrem Leben erreichen können. Und sie hat sich alle Mühe gegeben, o ja! Sie war ehrgeizig, so wie du es gewesen bist, bis du dich selbst aufgegeben hast. Aber sie hat keine zweite Chance bekommen, im Gegensatz zu dir.«

»Was ist mit ihr geschehen?«

»Du bekommst immer wieder eine Chance«, sagte er, ohne auf ihre Frage einzugehen. »Tag für Tag, aber du *nutzt* sie nicht. Du lässt wertvolle Lebenszeit verstreichen und verkriechst dich.«

Seine Worte waren für Sarah fast unerträglich. Dieser Unbekannte hatte nur zu genau erkannt, wo sie ihren wunden Punkt hatte, und nun streute er Salz hinein. Es tat weh, aber ihre Wut überwog und half ihr, das Gespräch fortzuführen.

»Nun hören Sie mir mal gut zu, Mister. Wer auch immer Sie sind, mein Leben geht Sie nichts an. Es ist *mein* Leben. Ich mache damit, was ich will. Ihre Ratschläge und Weisheiten sind mir scheißegal. Alles, was ich von Ihnen wissen will, ist, wo mein Mann ist.«

Er atmete tief durch, ehe er darauf antwortete. »Du sträubst dich, aber ich kann das verstehen. Es ist nicht einfach, wenn man mit einer schmerzhaften Wahrheit konfrontiert wird.«

»Wo ist mein Mann?«

»Ich möchte, dass du mir eine Frage beantwortest, Sarah. Du warst damals so glücklich, als du die Stelle in dem Verlag bekommen hast. Warum hast du sie aufgegeben?

Und sag jetzt bitte nicht, es ginge mich nichts an. Dann lege ich auf. Und diese Nummer ist nur für einen einzigen Anruf vorgesehen. Hast du das verstanden?«

Wieder sah sie zu Mark, der kurz zu überlegen schien und ihr dann mit einer Geste zu verstehen gab, dass sie darauf eingehen solle.

Sie biss sich auf die Unterlippe und griff nach seiner Hand. Es fiel ihr so unglaublich schwer, über dieses Thema zu reden, erst recht unter diesen Umständen, aber ihr blieb nichts anderes übrig. Marks Nähe half ihr – wie damals, als sie Kinder gewesen waren.

»Ich ... ich war überfordert«, begann sie. »Ist es das, was Sie hören wollen?«

»Ich will die Wahrheit hören, Sarah, mehr nicht. Also – *ist* es die Wahrheit? Denk noch einmal genau nach. Hätten sie dich wirklich befördert, wenn du deiner Stelle nicht gewachsen gewesen wärst?«

»Also gut, die Wahrheit ist, dass ich Angst hatte zu versagen.«

»Ja, das sehe ich auch so. Es war deine Angst, die dich gehemmt hat. Ich frage mich nur, warum du mit niemandem darüber gesprochen hast? Nicht einmal mit deinem Mann. Warst du wieder die Einzelkämpferin, die gedacht hat, sie müsse allen beweisen, wie stark sie ist, bis du am Ende deiner Kräfte angelangt warst? War es das? Oder lag es vielleicht an Stephen, weil er sich mehr um sich selbst als um dich und Harvey gekümmert hat? War es vielleicht eher die Angst, in deiner Ehe zu versagen?«

Plötzlich schien der Coffeeshop vor ihren Augen zu verschwimmen. Sie blinzelte, und gleich darauf rannen Tränen über ihr Gesicht.

»Warum erzählen Sie mir all das? Wenn Sie glauben, dass Sie mich besser kennen als ich mich selbst, dann liegen Sie falsch.«

»Das ist gut, Sarah, das ist sehr gut! Das heißt, dass du dir bereits Gedanken gemacht hast. Wir sind also auf dem richtigen Weg. Wer weiß, vielleicht wird deine Angst ja sogar noch ein guter Lehrer für dich? Jedenfalls denke ich, es ist an der Zeit für eine wichtige Unterhaltung.«

»Was meinen Sie damit? Wir unterhalten uns doch.«

Wieder wechselte sie einen fragenden Blick mit Mark.

»Er will dich treffen«, flüsterte er ihr zu, deutete auf ihr Handy und reckte dann den Daumen nach oben.

»Sarah?«, fragte der Unbekannte. »Ist da jemand bei dir?«

»Nein.«

»Wirklich nicht? Ich habe doch gerade ein Flüstern gehört.«

»Das war ein Kellner, ich sitze in einem Café.«

»Lüg mich nicht an.«

»Ich lüge nicht. Sie wollen sich mit mir treffen? Also gut, wann und wo?«

»Erinnerst du dich noch, wo du deinen neuen Job gefeiert hast? An diesen ganz besonderen, glücklichen Abend in der Krypta?«

Sie starrte das Handy an und konnte es nicht fassen. Woher wusste dieser Mann davon?

»Komm morgen pünktlich um zwölf Uhr mittags dorthin«, sagte der Unbekannte. »Und komm allein, hörst du?«

»Ja, in Ordnung. Aber eine Sache will ich Sie doch noch fragen.«

»Ich höre.«

»Warum ... warum haben Sie sich für meinen Mann ausgegeben?«

»Das ist eine gute Frage, Sarah.«

»Dann beantworten Sie sie mir.«

»Es fühlt sich gut an, wie er zu sein. Stephen selbst hatte das leider vergessen, aber ich denke, inzwischen hat er seine Lektion gelernt.«

Bei diesen Worten schauderte sie. »Was haben Sie mit ihm gemacht? Wo ist er ...?«

»Morgen um zwölf«, sagte er. »Enttäusch mich nicht, Sarah. Vergiss nicht, es geht dabei um dich. Wenn du die Wahrheit über Stephen herausfinden willst, musst du die Wahrheit über dich selbst herausfinden.«

Dann wurde die Verbindung unterbrochen.

50.

Nachdem er aufgelegt hatte, starrte er noch eine Weile auf das Handy in seiner zitternden Hand. Er hatte den Köder ausgelegt, und Sarah hatte angebissen. Ihre Angst um Stephen trieb sie an, und sie würde nicht mehr lockerlassen. Alles lief so, wie er es geplant hatte. Das war gut, denn die Zeit zerrann ihm zwischen den Fingern wie feiner Sand.

Er atmete erleichtert auf, öffnete die Abdeckung des Handys und holte die SIM-Karte heraus. Sein Zittern war wieder schlimmer geworden, und die tauben Fingerkuppen machten die Sache nicht einfacher, aber schließlich gelang es ihm. Er ließ die Karte in einen Gullyschacht fallen, dann legte er Stephens Karte wieder ein und schaltete das Handy ab. Vielleicht würde er es später noch einmal brauchen.

Ihm war nicht wohl, als er zurück zu der Stahltür ging, und bevor er sie erreichte, wurde er von einem plötzlichen Krampf befallen. Mit schmerzverzerrtem Gesicht presste er sich beide Hände auf den Bauch und sackte auf die Knie. Ein wildes Stechen durchfuhr seinen Körper, als würden Tausende winzige Messer in seinen Eingeweiden toben.

Schließlich würgte er und erbrach sich in konvulsivischen Stößen. Als die Krämpfe endlich nachließen und er sich mühsam erhob, starrte er auf die Lache zu seinen Füßen.

Vor ihm dampfte eine widerliche braune Brühe auf dem kalten Beton, und diesmal war das Erbrochene mit Blut vermischt.

Ein heftiges Zittern schüttelte ihn, und Tränen rannen ihm über die Wangen.

»Noch nicht«, schluchzte er. »Es ist noch zu früh.«

51.

»Er will sich also morgen mit dir in einer Krypta treffen?«, fragte Mark, während Sarah noch immer das stumme Telefon anstarrte. »In welcher Krypta?«

»St. Martin-in-the-Fields.«

»Am Trafalgar Square?«

»Ja, es gibt da in der Krypta ein Café. Stephen und ich sind oft dort gewesen. Bevor er sich selbstständig gemacht hat, haben wir uns häufig Konzerte in der Kirche angehört. Später hatte er dann keine Zeit mehr dafür. Wir …« Sie sprach nicht weiter, nahm eine Papierserviette und tupfte sich die feuchten Augen ab. Dann stieß sie einen tiefen Seufzer aus. »Mark, ich verstehe das nicht! Woher weiß er von alldem? Das ist schon Jahre her. So lange kann er uns unmöglich ausspioniert haben.«

»Ich denke, es gibt nur eine Antwort darauf.«

Sarah sah ihn für einen Moment verständnislos an, dann begriff sie. »Du meinst, er weiß es von Stephen?«

Mark entgegnete nichts, die Antwort war zu offensichtlich.

»Du meine Güte«, sagte sie leise. »Und Stephen wird es ihm bestimmt nicht freiwillig erzählt haben.«

»Wenigstens könnte es ein Zeichen sein, dass dein Mann noch lebt. Der Unbekannte braucht intime Informationen über dich, um dir sein überlegenes Wissen demonstrieren zu können. Und niemand weiß mehr über dich als Stephen. Also wird er ihm lebendig von größerem Nutzen sein.«

»Was meinst du, sollen wir mit diesen Informationen zur Polizei gehen?«

»Ich weiß nicht, ob das momentan eine gute Idee wäre. Noch haben wir zu wenig Beweise in der Hand. Aber selbst wenn man dir jetzt glauben würde, wäre das Risiko zu groß, dass der Unbekannte morgen Mittag kalte Füße bekommt, sobald er die Polizei in der Nähe wittert. Wir sollten kein Risiko eingehen, solange wir nicht wissen, wo er deinen Mann gefangen hält.«

»Ich frage mich, warum er sich mit mir mitten in der Stadt treffen will.«

»Weil er weiß, dass du dorthin am ehesten alleine kommen wirst. Das Café ist ein öffentlicher Ort, du wirst dich dort in Sicherheit fühlen.«

»Okay, und was wollen wir jetzt tun? Wir können doch nicht bis morgen Mittag Däumchen drehen.«

»Lass uns noch einmal überlegen, was wir über diesen Mann wissen. Vielleicht haben wir ja etwas übersehen, was uns mehr über ihn verraten könnte.«

»Das tue ich schon die ganze Zeit, Mark, aber mir fällt nichts ein. Es ist alles so verworren. Ich habe nur verstanden, dass es ihm um mich geht und dass es gleichzeitig etwas mit dieser Frau auf dem Foto zu tun hat. Sie ...« Plötzlich hielt sie inne. »Ich glaube, da fällt mir doch noch etwas ein. Dieser Kerl hat Stephens Sachen getragen, und er war mit unserem Auto unterwegs. Und hat uns dieser Blumenhändler nicht erzählt, dass er viel Geld bei sich gehabt hat?«

»Ja, darüber habe ich auch schon nachgedacht. Ich vermute, er will dir damit zeigen, dass es ihm bei dieser ganzen Sache nicht um Geld geht.«

»Ja, aber woher hat er das Geld?«

»Du meinst, es stammt von Stephen?«

»Jedenfalls hat Stephen nie viel Bargeld mit sich herumgetragen. Das würde nur Diebe anlocken, hat er gesagt. Es wäre doch möglich, dass dieser Kerl seine Kreditkarte benutzt hat. Die Geheimzahl könnte er aus Stephen herausgepresst haben – wie all die anderen Informationen über mich.«

»Wenn es so wäre, gäbe es irgendwo eine Videoaufnahme des Geldautomaten von ihm. Das wäre allerdings ein schlagkräftiger Beweis, der auch die Polizei überzeugen könnte.«

Sarah sprang von ihrem Platz auf. »Wir müssen das herausfinden. Ich weiß auch schon, wer uns dabei helfen wird.«

52.

Sie fuhren zur Hausbank der Bridgewaters, einer Barclays-Filiale im Südosten von Forest Hill. Sarah erkundigte sich nach dem Filialleiter, und eine freundliche junge Angestellte führte sie und Mark zu seinem Büro.

Harold Bowker war ein kleiner rundlicher Mann mit dunklen wachsamen Augen. Als Sarah das Büro betrat, sprang er hinter seinem Schreibtisch auf und kam mit freudigem Lächeln auf sie zu.

»Sarah, wie schön, Sie wiederzusehen. Sie waren schon lange nicht mehr hier. Wie geht es Ihnen?«

Um sich komplizierte Erklärungen zu ersparen, erfand Sarah – mit Blick auf ihren geschienten linken Arm – eine Geschichte von einem Unfall im Haushalt, und ihr Begleiter, Mr. Behrendt, ein Freund aus Studientagen, sei so freundlich gewesen, sie zu fahren.

Harold Bowker schüttelte Mark die Hand, bedauerte Sarahs Missgeschick und verlor dann ein paar kurze Worte über den nahenden Winter. Dann bat er die beiden, Platz zu nehmen.

Sarah trug ihm ihr Anliegen vor. Sie gab vor, ihr Mann

sei geschäftlich unterwegs, und man habe ihm seine Kreditkarte gestohlen.

»Oh, wie ärgerlich«, sagte Bowker und rief Stephen Bridgewaters Kundendaten auf seinem Computer auf. »Welche Karte ist es denn? Die private oder die geschäftliche?«

»Beide«, entgegnete Sarah geistesgegenwärtig. »Man hat ihm die Brieftasche gestohlen. Und auch sein Handy. Deswegen hatte er auch Ihre Nummer nicht und mich gebeten, gleich persönlich bei Ihnen vorbeizusehen.«

»Herrje, das ist der Albtraum jedes Reisenden«, sagte Bowker mitfühlend, und Sarah dachte, wie erschreckend einfach es doch war zu lügen.

»Leider kommt das inzwischen immer häufiger vor«, fuhr Bowker fort. »Ehrlich gesagt haben wir beinahe täglich mit solchen Fällen zu tun. Man kann wirklich nicht vorsichtig genug sein. Aber keine Sorge, selbstverständlich sind Sie und Ihr Mann gegen einen etwaigen Kartenmissbrauch versichert. Wir lassen die aktuellen Karten sofort sperren, und wir werden ihm umgehend neue ausstellen.«

»Könnten Sie bitte nachsehen, ob es inzwischen schon Abhebungen von seinen Konten gab?«

»Bin schon dabei«, erwiderte Bowker und überprüfte Stephens Konto. »Ja, tatsächlich. Mit seiner Visa-Karte wurden sechshundert Pfund von seinem Privatkonto abgehoben. Von dem Geldautomaten hier an unserer Filiale.«

Sarah wechselte einen vielsagenden Blick mit Mark, ehe sie sich wieder an Bowker wandte. »Diese Automaten sind doch videoüberwacht, nicht wahr?«

»Selbstverständlich«, sagte der Filialleiter. »Ich werde

die Aufzeichnung umgehend auswerten lassen und sie dann der Polizei zuleiten. Aber …« Er machte eine vage Geste, als wollte er Sarahs Hoffnung damit ein wenig dämpfen. »Ich will ehrlich mit Ihnen sein, Sarah. Wie gesagt, haben wir fast täglich mit solchen Fällen zu tun, aber nur in sehr wenigen Fällen können die Täter wirklich überführt werden. Da draußen ist inzwischen eine regelrechte Kreditkartenmafia im Gange. Das braucht Sie aber nicht zu kümmern, da Ihnen der entstandene Schaden so schnell wie möglich ersetzt wird. Wegen der nötigen Formalitäten werden sich die Polizei und die Kreditkartengesellschaft dann mit Ihnen in Verbindung setzen.«

»Und Sie sind sich sicher, dass er das Geld hier an diesem Automaten geholt hat?«, fragte Sarah.

»Absolut. Jeder Automat hat seine eigene Kennung, und das hier ist die unsere.«

Erneut wechselte Sarah einen Blick mit Mark.

»Mr. Bowker, wann genau ist diese Abhebung erfolgt?«

Bowker sah noch einmal auf seinen Bildschirm. »Am Donnerstag, abends um … neunzehn Uhr dreiundzwanzig.«

Sarah fuhr erschrocken zusammen. »Harold, sind Sie sich da wirklich sicher?«

»Hundertprozentig«, sagte Bowker und sah sie stirnrunzelnd an. »Ist alles in Ordnung mit Ihnen?«

»Ich fürchte, wir haben Sie umsonst belästigt«, sagte sie und erhob sich. Ihre Knie fühlten sich weich und zittrig an. »Bitte sperren Sie die Karten, aber die Auswertung der Videoaufzeichnungen können Sie sich sparen.«

Sie verabschiedete sich, ignorierte dabei Harold Bowkers verwunderten Blick und eilte aus dem Büro.

Nachdem sie die Bank verlassen hatten, trat Sarah an den Straßenrand und starrte auf den Nachmittagsverkehr auf der London Road. Da war es wieder, dieses unwirkliche Albtraumgefühl, dachte sie. Als ob sie in sich selbst gefangen wäre und durch ein Fenster in eine erfundene Welt hinaussah, in der virtuelle Menschen ihrem virtuellen Alltag nachgingen.

Mark trat neben sie. »Was hatte das da drin zu bedeuten?«

»Das Geld wurde am Donnerstag abgehoben«, sagte sie. »Stephen ist erst am Freitagnachmittag weggefahren, und ich war am Vormittag noch mit seiner Visa-Karte beim Einkaufen. Er muss das Geld also selbst abgehoben haben.«

»Aber hast du nicht gesagt, dass dein Mann nie viel Bargeld mit sich herumgetragen hat?«

»Eben das ist es ja. Jetzt verstehe ich gar nichts mehr. Was wollte Stephen mit den sechshundert Pfund?«

53.

Wieder einmal war Phoebe Grey betrunken, und wieder einmal verließ sie einen Pub allein.

Eigentlich war es ein vielversprechender Abend gewesen. Die Stimmung im Prince Albert war noch immer großartig und ausgelassen, das konnte man bis auf die Straße hören. Aber selbst im betrunkenen Zustand hatte sich keiner von den Kerlen da drinnen für sie interessiert. Gut, die meisten waren Kollegen, und einige hatten ihre

Partnerinnen mit zur Adventsfeier gebracht, aber auch von den anderen männlichen Gästen hatte sie keiner auch nur wahrgenommen. Sie war sich wie eine Unsichtbare vorgekommen – eine Unsichtbare, die wegen ihrer zweihundertzwanzig Pfund schweren Statur zwar ständig angerempelt, aber dennoch ignoriert wurde.

Es war immer das Gleiche. Selbst so kurz vor Weihnachten, wenn sich Singles am einsamsten fühlten, war keiner von den Kerlen so verzweifelt gewesen, Phoebe anzubaggern.

Sie wandte sich noch einmal zum Pub um und reckte den Finger.

»Fickt euch doch selbst, ihr Spießer!«, lallte sie, dann strich sie sich ihr Kleid glatt, das sich unter ihrem Mantel verschoben hatte. Es war teuer gewesen, aber die Verkäuferin hatte ihr versichert, dass sie darin umwerfend aussähe. Nun wünschte sie diesem Hungerhaken die Pest an den Hals und betrachtete ärgerlich den Rotweinfleck auf ihrer ausladenden Brust. Sie hatte sich bekleckert, als sie den peinlichen Versuch unternommen hatte, den schüchternen, aber nicht unattraktiven Steward Porter aus der Buchhaltung in ein Gespräch zu verwickeln, ehe sie bemerkt hatte, dass seine Verlobte direkt hinter ihr stand.

Seufzend wankte sie die Warwick Avenue entlang, auf die U-Bahn-Station zu, und musste dabei an den Song von Duffy denken – über einen Kerl, den sie in die Wüste geschickt hatte, weil er ihr das Herz gebrochen hatte. Bei ihr selbst war es umgekehrt, dachte sie und seufzte noch einmal, sie wäre jedem Typen bereitwillig in die Wüste gefolgt.

Sie ging eine Reihe schmucker weiß getünchter Einfamilienhäuser entlang. In einem davon wohnte ihre beste Freundin Katherine. Leider war sie heute Abend nicht zu Hause, das wusste Phoebe, andernfalls hätte sie jetzt bei ihr geklingelt, um noch einen gemeinsamen Absacker zu trinken und über die Männer zu lästern.

Aber wahrscheinlich hätte heute nur ich gelästert, dachte sie, als sie sich Katherines Haus näherte. *Sie schwebt ja schon seit einer Weile wieder auf Wolke sieben.*

Nicht, dass sie ihrer Freundin dieses Glück nicht gegönnt hätte, aber ein wenig neidisch war sie doch. Katherine war das genaue Gegenteil von ihr. Schlank, hochgewachsen, mit einer atemberaubenden roten Lockenmähne – die Art von Frau, die alle Blicke auf sich zog, sobald sie einen Raum betrat. Sie war intelligent und charmant und hätte an jedem Finger zehn Kerle haben können – keine Bierleichen aus irgendwelchen Pubs, sondern wirklich nette, sympathische Männer. So musste bestimmt auch ihr Neuer sein, auch wenn Phoebe ihn bisher noch nicht getroffen hatte. Wahrscheinlich würden die beiden jetzt eng umschlungen in irgendeinem Nobelhotel von der gemeinsamen Zukunft träumen, stellte Phoebe sich vor und hoffte, dass es in dieser Zukunft auch ein wenig Platz für sie gab.

Durch den Lärm des Nachtverkehrs hörte sie plötzlich ein klägliches Miauen. Sie sah sich um. Überrascht blieb sie stehen. Die Katze saß vor Katherines Haustür.

Phoebe sah genauer hin und runzelte die Stirn.

»Pierre? Bist du das, Pierre?«

Wie zur Antwort sah der Kater sich zu ihr um und miaute erneut.

Verwundert ging Phoebe auf ihn zu. Ja, das war Katherines Kater mit dem weißen Fell und dem schwarzen Fleck auf dem Kopf, der an eine Baskenmütze erinnerte und ihm seinen Namen eingebracht hatte: Pierre le Français.

»Was machst du denn hier draußen?«

Sie sah zu den dunklen Fenstern und überlegte – was ihr nach fünf Gläsern Rotwein und einem Whiskey nicht so leichtfiel. Irgendetwas stimmte hier nicht.

Pierre war doch ein Hauskater, und Katherine hätte ihn nie vor die Tür gelassen. *Ich habe keine Lust, ihn irgendwann von der Straße kratzen zu müssen*, hatte sie oft gesagt. *Bei dem Verkehr hier wäre das nur eine Frage der Zeit.*

Aber wie war er aus dem Haus gekommen? Katherine war unterwegs, und wie immer würde sie für Pierre vorgesorgt haben. Sein Trockenfutterspender reichte für mehr als eine Woche. Es war unwahrscheinlich, dass er einer Nachbarin oder Freundin entwischt war, die ihn versorgen sollte. Außerdem hätte Katherine in diesem Fall sicherlich sie gefragt, dachte Phoebe. Das tat sie immer. Sie wusste doch, wie sehr Phoebe den pummeligen Fellball mochte.

Doch beim genaueren Hinsehen schien ihr Pierre nun alles andere als pummelig. Er wirkte eher ausgehungert, und sein sonst so gepflegtes weißes Fell war struppig und grau, als hätte er bereits eine längere Zeit im Freien zugebracht.

Je mehr Phoebe nachdachte, desto seltsamer kam ihr die ganze Sache vor. Und wäre sie nicht so betrunken gewesen, wäre ihr der nächstliegende Gedanke wahrscheinlich schon viel früher in den Sinn gekommen.

Einbrecher!

Sie ging durch die Gartentür zum Haus und sah sich genauer um. Nein, da waren keine Spuren eines Einbruchs zu erkennen. Die Tür war verschlossen, und keines der Fenster war hochgeschoben oder eingeschlagen worden.

Merkwürdig.

Sie kramte ihren Schlüsselbund aus der Handtasche – wofür sie in ihrem Zustand mehr Zeit als üblich benötigte – und suchte den Zweitschlüssel zu Katherines Wohnung heraus. Dann schloss sie auf, und noch bevor sie eintreten konnte, flitzte Pierre bereits an ihr vorbei ins Innere.

Phoebe folgte ihm ins Dunkel, nur um gleich darauf erstaunt innezuhalten. Aus dem Wohnzimmer hörte sie leise Musik. R.E.M.s »Losing my Religion«, vermutlich aus dem Radio.

Ob Katherine doch schon wieder zu Hause war? Vielleicht war ihr Freund bei ihr, und die beiden hatten im Eifer des leidenschaftlichen Gefechts nicht mitbekommen, wie ihnen Pierre auf die Straße entwischt war?

Bei dieser Vorstellung entwich ihr ein nervöses Kichern, und sie sah sich suchend um, ob irgendwo auf dem Boden hastig abgestreifte Kleidungsstücke herumlagen. Katherine hatte ihr erzählt, dass ihr Neuer auf solche Quickies abfuhr, und dass sie es schon häufiger getan hatten, kaum dass sie die Wohnungstür hinter sich geschlossen hatten.

»Katherine?«, rief sie in Richtung des dunklen Wohnzimmers. »Ich bin's, Phoebe. Pierre war draußen, und ich wollte nur mal nach dem Rechten schauen. Ich werde jetzt das Licht einschalten. Sagt mir Bescheid, falls ihr da drin seid. Dann lasse ich es aus und gehe wieder.«

Wieder kicherte sie und wartete auf eine Antwort, doch außer dem Radio hörte sie nichts. Keine Stimmen. Keine hektischen Bewegungen. Niemand, der eilig nach seinen Kleidern suchte. Nichts.

Sie tastete nach dem Lichtschalter und wurde sogleich von der Wohnzimmerlampe geblendet. Phoebe blinzelte kurz, dann klappte ihr die Kinnlade nach unten, und sie stand wie versteinert da.

Entgeistert starrte sie auf den umgekippten Sessel zu ihren Füßen und auf Pierre, der auf dem Couchtisch saß und an der geronnenen Blutlache auf der Glasplatte leckte.

TEIL FÜNF

SPUREN IN DIE DUNKELHEIT

54.

Mark hatte wieder im Studentenwohnheim übernachtet. Dank Somervilles Ausweis konnte er das Zimmer noch für eine Weile behalten, und das war gut so. Ein Hotelzimmer hätte er sich nicht lange leisten können.

Am nächsten Vormittag traf er sich wie verabredet mit Sarah am Eingang der U-Bahn-Station des Piccadilly Circus. Mark hatte sich neben einem Zeitungsstand postiert und trank heißen Kaffee aus einem Plastikbecher. Den Kragen seiner Jacke hatte er hochgeschlagen gegen den frostigen Wind.

Um ihn herum pulsierte das Stadtleben. Menschen eilten an ihm vorbei, beladen mit Einkaufstüten und Paketen. Der stahlgraue Himmel schickte erste Schneeflocken herab, und ein überdimensionaler Santa Claus verkündete von einem Plakat, dass es höchste Zeit sei, die Welt der unendlichen Geschenkideen bei Selfridges zu entdecken. Daneben blinkte ein neonfarbener Schriftzug auf einem Plastikweihnachtsbaum von der Größe eines Elefanten. DER COUNTDOWN LÄUFT.

Wie treffend, dachte Mark in einem Anflug von Zynismus. Mit jedem Tag, den Stephen Bridgewater in den Händen seines Entführers verbrachte, würde seine Überlebenschance geringer werden. Denn da es diesem Unbekannten offensichtlich nur um Sarah ging, zweifelte Mark daran, dass er sich um das Wohl seines Gefangenen groß kümmerte.

Wenn er denn überhaupt gefangen und nicht längst umgebracht und irgendwo verscharrt war.

Er entdeckte Sarah, die durch die Menschenmenge auf ihn zukam. Sie sah bleich und erschöpft aus, auch wenn sie versucht hatte, ihre Augenringe mit Make-up zu kaschieren. Ihre Wangen wirkten eingefallen, und ihr heller Mantel flatterte im Wind, als sei er ihr zu groß geworden. Bestimmt hatte sie auch letzte Nacht kein Auge zugetan.

»Okay«, sagte sie, als sie bei ihm angekommen war. »Bringen wir es hinter uns.«

Ihr Plan war einfach. Da der Unbekannte nichts von Mark wusste – so hofften sie jedenfalls –, würde Mark ihr bis zum Café folgen und dort neben dem Eingang warten. Sarah würde mit dem Mann sprechen. Anschließend würde Mark ihm folgen, in der Hoffnung, dass er ihn zu dem Versteck führte, in dem er Stephen gefangen hielt. Dann konnten sie die Polizei verständigen.

Die letzte Station bis Charing Cross fuhren sie getrennt. Mark ließ Sarah einen knappen Vorsprung und folgte ihr dann durch den Ausgang an der Duncannon Street, die zur Rückseite der Kirche St. Martin-in-the-Fields führte.

Als Sarah vor dem unscheinbaren Eingang zur Krypta angekommen war, blieb sie kurz stehen. Sie musste sich sammeln und all ihren Mut zusammennehmen. Dann stieg sie die Treppe hinab, ohne sich noch einmal umzusehen.

Mark stellte sich in den Windschatten einer Telefonzelle unweit des Eingangs und wartete. So unauffällig wie möglich beobachtete er die Passanten und hielt nach einem Mann mit vernarbtem Gesicht Ausschau. Dabei umklammerte er das Handy in seiner Jackentasche und war im Geiste bei Sarah.

Warum hatte dieser Mann sie ausgerechnet hierher bestellt? Was führte er im Schilde?

Über ihm schlug die Kirchturmglocke zwölfmal.

55.

Auf der Treppe zur Krypta musste Sarah sich am Geländer festhalten. Ihr war vor Aufregung und Erschöpfung schwindlig. Sie hatte in der letzten Nacht schlechter geschlafen denn je. Am Morgen hatte sie sich gezwungen etwas zu essen, aber sie hatte fast nichts hinunterbekommen.

Vorsichtig ging sie weiter, Stufe um Stufe, während Menschen an ihr vorbeidrängten, schwatzend, lachend.

Sarah zitterte, und ihre Knie fühlten sich an, als wollten sie ihr jeden Augenblick den Dienst versagen. Sie war schweißgebadet und musste an jenen Moment zurückdenken, als sie vor ihrer Bürotür gestanden und die Türklinke angestarrt hatte. An die namenlose Angst, die es ihr unmöglich gemacht hatte, das Büro zu betreten. An ihre Phobie, ihre Versagensangst.

Wie damals befand sie sich auch jetzt auf dem Weg zu einem vertrauten Raum, der sich in eine Bedrohung verwandelt hatte. Doch dieses Mal gelang es ihr weiterzugehen. Dieses Mal hatte die Bedrohung ein konkretes Gesicht, und es ging um weit mehr als nur um sie selbst.

Dieses Mal blieb ihr keine Wahl, als sich ihrer Phobie zu stellen.

Noch bevor sie den Fuß der Treppe erreicht hatte, schlug ihr der vertraute kühle Hauch von Stein entgegen, vermischt mit den Gerüchen nach Küche, Kaffee und Backwaren. Sie würgte, hielt den Atem an und versuchte, den säuerlichen Geschmack in ihrem Mund zu ignorieren. Sie schloss für einen Moment die Augen, atmete tief durch und ging dann weiter.

Das Café in der Krypta war ein beliebter Anlaufpunkt für Londoner und Touristen gleichermaßen, und wie schon während Sarahs Studentenzeit, wenn sie sich hier mit ihren Freundinnen getroffen hatte oder später mit Stephen, waren die Tische zur Mittagszeit voll besetzt. Lautes Stimmengewirr hallte unter der Bogendecke des großen Gewölbes wider. Die etlichen breiten Pfeiler machten es unmöglich, alle Tische zu überblicken, sodass Sarah keine Wahl blieb, als durch die Reihen zu gehen und nach dem Mann mit dem Narbengesicht Ausschau zu halten.

Es war ein idealer Ort, um in der Menschenmenge unterzutauchen, dachte sie. Hier würde er niemandem auffallen und konnte jederzeit schnell wieder verschwinden.

Sie zog ihr Handy aus der Manteltasche und überprüfte den Empfang. Drei Striche auf einer Skala von fünf, das genügte. Sie verspürte einen Anflug von Erleichterung. Selbst wenn der Unbekannte sich plötzlich wieder aus dem Café entfernte, konnte sie Mark erreichen und ihn vorwarnen.

Sarah ging weiter an den Tischen entlang. Sie versuchte sich zu konzentrieren. Gleich würde sie dem Unbekannten begegnen. Sie durfte keinesfalls den Kopf verlieren.

Alles hing davon ab, dass sie endlich den Plan des Narbenmannes durchschaute.

Warum bestellte er sie ausgerechnet hierher?

Woher wusste er, dass sie hierhergegangen war, um mit Stephen ihren neuen Job im Verlag bei einem Jazzkonzert zu feiern?

Was musste er Stephen angetan haben, damit er ihm davon erzählt hatte?

Oder täuschte sie sich darin ebenso wie mit dem vermeintlichen Missbrauch von Stephens Kreditkarte?

Wieder einmal fuhren die Gedanken in ihrem Kopf Karussell, ohne zu einem Ergebnis zu führen, während sie von Tisch zu Tisch ging und in fremde Gesichter starrte.

Dann plötzlich tippte ihr jemand auf die Schulter, und sie fuhr erschrocken herum.

»Hallo, Sarah, wie schön, dich zu sehen!«

Nora Scanlon, ihre ehemalige Chefin, lächelte sie an, öffnete die Arme und drückte sie an sich.

Für einen Moment war Sarah viel zu perplex, um irgendetwas zu erwidern. Sie löste sich aus der Umarmung und starrte die Verlegerin an, als sei sie ein Wesen aus einer anderen Welt.

»Oh, Nora! Es tut mir leid, aber …«

»Es tut dir leid?« Nora hob eine Braue.

»Nein, ich meine, schön, dich zu sehen, Nora, es ist nur …«, stammelte Sara, während sie sich weiter umsah. Der Unbekannte war nirgends zu sehen.

»Komm schon, Liebes«, sagte Nora und zeigte zu einem kleinen Tisch neben einem der Pfeiler. »Ich sitze dort drüben, es ist sogar noch ein zweiter Stuhl frei.«

»Ich … Es tut mir wirklich leid, Nora«, brachte Sarah

hervor und sah auf die Wanduhr. Es war bereits zehn Minuten nach zwölf. »Ich bin verabredet.«

»Ja, ich weiß«, entgegnete Nora und legte besorgt die Stirn in Falten. »Geht es dir nicht gut, Liebes? Du bist ja ganz durcheinander. Ist etwas nicht in Ordnung?«

Sarah stutzte. »Was soll das heißen? Du weißt, dass ich hier verabredet bin?«

»Na, Howard hat es mir erzählt.«

»Howard?«

»Ja, ich soll dich herzlich von ihm grüßen. Er ist leider verhindert, sonst wäre er gern mitgekommen. Oder sollte dieses Treffen etwa ein Geheimnis zwischen euch beiden sein?« Nora stieß ein Lachen aus, das halb verwundert, halb amüsiert klang. »In letzterem Fall sollte ich dich vorwarnen. Die Zeiten meines Gatten als romantischer Herzensbrecher sind längst vorüber. Heute muss ich froh sein, wenn er vor dem Küssen die Zahnprothese aus dem Glas nimmt.«

Sarah sah sie konsterniert an. »Nora, wovon, um alles in der Welt, redest du?«

Nora Scanlons Lächeln erstarb. »Wie bitte? Ich verstehe nicht. Du hattest Howard doch hierherbestellt.«

»Ich habe was?«

»In deiner letzten Mail an Howard«, sagte Nora, und nun klang sie ernsthaft besorgt. »Deswegen sind wir doch hier. Du wolltest ihn unbedingt sprechen, aber er hielt es für besser, wenn ich zu diesem Treffen mitkomme. Das ist doch in Ordnung für dich, oder?«

Sarah schüttelte sich, als hätte man einen Eimer Wasser über ihr ausgegossen. »Eine Mail? Was für eine Mail denn?«

»Du … du weißt nichts von dieser Verabredung?«

»Um Himmels willen, nein«, entgegnete Sarah, aber dann verstand sie doch. »Was genau stand in dieser Mail?«

Etwas schien in Nora Scanlons Augen aufzublitzen. »Aha, ich verstehe. Komm, setzen wir uns. Wir sollten uns unterhalten.«

56.

»Ehrlich gesagt, war ich schon ein wenig verwundert, dass du dich an Howard gewandt hast«, sagte Nora und rührte in ihrem Suppenteller. »Aber wenn Stephen ihm diese Mails in deinem Namen geschickt hat, erklärt das natürlich alles. Schließlich weiß er, dass wir miteinander in Kontakt stehen. So konnte er sicher sein, dass du dich mit uns treffen wirst. Er hofft wohl, dass es mir gelingen wird, dich zu überreden.«

»Mich zu überreden?«, wiederholte Sarah und hielt sich mit beiden Händen an der Tischkante fest. »Wozu sollst du mich denn überreden?«

»Nun, *überreden* ist vielleicht nicht der richtige Ausdruck«, sagte Nora und schob ihren Teller beiseite. »*Überzeugen* würde es wohl besser treffen. Du solltest wieder bei uns anfangen. Komm in den Verlag zurück, Liebes. Ich habe mit Howard darüber gesprochen, und wir sind uns einig. Wir brauchen dich.«

»Ging es darum in der Mail-Korrespondenz?«

Nora nickte. »Du, das heißt vielmehr dein Ehemann … nun, er hat Howard alles erklärt. Über den Burn-out und die Ängste, die dich blockiert haben. Wir waren von dieser Offenheit sehr beeindruckt und möchten dir versichern, dass wir einen Weg finden werden, damit so etwas nie wieder vorkommt.«

»Das hat er euch geschrieben?«

Nora griff über den Tisch nach ihrer Hand. »Sarah, Liebes, du darfst deinem Mann deswegen auf keinen Fall böse sein. Es war richtig, was er getan hat. Wir beide kennen uns schon so lange, und mir ist klar, dass du dich für deine Ängste schämst. Das dachte ich mir damals schon, als du mir deine Kündigung gegeben hast. Du hättest mir nie persönlich davon erzählt, weil du nach außen hin immer die Starke sein willst.«

Sarah schauderte. »Was hat er euch über meine Ängste geschrieben?«

»Mach dir keine Sorgen, es bleibt ja unter Freunden.« Nora drückte wieder ihre Hand. »Du wirst nicht versagen, Sarah, davon bin ich überzeugt, und ich werde dir helfen, wo immer ich kann, bis du wieder völlig sicher im Sattel sitzt. Ich habe mich riesig gefreut, als mir Howard deine Mails gezeigt hat. Auch wenn sie nicht von dir gewesen sind.« Sie zwinkerte Sarah zu. »Du hast einen großartigen Mann, Liebes. Er muss dich wirklich sehr lieben.«

57.

Er musste mehrmals klopfen und befürchtete schon, es sei niemand zu Hause, als er eine Stimme hinter der Tür rufen hörte.

»Sachte, sachte! Lass die Tür ganz, ich komm ja schon!«

Schlurfende Schritte näherten sich, die Sicherheitskette wurde vorgeschoben, und Simons zerknittertes Gesicht erschien im Türspalt.

»Ach du bist's. Ziemlich früh, Mann. Ich hab noch geschlafen.«

»Es ist nach zwölf.«

»Was du nicht sagst.«

»Hast du sie?«

Simon seufzte, rieb sich über sein stoppeliges Kinn und nickte. »Ja, ja, komm rein.« Er schob die Kette beiseite und öffnete die Tür. »Warum hast du's eigentlich so verdammt eilig damit?«

»Ich habe meine Gründe«, entgegnete er und betrat die Wohnung. Ihn empfing ein Gemisch aus Dopegeruch und Räucherstäbchen. »Hast du die Datei gelöscht?«

Simon gähnte und kratzte sich im Schritt. Er trug nur ausgewaschene Boxershorts und ein schwarzes T-Shirt mit einem weißen Peace-Zeichen. Seine dürren, bleichen Beine erinnerten an Hühnerknochen. »Ja, Mann. Alles, was sie über dich gespeichert hatten ist jetzt im Daten-Nirwana.«

»Komplett?«

»Klar, ich hab's dir doch versprochen.«

Damit drehte Simon sich um und schlurfte zur Küchenzeile.

Er folgte Simon durch den schmalen Flur. Die Tür zum einzigen Zimmer neben dem Wohnschlafraum stand offen, und er blieb verwundert stehen. Die Wohnung war schäbig, von den Wänden hingen Tapetenfetzen, die notdürftig von Simons Postern zusammengehalten wurden, doch dieser Raum war anders. Hier herrschte penible Ordnung.

Das Bett war gemacht, die Wände waren rosafarben gestrichen, und auf einem Wandregal reihten sich Kinderbücher und Teddybären, als hätte man ihre Plätze mit dem Lineal vermessen. Das einzige Bild im Raum hing über dem Bett. Es war ein gerahmtes, mit Plastikblumen verziertes Foto, das ein kleines Mädchen mit seiner Mutter zeigte. Dem Kleidungsstil der beiden nach, musste das Foto in den späten Achtzigern aufgenommen worden sein.

»Wo ist Bethany?«

»In der Selbsthilfegruppe. Ich mach mir 'n Tee, willst du auch einen?«

Er ging zu Simon, der am Esstisch mit einem uralten Wasserkocher hantierte. »Nein danke. Ich verschwinde gleich wieder.«

»Dann eben nicht.« Simon setzte sich auf einen der beiden wackeligen Küchenstühle und drehte sich eine Zigarette. »Ich brauch jetzt jedenfalls mein Frühstück.«

»Gib mir einfach die Akte, und ich bin wieder weg. Hier ist dein Geld.«

Er legte den Umschlag auf den Tisch. Simon schob sich zuerst die Selbstgedrehte in den Mundwinkel und zündete sie an, ehe er danach griff. Er sah hinein, fuhr mit dem Daumen über die Geldscheine und grinste.

»Wow, John! Das fühlt sich richtig gut an. Richtig gut, Mann. Aber …«

Er sprach nicht weiter. Stattdessen machte er eine übertriebene Geste des Bedauerns, legte den Umschlag auf den Tisch zurück und schickte eine Rauchwolke zur Decke.

»Was?«

»Na ja, John, ich denke, wir sollten uns noch einmal unterhalten.«

Er sah auf seinen Umschlag und seufzte. »Simon, was soll das? Wir hatten eine Abmachung.«

Simon schürzte die Lippen, legte den Kopf schief und musterte ihn. »Du siehst nicht gut aus, John. Du schwitzt und bist blass wie eine Leiche. Und deine Augenränder … Nein, wirklich nicht gut. Offen gesagt, siehst du sogar richtig scheiße aus. Ist wohl schlimmer geworden, was?«

»Worauf willst du hinaus, Simon?«

»Wir sind doch richtig gute Freunde, oder? Ich meine, wir sind uns immerhin ziemlich nahegekommen. Ich hab dir den Arsch abgewischt, als es dir so richtig dreckig ging. Ich war immer für dich da. Bei deiner ersten Chemo, als du mich vollgekotzt hast, haben wir Witze darüber gemacht. Und du hast gesagt, dass du schon lange nicht mehr so gelacht hast. Weißt du noch?«

»Ja, und dafür bin ich dir auch sehr dankbar.«

Simon kniff die Augen zusammen und stieß Rauch durch die Nase aus. »Ach ja, John? Bist du das? Warum belügst du mich dann?«

»Ich habe dich nicht belogen.«

»O doch, John, das hast du. Du hast uns alle belogen. Du nennst dich John Reevyman, aber das ist nicht dein richtiger Name.« Der Wasserkocher schaltete sich ab, und Simon stand auf. Er goss das kochende Wasser in eine Tasse, die eine Karikatur von Prinz Charles darstellte – die beiden Ohren fungierten als Henkel. Dann wandte er sich wieder ihm zu. »In der Klinik ist das wohl keinem außer mir aufgefallen. Interessiert ja auch niemanden, solange du nur deine Rechnungen bezahlst. Aber Reevyman … John, ich bitte dich, so heißt doch kein Mensch. Ich hätte bei dir etwas mehr Einfallsreichtum erwartet.«

Simon sah ihn neugierig an, ob er auf seine Provokation reagierte. Natürlich tat er das nicht. Er hatte viel zu viele Demütigungen in seinem Leben über sich ergehen lassen müssen, um sich von jemandem wie Simon aus der Ruhe bringen zu lassen. Das Einzige, was ihn wirklich schmerzte, war die Enttäuschung. Er hätte nie gedacht, dass der Junge so ein Arschloch sein könnte.

Simon grinste wissend und zwinkerte ihm zu. »Weißt du, John, man muss kein großer Gehirnakrobat sein, um das Anagramm zu entschlüsseln. Ich meine, es liegt doch auf der Hand. Reevyman. Everyman. Ziemlich treffend, wenn man deine Vorgeschichte kennt.«

»Und? Soll ich dir jetzt gratulieren?«

Simon drückte seine Kippe auf einem Unterteller aus, packte Prinz Charles bei den Ohren und nahm einen Schluck Tee. Dann grinste er wieder. »Willst du wirklich keinen Tee, John?«

»Komm endlich auf den Punkt!«

»Also gut.« Simon stellte die Tasse auf den Tisch zurück. »Ich weiß, wer du wirklich bist, John. Jay hat es mir verraten. Du darfst ihm deswegen aber nicht böse sein. Als er es mir erzählt hatte, schwebte er noch halb im Narkosehimmel. Du bedeutest ihm viel, John. Seid ihr immer noch Freunde, oder hat er es inzwischen hinter sich? War jedenfalls keine schlaue Entscheidung von ihm, sich selbst zu entlassen und vorzeitig nach Hause zu gehen.«

»Sag mir endlich, was du zu sagen hast!«

Simon grinste und fuhr wie geistesabwesend mit der Fingerspitze an einem der Henkelohren auf und ab. »Jedenfalls warst du Jays erster Gedanke, als er damals nach seiner OP aufgewacht ist. Zuerst habe ich gar nicht kapiert, nach wem er ruft, aber dann habe ich eins und eins zusammengezählt. Ich habe Jay gefragt, und er, benebelt wie er war, hat mir meine Vermutung bestätigt. Tja, solche Dinge passieren.«

»Okay, Simon, warum erzählst du mir das alles?«

»Wir sind Freunde, John, und Freunde sind immer füreinander da. Ich habe dir geholfen und viel dabei riskiert. Wie wär's, wenn du mir noch etwas mehr entgegenkommen würdest? Du hast doch selbst gesagt, dass Geld für dich keine Rolle mehr spielt.«

Er schüttelte den Kopf und sah Simon vorwurfsvoll an. »Du willst mich erpressen?«

»Nicht doch!«, protestierte Simon mit künstlicher Entrüstung. Er griff nach seinem Tabak und begann, sich eine weitere Zigarette zu drehen. »Ich würde es eher als einen Appell an deine Großzügigkeit bezeichnen. Sieh mal, John, du würdest es ja nicht nur für mich tun. Denk an Beth ...«

»Ich habe dich gut bezahlt, Junge.« Das Pochen in seinen Schläfen wurde schlimmer. »Wenn ihr euch das Geld einteilt, kommt ihr eine ganze Weile damit über die Runden.«

»Ja, Mann, du hast dich wirklich nicht lumpen lassen. Aber Beths Therapie kostet eine verdammte Stange Geld. Deshalb mache ich dir ein Angebot. Du verdoppelst den Preis, bekommst die Akte, und wir sind quitt. Was hältst du davon?«

Wieder seufzte er. »Denk noch einmal darüber nach, Simon. Du nutzt meine Situation aus. Wenn wir wirklich Freunde wären, würdest du das nicht tun.«

Simon lachte auf und schüttelte den Kopf, dass ihm

seine blonden Dreadlocks ins Gesicht fielen. »Mal ganz im Ernst, John, bist du wirklich so naiv?«

»Mag sein, dass ich naiv bin«, sagte er und rieb sich die schmerzenden Schläfen, »aber du bist dumm, Simon. Ich will dir eine faire Chance geben. Das Geld, das ich dir freiwillig zahle, würde ausreichen, um deine illegalen Geschäfte lassen zu können. Du unterstützt deine Schwester in ihrer Therapie, suchst dir einen anderen Job und ziehst von hier weg. Das wäre ein ehrlicher Neuanfang für dich. Wenn du mich jetzt aber erpresst, bist du nicht mehr als ein unglaubwürdiger kleiner Gauner.«

Simons Grinsen verschwand. Er zog nervös an seiner Zigarette. »Ich will dir mal was über Gauner sagen, John. Das sind Leute wie du und dein Vater. Er hat seine Arbeiter jahrzehntelang ausgebeutet, dann hat er seine Firma aufgegeben und dir ein dickes Vermögen hinterlassen. Du hast nie für Geld den Buckel krumm machen müssen. Und jetzt schau dich an. Du hast nicht mehr lange, das sieht sogar ein Blinder. Also, was willst du noch mit deiner Kohle? Dir einen vergoldeten Sarg kaufen? Du könntest wirklich etwas Gutes damit tun, indem du uns hilfst. Das wäre …« Simon brach ab, dann sprang er auf und zeigte mit seiner Kippe auf ihn. »Scheiße, Mann, deine Nase!«

Er fasste sich ins Gesicht, und als er die Hand zurücknahm, war sie voller Blut.

Simon schnappte sich ein Geschirrtuch und hielt es ihm hin. »Hier, bevor du alles versaust.«

Er presste sich das Tuch aufs Gesicht und versuchte sich zu beruhigen. Die Aufregung hatte seinen Blutdruck in die Höhe getrieben. Das konnte gefährlich werden. »Kann ich dein Badezimmer benutzen?«

»Von mir aus.« Simon verdrehte genervt die Augen und zeigte zu der Tür neben dem Eingang. »Aber mach danach wieder sauber.«

»Ja, klar.«

Er ging über den Flur zum Badezimmer und schloss die Tür hinter sich. Dort befeuchtete er ein Handtuch, legte es sich in den Nacken und schloss die Augen.

Er musste eine Entscheidung fällen.

58.

Als Sarah die Krypta verlassen hatte, wirkte sie wie ausgewechselt. Mit zügigen Schritten ging sie auf die Telefonzelle zu, hinter der Mark auf sie wartete.

»Er ist nicht gekommen. Alles Weitere bei mir zu Hause«, raunte sie ihm zu. Dann eilte sie weiter zur Charing-Cross-Station. Offensichtlich befürchtete sie, dass sie beobachtet würden. Mark wartete daher einen Moment, bevor er sich ebenfalls auf den Weg machte.

Als sie schließlich nach zweimaligem Umsteigen Forest Hill erreichten, strebte Sarah ihrem Haus zu, ohne sich ein einziges Mal umzudrehen. Mark hatte Mühe, mit ihr Schritt zu halten.

»Sarah, warte doch!«, rief er ihr nach, als sie hastig die Haustür aufschloss und die Alarmanlage im Flur deaktivierte. »Mein Gott, Sarah, was war da los?«

Sie drehte sich zu ihm um. Ihr Gesicht war gerötet, ihr Atem ging heftig.

»Mir ist jetzt klar, woher er all diese persönlichen Dinge

über mich weiß«, sagte sie schließlich. »Stephen wusste zwar, dass ich unter einer Angsterkrankung leide, aber er kannte den Grund nicht. Ich wollte es ihm nicht sagen. Und er wusste auch nicht, dass ich darüber nachgedacht hatte, in den Verlag zurückzukehren. Nora ... meine Chefin, sie hat es mir immer wieder angeboten, aber ich hatte mich dann doch nicht getraut, sie zu fragen, weil ich mich für meine Phobie geschämt habe. Aber auch darüber hatte ich mit niemandem gesprochen, nicht einmal mit Gwen. Dieser Kerl kann es also nicht von Stephen wissen. *Niemand* kann es wissen, außer ...«

Sie sprach nicht weiter, wandte sich von ihm ab und rannte die Treppe hoch. Mark lief ihr hinterher ins Schlafzimmer, wo Sarah auf Knien hockte und die unterste Schublade einer alten Tudor-Kommode herauszog. Sie riss so ungeduldig an ihr, dass sich die Lade verkantete. Mit einem Fluch stieß sie sie zurück und riss sie erneut heraus.

»Was hast du da?«

Mark war zu ihr getreten. Die Schublade war mit mehreren Stapeln Notizbüchern gefüllt. Er hockte sich neben sie. Auf den weißen Etiketten der Einbände waren Jahreszahlen notiert. Es mochten mindestens fünfundzwanzig Stück sein.

»Meine Tagebücher«, sagte Sarah, nahm das mit der Jahrszahl 2012 heraus und blätterte es durch. Plötzlich hielt sie inne und riss die Augen auf.

»Ich wusste es!«, stieß sie hervor. »Dieses gottverdammte Schwein!«

Sie zog ein weiteres heraus, blätterte ebenfalls darin, dann hielt sie es Mark hin. »Er hat meine Tagebücher gelesen!«

Mark starrte auf die aufgeschlagenen Seiten und erkannte sofort, was sie meinte. An einigen Stellen waren Sarahs sorgfältig geschriebene Zeilen mit Rotstift unterstrichen worden.

»Das war *er*«, zischte sie, und in ihrer Stimme lag all ihre Wut und Verachtung für dieses unerhörte Eindringen in ihre geheimsten Gedanken. »Er hat die Sätze angestrichen, weil er will, dass ich es weiß.«

Sie blätterte wahllos in den übrigen Tagebüchern. Dann warf sie sie plötzlich in die Schublade zurück, als hätte sie sich die Finger an ihnen verbrannt.

»Er hat sie alle gelesen, Mark! Alle!«

59.

Als er aus dem Badezimmer kam, saß Simon wieder auf dem Küchenstuhl. Er hatte sich in der Zwischenzeit eine abgetragene Jogginghose angezogen. Nun leckte er über ein Zigarettenpapier und sah zu ihm auf.

»Na, wieder besser?«

Er nickte und blieb neben dem Spülbecken stehen, in dem sich das Geschirr von Tagen türmte.

Simon strich sich seine Dreadlocks aus dem Gesicht, zündete die Selbstgedrehte an und stieß den Rauch durch die Nase aus. »Und, wie sieht's aus, John? Hast du es dir überlegt?«

»Ich will zuerst die Akte sehen.«

»Wozu?«

»Ich will sichergehen, dass du sie auch wirklich hast.«

»John, John, John.« Simon schüttelte missmutig den Kopf. »Für wie dämlich hältst du mich? Glaubst du ernsthaft, ich wedle jetzt mit der Akte vor deiner Nase herum, damit du mir eins überbraten und damit abhauen kannst?«

»Sehe ich aus, als wäre ich dazu noch in der Lage?«

Er nahm ein zerknülltes Stück Toilettenpapier aus der Hosentasche und tupfte sich damit den Schweiß von der Stirn. Seine Hand zitterte. Die Kopfschmerzen waren wieder unerträglich geworden.

Simon sah ihn lange an. Schließlich stand er seufzend auf.

»Mann, du bist echt am Ende, was? Also schön, ich zeig dir die beschissene Akte. Aber ich will erst die Kohle, sonst läuft hier gar nichts. Kapiert?«

»Kapiert.«

»Okay, ich hol sie. Und du rührst dich nicht von der Stelle.«

»Versprochen.«

Simon ging in Bethanys Zimmer. Man konnte hören, wie er in einem Karton wühlte. Dann kehrte er zu ihm zurück und zeigte ihm die Akte, wobei er einen gebührenden Abstand zwischen ihnen einhielt.

»Zufrieden, John? Glaubst du mir jetzt, dass ich dich nicht verarsche?«

Er betrachtete den Kartonumschlag, auf dem der Name *John Reevyman* unter dem Kliniklogo aufgedruckt war, dann nickte er.

»Gut«, sagte Simon. »Bring mir das Geld, und sie gehört dir. Und jetzt würde ich gern in Ruhe meinen Tee trinken.«

Er wandte sich zum Gehen, blieb jedoch an der Wohnungstür noch einmal stehen. »Eins sollst du noch wissen, Simon. Ich bin wirklich enttäuscht von dir.«

»Ich dachte, gerade du müsstest wissen, dass es im Leben nicht immer fair zugeht«, entgegnete Simon. »Tut mir ehrlich leid, Mann.«

»Nein, Simon, es tut dir nicht leid. Aber mit zwei Dingen hast du recht.«

»Ach ja? Und womit?«

»Dass die Welt nicht fair ist, und dass ich einen Fehler gemacht habe. Einen großen Fehler. Ich habe dich falsch eingeschätzt.«

Sie musterten sich schweigend, und er konnte sehen, wie es in Simons Gesicht arbeitete. Dann sprang der Krankenpfleger plötzlich auf und kam auf ihn zu.

»Schluss jetzt, John! Verschwinde und hol das Geld. Und ich kann dir nur raten, dass du dich danach nie wieder bei mir blicken …«

Noch bevor Simon ausgesprochen hatte, riss er die Spritze aus seiner Jackentasche. Er stach zu und drückte den Kolben bis zum Anschlag nieder.

Simon schrie auf, wich erschrocken zurück und fasste sich an den Bauch. »Scheiße! Verdammte Scheiße! Was hast du mir gespritzt, Mann?«

»Du hast mir keine andere Wahl gelassen, Simon«, sagte er mit tonloser Stimme. »Ich weiß nicht, wie es bei einem Gesunden wirkt, aber es wird nicht lange dauern, das kann ich dir versprechen.«

»O nein, Scheiße«, wimmerte Simon und hielt torkelnd auf sein Handy zu, das neben einer zerknüllten Fish-&-Chips-Tüte auf dem Esstisch lag. Doch noch bevor er es erreichte, knickten ihm die Beine weg. Simon hielt sich an der Tischkante fest und sank auf die Knie.

Er trat hinter ihn, packte Simon unter den Achseln und zog ihn vollends zu Boden. Dann drehte er ihn auf den Rücken.

»Entspann dich und mach die Augen zu, Junge. Es ist gleich vorbei.«

Simon sah zu ihm hoch und begann zu grinsen. »Wow, John, das Zeug geht ja richtig ab.« Er kicherte wie von Sinnen und schüttelte sich. »Du musst einen Notarzt rufen, Mann. Mein Herz … Ich … krepiere.«

»Das kann ich nicht, Simon. Dafür ist es schon zu spät.«

»Echt?« Simon begann zu lachen. »Zu spät, zu spät, zu spät«, sang er, dann würgte er und rülpste. Weißer Schaum quoll aus seinem Mund. Er begann spastisch zu zucken, und sein Darm entleerte sich. Dann verdrehte er die Augen, und ein weiterer Schwall weißen Schaums ergoss sich über sein Kinn und auf sein T-Shirt. Er krampfte ein letztes Mal, dann war es vorbei.

Es war schneller gegangen als bei Jay. Das war gut so.

Er betrachtete seinen toten Krankenpfleger noch eine Weile, dann bückte er sich, hob die Akte auf und steckte sie in seine Jacke.

Die leere Spritze verstaute er wieder in dem Etui, das er schon seit Wochen mit sich herumtrug. Sie war eigentlich für ihn selbst bestimmt gewesen. Sein Rettungsanker, wenn die Schmerzen zu schlimm werden würden. Nun würde er umdisponieren müssen.

Bevor er die Wohnung verließ, legte er den Umschlag mit dem Geld auf Bethanys Bett.

60.

»Er hat alles gelesen.«

Sarah saß auf dem Bett, hielt Stephens Kopfkissen an die Brust gepresst und starrte vor sich hin.

»Du kannst dir gar nicht vorstellen, wie nackt ich mich fühle«, sagte sie und klammerte sich an das Kissen, als wollte sie sich dahinter verstecken. »Ich habe meine geheimsten Gedanken in diesen Tagebüchern festgehalten. Alles, was mich je beschäftigt hat. Alles! Und dieser verfluchte Mistkerl hat es nicht nur gelesen, er hat auch noch die wichtigen Stellen *markiert.*« Sie wischte sich die Tränen aus den Augen – Tränen des Zorns und der Ohnmacht. »Dieser Bastard ist nicht nur in mein Haus eingedrungen, sondern auch in meinen Kopf!«

Mark betrachtete die Schublade, in der die Tagebücher nun wild durcheinanderlagen. Sein Verstand arbeitete auf Hochtouren. Irgendetwas irritierte ihn an dieser Sache – etwas in seinem Unterbewusstsein, an das er noch nicht herankam, weil auch er noch zu aufgewühlt war. Es war wie bei dem Wort, das einem auf der Zunge lag und das dennoch nicht herauswollte.

»Er muss hier Stunden zugebracht haben«, flüsterte Sarah, als wagte sie nicht, diese Erkenntnis laut auszusprechen. »Hier in unserem Schlafzimmer. Vielleicht hat er sogar auf unserem Bett gesessen, während er die Bücher gelesen hat. Auf demselben Bett, in dem Stephen und ich danach wieder geschlafen haben, ohne auch nur das Geringste von ihm zu ahnen. Er ist hier einfach ein und aus gegangen, wie er wollte.«

Mark fuhr zusammen. Ja, das war es! Nun wusste er,

was ihm keine Ruhe gelassen hatte. Er musste an vorhin denken, als sie das Haus betreten hatten.

»Die Alarmanlage!«

Sarah hob verblüfft den Kopf. »Was ist damit?«

»Wie lange habt ihr sie schon?«

Sie überlegte kurz. »Ungefähr drei Jahre. Kurz nachdem wir eingezogen waren gab es in der Gegend eine Einbruchserie und …«

»Und wann ist sie eingeschaltet?«

»Jedes Mal, wenn wir das Haus verlassen. Sie überwacht alle Räume mit Bewegungsmeldern.«

Mark nickte. »Ihr schaltet sie also immer ein, wenn ihr nicht zu Hause seid?«

»Ja.«

»Wirklich immer?«

»Ja, das ist ein Routinehandgriff.«

»Und wenn man wieder ins Haus will, muss man sie mit einem Code deaktivieren. Es genügt nicht, sie einfach nur abzuschalten, richtig?«

»Richtig. Man hat genau dreißig Sekunden Zeit, um den Code einzugeben, und nur drei Versuche, ehe der Alarm …« Sarah hielt mitten im Satz inne, als sie verstand, worauf er hinauswollte. »Aber das kann nicht sein, Mark. Das ist völlig unmöglich! Er konnte den Code nicht kennen.«

»Habt ihr den Code in letzter Zeit mal geändert?«

»Nein, es ist immer noch derselbe. Ich weiß, man sollte die Kombination von Zeit zu Zeit ändern, aber …«

»Was für ein Code ist es?«, unterbrach er sie. »Ich meine, ist es ein Geburtsdatum oder euer Hochzeitstag? Kann er die Kombination vielleicht auf diese Weise herausgefunden haben?«

»Es ist das Datum unseres Kennenlernens. Das mussten wir uns nirgends notieren. Nur Stephen und ich kennen es, und wir haben den Code auch an niemanden weitergegeben.«

»Irgendetwas stimmt da nicht.« Mark ließ sich auf einen Stuhl nieder, neben dem ein Haufen mit Kleidungsstücken lag, vermutlich von Stephen. »Als dieser Mann in jener Nacht bei euch eingedrungen ist, in der Harvey den Hund gesehen hat, brauchte er nur deinen Schlüssel, weil ihr ja zu Hause wart. Aber er kann keinesfalls das Risiko eingegangen sein, in euer Schlafzimmer zu schleichen, wenn ihr dort geschlafen habt.«

»Das würde bedeuten, dass er in der Zeit, in der er meinen Schlüssel hatte, noch einmal bei uns im Haus gewesen ist. Aber wie? Du hast völlig recht, er hätte die Alarmanlage ausschalten müssen. Aber er konnte den Code nicht kennen.«

Wieder begann Mark fieberhaft zu überlegen. Irgendwie ergab das alles keinen Sinn. »Kann es sein, dass du vielleicht irgendwann einmal vergessen hast, die Alarmanlage einzuschalten?«

Sarah legte das Kissen aus der Hand und schüttelte energisch den Kopf. »Nein, hundertprozentig nicht. Das ist Stephen und mir längst in Fleisch und Blut übergegangen. Als es mir so richtig schlecht ging, habe ich die Alarmanlage oft mehrmals überprüft, ehe ich das Haus verlassen konnte. Andernfalls hätte ich keine Ruhe gehabt.« Sie stieß ein humorloses Lachen aus. »So hatte meine Angsterkrankung wenigstens auch mal einen positiven Aspekt.«

»Aber woher sollte er den Code dann kennen, wenn nur Stephen und du davon gewusst habt?« Mark rieb sich das Kinn. »Gibt es wirklich niemand anderen, dem ihr diese Kombination gegeben habt?«

Wieder schüttelte Sarah den Kopf. »Nein, ganz sicher nicht. Außer natürlich der Firma, die die Alarmanlage installiert hat. Der Techniker hatte den Code damals programmiert.« Sie sah ihn mit großen Augen an. »Du glaubst doch nicht …«

»Erinnerst du dich noch an den Mann?«

Ihr Blick schweifte kurz ins Leere, als suchte sie irgendwo an der Wand oder auf dem Teppichboden nach einem Bild aus ihrer Erinnerung. »Na ja, nicht an sein Gesicht. Aber … nein, Mark, er war es nicht. Selbst wenn er sich die Narben erst danach zugezogen hätte. Das war ein ganz anderer Typ, eher dick und klein, das weiß ich auf jeden Fall noch.«

Sie sahen sich eine Weile an und schienen beide dasselbe zu denken. Mark sprach es schließlich aus.

»Vielleicht war es ja nicht dieser Techniker, sondern einer seiner Kollegen?«

61.

Das Gebäude von Home Security Services Ltd. mit dem auffallend roten Firmenlogo in Form eines stilisierten Burgturms befand sich in Brixton neben einem großen Parkplatzgelände. Es war ein schmuckloser Bau aus Glas und Beton, der von außen wie eine Lagerhalle aussah und sich an eine Reihe weiterer Firmengebäude anschloss.

Im Eingangsbereich warben Plakate und überdimensionale Aufsteller aus Pappe für Alarmanlagen und Sicherheitssysteme, und auf jedem war der HSS-Slogan in roten Großbuchstaben zu lesen: WIR MACHEN IHR HEIM ZU IHRER BURG.

Mark fiel auf, wie Sarah den Spruch las und wieder wegsah. In Anbetracht ihrer Erlebnisse musste ihr dieser Satz wie ein schlechter Witz vorkommen.

Der Inhaber stellte sich Ihnen als James Pearson vor. Er war ein großer, durchtrainierter Mann Mitte vierzig mit kantigen Gesichtszügen und einem grau melierten Bürstenhaarschnitt. Der dunkelblaue Anzug wirkte an ihm wie eine Militäruniform – ein offenbar beabsichtigter Eindruck, der durch sein strammes Auftreten noch zusätzlich betont wurde. All das sollte wohl Autorität und gleichzeitig ein Gefühl von Sicherheit vermitteln, mutmaßte Mark.

Pearson hatte sie in sein Büro gebeten und ihnen Plätze an einem runden Konferenztisch angeboten, auf dem sich Flyer und Prospekte seiner Firma stapelten.

Sarah kam sofort zur Sache. Sie fragte ihn nach einem seiner Angestellten, auf den die Beschreibung des Narbenmannes zutraf, und Pearson, der ihnen mit kerzengerader Haltung gegenübersaß, hörte ihr mit stoischer Miene zu. Mark beobachtete ihn und war überzeugt, dass er einen perfekten Pokerspieler abgegeben hätte.

Pearson reagierte nicht sofort auf Sarahs Frage. Stattdessen faltete er die Hände auf der Tischplatte und sah abwechselnd zu Mark und wieder zu Sarah.

»Bedauere«, sagte er schließlich, »aber ich kann Ihnen nicht weiterhelfen. Die Angaben zu unseren Mitarbeitern sind streng vertraulich. Das werden Sie sicher verstehen.«

»Das heißt, dass dieser Mann bei Ihnen angestellt ist?«, hakte Sarah nach.

»Das habe ich nicht gesagt.« Er lächelte und öffnete einladend die Arme. »Mrs. Bridgewater, wenn es Probleme mit Ihrem Alarmsystem geben sollte, stehe ich Ihnen gern persönlich zur Verfügung.«

Sarah winkte ab. »Darum geht es nicht.«

»Worum geht es dann?«

»Es ist ... eine private Angelegenheit.«

»Mrs. Bridgewater, in diesem Fall kann ich Ihnen erst recht nicht helfen. Wenn er den privaten Kontakt zu Ihnen wünschen würde, hätte er sich bestimmt selbst bei Ihnen gemeldet.«

»Entschuldigen Sie, Mr. Pearson«, mischte Mark sich in die Unterhaltung ein, »kann ich Ihnen eine fachliche Frage stellen?«

»Selbstverständlich.«

»Notieren Sie die Codes Ihrer Kunden?«

»Nur den Code bei der Installation der Anlage.«

»Und wozu?«

»Für einen Reset, falls der Kunde bei der Programmierung eines neuen Codes einen Fehler macht oder seine Kombination vergisst. Das kommt gelegentlich vor.«

»Das heißt, wenn man die Anlage abschaltet oder auf den Anfang zurückstellt, wird immer der erste Code *des Kunden* aktiviert?«

Pearson nickte. »So ist es, denn würde sie auf die Werkseinstellung mit den acht Nullen zurückspringen, hätte ein Einbrecher leichtes Spiel.«

»Verstehe«, sagte Mark und war zufrieden. Er hatte Pearson in vermeintlich sicheres Terrain geführt. Das schuf Vertrauen. »Aber was wäre bei einem Stromausfall? Könnte man die Anlage durch eine Unterbrechung der Stromzufuhr umgehen?«

»Keinesfalls«, sagte Pearson. »Die Anlage wird zusätzlich durch einen Akku gesichert, den wir in regelmäßigen Abständen überprüfen. Das ist in unserem Servicevertrag inbegriffen. Unsere Systeme sind hundertprozentig sicher.«

»Was die technische Seite betrifft, will ich Ihnen gerne glauben«, entgegnete Mark, und nun flackerte ein wenig Unsicherheit in den Augen des Firmeninhabers auf. »Wer genau hat denn bei Ihnen Zugang zu den Codes Ihrer Kunden?«

»Ich selbst und die Mitarbeiter vom Wartungsdienst.« Damit erhob sich Pearson und sah mit geschäftigem Blick auf seine Armbanduhr. »Halten Sie mich bitte nicht für unhöflich, aber ich habe in fünf Minuten einen weiteren Termin. Ich werde Sie noch zum Ausgang begleiten. Selbstverständlich wird Ihnen unsere Serviceabteilung gern alle weiteren technischen Fragen …«

»Arbeitet dieser Mann in Ihrem Wartungsdienst?«, unterbrach ihn Mark und erhob sich ebenfalls.

Pearson sah ihn an. Er reckte sich und wollte offensichtlich respektgebietend wirken. »Wie gesagt, Mr. und Mrs. Bridgewater, ich werde keine Angaben zu meinen Mitarbeitern machen. Bitte akzeptieren Sie das.«

»Okay, Mr. Pearson«, sagte Sarah, die sich ebenfalls erhoben hatte, »ich wollte die Sache nicht unnötig kompliziert machen, aber da Sie so wenig Entgegenkommen zeigen, muss ich wohl deutlicher werden.«

Pearson behielt seine stramme Haltung bei, als stünde

er Wache vor dem Buckingham Palace, aber Mark sah, wie er seine rechte Hand mechanisch schloss und wieder öffnete. Sie machten ihn nervös, das war gut so.

»Der Mann, den ich Ihnen beschrieben habe, ist in unser Haus eingedrungen«, fuhr Sarah fort. »Und zwar mehrfach, wie es scheint.«

In Pearsons Gesicht zuckte es. »Wie bitte? Haben Sie Beweise für diese Behauptung?«

»Das will ich meinen. Irgendjemand hat unsere Alarmanlage mehrfach lahmgelegt. Was, wie Sie selbst sagen, eigentlich völlig unmöglich ist. Es sei denn, jemand kennt den ursprünglichen Code.«

Für einen Moment starrte Pearson sie an, als wollte er sie hypnotisieren.

»Hören Sie, Mrs. Bridgewater«, sagte er kühl, »was Sie da behaupten ist ungeheuerlich, und ich halte es für ganz ausgeschlossen. HSS steht für absolute Sicherheit, das garantieren wir unseren Kunden seit über zehn Jahren. Dementsprechend wähle ich auch meine Mitarbeiter aus, und ich würde für jeden von ihnen meine Hand ins Feuer legen.«

»Nun, in diesem Fall würden Sie sich die Hand vermutlich verbrennen«, entgegnete Sarah ungerührt. »Ich bin jedoch gewillt, diesen Vorfall diskret zu behandeln, wenn Sie mir den Namen und die Anschrift des Mannes nennen. Oder wäre es Ihnen lieber, wenn ich die Polizei einschalte? Hausfriedensbruch und Diebstahl – falls sich das herumsprechen sollte, wäre das sicherlich keine gute Werbung für Ihre Firma, Mr. Pearson. Denken Sie nicht auch?«

Nun wich Pearsons Pokergesicht vollends. Er schluckte, und auf seiner Oberlippe funkelten kleine Schweißperlen. »Wollen Sie mir etwa drohen?«

»Im Gegenteil, Mr. Pearson. Ich mache Ihnen ein Angebot. Ich verspreche Ihnen, Sie und Ihre Firma aus allem herauszuhalten, wenn Sie sich kooperativ zeigen.«

Pearson leckte sich die Lippen. »Mrs. Bridgewater, das kann ich nicht machen. Verstehen Sie doch!«

»Vergessen Sie nicht, dass wir über einen Einbrecher sprechen«, fügte Mark hinzu. »Wollen Sie seinetwegen den guten Ruf Ihrer Firma aufs Spiel setzen? Ist Ihnen dieser Mann das wirklich wert?«

Für einen Moment starrte Pearson vor sich hin, und ihm war anzusehen, wie er mit sich selbst rang. Dann wandte er sich wieder Sarah zu. »Und ich kann mich auf Ihr Wort verlassen?«

Sie nickte. »Ja, das können Sie.«

»Also schön«, sagte er tonlos. »Irgendwie hatte ich bei diesem Kerl von Anfang an kein gutes Gefühl. Fachlich hatte er mich überzeugt, und seine Zeugnisse waren tadellos, aber er war so sonderbar schweigsam. Ich hätte wohl besser auf meinen Bauch hören sollen.«

»Wie ist sein Name?«

»Wakefield. Er heißt John Wakefield.«

»Ist er zufällig gerade hier?«

»Nein, er arbeitet schon seit über einem Monat nicht mehr für mich. Er war auch nur kurz bei mir angestellt. Drei, vier Monate vielleicht. Dann hat er plötzlich gekündigt.«

»Hat er Ihnen gesagt, warum?«, fragte Mark.

»Nein, wahrscheinlich hat er einen anderen Job bekommen.«

»Und wie lautet seine Adresse?«

»Es war hier in Brixton. Ich muss nachsehen.«

Pearson ging zu seinem Schreibtisch. Während er in seinem Computer nachschaute, sah Sarah Mark an.

Sie lächelte triumphierend.

»Dieses Mal haben wir ihn!«

62.

Die Adresse, die Pearson ihnen genannt hatte, führte sie zu einem Altbau in der Nähe des Brixton Market. Es war ein baufälliges Mehrfamilienhaus mit acht Parteien. Den Klingelschildern neben dem Eingang zufolge waren nur vier davon bewohnt. Auf einem der Namensschilder lasen sie: J. WAKEFIELD.

Sarah betrachtete die Zeile rostiger Briefkästen. Aus den meisten ragten Werbeflyer hervor, doch Wakefield musste seinen Briefkasten erst kürzlich geleert haben.

»Mich kennt er nicht, also werde ich nachsehen«, sagte Mark, während er auf mehrere der Klingelknöpfe drückte. »Du wartest im Treppenhaus. Wenn er da ist, werde ich ihn in ein Gespräch verwickeln, und du verständigst die Polizei. Diesmal lassen wir ihn nicht entkommen.«

Sarah sah zu den Fenstern hoch. »Okay, aber sei vorsichtig.«

Mark lächelte ihr aufmunternd zu. »Ich werde ihm ein Zeitungsabo aufschwatzen. Darin war ich in Oxford mal sehr gut.«

Sie erwiderte sein Lächeln nicht. »Mark, was ist, wenn er alles abstreitet?«

»Das wird er nicht.«

»Was macht dich da so sicher?«

»Wakefield will, dass du ihn suchst. Denk an seinen Glückwunschbrief. Jetzt hast du ihn gefunden.«

Ein Summer ertönte, und die Eingangstür sprang auf. Mark betrat das kühle Halbdunkel des Hausflurs und wurde von einem unangenehmen Geruch nach Moder und feuchtem Mauerwerk empfangen, vermischt mit etwas, das ihn an schales Bier denken ließ.

Sarah folgte ihm und blieb am Fuß der ausgetretenen alten Holztreppe stehen. Einen Aufzug gab es nicht.

Mark nickte ihr noch einmal zu, dann stieg er die knarrenden Stufen in den zweiten Stock hinauf.

Er klingelte an Wakefields Wohnungstür und wartete, doch nichts rührte sich. Also klingelte Mark noch einmal. Dann klopfte er an die Tür.

»Hallo? Ist jemand zu Hause?«

»Wer sind Sie?«, fragte eine brüchige Frauenstimme hinter ihm.

Mark sah sich zu einer alten Dame um, die ihn neugierig aus dem Türrahmen der gegenüberliegenden Wohnung musterte. Sie war eine kleine, hagere Erscheinung mit runzligem Gesicht. Mark schätzte ihr Alter auf mindestens Ende achtzig, aber ihre Augen wirkten noch jung und wachsam.

»Haben Sie bei mir geläutet?«, fragte sie.

»Ja, aber eigentlich möchte ich zu Mr. Wakefield.«

Sie legte eine Hand ans Ohr. »Was haben Sie gesagt? Ich habe Sie nicht verstanden.«

»Ich möchte zu Mr. Wakefield«, wiederholte Mark, diesmal lauter.

»Der ist nicht zu Hause.«

»Wissen Sie, wann er wieder zurückkommt?«

Sie wackelte mit dem Kopf. »Nein, tut mir leid. Wer sind Sie überhaupt?«

»Mein Name ist Mark.«

»Freut mich, Mr. Mark. Ich bin Emma Livingstone. Wollten Sie Mr. Wakefield besuchen?«

»Ja, ist er denn schon lange fort?«

»Das kann ich Ihnen leider auch nicht sagen. Ich sehe ihn nur noch selten. Aber er war schon heute Morgen nicht da, als ich ihm ein paar von meinen selbst gebackenen Keksen vorbeibringen wollte. Die mag er so gern, wissen Sie? Er stippt sie immer in seinen Tee ein.«

Sie sah sich nach allen Seiten um, als ob ihnen jemand in diesem verlassenen Haus zuhören könnte, ehe sie mit gesenkter Stimme weitersprach. »Er wird wahrscheinlich wieder in der Klinik sein. Der Ärmste ist schwer krank. Krebs. Sieht gar nicht gut aus für ihn. Wussten Sie das?«

Krebs, wiederholte Mark in Gedanken. Das war also Wakefields Motivation. Ein Sterbenskranker, der Sarah wieder »ins Leben zurückholen« wollte, weil sie »noch eine Chance hat« – so oder so ähnlich hatte er es formuliert –, im Gegensatz zu Wakefield selbst und der jungen Frau auf dem Foto. Wahrscheinlich war auch sie an Krebs gestorben, und Sarahs Äußeres musste ihn an sie erinnert haben.

Doch das klärte noch nicht die Frage, warum Wakefield Stephen Bridgewater entführt hatte, und wo Stephen sich jetzt befand.

Plötzlich kam Mark eine Idee.

»Ja, ich weiß, dass er schwer krank ist«, sagte er. »Deswegen bin ich ja gekommen.«

Er fasste in seine Jacke und zog den Dozentenausweis hervor, den Somerville ihm gegeben hatte. »Hier, sehen Sie, ich arbeite für das King's Hospital. Ich bin Sozialarbeiter und sollte bei Mr. Wakefield einige wichtige Unterlagen abholen. Nur haben meine Kollegen vergessen, mir zu sagen, dass Mr. Wakefield bereits im Krankenhaus ist.«

»Wichtige Unterlagen?«, wiederholte Mrs. Livingstone und machte ein bestürztes Gesicht. »Er ist doch nicht etwa …«

»Nein, keine Sorge, so schlimm ist es nicht«, sagte Mark und hob beschwichtigend die Hände. »Es geht nur um die Krankenversicherung von Mr. Wakefield.«

»Ach so.« Mrs. Livingstone nickte erleichtert.

Mark sah zu Wakefields Tür. Vielleicht befand sich dahinter die Antwort auf seine Frage – oder zumindest eine Spur, die Sarah und ihn zu Stephen führte.

»Sagen Sie, Mrs. Livingstone, gibt es hier einen Hausmeister?«

»Einen Hausmeister? Machen Sie Witze, junger Mann?« Sie stieß ein spöttisches Lachen aus. »Den letzten Hausmeister hat dieses Gebäude wohl noch zu Margaret Thatchers Zeiten gesehen. Nein, der Inhaber schert sich einen feuchten Kehricht um uns. Hauptsache, die Miete wird pünktlich überwiesen.«

»Mrs. Livingstone, es ist wirklich wichtig. Ich brauche diese Unterlagen für Mr. Wakefield. Gibt es sonst jemanden, der einen Zweitschlüssel zu seiner Wohnung hat? Sie vielleicht?«

»Ja, vielleicht.« Ihre Augen funkelten schelmisch.

Ein wacher Geist, gefangen in einem welken Körper, dachte Mark.

»Kann ich noch einmal Ihren Ausweis sehen?« Sie streckte ihm ihre dürre Hand entgegen, die von dunklen Altersflecken übersät war.

Mark zögerte kurz, dann hielt er ihr den Ausweis hin. Diesmal sah Mrs. Livingstone ihn sich genauer an.

»Hier steht aber *Dozent*, nicht *Sozialarbeiter*.«

»Ja, ich unterrichte nebenbei am College«, log Mark.

»Und Mark ist ja nur Ihr Vorname. Behrendt ... Das klingt nicht sehr britisch. Sind Sie etwa ein Kraut?«

Mark seufzte. Er stand wohl der falschen Generation gegenüber. »Mein Vater war Deutscher.«

»Oh, wirklich?« Sie musterte ihn argwöhnisch. »Ich höre bei Ihnen aber keinen Akzent heraus.«

»Meine Mutter war Britin. Sie kam aus London. Ich bin hier aufgewachsen.«

»So etwas dachte ich mir«, sagte Mrs. Livingstone. »Wissen Sie, ich kann die Krauts immer noch nicht ausstehen. Sie haben meinen Rupert auf dem Gewissen. Er starb bei den Luftangriffen. Aber man kann sich seine Väter nun einmal nicht aussuchen. Nehmen Sie doch lieber den Mädchennamen Ihrer Mutter an, junger Mann.«

Abermals seufzte Mark. »Ich werde darüber nachdenken. Wie sieht es nun aus? Haben Sie einen Zweitschlüssel zu dieser Wohnung?«

»Na gut, aber Sie warten vor meiner Tür«, entgegnete Mrs. Livingstone und schlurfte in ihre Wohnung. Nach einer Weile kam sie mit dem Schlüssel zurück. »Wissen Sie, früher habe ich immer seine Blumen gegossen, wenn er im Krankenhaus war. Aber als es ihm dann schlechter ging, durfte er keine Pflanzen mehr in der Wohnung halten. Wegen der Allergien, verstehen Sie? Deswegen war ich schon länger nicht mehr bei ihm. Ich weiß auch gar nicht, ob es ihm recht ist, wenn wir …«

»Glauben Sie mir, Mrs. Livingstone, was wir tun, ist ganz in seinem Sinne.«

»Meinen Sie?«

»Er braucht die Unterlagen.«

»Na, wenn Sie es sagen.«

Sie schob sich an Mark vorbei und schloss die Tür zu Wakefields Wohnung auf.

Im selben Moment vernahm Mark Schritte im Treppenhaus. Erschrocken sah er sich um und überlegte eilig, wie er sich verhalten sollte, falls Wakefield ausgerechnet jetzt nach Hause kam. Dann erschien Sarah auf der Treppe, und er atmete erleichtert auf.

»Ich habe euch bis nach unten gehört«, sagte sie und fügte etwas lauter hinzu: »Guten Tag, Mrs. Livingstone.«

Die alte Dame beäugte sie skeptisch. »Gehört sie zu Ihnen, junger Mann?«

»Das ist meine Kollegin«, erklärte er und zwinkerte Sarah zu. »Darf ich vorstellen, Sarah Bridgewater. Eine waschechte Britin.«

»Aha«, sagte Mrs. Livingstone und schien zufrieden. »Na, dann kommen Sie mal. Aber machen Sie ja keine Unordnung. Das mag er überhaupt nicht. Er ist ein sehr ordentlicher Mann. Wie ihr Krauts.«

Mark nickte ihr ernst zu. »Keine Sorge, Mrs. Livingstone. Wir sind auch gleich wieder weg.«

63.

Gemeinsam betraten sie die Wohnung. Der kurze Flur endete in einer kleinen Wohnküche, durch deren Fenster sie auf die schmutzige Fassade des nahen Nachbarhauses blickten. Ein Durchgang zur Rechten führte in ein winziges Badezimmer, hinter der Tür zur Linken musste sich das Schlafzimmer befinden. Sie war geschlossen.

Mark sah sich um und versuchte sich ein Bild von der Persönlichkeit des Bewohners zu machen.

Mrs. Livingstone hatte recht gehabt, was John Wakefields Ordnungsliebe betraf. Zwar schienen sämtliche Möbel und sonstigen Einrichtungsgegenstände wie Relikte längst vergangener Jahrzehnte, doch Wakefield hatte sich alle Mühe gegeben, sich ein wohnliches Heim zu schaffen. Alles war frisch geputzt und hatte einen festen Platz zugewiesen bekommen.

Der Anblick erinnerte Mark an ein Trödelmuseum. Wakefield schien über keine großen finanziellen Mittel zu verfügen, oder er legte keinen Wert auf materielle Statussymbole. Doch er brachte den wenigen Dingen, die er besaß, Wertschätzung entgegen. Die ganze Wohnung ließ auf eine pedantische, wenn nicht gar zwanghaft-neurotische Persönlichkeit schließen. Auf jemanden, der Abläufe genau plante und nichts dem Zufall überließ.

Wie würde Wakefield wohl reagieren, wenn er feststellen musste, dass er sein Opfer unterschätzt hatte – dass Sarah und Mark ihm trotz allem auf die Spur gekommen waren? Denn dass sie seinen Namen und seine Adresse herausfinden würden, hatte er sicherlich nicht vorhergesehen.

Es war kühl in der Wohnung. Das Fenster in der Wohnküche stand einen Spaltbreit offen. Von draußen wehte die nasskalte Winterluft herein, und es roch nach Putzmittel, einem recht penetranten Zitronenaroma. Aber Mark nahm noch einen weiteren Geruch wahr, unangenehm und muffig, wie von Mülltonnen, die schon lange nicht mehr geleert worden waren.

»Wahrscheinlich sind die Unterlagen, die Sie suchen, im Schlafzimmerschrank«, sagte Mrs. Livingstone und ging zielstrebig auf die geschlossene Tür zu. »Dort bewahrt er immer seine Dokumente auf. Nicht, dass ich hier herumgestöbert hätte, er hat mir das selbst einmal erzählt.«

Sie öffnete die Tür, und sofort schlug ihnen eine Welle des süßlichen Mülltonnengeruchs entgegen.

»O Himmel, Jesus!«, stieß die alte Frau aus und wich entsetzt einen Schritt zurück.

Sarah, die ihr gefolgt war, schlug die Hand vor den Mund. Auch sie schien für eine Sekunde wie vor Schreck versteinert, dann betrat sie entschlossen das Schlafzimmer. Im nächsten Moment stieß sie einen Schrei aus.

Mark lief zu ihr. Er traute seinen Augen nicht.

Auf dem Bett lag ein in Klarsichtfolie eingewickelter Körper. Er hatte die Hände auf der Brust gekreuzt wie eine ägyptische Mumie. Jemand hatte einen Blumenstrauß neben den Toten gelegt. Die Blumen waren längst verwelkt.

Sarah stand dicht neben dem schauerlichen Gebilde, die Hand vor Mund und Nase gehalten, und starrte mit weit aufgerissenen Augen auf den Toten.

Um den Leichengeruch so gut wie möglich zurückzuhalten, war die Folie mit dicken Klebebandstreifen abgedichtet worden, dennoch stank es bestialisch in dem kleinen Raum. Dem aufgequollenen Zustand des Körpers nach, hatte die Verwesung bereits vor Längerem eingesetzt. Die freiwerdenden Gase hatten die Folie wie einen makaberen Ballon aufgeblasen, und an der Unterseite hatte sich bräunliche Körperflüssigkeit angesammelt.

Mark betrachtete das wächserne Gesicht des Toten, das wie eine gelbliche Maske gegen die Folie drückte. Die Gesichtszüge waren aufgedunsen und bis zum Zerreißen gespannt, dennoch hätte man die Narben auf der Haut erkennen müssen. Wer immer der Tote auch war, sein Gesicht war unverletzt, und Mark befiel ein schrecklicher Gedanke.

»Ist er das?«, fragte er mit belegter Stimme. »Ist es Stephen?«

Sarah schüttelte nur den Kopf, dann wandte sie sich um und schwankte aus dem Raum.

»Um Gottes willen, Jay«, hörte er Mrs. Livingstone hinter sich wimmern. Sie stand noch immer in der Tür und war aschfahl. »Was hat man dir nur angetan?«

»Mrs. Livingstone.« Er ging zu ihr und legte ihr eine Hand auf die Schulter. »Wer ist das?«

»Na, das ist Jay.«

»Jay? Sie meinen John Wakefield?«

»Ja«, schluchzte sie.

»Aber warum nennen Sie ihn Jay?«

»Das ist sein Spitzname, J. Wakefield. So haben ihn alle genannt. O der arme Mann …«

Sie wandte sich ab und hastete weinend aus der Wohnung.

Mark ging zurück zu Sarah in die Wohnküche. Sie hatte sich gegen die Wand gelehnt und hielt beide Hände auf den Magen gepresst. Aus ihrem Gesicht war sämtliche Farbe gewichen.

»Für einen Augenblick dachte ich, es sei Stephen«, flüsterte sie. »Aber wenn das da drin wirklich dieser John Wakefield ist …« Sie sah Mark fragend an. »Wen suchen wir dann?«

Mark senkte betreten den Blick. »Ich weiß es nicht.«

»Er hat diesen Mann da umgebracht, Mark«, sagte Sarah, und ihre Stimme zitterte. »Und er hat garantiert auch Stephen umgebracht!«

Sie stieß sich von der Wand ab und rannte aus der Wohnung.

64.

Sie hatten die Polizei verständigt, und nur kurze Zeit nach dem Streifenwagen waren auch Beamte der Mordkommission in dem Haus an der Coldharbour Lane erschienen.

Ein Detective Inspector namens Blake übernahm die Befragung. Während die Beamten der Spurensicherung John Wakefields Wohnung untersuchten, stand Mark mit Blake im Treppenhaus und versuchte, ihm die Ereignisse, die zur Entdeckung der Leiche geführt hatten, zu schildern. Leicht fiel es ihm nicht, da ihm die Geschichte selbst noch viel zu verworren schien. Nun, da sie hatten feststellen müssen, dass sie nach dem falschen Mann gesucht hatten, blieben Stephen Bridgewaters Entführung und das Motiv des Täters erneut ein Rätsel.

Als Mark diesen Namen erwähnte, sah der Detective Inspector überrascht von seinen Notizen auf. »Bridgewater? Sagten Sie Stephen Bridgewater?«

»Ja.«

»Und der Name seiner Frau ist Sarah?«

»Ja.«

»Wo ist sie jetzt?«

Mark deutete über den Gang. »Drüben bei Mrs. Livingstone. Warum fragen Sie?«

Blake winkte ab. »Eins nach dem andern. Lassen Sie uns noch einmal über diesen Unbekannten reden. Sie sagen also, Sie suchen nach einem Mann mit auffälligen Narben im Gesicht und ...«

»Narben im Gesicht?«, unterbrach ihn Mrs. Livingstone.

Die kleine alte Dame stand plötzlich hinter ihnen und betrachtete die beiden Männer mit aufmerksamer Neugier. Seit die Polizisten im Haus waren, schien sie förmlich aufzuleben. Ihr anfänglicher Schock über den Toten auf dem Bett war einer makabren Faszination gewichen. Dies musste das aufregendste Erlebnis seit Langem für sie sein.

»Ein Mann mit vielen Narben?«, sagte sie und zeigte auf ihr Gesicht. »Hier und auf den Armen?«

Mark nickte.

»Dann meinen Sie bestimmt John.«

»Noch ein John?«, fragte Mark.

Die alte Dame machte eine unsichere Geste. »Jedenfalls hat Jay ihn so genannt. Jay und John, die beiden sind gute Freunde. Jay kannte ihn aus der Klinik, hat er mir erzählt.«

»War dieser John ebenfalls ein Patient, oder hat er in der Klinik gearbeitet?«, fragte Blake.

»Das weiß ich leider nicht, aber ich denke, dass er selbst krank ist. Wenn Sie ihn gesehen hätten, würden Sie das auch denken. Sieht schlimm aus. Wie die Bombenopfer anno vierzig nach dem Blitz. Ein sehr netter, aber auch sehr trauriger Mann. Ich glaube, er hat viel Schlimmes erleben müssen, aber haben wir das nicht alle?«

»Kennen Sie seinen vollständigen Namen?«

»Nein, tut mir leid, Inspector, er hat sich mir nie richtig vorgestellt. Aber er ist fast täglich hier, um nach Jay zu sehen. Erst vor zwei Tagen habe ich ihn wieder auf der Treppe getroffen. Er erledigt Jays Besorgungen und hilft ihm beim Saubermachen, seit Jay wieder nach Hause gekommen ist. Jay wollte nicht in der Klinik sterben, wissen Sie? Wer kann ihm das auch verdenken? Dort ist man doch nur ein anonym...« Mrs. Livingstone hielt plötzlich im Sprechen inne, als der Groschen bei ihr fiel. Dann starrte sie durch die offen stehende Tür in die Wohnung, wo die Kriminaltechniker ihrer Arbeit nachgingen. »Du meine Güte! Sollte John das etwa getan haben? Aber warum, um alles in der Welt? Sie waren doch so gute Freunde!«

»Ich vermute, er brauchte die Wohnung seines toten Freundes als Unterschlupf«, sagte Mark an Blake gewandt. »Er hat sich auch an seiner letzten Arbeitsstelle für John Wakefield ausgegeben. So konnte er seine wahre Identität geheim halten.«

Blake blickte nachdenklich auf seine Notizen. Er schien sich aus alledem noch keinen rechten Reim machen zu können.

»Wir werden dem nachgehen und auch mit diesem Mr. Pearson reden«, sagte er. Dann sah er sich nach Sarah um, die in diesem Moment aus Mrs. Livingstones Wohnung kam. Sie war noch immer blass und musste sich am Türrahmen abstützen.

»Mrs. Bridgewater? Sarah Bridgewater?«

Sie nickte.

»Ich bin Detective Inspector Blake von der Metropolitan Police. Wir müssen uns unterhalten. Es geht um Ihren Mann.«

65.

Mit rasendem Herzen starrte er auf den Leichenwagen und die Polizeifahrzeuge, die vor Jays Haus standen.

Wie war das möglich? Wie um alles in der Welt hatten sie Jay finden können?

Ob die neugierige alte Mrs. Livingstone in der Wohnung herumgestöbert hatte?

Vermutlich.

Das war ein herber Schlag. Er hatte alles darangesetzt, den Anschein zu erwecken, dass Jay noch am Leben war. Er hatte Jays Post entgegengenommen, hatte ihm vermeintliche Krankenbesuche abgestattet und an den Abenden seinen alten Fernseher so laut aufgedreht, wie Jay es zu seinen Lebzeiten getan hatte.

Nun würde man nach Jays Mörder suchen. Dass Jay freiwillig aus dieser Welt geschieden war, ja, dass er ihn angefleht hatte, seinem Leiden ein Ende zu setzen, das konnte keiner wissen.

Er hatte sich dafür mehr Zeit geben wollen. Er hatte

damit warten wollen, bis er seine eigenen Angelegenheiten zu Ende gebracht hatte. Aber Jay hatte es nicht länger ausgehalten. Also war ihm keine andere Wahl geblieben, als sein Versprechen einzulösen.

Das alles würde die Polizei nicht verstehen. Und selbst wenn er ihnen den Grund für seine Tat hätte begreiflich machen können, würden sie ihn dennoch verurteilen. Für sie hätte er gegen Recht und Moral verstoßen. Wie sollten sie auch die Todgeweihten verstehen! Wo sie doch nicht wahrhaben wollten, dass auch sie vom Tag ihrer Geburt an dem Tod geweiht waren.

Nein, von ihnen konnte er kein Verständnis erwarten. Für sie wäre er nur ein Mörder.

Wie auch immer, von jetzt an würde die Polizei nach ihm suchen. Aber seine Spur würde in eine Sackgasse führen. Einen John Reevyman hatte es schließlich nie gegeben, selbst wenn sich jemand in der Klinik an diesen Namen erinnern sollte. Seine tatsächliche Identität würde für immer verborgen bleiben. Erst recht, nachdem nun auch sämtliche Angaben über ihn aus der Klinikdatei gelöscht und seine Krankenakte samt Fotos vernichtet war. Und Simon konnte niemandem mehr von ihm erzählen – auch wenn er die Angelegenheit mit ihm lieber auf andere Weise gelöst hätte.

Außer ihm selbst gab es nichts mehr, was von seinem alten Leben übrig war. Nicht einmal seine Fingerabdrücke konnten ihn überführen. Er hatte keine mehr.

Er war ein Niemand, und darauf kam es jetzt an. Nur noch er allein wusste, wer er einst gewesen war, und er würde dieses Wissen mit ins Grab nehmen, denn es hatte keine Bedeutung. Alles, was noch zählte, war sein Vermächtnis an Sarah.

Er zog die Schildkappe tiefer ins Gesicht und stellte sich vor das Schaufenster eines Schuhladens. Von dort aus beobachtete er für eine Weile die Reflexion dessen, was auf der gegenüberliegenden Straßenseite vor sich ging.

Immer mehr Neugierige sammelten sich an der Polizeiabsperrung, und als der Menschenauflauf groß genug war, um darin nicht aufzufallen, überquerte er die Straße. Im Schutz der Menge verfolgte er, wie der Sarg mit Jays sterblichen Überresten aus dem Haus getragen wurde.

Armer Jay. Was sie von ihm gefunden hatten, war bestimmt kein leicht zu ertragender Anblick gewesen. Er hatte schon seit Tagen nicht mehr in Jays Schlafzimmer nachgesehen, aber es bedurfte nicht viel Fantasie, um sich den Zustand der Leiche seines Freundes vorzustellen.

Jay hätte sich sicherlich dafür geschämt, wie er nun aussah, aber er hatte sich mit seinem Plan einverstanden erklärt.

Von mir aus kannst du ich sein, solange du es für nötig hältst, hatte er gesagt. *Mich wird das nicht mehr kratzen. Und falls ich tatsächlich von oben zusehen kann, werde ich mir eins ins Fäustchen lachen, wenn du sie alle an der Nase herumführst, du Halunke.*

Jay hatte ihm vertraut. *Du wirst schon deine Gründe haben. Also mach, was du für richtig hältst.*

Das Einzige, was er dafür als Gegenleistung verlangt hatte, war sein Tod gewesen.

Umso mehr bedauerte er, dass er sich so dumm angestellt hatte und dass Jay so elendiglich hatte sterben müssen.

In diesem Moment vernahm er eine vertraute Frauenstimme. Trotz all der Stimmen und dem Straßenverkehr um ihn herum erkannte er sie sofort. Diese Stimme hätte er überall herausgehört. Augenblicklich verstand er, wer Jays Leiche gefunden hatte, und er lächelte anerkennend. Wie auch immer Sarah es geschafft hatte, sie verdiente seinen Respekt.

Sarah verließ das Haus mit zwei Männern. Der ältere der beiden trug einen Anzug, und es war nicht schwer zu erraten, dass es sich um einen Polizisten handelte. Der zweite Mann mit den dunklen Haaren musste etwa in Sarahs Alter sein. Er ging dicht neben ihr, und ihre Haltung zueinander verriet große Vertrautheit, als ob sie sich schon sehr lange kannten.

»Mr. Behrendt, Sie beide fahren mit mir«, rief der Polizist den beiden durch das Stimmengewirr zu, und nun war ihm klar, wer dieser zweite Mann war.

Mark Behrendt.

Er hatte von ihm in Sarahs Tagebüchern gelesen. Ihr Jugendfreund Mark, der für sie einst wie ein Bruder gewesen war.

Die Vergangenheit hilft der Zukunft, dachte er, während die beiden in den Wagen des Polizisten stiegen.

Er sah ihnen hinterher, bis der Wagen im Straßenverkehr verschwunden war, dann ging er in die entgegengesetzte Richtung zur U-Bahn-Station. Er war noch keine zehn Meter weit gekommen, als ein brennender Schmerz seinen ganzen Körper durchzuckte. Er krümmte sich und musste sich gegen die Hauswand stützen.

Die Schmerzattacken kamen nun in immer kürzeren Abständen, und ihm war klar, was das bedeutete. Es war an der Zeit, es zu Ende zu bringen.

Sarah musste die Wahrheit erfahren.

Lange konnte er nicht mehr warten.

66.

Der Geräuschpegel auf dem Brixtoner Polizeirevier war trotz der frühen Abendstunde beachtlich. Beamte liefen über den Korridor und unterhielten sich laut wie im Pub, Telefone klingelten in Büros, deren Türen sperrangelweit offen standen, doch als Blake sie in den kleinen quadratischen Raum führte und die Tür hinter sich schloss, war es augenblicklich totenstill.

Es war, als würden die kahlen weißen Wände jeden Laut schlucken, und Sarah fühlte Beklommenheit in sich aufsteigen, die sich wie ein Kloß in ihrer Kehle festsetzte. Aus zwei der Zimmerecken sahen kleine schwarze Kameras auf sie herab. Sie zweifelte nicht daran, dass sie eingeschaltet waren.

Mark wartete auf einem der Besucherstühle vor der Tür. Sie wünschte, er wäre jetzt bei ihr, doch der Detective Inspector hatte darauf bestanden, sie beide getrennt zu befragen.

»Hier, bitte«, sagte Blake und stellte einen Becher Tee vor ihr auf dem Tisch ab. »Ist zwar nur aus dem Automaten, aber wenigstens ist er heiß. Wie geht es Ihnen jetzt?«

»Was glauben Sie denn?«

Sie starrte auf den Teebecher und kämpfte gegen einen erneuten Schub von Übelkeit an, der sich mit einem säuerlichen Geschmack in ihrem Mund ankündigte. Ihr war kalt. Es war eine tiefe innere Kälte der Erschöpfung und der Angst. Dass dieser Inspector Blake sie hier allein sprechen wollte, war kein gutes Zeichen. Alles in ihr verkrampfte sich, während sie sich auf das Schlimmste gefasst machte.

Blake setzte sich und legte eine braune Aktenmappe und ein Diktiergerät vor sich auf den Tisch.

»Sind Sie damit einverstanden, dass ich unser Gespräch aufzeichne?«

Sarah nickte und umschloss den Becher mit beiden Händen. Für einen Augenblick spürte sie seine wohltuende Wärme, ehe sie schließlich die Frage stellte, vor deren Antwort sie sich am meisten fürchtete.

»Ist … ist mein Mann tot?«

Blake sah sie an, als müsse er sich die Antwort zuerst überlegen, oder als wollte er abschätzen, wie sie darauf reagieren würde. Er wirkte auf seltsame Weise misstrauisch, und das irritierte sie.

Er räusperte sich. »Ich weiß es nicht. Aber ehrlich gesagt, Mrs. Bridgewater, gehen wir zurzeit einer ganz anderen Frage nach. Nicht zuletzt nach dem, was Sie mir über diesen Unbekannten in Ihrem Haus erzählt haben.«

»Was soll das heißen?«

»Das soll heißen, dass damit ein neuer Sachverhalt hinzugekommen ist, der mich ehrlich gesagt ziemlich verwirrt.«

»Neuer Sachverhalt? Was wissen Sie denn bisher?«

Blake schaltete das Diktiergerät ein und schob es in die Mitte der Tischplatte.

»Ich möchte Ihnen gern ein paar Fragen stellen, Mrs. Bridgewater. Sagt Ihnen der Name Katherine Parish etwas?«

»Nein, wer soll das sein?«

Er öffnete die Mappe, nahm ein Foto heraus und legte es vor sie. »Haben Sie diese Frau vielleicht schon einmal gesehen?«

Sarah zog das Bild näher zu sich heran. Es war das Porträt einer attraktiven Frau um die dreißig mit einer auffallenden rotblonden Lockenmähne und strahlend grünen Augen. Die Frau lächelte fotogen in die Kamera. Sie war hübsch wie ein Model und auch entsprechend groß. Sarah erinnerte sich, dass sie sie mit ihren hohen Absätzen fast um einen Kopf überragt hatte.

»Ja, doch, ich erkenne sie. Eine Kundin meines Mannes. Sie hatte ihn mit einem Plan für den Umbau ihres Hauses beauftragt, wenn ich mich richtig erinnere. Ist aber schon eine Weile her. Warum zeigen Sie mir dieses Foto?«

»Sie kennen diese Frau also?«

»Nur vom Sehen. Warum?«

Blake nahm das Foto und schob es wieder in die Mappe zurück. »Wir gehen davon aus, dass sie das Opfer eines Gewaltverbrechens wurde.«

Sarah fuhr zusammen und hätte fast ihren Tee verschüttet. »War es etwa derselbe Kerl, der auch meinen Mann entführt hat?«

»Nein, das glaube ich nicht, Mrs. Bridgewater.«

»Und wieso nicht?«

»Nun, offen gesagt wussten wir bisher nichts von einem Mann mit Narbengesicht. Nur das, was Sie, Mr. Behrendt und Mrs. Livingstone uns erzählt haben. Wobei Mr. Behrendt diesen Mann nicht selbst gesehen hat, das ist doch richtig?«

»Ja, das ist richtig. Aber dann verstehe ich nicht, warum Sie mich nach dieser Miss …«

»Parish.«

»… nach dieser Miss Parish fragen. Was hat das mit meinem Mann zu tun?«

»Das versuchen wir gerade herauszubekommen«, sagte Blake und sah sie wieder auf diese merkwürdig misstrauische Art an. »Wann genau hat Ihr Mann die Pläne für Miss Parishs Haus erstellt?«

»Vor ungefähr einem Jahr, glaube ich. Vielleicht ist es auch schon ein bisschen länger her.«

Er nickte, als würde die Angabe mit seinen Informationen übereinstimmen, und Sarah wurde klar, dass der Detective Inspector von Dingen wusste, die er ihr gegenüber noch zurückhielt. »Hatte Ihr Mann danach noch Kontakt zu ihr?«

»Das weiß ich nicht. Ich bin dieser Frau nur einmal in Stephens Büro begegnet.« Der Ausdruck auf Blakes Gesicht deutete an, dass er diesmal anderer Ansicht war. »Aber Sie denken etwas anderes, nicht wahr?«

Wieder nickte Blake.

»Nein«, stieß Sarah hervor, »das ist nicht Ihr Ernst! Wollen Sie damit andeuten, dass diese Frau und mein Mann ...« Sie sprach es nicht aus, und als der Detective Inspector nichts darauf erwiderte, schüttelte sie den Kopf. »Aber das ist doch Unsinn!«

Blake machte eine bedauernde Geste. »Ich fürchte nein, Mrs. Bridgewater. Wir haben Grund zu der Annahme, dass Ihr Mann ein Verhältnis mit Miss Parish unterhielt. Nach allem, was wir bisher wissen, entspricht der Zeitraum in etwa Ihren Angaben. Er muss sie vor ungefähr einem Jahr kennengelernt haben.«

»Aber was reden Sie denn da?« Es klang so absurd, dass Sarah lachen musste. »Stephen soll eine Affäre mit dieser Frau gehabt haben?«

»Es tut mir leid, aber es sieht ganz danach aus.«

»Nein!« Sarah winkte abwehrend. »Niemals!«

Blake sah sie weiter an und verzog keine Miene.

»Okay, das reicht jetzt!« Sie sprang von ihrem Stuhl auf und schlug mit der flachen Hand auf den Tisch. »Mr. Blake, Sie haben offenbar keine Ahnung, was ich in den letzten Tagen durchgemacht habe. Ich wohne bei einer Freundin, weil sich mein sechsjähriger Sohn nicht mehr nach Hause traut, seit dort ein Verrückter eingedrungen ist. Dieser Kerl hat meinen Mann in seiner Gewalt und vielleicht sogar schon umgebracht. Er bedroht mich. Und Ihre Kollegen sind unfähig oder einfach nicht gewillt, mir zu glauben. Und jetzt kommen Sie daher und erzählen mir diesen Blödsinn! Das muss ich mir nicht länger ...«

»Mrs. Bridgewater, hören Sie ...«

»Nein, jetzt hören Sie mir zu! Ihre Kollegen haben mir versprochen, nach Stephens Wagen zu fahnden. Das liegt jetzt drei Tage zurück. Drei gottverdammte Tage, ohne dass ich ein Lebenszeichen von ihm habe! Er wurde entführt, verdammt nochmal, warum will mir das niemand glauben? Von demselben Kerl, der auch diesen Wakefield umgebracht ...«

»Mrs. Bridgewater«, Blake hob beschwichtigend die Hände, »Mrs. Bridgewater, bitte setzen Sie sich wieder.«

»Nein«, sagte sie entschieden, »ich werde jetzt gehen. Ich muss zu meinem Sohn zurück. Denn der braucht mich. Und ich werde weiter nach meinem Mann suchen, wenn Sie es nicht tun, darauf können Sie sich verlassen.«

»Ich kann Sie nicht zurückhalten«, sagte Blake und griff erneut in die Mappe. »Aber bevor Sie gehen, sehen Sie sich bitte das hier noch an.«

Er legte ein weiteres Foto auf den Tisch, schob es Sarah zu, und ihr blieb beinahe das Herz stehen.

Blake deutete auf ihren Stuhl. »Vielleicht sollten Sie sich doch lieber wieder setzen.«

Sarah starrte auf das Foto und konnte nicht glauben, was sie sah. »O Gott, nein!« Sie schlug beide Hände vors Gesicht, schüttelte den Kopf und ließ sich auf den Stuhl sinken. »Bitte nicht, bitte nicht!«

Die Aufnahme zeigte Stephen zusammen mit Katherine Parish auf einer Party, irgendwo an einem Sandstrand, und Sarah dachte: *Torbay, die englische Riviera, dort hatte Stephen einen Kundentermin im letzten Sommer.* Nur dass es augenscheinlich nicht um Geschäftliches gegangen war.

Katherine trug ein Bikinioberteil, das ihre vollen Brüste nur knapp bedeckte. Sie hatte ihren Arm um Stephens Schultern gelegt und küsste ihn auf die Wange, während Stephen in die Kamera lachte. Es war kein flüchtiger Partykuss, nein, die beiden waren ein Paar. Das war nicht zu übersehen.

Als ob er mich auslacht, dachte sie und starrte auf das Hawaiihemd, das Stephen auf dem Foto trug. Sie hatte es noch nie zuvor an ihm gesehen. Auf wie vielen seiner angeblichen Geschäftsreisen mochte er es getragen haben? Und warum war es ihr nie bei seiner Wäsche aufgefallen? Hatte er es etwa bei dieser Katherine aufbewahrt, zusammen mit weiteren Dingen, von denen sie nichts wusste?

Der Gedanke, dass Stephen ein Zweitleben geführt haben sollte, schien ihr immer noch unglaublich. Aber es war ganz offensichtlich so.

Warum hatte sie nie etwas bemerkt? Keine Anzeichen. Nichts.

Weil du viel zu sehr mit dir und deinen Ängsten beschäftigt warst, flüsterte eine Stimme in ihr. *Und weil du es nicht hättest wahrhaben wollen, selbst* wenn *du Anzeichen bemerkt hättest.*

Aber nun hatte sie den unwiderlegbaren Beweis vor sich. Hier war sie also, ihre höchsteigene Apokalypse, das Ende ihres scheinbar heilen Familienlebens.

Nun kennst du den wahren Grund, vor dem du dich gefürchtet hast. Jetzt ergibt deine Versagensphobie einen Sinn, deine Angst hat ein Gesicht bekommen. Das Gesicht von Katherine Parish.

»Es gibt noch weitere Aufnahmen«, sagte Blake, »aber ich denke, ich sollte sie Ihnen ersparen.«

Sarah lehnte sich schwer atmend zurück. Sie musste sich erst sammeln, ehe ihr klar wurde, weshalb Blake sie hierhergebeten hatte. Es ging nicht darum, dass Stephen ein Verhältnis gehabt hatte. Es ging darum, was dieser Frau zugestoßen war.

»Was ... ist mit ihr geschehen?« Sarah musste schlucken, um ihrer Übelkeit Herr zu werden, und fuhr sich mit der Hand übers Gesicht. Auf ihrer Stirn stand kalter Schweiß.

»Wir wissen es nicht genau«, sagte Blake. »Sie ist verschwunden. Offenbar hat in ihrer Wohnung ein Kampf stattgefunden. Wir haben Blut gefunden. Eine große Menge Blut. Es stammt zweifelsfrei von Miss Parish.«

Wieder musste Sarah schlucken, dann fragte sie mit tonloser Stimme: »Und Sie glauben, dass ... dass mein Mann etwas damit zu tun hat?«

Blake wiegte den Kopf. »Es wäre durchaus möglich. Wir haben diese Fotos und einige persönliche Gegenstände Ihres Mannes in Miss Parishs Haus gefunden.«

»Persönliche Gegenstände?«

Blake wich ihrem Blick aus. »Nun, eine Zahnbürste, Rasierzeug, Kleidung ... Wir müssen natürlich noch die DNS überprüfen. Aber wir haben auch sein Laptop gefunden. Außerdem gab es jede Menge Fingerabdrücke. Unter anderem unmittelbar im Blut des Opfers auf einer Tischplatte.«

Sarah umklammerte die Armlehnen ihres Stuhls. Das Albtraumgefühl war wieder da, und sie hätte alles dafür gegeben, wenn sie jetzt hätte aufwachen können. Noch immer war da die irrige Hoffnung, dass dieser Blake einem schrecklichen Irrtum aufgesessen war. Dass alles nur ein absurdes, ungeheuerliches Missverständnis war.

»Und woher kennen Sie die Fingerabdrücke meines Mannes?«, fragte sie mit matter Stimme, aber sie ahnte die Antwort bereits.

»Ihr Mann war zwei Jahre bei der Armee. Dort werden, wie Sie vielleicht wissen, die Abdrücke standardmäßig registriert.«

»Richtig«, sagte sie und sank in sich zusammen. »Natürlich.«

Blake ließ ihr kurz Zeit, ehe er die nächste Frage stellte. »Hat Ihr Mann irgendwelche Reisepläne erwähnt?«

»Er wollte letzten Freitag zu einem Kunden fahren. Wegen eines neuen Auftrags. Seither habe ich ihn nicht mehr gesehen. In dieser Nacht ist dann der Unbekannte bei mir aufgetaucht.« Sie sah zum Inspector auf. »Er trug Stephens Anzug. Verstehen Sie?«

Blake kratzte sich an der Schläfe. »Tja, das ist eine ziemlich verrückte Geschichte, der wir natürlich nachgehen werden. Nach unseren Informationen hatte ihr Mann gemeinsam mit Miss Parish ein Wochenende in einem Wellnesshotel in Wales gebucht. Er hat das Zimmer auf den Namen Parish bestellt. Allerdings sind die beiden nie dort angekommen.«

Sarah holte ein paarmal tief Luft, dann nickte sie. »Deshalb also das viele Bargeld«, flüsterte sie, mehr zu sich selbst.

Der Detective Inspector hob eine Braue und beugte sich vor. »Verzeihung?«

»Stephen hat sechshundert Pfund in bar von seinem Konto abgehoben«, erklärte sie. »Ich dachte zuerst, er könnte das nicht gewesen sein, weil er nie viel Bargeld mit sich herumträgt, aber jetzt ergibt das natürlich einen Sinn. Ich mache seine Buchhaltung, und es wäre mir sonst auf seinen Kreditkartenbelegen aufgefallen.«

Er hat dich belogen und betrogen, meldete sich die Stimme in ihrem Kopf wieder, höhnisch und schadenfroh. Sie klang wie die Stimme ihres Vaters, wenn er betrunken war und sich einen Spaß daraus gemacht hatte, sie zu demütigen. Es klang wie: *Sieh dich doch nur einmal an, du hässliches kleines Ding. Du wirst es nie zu etwas bringen. Du bist genauso hässlich und dämlich wie deine Mutter. Scheiße, womit habe ich so etwas nur verdient?*

Ja, genauso kam sie sich nun auch vor: hässlich und dämlich. Und verraten. Von ihrem eigenen Mann.

»Mrs. Bridgewater?«, holte Blake sie aus ihren Gedanken zurück. »Es gibt da noch etwas, auf das ich mir keinen rechten Reim machen kann.«

Sarah sah ihn fragend an.

»Die besagten Fingerabdrücke in Miss Parishs Haus«, sagte Blake. »Sehen Sie, wir konnten die Spuren Ihres Mannes und die von Miss Parish eindeutig bestimmen, aber es gibt noch Spuren einer dritten Person. Das Problem ist, dass es sich dabei um keine wirklichen Fingerabdrücke handelt. Es sind verwischte Spuren, wie von jemandem, der feine Handschuhe trägt.«

»Also doch dieser Unbekannte«, sagte Sarah, und ein irrationaler Hoffnungsschimmer glomm in ihr auf. »Dann hat *er* es getan. *Er* hat sie beide entführt.«

»Nun ja, wie gesagt, wir werden diese Spur auf jeden Fall verfolgen, immerhin hat auch Mrs. Livingstone den von Ihnen beschriebenen Mann bei Mr. Wakefield gesehen. Aber …« Blake machte eine kurze Pause, ehe er weitersprach. »Sehen Sie, es könnte aber auch sein, dass die beiden Fälle in keinem direkten Zusammenhang stehen.«

Sarah sah den Inspector mit großen Augen an. Sie fasste sich an den Hals. Ihr war, als würde ihr jemand die Luft abschnüren. »Was wollen Sie damit sagen?«

»Mrs. Bridgewater«, sagte Blake in bedächtigem Tonfall und sah sie eindringlich an, »solange es keine eindeutigen Beweise gibt, dass dieser Mann mit dem Vorfall in Miss Parishs Haus zu tun hat, müssen wir auch sämtliche anderen Möglichkeiten in Betracht ziehen. Zum Beispiel, dass das Verschwinden Ihres Mannes und von Miss Parish nichts mit dem Tod von Mr. Wakefield zu tun hat. Deshalb frage ich Sie jetzt noch einmal, und bitte überlegen Sie sich die Antwort genau: Wissen Sie wirklich nicht, wo Ihr Mann sich gerade aufhält?«

67.

Seine Zeit lief ab. Die letzte Schmerzattacke war schlimmer gewesen als alle vorherigen, und diesmal schien sich keine Besserung mehr einstellen zu wollen.

Mühsam erklomm er die Metalltreppe. Es waren nur sechzehn Stufen durch das Halbdunkel – acht bis zu einer Plattform, dann eine Kehre und weitere acht, die zu einer schweren Stahltür führten –, doch es erschöpfte ihn, als würde er einen Berg besteigen.

Er keuchte. Der Puls stach ihm wie Messer in den Schläfen, seine Gliedmaßen schienen in Flammen zu stehen, und auf seiner Brust lag ein gewaltiger Druck, als sei er in eine stählerne Presse geraten. Schweißüberströmt ließ er sich auf der obersten Stufe nieder, hielt sich zitternd an dem rostigen Geländer fest und rang um Atem.

Er schmeckte Kupfer, zog ein Taschentuch aus seiner Jacke und wischte sich über den Mund. Das Taschentuch war augenblicklich mit frischem hellem Blut durchtränkt. Er legte den Kopf zurück, schluckte und bemühte sich, die Übelkeit zu ignorieren, die der Blutgeschmack ihm verursachte.

Als er die Augen schloss, sah er grelle Lichtflecken vor sich tanzen, und irgendwo, weit entfernt, glaubte er, ein Gesicht mit schwarzen augenlosen Höhlen zu erkennen. Es starrte ihn an.

Bald, schien es ihm zuzuflüstern, *bald bist du wieder bei mir*.

»Ich … ich bin noch nicht so weit.« Seine Worte klangen wie ein Stöhnen, das selbst aus weiter Ferne kam. »Es … gibt noch etwas … zu tun.«

Ich warte auf dich, erwiderte das Flüstern. *Komm, komm zu mir!*

Als er seine brennenden Augen wieder aufschlug, war das Gesicht verschwunden, und vor ihm war nur die feuchte Betonwand. Es gab kein Flüstern, nur das Heulen des Dezemberwinds, der sich weit über ihm in den Stahlträgern der Decke fing.

Im Endstadium werden Sie zu halluzinieren beginnen, hatte ihm der Arzt erklärt, und nun war ihm, als würde er Dr. Stone wieder gegenübersitzen – wie damals, an jenem Tag im Juni, der den Rest seines nur noch kurzen Lebens für immer verändern sollte.

Ich verstehe nicht, wieso Sie nicht schon früher zu mir gekommen sind, John, hatte Dr. Stone gesagt und ihn vorwurfsvoll angesehen. Ein Blick, mit dem er ihm hatte sagen wollen, dass es nicht seine Schuld sei, dass er ihm nicht mehr helfen konnte. *Sie müssen doch gemerkt haben, dass mit Ihnen etwas nicht in Ordnung ist. Hatten Sie denn keine Schmerzen?*

Natürlich hatte er es gemerkt, und natürlich hatte er Schmerzen gehabt, aber es war ihm gleichgültig gewesen. Der einzige Grund, weshalb er überhaupt den Arzt aufgesucht hatte, war die Frage gewesen, wie viel Zeit ihm noch blieb.

Denn als es angefangen hatte, als er gespürt hatte, dass es mit ihm zu Ende gehen würde, hatte er in diesem Schicksal eine Bestimmung erkannt. Er sollte noch etwas tun, etwas ganz Besonderes – auch wenn er zu dieser Zeit noch nicht gewusst hatte, was dieses Besondere sein sollte. Ein Vermächtnis, ja, damit sein Dasein auf dieser Welt einen Sinn gehabt hatte.

Damals hatte er begriffen, dass das menschliche Dasein vor allem aus Ängsten besteht. Doch die größte Angst von allen ist, dass wir vergehen und nichts von uns zurückbleibt. Dass wir aus dieser Welt gehen, ohne zuvor einen Beitrag geleistet zu haben.

Ich will Ihnen nichts vormachen, hatte Dr. Stone entgegnet. *Ihre Brandnarben haben begonnen nach innen zu wuchern und Metastasen zu bilden. Sie sind bereits in ihrem ganzen Körper verstreut.*

Wie lange habe ich noch, Doktor?

Dr. Stone hatte gezögert. Die Antwort fiel ihm offensichtlich schwer. *Bleiben Sie einige Tage hier in der Klinik zur Beobachtung, dann kann ich Ihnen mehr sagen.*

Also hatte er fast zwei Wochen in der Klinik verbracht und etliche Untersuchungen über sich ergehen lassen. Schließlich lagen die Ergebnisse vor. Es war sein Todesurteil.

Vierundzwanzig Monate. Maximal.

Stone hatte ihn überreden wollen, eine Therapie zu versuchen. *Sie wird Sie nicht heilen können, aber sie würde die Schmerzen lindern*, hatte er ihm versprochen. Doch er hatte abgelehnt und war gegangen. Er hatte erfahren, was er hatte wissen wollen.

Seither waren anderthalb Jahre vergangen.

Mit zitternden Händen holte er die kleine Tablettendose aus seiner Jackentasche hervor und betrachtete sie. Er hatte einen Apotheker bestechen müssen, um an das Morphin zu kommen. Dr. Stone hatte er nicht mehr sehen wollen und auch keinen anderen Arzt – nicht, nachdem er beschlossen hatte, zu einem Niemand zu werden und sämtliche seiner Spuren auszulöschen.

Auf Ihre eigene Verantwortung, hatte der Apotheker gesagt, nachdem er das Bündel Geldscheine unter dem Ladentisch hatte verschwinden lassen. *Und denken Sie daran, selbst wenn Sie sich damit wie ein Gesunder fühlen, ist Ihr Körper krank. Gehen Sie also vorsichtig damit um, und übernehmen Sie sich nicht, andernfalls sind die Folgen fatal.*

Er nahm zwei Pillen in den Mund, schloss die Augen und schluckte. Es war das erste Mal, dass er von dem Morphin Gebrauch machte. Die Wirkung setzte sehr schnell ein. Ihm war, als würden sich seine Schmerzen in eine dunkle Ecke zurückziehen. Wie ein Raubtier, das vor der Peitsche des Dompteurs zurückweicht.

Aber die Schmerzen waren nicht verschwunden. Sie belauerten ihn. Sie würden bald wieder zurückkehren und zu einer neuen Attacke ansetzen. Er musste sich also beeilen.

Er zog sich an dem Geländer hoch und öffnete die Stahltür, die mit kreischenden Scharnieren aufschwang. Dann betrat er die Halle, roch ihre steinerne Kühle und den Gestank menschlicher Exkremente.

Draußen war es bereits dunkel. Durch eines der schmutzigen Oberlichter konnte er die dünne Sichel des Mondes erkennen, und die Lichter der Stadt schienen matt und endlos weit entfernt hinter den großen staubigen Fenstern.

Seine Schritte hallten von den hohen Wänden wider, als er auf den Mann zuging, der dort auf dem Stuhl saß. Er blickte ihn angsterfüllt an, und sein Atem beschleunigte sich, was sich hinter dem Klebebandstreifen vor seinem Mund wie ein Pfeifen anhörte. Im Schein eines großen Flachbildschirms wirkten Stephen Bridgewaters Züge bleich und verzerrt, und er konnte die Schweißperlen auf seiner Stirn funkeln sehen.

Er trat neben ihn und fühlte seinen Puls. Schwach, aber konstant.

Dann kontrollierte er seine Handgelenke. Stephen hatte sie sich an den Fesseln wund gescheuert. In der ersten Zeit hatte er noch mit aller Kraft gekämpft, um sich zu befreien, doch inzwischen war er zu geschwächt und hatte aufgegeben. Die Wunden begannen zu verkrusten.

Er trat hinter den Stuhl und löste das Klebeband. Zuerst den langen Streifen, mit dem er Stephens Kopf fixiert hatte, und dann den zweiten von Stephens Mund.

Stephens Kopf fiel nach vorn. Er keuchte. Dann sah er zu ihm auf, verzog das Gesicht zu einer schmerzhaften Grimasse und bewegte die gerissenen Lippen, doch es kam kein Laut aus seinem Mund.

Er trat vor ihn und betrachtete Stephen für einen Moment. Stephen sah erbärmlich aus. Sein Gesicht war blass und eingefallen, und er stank nach Exkrementen.

»Stephen, Stephen«, sagte er kopfschüttelnd und holte einen Eimer Wasser, der auf einem rostigen Blechwaschbecken stand. Er schüttete ihn über Stephens Schoß aus, um Kot und Urin fortzuspülen.

Stephen starrte zwischen seine Beine und schnappte nach Luft, dann hob er den Kopf und versuchte erneut zu sprechen. Es musste ihm enorme Kraft abverlangen, aber schließlich glückte ihm ein einzelnes Wort. Ein schwaches, krächzendes: »Bitte …«

»Bitte was?«, sagte er und sah Stephen verächtlich an.

»Ich … habe … einen kleinen Sohn …«

»O ja, ich weiß, und es freut mich, dass du dich wieder

an Harvey erinnerst. Du hast auch eine Frau, eine wunderbare Frau. Erinnerst du dich? Sie heißt Sarah. Du hast sie betrogen. Also appelliere nicht an mein Mitgefühl. Das hast du wohl kaum verdient.«

Aus Stephens Kehle drangen unartikulierte Laute, dann sackte sein Kopf nach vorn auf die Brust. Er packte ihn am Kinn und hob ihn an, damit Stephen ihm in die Augen sah.

»Weißt du eigentlich, warum du hier bist? Weißt du, warum ich das alles für dich tue?«

Wieder bewegte Stephen Bridgewater nur stumm die Lippen.

»Du hast deine Lektion noch nicht gelernt, fürchte ich.« Er schüttelte wieder den Kopf. »Dabei sind wir fast am Ende angelangt.«

Er sah Stephen für eine Weile tief in die Augen, las seine Angst in ihnen. Und vielleicht auch einen Anflug von Reue. Zumindest hoffte er das.

»Also gut, bringen wir es hinter uns«, sagte er schließlich und ging zurück zum Eingang der Halle.

Neben der offenen Stahltür stand ein Infusionsständer. Es war ein ausrangiertes Modell, das Jay ihm einst auf einem Flohmarkt besorgt hatte. Die Rollen quietschten, als er ihn neben den Stuhl schob, an den Stephen gefesselt war.

Dann hängte er den Infusionsbeutel an den Haken und ließ den dünnen Plastikschlauch herabbaumeln.

»Ich habe alles getan, was ich konnte, Stephen«, sagte er und kniete sich vor ihn. »Leider wissen die meisten ihr Leben erst dann zu schätzen, wenn es zu Ende geht. Die Menschen jammern ständig über Nichtigkeiten. Sie sind immer unzufrieden. Sie streben nach Wohlstand und können den Hals nicht vollkriegen, und selbst wenn sie fett und gemästet sind, beschweren sie sich immer noch, dass andere vielleicht ein wenig mehr als sie abbekommen haben. Sie alle übersehen, was wirklich von Bedeutung ist. Jeder einzelne Tag ist ein Geschenk, aber nur die wenigsten begreifen das. Sie treten ihr Glück mit Füßen, weil sie es nicht erkennen. So wie du, Stephen.«

Er schob den Ärmel von Stephens Hemd zurück und setzte die Kanüle an einer der hervorgetretenen Venen seiner ausgemergelten Arme an.

Stephen wehrte sich, aber er war zu schwach.

»Halt ruhig, dann tut es nicht weh.«

Er sah zu Stephen auf, der einen wimmernden Laut von sich gab, als die Nadel in seine Vene drang. Dann befestigte er den Schlauch daran, erhob sich und öffnete den Zweiwegehahn. Er regelte den Zufluss auf ein Minimum.

»So bleibt dir mehr Zeit«, sagte er und drückte erneut einen Streifen Klebeband auf Stephens Mund. »Mehr Zeit, um über das nachzudenken, was du getan hast.«

Dann fixierte er Stephens Kopf wieder an der Stuhllehne, sodass er wie zuvor geradeaus auf den Bildschirm sah. Stephen blinzelte. Tränen rannen über sein Gesicht.

»Sieh genau hin«, raunte er ihm zu. »Sieh hin und verstehe.«

Er wandte sich von Stephen ab, ging zurück zur Tür und sah sich noch einmal um.

»Leb wohl, Stephen Bridgewater«, rief er ihm zu. »Nutze die Zeit, die dir noch bleibt!«

Dann warf er die Stahltür hinter sich ins Schloss.

Während er die Treppen hinabstieg, umklammerte er die Pillendose in seiner Jackentasche und dachte an Sarah.

Er musste zu ihr. Bevor es zu spät war.

68.

Mark machte sich Sorgen. Seit sie das Polizeirevier verlassen hatten, hatte Sarah kein Wort mehr gesprochen. Auf dem Weg zur U-Bahn-Station wirkte sie gedankenverloren und niedergeschlagen.

Er ahnte, was in ihr vorging. Nachdem Blake mit Sarah gesprochen hatte, war er an der Reihe gewesen, und anhand der Fragen, die der Detective Inspector ihm gestellt hatte, konnte er sich ein ziemlich genaues Bild machen. Die Polizei glaubte nicht an einen direkten Zusammenhang zwischen dem Tod von John Wakefield und dem Verschwinden von Stephen und dieser Katherine Parish. Sie glaubten Sarah nicht einmal die Geschichte von dem Eindringling mit dem Narbengesicht. Vielmehr unterstellten sie ihr, dass sie ihnen irgendetwas Wichtiges verschwieg.

Vielleicht vermuteten sie eine Eifersuchtstat. Es wäre eine bequeme Erklärung, zumal die ganze Geschichte, wie sie Mark und auch Sarah dem Inspector darzulegen versucht hatten, zugegeben sehr verworren war. Noch ergab das Ganze keinen Sinn – und solange Stephen und seine Geliebte nicht gefunden wurden, konnte Sarah von der Polizei kaum Hilfe erwarten. Bis dahin würde man sie wie eine Verdächtige behandeln. So viel stand fest.

Nur einer hätte bezeugen können, dass dieser unbekannte Mann tatsächlich in das Haus der Bridgewaters eingedrungen war und sie bedroht hatte. Doch Mark verstand nur zu gut, dass Sarah ihren Sohn aus all diesen Dingen heraushalten wollte. Harvey hatte schon genug durchgemacht, auch wenn er es vielleicht jetzt noch in seiner kindlichen Unbedarftheit verdrängen konnte. Das Schlimmste stand ihm erst noch bevor, denn ganz gleich, was seinem Vater zugestoßen war – ob er jemals wieder nach Hause kommen würde oder bereits tot war –, das Leben dieser Familie wäre nie wieder dasselbe wie zuvor.

Um zu Gwens Wohnung zu gelangen, mussten sie die District Line bis Stepney Green nehmen. Als sie in dem fast menschenleeren U-Bahn-Waggon saßen und die ewige Nacht der rußschwarzen Tunnelwände vor den Fenstern vorbeiraste, lehnte Sarah sich an Mark.

»Mark, könntest du mich bitte kurz halten?«

»Natürlich.«

Er hatte kaum seine Arme um sie gelegt, als sie ihr Gesicht an seiner Brust verbarg und zu weinen begann.

Mark sagte nichts. Er streichelte nur ihren Kopf und hielt sie fest.

Er hielt sie auch noch im Arm, als sie die U-Bahn-Station verließen, und es war, als müsste er sie stützen, bis sie vor Gwens Haus angekommen waren.

Dort löste Sarah sich von ihm. Sie atmete tief durch und sah ihn an.

»Ich gebe mich geschlagen, Mark«, sagte sie mit leiser Stimme. »Wenn dieser Mann vorgehabt hat, mein Leben zu zerstören, dann hat er es geschafft. Ich kann nicht mehr, Mark.«

»Sarah, du …«

»Nein.« Sie winkte ab. »Es ist schon okay. Ich wüsste nicht, was wir noch tun könnten. Er hat sich nicht mehr bei mir gemeldet, und ich habe keine Idee, wo wir nach Stephen suchen sollten. Vor allem jetzt, wo ich weiß, dass er mich betrogen hat. Bis jetzt haben wir nach meinem Mann gesucht. Aber diesen *anderen* Stephen kenne ich nicht. Wie sollte ich ihn finden können? Es ist vorbei, Mark.«

Mark starrte vor sich auf den Boden. Eisiger Wind wehte durch die Straße und trieb ein leeres Kaugummipäckchen an seinen Schuhen vorbei.

Auch er war mit seinem Latein am Ende. Alles in ihm wehrte sich gegen die Vorstellung, aufgeben zu müssen, aber ihnen blieb keine andere Möglichkeit. Sie konnten nichts weiter tun, als darauf zu warten, dass die Polizei Katherine Parish finden würde und damit auch Stephen.

»Ich bin für dich da«, sagte er schließlich. »Wann immer du mich brauchst.«

»Das weiß ich.« Sarah lächelte erschöpft. »Ich danke dir, Mark. Danke, dass du mir geglaubt hast.«

Sie küsste ihn auf die Wange und wünschte ihm eine gute Nacht. Dann verschwand sie im Haus, wo Harvey bereits auf sie wartete.

69.

Er lehnte in einer engen unbeleuchteten Seitengasse an der Hauswand, keine fünf Meter von Sarah und Mark entfernt, und hörte ihnen zu.

Ihm war klar gewesen, dass Sarah zum Haus ihrer Freundin zurückkehren würde. Wohin sonst hätte sie gehen sollen außer zu Gwen, der *treuen Seele*, wie Sarah sie in ihren Tagebüchern genannt hatte. Gwen, die immer für sie da war, so, wie Jay für *ihn* da gewesen war, wenn auch nur viel zu kurz.

Inzwischen kannte Sarah also die Wahrheit über ihren Mann. Sie kannte noch nicht alles, aber auf jeden Fall das Wichtigste.

Er fragte sich, was nun in ihr vorgehen mochte. Sie musste wohl Ähnliches durchmachen wie er selbst, überlegte er. Denn war der Abschied von ihrem bisherigen Leben nicht auch so etwas wie Sterben?

Sicherlich hatte sie es zuerst nicht wahrhaben wollen, dass Stephen sie hintergangen hatte – so wie er die ersten Anzeichen seiner Krankheit zunächst ignoriert hatte. Sie würde es vor sich selbst abgestritten haben, wie sie es schon in der Vergangenheit getan hatte. Denn selbst als ihr klar geworden war, welcher Natur ihre Angst war, als ihr klar geworden war, dass sie sich vor dem Versagen fürchtete, hatte sie den wahren Grund vehement vor sich selbst verborgen.

Aber jetzt blieb ihr keine andere Wahl mehr, als das Unabänderliche zu akzeptieren – jetzt, wo es handfeste Beweise gab, die sie nicht mehr leugnen konnte. Ihre Ehe war unwiderruflich gescheitert. Jetzt musste sie begreifen, dass dies nicht ihre alleinige Schuld war.

Hier würde nun die Therapie greifen, die er sich für ihre Angst ausgedacht hatte. Sarahs Schuldgefühle und ihre Furcht, versagt zu haben, waren in Zorn umgeschlagen – auf sich selbst, aber vor allem auf ihn, den Unbekannten, der in ihr Leben eingedrungen war. So wie er es beabsichtigt hatte, denn dieser Zorn hatte sie angetrieben, alles Menschenmögliche zu unternehmen, die Dinge wieder ins Gleichgewicht zu bringen.

Jetzt hörte er sie sagen, dass sie aufgeben wollte. Und das bedeutete nichts anderes, als dass sie die Dinge so akzeptierte, wie sie tatsächlich waren.

Ja, nun starb sie. Und durch diesen Tod würde sie ein neues, besseres und vor allem ehrlicheres Leben beginnen können.

Bei diesem Gedanken musste er lächeln, ehe ihn ein plötzlicher Hustenanfall schüttelte. Erschrocken presste er sich die Hand vor den Mund und zog sich weiter in die Dunkelheit der Gasse zurück, vor Angst, dass Sarah oder ihr Freund ihn hören könnten.

Doch niemand kam, um nachzusehen. Sie waren viel zu sehr mit sich selbst beschäftigt.

Ihm war jämmerlich kalt, und die Schmerzen kehrten aus ihrem dunklen Versteck zurück. Ihre Vorhut attackierte bereits wieder seinen Kopf, und das Druckgefühl auf seiner Brust nahm erneut zu.

Nachdem er gehört hatte, wie Sarah ins Haus gegangen war, schluckte er noch zwei seiner Pillen und wartete, bis die Wirkung des Morphins einsetzte.

Wenig später straffte er sich und trat aus der Gasse hinaus auf die Straße. Er betrachtete Gwens Haus, sah die Schatten der beiden Kinder hinter einem der beleuchteten Vorhänge und nickte.

Es ist so weit, dachte er. *Zeit für deine letzte große Lektion, Sarah Bridgewater. Die Lektion über den ewigen Kreislauf des Daseins. Schmerz, Tod und danach ein neues Leben.*

70.

Mark konnte es Sarah nicht verdenken, dass sie resigniert hatte. Sie hatten geglaubt, es sei möglich, die Pläne dieses Mannes zu durchschauen – ja, vielleicht sogar ihm zuvorkommen zu können. Sie hatten geglaubt, es sei möglich, ihn zu überlisten, weil Sarah in Marks Fähigkeit vertraut hatte, sich in andere Menschen hineinzuversetzen.

Aber dieser Mann hatte sie eines Besseren belehrt. Die Spur, die er ihnen gelegt hatte – die Blumen und der Brief mit dem Foto –, hatte sie in eine Sackgasse geführt, und Mark war überzeugt, dass dies einzig und allein dem Zweck gedient hatte, Sarah noch tiefer in Angst und Verzweiflung zu stürzen.

Mark hatte Sarah nicht helfen können. Ebenso wie er Tanja nicht hatte helfen können. Er war nicht in der Lage gewesen, Tanjas Mörder aufzuspüren, und auch in Sarahs Fall hatte er versagt.

Er verlangsamte seinen Schritt. Wieder verspürte er das dringende Verlangen nach Alkohol, nach etwas Brennendem in seiner Kehle, mit dem er seinen Verstand betäuben konnte. Er ertrug den Gedanken nicht, dass es Sarah nun ebenso ergehen sollte wie ihm. Dass ein Unbekannter wie aus dem Nichts erschien und ihr Leben zerstörte, nur um daraufhin wieder zu verschwinden und sie mit all den quälenden Fragen zurückzulassen, auf die sie keine Antworten erhalten würde.

Irgendwann würde sie ebenfalls daran zerbrechen, das wusste er. Vielleicht würde es länger dauern als bei ihm, vielleicht würde ihr Harveys Gegenwart noch für eine Weile Kraft und Trost spenden, aber letztlich würde es sich nicht vermeiden lassen. Dafür waren sie sich viel zu ähnlich.

Der Kiosk neben dem Eingang zur U-Bahn hatte bereits geschlossen. Im ersten Moment ärgerte sich Mark darüber, doch dann kehrte sogleich seine Vernunft zurück, und er war froh, dass er nun keine Chance hatte, der Versuchung zu erliegen und sich zu betrinken. Er sah weit und breit keinen Pub und auch keinen Spirituosenladen, und das war gut so.

Er lief die Stufen zum Bahnsteig hinab und hörte gerade noch, wie die U-Bahn abfuhr. Mit einem stummen Fluch sah er auf die Anzeige über der menschenleeren Plattform. Der nächste Zug würde in fünfzehn Minuten eintreffen.

Er ließ sich auf eine Metallbank sinken und starrte auf die weiß und grün gekachelte Wand jenseits der Gleise. In einiger Entfernung vernahm er Schritte auf dem Treppenabgang.

»Bravo«, rief ihm eine tiefe raue Stimme zu. »Sie haben mir gerade eine Entscheidung abgenommen.«

Mark sah sich zu dem Mann um, der aus dem Durchgang auf den Bahnsteig kam. Er trug einen hellen Mantel, der ihm ebenso zu kurz war wie der dunkle Anzug. Mark erkannte ihn sofort, auch wenn das vernarbte Gesicht halb unter seiner Schildkappe verborgen war.

Diese Kappe ist das Einzige, das tatsächlich zu ihm gehört, dachte er und stand auf. Er spürte, wie ihm flau wurde.

»Sie?«

»Guten Abend.«

Der Mann nickte grüßend und kam schlurfend näher,

die Hände in den Manteltaschen, der Oberkörper leicht gekrümmt. Er blieb in einigem Abstand vor Mark stehen.

»Tja, Mark, ich dachte, wir sollten uns einmal unterhalten.«

»Sie kennen meinen Namen?«

Der Mann sah ihn mit einem unbestimmten Lächeln an, das sein Narbengesicht wie eine hässliche Maske wirken ließ. »Sicher. Sarah hat mir schon viel von Ihnen erzählt.«

»Ach ja? Hat sie das?«

Sein Lächeln wurde breiter. »Nun ja, nicht persönlich, aber in ihren Tagebüchern. Sie spricht darin sehr offen.«

»Sie glauben, Sie kennen Sarah, weil Sie Ihre Tagebücher gelesen haben? Ist das der Grund, weshalb Sie ihr das alles antun?«

»Ich kenne Sarah besser, als Sie denken«, sagte der Mann, ohne auf Marks letzte Frage einzugehen. »Sie bedeuten ihr sehr viel. Sarah hat Sie sehr oft erwähnt. Sie waren für sie der große Bruder, den sie sich immer gewünscht hat. Umso mehr freut es mich, dass meine kleine Intervention Sie beide wieder zusammengeführt hat. Sarah hat Sie vermisst, wussten Sie das?«

»Wer sind Sie?«, fragte Mark. »Wie heißen Sie?«

»Mein Name hat nichts zu bedeuten. Ich bin ein Niemand.«

»Sagen Sie ihn mir trotzdem. Wie soll ich Sie ansprechen?«

Für einen Moment schien der Mann zu überlegen. »Also gut«, sagte er schließlich. »Nennen Sie mich Hiob. Das würde es recht gut treffen, denke ich.«

Mark sah ihn skeptisch an. »Der Hiob, dem Gott alles

Unheil hat widerfahren lassen, um seinen Glauben zu prüfen?«

Der Mann nahm die Hände aus den Taschen, und das Lächeln verschwand aus seinem Gesicht. »Sie wissen nichts, Mark. Überhaupt nichts.«

Mark machte einen vorsichtigen Schritt auf ihn zu. »Okay, denken Sie nicht, es wäre dann an der Zeit, mir endlich zu sagen, was Sie mit diesem Spiel bezwecken?«

»O nein, es ist kein Spiel, Mark. Das war es zu keiner Zeit.«

Der Mann, der sich Hiob nannte, schob seine Kappe ein Stück hoch, sodass sie sich in die Augen sehen konnten. Obwohl es nicht besonders hell in der U-Bahn-Station war, waren seine Pupillen zu kleinen dunklen Punkten verengt. *Eine Miosis*, dachte Mark, *wie sie etwa durch die Einnahme von Morphium hervorgerufen wird.*

Mark hielt seinem Blick stand. »Na schön, *Hiob*, wenn es also kein Spiel ist, was ist es dann?«

»Ich will Sarah helfen.«

»Sarah *helfen*?«, rief Mark lauter als beabsichtigt. »Etwa, indem Sie Ihren Mann entführen?«

Der Mann schob die Hände wieder in die Manteltaschen und zuckte gleichgültig mit den Schultern. »Das hat Stephen sich selbst zuzuschreiben. Er hat sich wie der sprichwörtliche Esel verhalten, der aufs Eis geht, wenn es ihm zu wohl ist. Aber ich bin mir sicher, er hat inzwischen verstanden, dass das Eis zu dünn gewesen ist.«

»Wo ist Stephen? Und wo ist diese Frau?«

Hiob senkte den Kopf und seufzte, dann sah er wieder zu Mark auf. »Stephen hat seine Lektion gelernt«, sagte er leise. »Mit ihm bin ich fertig.«

Mark spürte, wie sich alles in ihm zusammenzog. Diese Antwort hatte er befürchtet. »Das heißt ... er ist tot?«

»Das habe ich so nicht gesagt.«

»Er lebt also noch?«

»Möglicherweise.« Der Unbekannte sah auf die Uhr über dem Bahnsteig, dann wiegte er abschätzend den Kopf. »Aber wenn, bleibt ihm nicht mehr viel Zeit. Er ist zwar zäh, aber wahrscheinlich nicht zäh genug.«

»Dann sagen Sie mir, wo er ist!« Wieder tat Mark einen Schritt nach vorn, doch diesmal wich Hiob vor ihm zurück. »Deswegen sind Sie mir doch gefolgt, oder? Weil Sie mit mir reden wollen. Also gut, dann reden Sie! Denken Sie denn nicht, es ist allmählich genug?«

Hiob musterte Mark, wie um ihn einzuschätzen. Schließlich nickte er, langsam und bedächtig, als habe er sich seine Meinung über Mark gebildet.

»Sehen Sie, Mark, ich bin aus zweierlei Gründen hier. Zum einen möchte ich, dass Sie mich *sehen*. Um Sarahs willen, damit die Polizei versteht, dass sie nichts Unrechtes getan hat.«

»Sagen Sie es ihnen doch selbst. Wozu brauchen Sie mich dafür? Stellen Sie sich. Machen Sie diesem ganzen Theater ein Ende.«

Hiob rümpfte abfällig die Nase. »Sie wissen noch nicht alles, Mark, also hören Sie mir lieber zu. Ich verlange nicht viel von Ihnen. Sie sollen nur bezeugen, dass es mich gibt, und dass ich tatsächlich der Einzige bin, der Stephen Bridgewaters gegenwärtigen Aufenthaltsort kennt.«

»Okay, wenn Ihnen Sarah wirklich so sehr am Herzen liegt, dann sagen Sie es mir. Wo ist Stephen?«

Wieder huschte ein Lächeln über Hiobs Gesicht, das

Mark nicht deuten konnte. Vielleicht lag es daran, dass der Mann unter Drogen stand. Oder dass ihn diese Unterhaltung auf eine gewisse Weise mit Genugtuung erfüllte. Hatte Hiob auf diesen Augenblick vielleicht nur gewartet?

»Es gibt ein Sprichwort«, sagte er. »Bestimmt kennen Sie es. Gottes Mühlen mahlen langsam. Ich habe lange darüber nachgedacht und bin zu einem Schluss gelangt.« Er machte eine bedeutsame Pause, ehe er weitersprach. »Dieses Mahlen kann manchmal ein ganzes Jahrtausend dauern. Merken Sie sich das, Mark. Sie sollten es nie vergessen. Denn mehr werde ich Ihnen dazu nicht sagen.«

Noch immer begriff Mark nicht, worauf dieser Mann hinauswollte. Was bezweckte er mit dieser Unterhaltung?

»Was soll das, Hiob? Warum tun Sie das alles?«

Nun bedachte ihn der Unbekannte mit einem Blick, als sähe er auf ein begriffsstutziges Kind herab. »Das sollten Sie sich inzwischen denken können. Stephen hatte es verdient, Mark. Er und diese Schlampe. Aber vor allem er. Er hat eine wunderbare Familie, er ist gesund und beruflich erfolgreich. Wie kann ein Mann all das aufs Spiel setzen? So etwas musste doch bestraft werden.«

Noch immer waren sie allein auf dem Bahnsteig. Mark dachte an sein Handy. Es steckte in der Brusttasche seiner Jacke. Er sollte die Polizei verständigen, diesen Detective Inspector Blake. Aber noch zögerte er.

Er wisse noch nicht alles, hatte dieser Hiob gesagt, und er wirkte so entschlossen. Er führte noch etwas im Schilde, und wahrscheinlich würde er einfach alles abstreiten, wenn Mark jetzt die Polizei riefe. Stephens Kleidung allein war kein Beweis. Der Unbekannte konnte sie ebenso gut irgendwo gefunden haben. Und wenn Stephen wirklich noch am Leben war und seine Zeit ablief, so wie es dieser Hiob behauptete, wäre es besser, wenn er ihn überzeugen könnte, ihm Stephens Aufenthaltsort zu verraten.

»Ja, Stephen scheint in der Tat einen Fehler begangen zu haben«, sagte Mark. »Darin stimme ich völlig mit Ihnen überein. Aber wer gibt Ihnen das Recht dazu, darüber zu urteilen?«

Hiob beugte sich leicht zu ihm vor, damit Mark ihm besser ins Gesicht sehen konnte. Das Gesicht war entsetzlich entstellt. Diese Brandnarben musste er schon seit Jahren mit sich herumtragen. Sie sahen nicht verwachsen aus, was darauf schließen ließ, dass Hiob sie sich als Erwachsener zugezogen hatte.

»Wer mir das Recht dazu gibt?«, wiederholte er. »Der Tod, Mark. Ich mache vom Recht der Sterbenden Gebrauch. Was für einen Sinn sollte der Tod sonst haben, wenn die Lebenden nicht daraus lernen?«

Mark schüttelte den Kopf. »Deshalb tun Sie Sarah das an? Sie bestrafen Sarah und ihre Familie, weil Sie *krank* sind und bald *sterben* werden? Wollen Sie dadurch auf sich aufmerksam machen? Denken Sie wirklich, Sie sind so wichtig?«

Hiob wich zurück und schüttelte energisch den Kopf. »Nein, Mark, Sie missverstehen das! Ich selbst spiele keine Rolle. Ich bin nur derjenige, der den beiden den Spiegel vor Augen hält. Sarah und Stephen haben sich selbst in diese Lage gebracht. Stephen mit seiner hirnlosen Affäre, und Sarah, die sich wider besseres Wissen in ihr Schneckenhaus zurückgezogen hat. Hätte ich etwa zusehen sollen, wie sie daran zerbricht?«

In seinem Gesicht begann es zu arbeiten. Er schien

Schmerzen zu haben, aber Mark sah auch Verbitterung und Trauer in diesen Augen.

»Sie sind selbst an etwas zerbrochen, nicht wahr, Hiob?«, sagte er ruhig. »Und jetzt greifen Sie in Sarahs Leben ein, weil sie Sie an die Frau auf dem Foto erinnert. So ist es doch, oder?«

Hiob erstarrte und antwortete nicht.

»Wer war sie? Ihre Frau?«

»Sie war ein Opfer«, flüsterte er. »So wie ich.«

»Opfer? Opfer von was?«

»Das geht Sie nichts an!«

»Na schön, vielleicht geht es *mich* nichts an, aber Sarah geht es sehr wohl etwas an. Schließlich haben Sie sie deswegen ebenfalls zu einem Opfer gemacht. Zu *Ihrem* Opfer.«

»Sie täuschen sich, Mark. Sie war ihr eigenes Opfer. Ich habe Sie lediglich wachgerüttelt.«

»Okay, Sarah hat Ihre Botschaft bekommen. Das wissen Sie. Also sagen Sie mir jetzt endlich, wo Stephen und die Frau sind?«

»Das habe ich bereits getan.«

»Nein«, Mark winkte ab, »nein, das haben Sie nicht. Sie haben nur kryptisches Zeug geredet.«

»Dann strengen Sie sich an, Mark.« Wieder lächelte Hiob, und nun wirkte es boshaft. »Wenn Sie sich nicht beeilen, sind beide tot.«

Eine automatische Durchsage verkündete das Nahen der U-Bahn, und in der Schwärze des Tunnels hörte man fern das metallische Donnern des Zuges.

»Sie sollten diese Bahn nicht nehmen, Mark«, rief ihm Hiob zu und zog die linke Hand aus dem Mantel. »Gehen

Sie zurück zu Sarah und sagen Sie ihr, sie soll sich beeilen. Sie wissen bereits alles, was nötig ist. Und geben Sie ihr das.«

Er öffnete die vernarbte Hand, und Mark sah den goldenen Ring darin. Er musste nicht genauer hinsehen, um zu wissen, dass es Stephens Ehering war.

»Nun nehmen Sie schon«, rief Hiob und sah in den Tunnel, aus dem ihnen nun ein eisiger Windhauch entgegenschlug, vermischt mit dem Geruch nach Teer und feuchtem Stein. »Das wird die Polizei überzeugen!«

»Und Sie? Was haben Sie nun vor?«

»Ich werde die Bahn nehmen und verschwinden.«

Mark sah ein Rinnsal Blut, das Hiob aus der Nase floss, und den Schweiß, der ihm plötzlich übers Gesicht lief.

»Sie werden mich nicht davon abhalten können, Mark. Also versuchen Sie es erst gar nicht.«

»Nein!«, rief Mark und ging auf ihn zu. »Warten Sie! Sie müssen es Sarah und der Polizei selbst erklären.«

»Das verstehen Sie nicht«, fuhr Hiob ihn an, dann stöhnte er plötzlich auf und krümmte sich zusammen, als habe ihm jemand in die Magengrube geschlagen.

Er drohte vornüber auf die Gleise zu stürzen, und mit zwei schnellen Schritten war Mark bei ihm. Er wollte Hiobs Sturz abfangen, doch kaum hatte er ihn gepackt, als er sah, wie Hiob einen schwarzen Gegenstand aus der rechten Manteltasche riss. Beinahe im gleichen Augenblick wurde er von einem heftigen elektrischen Schlag getroffen.

Mark zuckte zusammen und wurde durch den Schock zurückgeworfen.

Augenblicklich richtete Hiob sich wieder auf, sprang zu

ihm und verpasste ihm einen weiteren Stromstoß mit dem Elektroschocker.

Mark wand sich auf dem Boden. Seine Muskeln zuckten unkontrolliert.

Hiob stand keuchend über ihm. »Es ... tut mir leid, Mark. Sagen Sie Sarah ...«

Dann schüttelte er den Kopf, wandte sich ab und sprang auf die Gleise.

»Nein!«, schrie Mark. »Tun Sie das nicht!«

Er wollte Hiob nachlaufen. Doch seine Beine zitterten zu sehr, und er schaffte es nicht, sich aufzurichten. Auf allen vieren kroch er an die Bahnsteigkante.

»Hiob! Verdammt, nein!«

Der Unbekannte drehte sich zu ihm um, verzog das Gesicht zu einem Grinsen, in das sich Angst und Verzweiflung mischten.

»Gott hat einen kranken Sinn für Humor«, schrie er ihm durch das Donnern des herannahenden Zuges zu. »Finden Sie nicht auch, Mark?«

Dann ging er los, in die Schwärze des Tunnels.

Mark brüllte, doch sein Schrei wurde vom metallenen Kreischen der Bremsen übertönt.

Dann folgte der Aufprall, und gleich darauf kam die U-Bahn am Ende des Tunnels zum Stehen.

Ihre Front war mit Hiobs Blut bespritzt.

TEIL SECHS

Hiobs Vermächtnis

71.

Binnen kürzester Zeit waren zahlreiche Streifen- und Rettungswagen an der U-Bahn-Station eingetroffen. Stepney Green würde für die nächsten Stunden gesperrt bleiben. Blaulichter zuckten über die Häuserfassaden, und an der Ecke Mile End Road und Globe Road hatte sich ein Stau gebildet.

Mark saß am Heck eines Rettungswagens. Ein Sanitäter hatte ihm eine Wärmefolie um die Schultern gelegt, aber er zitterte immer noch wegen des Schocks. Während ein Constable seine Schilderung des Unfallhergangs aufgenommen hatte, hatte Mark die Fahrgäste des Unglückszuges beobachtet. Sie wurden von Polizisten und uniformierten Mitarbeitern der Transport-for-London-Gesellschaft ins Freie geführt. Er sah viele bleiche Gesichter, die Betroffenheit, Bestürzung und Ekel verrieten, aber auch viele Leute, die schwatzend und gestikulierend an ihm vorbeiliefen, als kämen sie aus einem Kinofilm. Im Schnitt nahmen sich jährlich fast achtzig Personen in der Londoner »Tube« das Leben, und die Zahl stieg von Jahr zu Jahr, sodass es nicht verwunderte, wenn bei vielen Fahrgästen eine makabere Art der Gewöhnung eingekehrt war.

»Guten Abend, Mr. Behrendt.«

Es war Detective Inspector Blake. In all dem Durcheinander aus Schaulustigen und Polizisten hatte Mark ihn nicht kommen sehen.

»Wie geht es Ihnen?«, fragte Blake und sah ihn mit einer Mischung aus Skepsis und Sorge an.

»Ich bin okay.«

Mark rieb sich seinen Arm, der noch immer schmerzte, als habe er heftigen Muskelkater. Die Nachwirkungen des Elektroschockers.

»Sie haben ausgesagt, dass es unser Mann gewesen sei. Sind Sie da sicher?«

»Absolut.«

»Und er hat Ihnen nicht seinen Namen genannt?«

»Nein. Er nannte sich nur Hiob.«

»Hiob«, sagte Blake und schnaubte. »Das macht es für uns nicht gerade einfacher. Wird eine Weile dauern, bis wir das identifiziert haben, was von ihm übrig geblieben ist. Was genau wollte er von Ihnen?«

»Uns davon überzeugen, dass er Stephen Bridgewater entführt hat.«

Mark hielt ihm den Ehering hin. Auf der Innenseite stand Sarahs Name, daneben war das Hochzeitsdatum eingraviert.

»Und er hat Ihnen keinen Hinweis auf den Aufenthaltsort von Bridgewater gegeben?«

»Er wollte ihn mir nicht sagen.«

Blake nickte stumm. Dann steckte er den Ring in einen transparenten Plastikbeutel und schob ihn in seine Lederjacke. »Und die Frau? Hat er auch Miss Parish erwähnt?«

»Ja, er hat von ihr voller Hass gesprochen. Für ihn war Katherine Parish eine Schlampe, die das Familienleben der Bridgewaters zerstört hat.«

Blake nickte wieder und zog eine Packung Kool aus der

Jackentasche. »Mr. Behrendt, Sie als Psychiater, was glauben Sie – hat er die beiden umgebracht?«

»Nein, ich denke, sie sind noch am Leben. Zumindest hat er das gesagt.«

Blake sah ihn fragend an. »Glauben Sie ihm?«

»Er hatte keinen Grund zu lügen. Dieser Mann war sterbenskrank. Er hing am Leben, weil er wusste, dass es für ihn zu Ende war. Deshalb hat er sich in das Leben der Familie Bridgewater eingemischt. Er wollte bei ihnen das korrigieren, was bei ihm offenbar schiefgelaufen war. Ich glaube nicht, dass so einer tötet.«

»Korrigieren«, schnaubte Blake und versuchte vergeblich, sein Feuerzeug in Gang zu setzen, aber es gab nur knirschende Reibelaute von sich.

Dieses knirschende, mahlende Geräusch weckte bei Mark eine Assoziation. Wegen des Schocks von vorhin, hatte er zunächst nicht mehr daran gedacht, aber nun kamen ihm die Worte des Unbekannten langsam wieder in den Sinn. »Da fällt mir noch etwas ein ... Gottes Mühlen?«

»Wie bitte?« Blake sah ihn irritiert an.

»Eine Formulierung, die Hiob verwendet hat. Gottes Mühlen mahlen langsam. Er hat dieses Sprichwort erwähnt, als ich ihn nach Stephen Bridgewater fragte. Sinngemäß meinte er, dass sie manchmal ein ganzes Jahrtausend mahlen müssen.«

»Ein Jahrtausend?«

Mark nickte. »Ja, und er hat es betont. Ich solle es ja nicht vergessen.«

»Verdammt!« Der Inspector riss die Augen auf. »Sind Sie sicher? Sagte er wirklich Mühlen und Jahrtausend?«

»Ja, das waren seine Worte. Meinen Sie, das hat etwas zu bedeuten?«

Blake warf seine Zigarette zu Boden. »Die Millennium Mills in den Docklands! Eine leer stehende Industrieruine. Dort müssen sie sein!«

Ohne Mark weiter zu beachten, lief er zu seinen Kollegen und gab Anweisung, ein Team zusammenzustellen, das sich unverzüglich auf den Weg zu den Docklands machen sollte.

»Blake, warten Sie!« Mark erhob sich. Er war noch etwas wackelig auf den Beinen. »Nehmen Sie mich mit!«

»Nein«, rief Blake ihm zu. »Sie bleiben hier!«

»Aber …«

»Kein Aber! Das ist Sache der Polizei.«

Damit ließ ihn der Detective Inspector stehen und stieg in einen Streifenwagen.

Mit eingeschalteter Sirene fuhren er und seine Kollegen davon.

Mark drängte sich durch die Menge und lief die Straße entlang, so schnell er konnte. Die eiskalte Luft schmerzte wie ein Messer in seiner Kehle, aber sie half auch gegen seine Benommenheit.

Als er an Gwens Wohnung angekommen war, klingelte er Sturm.

Gwen öffnete und sah ihn erschrocken an. »Mark! Was ist passiert?«

»Ich muss zu Sarah«, stieß er atemlos hervor.

Gwen deutete in die Wohnung. »Sie ist in der Küche. Kommen Sie doch …«

»Bitte holen Sie sie! Schnell!«

»Ja, sofort.«

»Und ... Gwen?«, rief er ihr hinterher, als sie sich bereits abgewandt hatte.

»Ja?«

»Wir brauchen noch einmal Ihren Wagen.«

72.

Über den nächtlichen Docklands hing die dünne Sichel des Mondes. Ein frostiger Wind kräuselte Wellen im Hafenbecken des Royal-Victoria-Docks und ließ die Lichter des Londoner East End auf der Wasseroberfläche tanzen.

Einst war dies der größte Hafen der Welt gewesen und hatte zugleich einen Teil der Kornkammern Londons beherbergt, sodass die Anlegestellen mit zahlreichen Industriemühlen gesäumt waren. Doch mit dem Siegeszug der großen Containerschiffe kam das Ende des Londoner Hafens, denn nur noch wenige Schiffe konnten die nun zu eng gewordenen Docks anlaufen. In den Achtzigerjahren wurden die Anlegestellen schließlich für die Handelsschifffahrt geschlossen, und die Docklands erfuhren einen Wandel. Lagerhäuser und Industrieanlagen waren abgerissen worden und an ihrer Stelle Wohn- und Geschäftsgebäude aus dem Boden gewachsen. Nun nahm sich die gewaltige Ruine der Millennium Mills in diesem modernen Stadtviertel wie ein monströses Relikt einer längst vergangenen Epoche aus.

Detective Inspector Richard Blake hatte per Funk den Polizeieinsatz koordiniert und sämtliche verfügbaren Kräfte auf das weitläufige Gelände beordert. Außerdem hatte er um Verstärkung durch die Dockland Security gebeten, um zusätzliche Hilfe bei der Absicherung des nahezu sechzig Hektar großen Grundstücks zu erhalten. Auf keinen Fall durfte der Rettungseinsatz durch Schaulustige gefährdet werden.

Nun stand Blake neben dem Polizeiwagen und sah an dem elfstöckigen Gebäude empor, das im flackernden Schein der Blaulichter vor ihm aufragte.

Ganz oben, über der letzten Fensterreihe, konnte er den verrosteten Schriftzug MILLENNIUM MILLS erkennen. Neben dem Hauptgebäude schloss sich ein kleinerer Trakt an, in dem sich einst die Ranks Premier Mill befunden hatte, und etwas abseits stand ein weiß getünchter Getreidesilo, dessen turmähnlicher Aufsatz an einen Leuchtturm erinnerte.

Es war kein leichtes Unterfangen gewesen, die Einsatzkräfte in so kurzer Zeit zu mobilisieren, besonders zu dieser späten Stunde. Doch es war ihm gelungen.

Nachdem sich die verschiedenen Suchtrupps um ihn versammelt hatten, wandte sich Blake an den Führer der Hundestaffel.

»Sie gehen mit den Hunden ins Hauptgebäude. Die Zeit drängt, aber seien Sie trotzdem vorsichtig, die Ruine ist einsturzgefährdet. Dockland Security hat das Gebäude umstellt und behält die Hinterausgänge im Auge. Ich nehme mir mit meinen Leuten den Seitentrakt vor. Noch irgendwelche Fragen?« Er sah in die Runde und nickte. »Gut, dann los!«

Blake und seine Mannschaft hatten das Nebengebäude kaum erreicht, als sich sein Funkgerät meldete.

»Sir, hier ist Perkins vom Spurensicherungsteam. Wir haben ein verlassenes Fahrzeug in einer Halle gefunden. Es war unter einer Plane verborgen …«

»Okay, ich komme zu Ihnen«, sagte Blake und bedeutete seinen Kollegen, sich ohne ihn auf den Weg in den Seitentrakt zu machen. Dann eilte er zum Fundort, wo ihn der hochgewachsene Kriminaltechniker mit ernstem Blick empfing.

»Es ist der gesuchte Mercedes«, sagte Perkins und deutete auf den Wagen. »Sieht nicht gut aus, Sir. Die Rückbank ist voller Blut.«

»Na großartig!« Blake rieb sich mit der Hand übers Gesicht. »Sonst noch etwas?«

»Im Kofferraum haben wir eine Reisetasche mit mehreren Anzügen gefunden und einen leeren Karton.«

»Ein leerer Karton?«

»Dem Etikett nach stammt er von einem Online-Versand für medizinische Artikel und enthielt zwei Großpackungen Natriumchlorid.«

Blake sah den Kriminaltechniker konsterniert an. »Natriumchlorid?«

»Isotonische Kochsalzlösung, wie man sie für Infusionen verwendet.«

»Ja, ja, ich weiß.« Blake winkte ungeduldig ab und runzelte die Stirn. »Aber was kann dieser Kerl damit vorgehabt haben?«

»Nun ja, Sir, vielleicht hat er den Karton ja auch für etwas anderes verwendet. Mehr kann ich Ihnen im Augenblick noch nicht sagen. Wir machen dann mal weiter.«

Damit wandte Perkins sich um und ging zu seinen Kollegen zurück, die den Mercedes untersuchten. Blake sah ihm nachdenklich hinterher, dann machte er sich auf den Weg zurück zu seinem Suchteam.

Er hatte die Halle kaum verlassen, als ein Constable auf ihn zueilte.

»Inspector? Sir?«, rief er Blake schon von Weitem zu. »Hier sind ein Mann und eine Frau, die unbedingt zu Ihnen wollen. Eine Mrs. Bridgewater und ein Mr. …«

»Behrendt«, seufzte Blake. »Auch das noch!«

73.

Blake kam ihnen mit zornigem Gesicht entgegen.

»Verdammt, ich hatte Ihnen doch gesagt, dass Sie hier nichts verloren haben!«

»Mein Mann ist da drin!«, rief Sarah aufgebracht und deutete auf das Gebäude. »Ich habe alles Recht der Welt, hier zu sein.«

Blake schüttelte den Kopf. »Wir tun alles, was in unserer Macht steht, Mrs. Bridgewater. Also lassen Sie uns unsere Arbeit machen. Fahren Sie wieder nach Hause. Wir werden Sie umgehend verständigen, sobald wir …«

»Nein«, fuhr sie ihn an. »Mark und ich werden hierbleiben. Ohne uns wüssten Sie nicht einmal von der Existenz dieses Mannes. Glauben Sie etwa, ich werde jetzt nach Hause gehen und Däumchen drehen? Ich will wissen, was mit meinem Mann ist!«

»Na schön«, brummte der Inspector. »Dann bleiben Sie eben hier. Und zwar *genau* hier!« Er zeigte auf einen Polizeiwagen, der in sicherem Abstand zum Gebäude stand.

»Und Sie werden sich keinen Millimeter von der Stelle rühren, verstanden?«

Just in diesem Moment meldete sich sein Funkgerät wieder.

»Wir haben etwas!«, quäkte eine Männerstimme aus dem Lautsprecher.

Der Detective Inspector riss das Funkgerät hoch und sah sich zu dem Gebäude um. »Hier ist Blake. Was haben Sie gefunden?«

»Inspector? Wir haben den Mann«, kam die Antwort. »Erster Stock.«

»Ist er am Leben?«

»Moment, wir gehen gerade zu ihm rein.«

Für drei oder vier endlose Sekunden hörten sie nur atmosphärisches Rauschen, ehe sich der Polizeibeamte wieder meldete. »Ja, Sir, er lebt. Wir brauchen sofort einen Not... Fuck! Was ist das denn?«

Blake wechselte einen ratlosen Blick mit Mark und Sarah, die ihn erschrocken ansahen. »Was ist denn los bei Ihnen?«

»Sir, das ist unglaublich!«

»Verdammt, was ist los?«

»Sir, kommen Sie schnell her. Das sollten Sie sich ansehen. Und schicken Sie die Sanitäter hoch. Sie sollen den seitlichen Aufgang nehmen. Der Hauptaufgang ist zu marode.«

»In Ordnung«, sagte Blake und wollte sich schon auf den Weg machen, als Sarah ihn zurückhielt.

»Wir kommen mit!«

Blake funkelte sie zornig an. »Mrs. Bridgewater, ich lasse Sie verhaften, wenn Sie jetzt nicht vernünftig ...«

»Blake«, ging Mark dazwischen, »ich bin Arzt. Nehmen Sie wenigstens mich mit. Wir verlieren gerade wertvolle Zeit.«

Für einen Augenblick sah ihn der Inspector ungeduldig an, dann nickte er. »Also gut, auf Ihre eigene Verantwortung. Aber Sie bleiben hier, Mrs. Bridgewater! Haben Sie mich verstanden?«

Ohne ihre Antwort abzuwarten, wandte Blake sich ab und lief zu den Rettungssanitätern

Mark nahm Sarah bei den Schultern.

»Bitte warte hier, okay?«

Sarah sah an dem Gebäude hoch, dann wieder zu Mark.

»Du musst Stephen helfen«, sagte sie, und er sah die Angst in ihren Augen.

74.

Ausgerüstet mit Helmen und Handlampen machten sie sich auf den Weg in das dunkle Gebäude.

Blake ging voran, dicht gefolgt von Mark, einem Constable und den beiden Sanitätern. Bereits nach wenigen Metern stieß Mark gegen einen Steinbrocken und wäre beinahe gestürzt.

»Passen Sie auf, wo Sie hintreten«, sagte einer der Sanitäter hinter ihm. »Hier können Sie sich leicht alle Knochen brechen.«

Die Millennium Mills befanden sich in einem maroden Zustand. Es war ein lebensgefährliches Unterfangen, hier einzudringen – vor allem bei Nacht. Das war Mark vorher nicht klar gewesen, und er war froh, dass Sarah nicht mitgekommen war.

Es roch nach Moder und Fäulnis, und Mark atmete unwillkürlich flacher.

»Hier hat man früher auch Hundefutter hergestellt«, sagte der zweite Sanitäter, der Mark beobachtet hatte. »Und so stinkt es hier auch.«

In den zerbrochenen Fensterscheiben heulte der Nachtwind, der vom Hafenbecken herüberdrang, und in unmittelbarer Nähe quiekten aufgescheuchte Ratten, die hier und da als schwarze Schatten über den Boden huschten. Sie schienen groß und gut genährt zu sein.

Im Gehen leuchtete Mark sein Umfeld ab. Überall bröckelte Putz von den Wänden, an vielen Stellen waren die Decken durchgebrochen, und man musste über Steinhaufen und herumliegende Metallträger steigen.

Sie durchquerten eine Halle, deren Decke von rostigen Metallsäulen getragen wurde. Von einigen hing noch der weiße Anstrich wie Hautfetzen herab. Sie kamen an verlassenen Schaltpulten, Armaturen und gewaltigen Spiralen vorbei, die einst das Getreide durch die Stockwerke der Mühle geleitet hatten, und dann erreichten sie die Stahltreppe, von der der Polizist am Funkgerät gesprochen hatte.

Die Treppe war völlig von Rost überzogen, schien aber noch begehbar zu sein. Bei jedem ihrer Tritte gaben die Stufen ein metallisches Ächzen von sich, und Mark vermied, sich an dem bedenklich wackelnden Geländer festzuhalten.

Als sie das erste Stockwerk erreichten, erwartete sie bereits ein junger Constable. Er hatte den Strahl seiner Lampe auf den Boden gerichtet, um die Ankömmlinge nicht zu blenden, aber Mark konnte erkennen, dass er hektisch auf einem Kaugummi kaute. Was immer er gesehen haben mochte, es schien ihn nervös gemacht zu haben.

»Hier entlang«, sagte er und zeigte auf das Ende des Ganges. »Aber seien Sie um Himmels willen vorsichtig! Da vorn gibt es ein paar verdammt große Löcher.«

Der Constable übernahm die Führung, und tatsächlich waren die Bodendielen an vielen Stellen durchgebrochen. In den Löchern hätte man sich leicht ein Bein brechen können.

Plötzlich blieb er stehen.

»Ach ja, Sir«, sagte er an Blake gewandt. »Das haben wir auch noch gefunden.«

Er leuchtete in einen kleinen kahlen Nebenraum, wo ein einzelnes Feldbett stand. Das Bett wirkte neu, als habe man es erst vor Kurzem hier aufgestellt, ebenso wie das Kissen und die akkurat zusammengefaltete Wolldecke. Daneben, auf dem Boden, standen einige geöffnete Konservendosen und Plastikflaschen mit Mineralwasser. Sie waren ordentlich an der Wand aufgereiht.

»Hier muss der Täter campiert haben.«

Blake runzelte die Stirn und nickte nur, dann setzten sie ihren Weg fort bis zu einem Durchgang, der zu einer weiteren Treppe führte.

Durch einen schmalen Aufgang stiegen sie acht Metallstufen bis zu einer Kehre empor, dann weitere acht Stufen bis zu einer offen stehenden Stahltür. Dort blieb der Constable stehen und sah sich zu ihnen um.

»He, was ist los da vorn?«, rief einer der Sanitäter. »Warum geht's nicht weiter?«

Er leuchtete in das Gesicht des Constables, dessen ausgeprägter Adamsapfel wie wild auf und ab hüpfte. Auf seiner Stirn schimmerten Schweißperlen, und seine weichen Gesichtszüge waren blass und wie zu einer Grimasse verzerrt.

»Also, ich sag Ihnen ...« Er räusperte sich und schluckte mehrmals, ehe er weitersprechen konnte. »Sie sollten sich ... auf was gefasst machen.«

Dann trat er zur Seite und ließ sie an sich vorbeigehen.

75.

Mark blieb neben dem jungen Constable stehen, während Blake und die anderen in den Raum eilten. Der Inspector war jedoch noch keine drei Schritte weit gekommen, als er abrupt stehen blieb.

»Ach du heilige Scheiße!«, stieß er hervor und riss die Augen auf.

Der Anblick, der sich ihnen bot, war bizarr. Der Raum hatte die Größe eines Ballsaales und war in einem deutlich besseren Zustand als die anderen Räume, die sie bisher auf ihrem Weg nach oben gesehen hatten. Der Boden war mit Kalkstaub bedeckt, in dem sich Schleifspuren und Fußabdrücke abzeichneten. Etwa in der Mitte des Raumes saß Stephen Bridgewater gefesselt auf einem Stuhl. Er war nur mit einem Hemd bekleidet, und seine Haut wirkte ebenso bleich wie die Kalkwände um ihn herum. Von seinem linken Arm führte ein dünner Schlauch zu einem rostigen Infusionsständer, an dem ein leerer Beutel mit Kochsalzlösung baumelte.

Beim Näherkommen drang ihnen der Gestank von Fäkalien entgegen. Mark sah Stephens Beine, an denen eine bräunliche Flüssigkeit angetrocknet war, und verzog angewidert das Gesicht.

Stephen hatte die Augen geschlossen und wirkte wie tot. Die beiden Sanitäter eilten zu ihm, befreiten ihn von seinen Armfesseln und lösten vorsichtig den Klebebandstreifen um seinen Kopf, der ihn an die Stuhllehne fixiert hatte, während Blake auf das Gebilde vor ihm zuging und es fassungslos anstarrte.

»Teufel auch«, ächzte er. »Das ist pervers!«

Unmittelbar vor Stephen befand sich ein halbhohes Metallregal. Obenauf stand ein Flachbildschirm, der durch ein buntes Kabelgewirr mit mehreren Autobatterien verbunden war. Zwei weitere Kabel führten über den Boden in den hinteren Teil des Raumes zu einer Glaskabine, deren Fensterscheiben mit schwarzer Folie verhängt waren.

Mark trat zu dem Inspector. Als er sah, was der Bildschirm zeigte, fuhr er angewidert zurück. Er wechselte einen schnellen Blick mit Blake, dann sahen sie beide zu der Kabine, wo die beiden Constables soeben die Plane von der Glasfront entfernt hatten.

In dem kleinen Raum saß eine Frau auf einem Stuhl. Ihr Kopf hing auf die Brust herab, und ihre langen roten Locken verdeckten ihr Gesicht. Wie Stephen war auch sie nackt bis auf ein Hemd, doch bei ihr sah es aus, als habe man ihre Brust mit einem Eimer roter Farbe übergossen – eine Unmenge Blut, die inzwischen auf ihrem Körper getrocknet und verkrustet war. Die beiden langen Kabel führten zu einer Kamera, die vor ihr auf einem Stativ angebracht war.

»Das ist unglaublich«, sagte Blake mit belegter Stimme. »Ich habe in meinem Beruf wirklich schon einiges gesehen, aber das hier …«

Er deutete wieder auf den Bildschirm. Die Kamera in der Glaskabine war so ausgerichtet worden, dass der Bildschirm eine Großaufnahme von Katherine Parishs gespreizten Beinen zeigte.

Mark konnte es nicht fassen. Das war also die Lektion, die der Mann, der sich Hiob genannt hatte, Stephen Bridgewater erteilt hatte. Die Lektion hatte daraus bestanden, dass er Katherine Parish vor Stephens Augen auf ihr Geschlecht reduziert hatte. Es war ein Bild, das Stephen entgegenschreien sollte: *Sieh dir genau an, worum es dir wirklich bei ihr geht!*

Hiob hatte gesagt, dass Stephen zäh gewesen sei. Demnach musste er lange auf diesen Bildschirm gestarrt haben, der ihm die mit Blut verschmierte Vagina seiner Geliebten gezeigt hatte.

Doch am meisten schockierte Mark das gerahmte Foto, das neben dem Bildschirm stand. Die lachende Familie Bridgewater, Stephen mit Sarah und Harvey vor einer Miniatureisenbahn. Ein einziger zynischer Vorwurf.

Das hast du dafür aufgegeben, sollte dieses Foto sagen.

Ein lautes Krachen hinter ihnen ließ Mark herumfahren. Die beiden Constables hatten die Tür der Glaskabine aufgebrochen.

»O Scheiße!«, schrie einer von ihnen auf und schlug die Hand vors Gesicht. »Dieser Gestank!«

Er taumelte zurück und stieß dabei gegen seinen nicht minder schockierten Kollegen, während ein Sanitäter an ihnen vorbei zu Katherine Parish eilte. Er hob vorsichtig ihren Kopf an und fühlte den Puls an ihrer Halsschlagader. Dann ließ er ihren Kopf wieder auf ihre Brust zurücksinken und sah Blake durch die Glaswand an. Der Sanitäter schüttelte den Kopf.

»Sie ist tot, Sir.«

Der jüngere der beiden Constables, der nur wenige Meter von dem Sanitäter entfernt stand, wandte sich hastig von der Kabine ab und lief zu einer Ecke des Raumes, wo er sich geräuschvoll übergab.

76.

Zwei Tage später stand Mark in der Küche der Bridgewaters und sah in den schneebedeckten Garten hinaus. Gwen spielte Fangen mit den beiden Kindern. Sie jagten sich kichernd und quiekend zwischen den Büschen, und hin und wieder flog ein kleiner Schneeball durch die Luft. Gestern hatte es stundenlang geschneit, und an diesem Morgen waren noch einmal ein paar Zentimeter Neuschnee hinzugekommen – zu pulvrig für einen Schneemann, aber wenigstens eine vielversprechende Aussicht auf weiße Weihnachten.

Gwen und Diana hatten die Nacht bei Sarah und Harvey verbracht. Es war ihre erste Nacht im eigenen Haus gewesen, seit die Ereignisse um den Unbekannten ihren Lauf genommen hatten, und Gwen hatte Sarah wie immer beigestanden.

Nun war es, als würde ganz allmählich der Alltag ins Haus der Bridgewaters zurückkehren. Aber der Schein trog, dachte Mark. Es war vielleicht eher der Auftakt zu einem Neuanfang.

Auf dem Gang hörte er Sarah telefonieren. Sie sprach mit Stephens Arzt auf der Intensivstation des King's Hospitals. Bei Stephens Einlieferung war sein Zustand als bedenklich eingestuft worden. Trotz der Infusion, die ihm der Unbekannte verabreicht hatte, war er stark dehydriert gewesen, und er hatte eine schwere Unterkühlung erlitten.

Dennoch, Stephen schwebte nicht Lebensgefahr, und diese gute Nachricht hatte einen sichtbaren Wandel bei Sarah hervorgerufen. Bei Marks Besuch am gestrigen Abend hatte sie wieder mit Appetit gegessen, und in ihr Gesicht war die Farbe zurückgekehrt.

Heute Morgen hatte Mark noch einmal mit Detective Inspector Blake gesprochen. Offenbar gab es immer noch keine zuverlässigen Hinweise zur Identität des Unbekannten. Zunächst war man der Verbindung des Mannes zu John Wakefield nachgegangen. Wie die alte Mrs. Livingstone erzählt hatte, musste Wakefield selbst einmal Patient des Royal Marsden Hospitals gewesen sein. Dort hatte man sich auch an einen ehemaligen Patienten erinnert, auf den die Beschreibung des Narbenmannes zutraf – laut Aussage des Personals sei sein Name John Reevyman gewesen –, doch rätselhafterweise gab es weder eine Krankenakte noch eine Eintragung in die Patientendatei der Klinik.

Auch sonst schien es einen Mann dieses Namens nie gegeben zu haben. Ein John Reevyman tauchte in keinem Personenstandsregister auf. Aufgrund der fehlenden Fingerabdrücke, die wie alle übrigen Verbrennungen an seinem Oberkörper von einem schweren Unfall herrühren mussten, gestaltete es sich weiterhin schwierig, wenn nicht gar unmöglich, die wahre Identität dieses Mannes herauszufinden. Denn es gab auch keine Vermisstenmeldung, die auf einen Mann mit seiner Beschreibung zutraf.

Ja, es war, wie Hiob selbst gesagt hatte: Er war ein Niemand – und offenbar hatte er alle notwendigen Vorkehrungen getroffen, dass dies auch so blieb.

Was die junge Frau auf dem Foto betraf, das Hiob Sarah hatte zukommen lassen, liefen die Nachforschungen noch. Man hatte das Bild in der Presse veröffentlicht, aber bislang hatte sich niemand gemeldet.

Nach einer Weile kehrte Sarah in die Küche zurück und trat zu Mark ans Fenster. Auf ihrem Gesicht stand Erleichterung zu lesen.

»Wie geht es ihm?«

Sie strich sich eine Haarsträhne aus dem Gesicht. »Er ist über den Berg, sagt der Doktor. Seit heute Morgen ist er wieder bei Bewusstsein. Wenn es so gut weitergeht, kann er vielleicht schon nächste Woche aus dem Krankenhaus entlassen werden.«

»Das freut mich«, sagte Mark und berührte sie an der Schulter.

Sarah nickte, griff nach seiner Hand und sah dann zu Gwen und den Kindern in den Garten hinaus.

»Wenn ich doch nur wüsste, was ich jetzt tun soll«, sagte sie leise. »Ich fühle mich so zerrissen. Wie soll ich mich Stephen gegenüber verhalten? Ich bin so maßlos wütend auf ihn. Und gleichzeitig habe ich Mitleid mit ihm. Was muss er durchgemacht haben ... Ich glaube, ich liebe ihn noch immer. Trotz allem. Klingt das verrückt?«

Mark drückte ihre Hand. »Nein, überhaupt nicht. Ihr

solltet miteinander reden, sobald es ihm besser geht. Versucht, eine gemeinsame Lösung zu finden.«

»Das hätten wir schon viel früher tun sollen.« Sie sah zu Harvey hinaus, der lachend auf dem Rücken lag und mit Armen und Beinen einen Schneeengel formte. »Vielleicht wäre dann all das nicht passiert. Wenn wir wirklich eine glückliche Familie gewesen wären, hätte uns dieser Verrückte vielleicht in Ruhe gelassen. Dann hätte es für ihn keinen Grund gegeben, sich in unser Leben einzumischen.«

»Da wäre ich mir nicht sicher«, sagte Mark.

»Wieso?«

»Er wollte unbedingt an Stephens Stelle sein. Selbst als er sich das Leben genommen hat, trug er Stephens Kleidung. Als ob er dadurch in die Haut deines Mannes schlüpfen und seine Rolle einnehmen konnte. Ihr hattet etwas, worum er euch beneidet hat. Und wer weiß, vielleicht habt ihr es ja noch immer?«

Sie ließ ihn los, wandte sich von ihm ab und ging zur Küchenzeile. Mark sah, wie sie sich mit dem Handrücken über die Augen wischte, ehe sie sich wieder zu ihm umdrehte.

»Möchtest du noch Tee?«, fragte sie, um das Thema zu wechseln.

»Nein danke«, sagte er und stellte die leere Tasse auf dem Tisch ab. »Ich werde mich jetzt wieder auf den Weg machen. Mein Flug geht in ein paar Stunden, und ich muss noch meine Sachen packen.«

»Was wirst du tun, wenn du wieder in Deutschland bist?«

»Es gibt einige Dinge, die ich noch in Ordnung bringen muss, und dann werde ich mir einen neuen Job suchen.«

»Wirst du in Frankfurt bleiben?«

»Offen gestanden, habe ich mir darüber noch keine Gedanken gemacht. Aber ich glaube, ein Tapetenwechsel würde mir ganz guttun.«

Sie lächelte ihn an. »Vielleicht kommst du ja nach London zurück? Unsere Tür steht jederzeit für dich offen, das weißt du.«

Er ging zu ihr und küsste sie auf die Wange, woraufhin Sarah ihn in die Arme nahm. Aus dem Garten drang das Lachen der Kinder zu ihnen, und wieder musste Mark an ihre gemeinsame Jugend denken. An den Tag, an dem sie ihm von ihrem Stipendium erzählt hatte. Von dem Neuanfang, den ihr der Brief der Universität versprochen hatte.

Nun war es ähnlich.

»Danke«, flüsterte sie. »Danke für alles.«

»Ich bin immer für dich da.«

Sarah begleitete ihn zur Tür, wo sie sich noch einmal umarmten, ehe er sich endgültig verabschiedete und in den Garten ging, um Gwen und den Kindern Auf Wiedersehen zu sagen.

Er dankte Gwen für ihre Hilfe und musste Harvey versprechen, ihn recht bald wieder zu besuchen. Dann machte er sich auf den Weg zurück zur Bahnstation und sah sich noch ein letztes Mal um. Sarah winkte ihm nach, doch dann hielt ein brauner UPS-Lieferwagen vor ihrer Tür und nahm Mark die Sicht.

Als er kurz darauf am Bahnsteig stand und auf seinen Zug zurück in die Innenstadt wartete, fragte er sich, ob er Sarah jemals wiedersehen würde. Dann schaute er auf die Lebensuhr an seinem Handgelenk – auf die Metallplatte, unter der seine verbleibende Zeit rückwärts lief.

Ja, dachte er. *Es wäre durchaus möglich*.

77.

Ein kaugummikauender junger Mann mit bleichem Sommersprossengesicht, das über seiner braunen UPS-Uniform wie ein Vollmond zu leuchten schien, überreichte Sarah ein Paket.

»Terminlieferung für Mrs. Sarah Bridgewater«, sagte er und hielt ihr lässig sein digitales Unterschriftengerät entgegen. »Bitte bestätigen Sie den Empfang.«

Sarah stellte das Paket ab und unterzeichnete auf dem Display, dann nahm sie es wieder auf und trug es in die Küche. Es war nicht besonders schwer, und irgendetwas schien darin hin und her zu kullern.

Gwen und die Kinder kamen hinter ihr ins Haus.

»Puh!«, rief sie aus. »Das war vielleicht ein Spaß. Jetzt haben wir uns aber einen schönen heißen Tee verdient.«

»Für mich Milch und Kekse«, orderte Harvey, und Diana stimmte lauthals mit ein: »Au ja, Milch und Kekse!«

»Sind schon unterwegs«, sagte Gwen und stellte kurz darauf ein Tablett mit zwei Gläsern Milch und Schokokeksen vor den Kindern auf den Küchentisch. Dann goss sie sich selbst eine Tasse Tee ein und lehnte sich neben Sarah an das Büfett.

»Glaubst du, du wirst allein zurechtkommen?«, fragte sie und nippte an ihrer Tasse.

»Klar«, sagte Sarah. »Außerdem habe ich ja noch Harvey. Wir werden das schon schaffen.«

Harvey bewegte den Keks in seiner Hand, als sei er eine fliegende Untertasse im Anflug auf Diana. Dazu machte er einen tiefen Brummlaut, der dem Mädchen ein Kichern entlockte.

»Er ist ein großartiger Junge«, sagte Gwen, »und er ist sehr tapfer.«

Sarah lächelte. »O ja, das ist er. Wenn man ihm so zusieht, könnte man glauben, es wäre nie etwas geschehen.«

»Wie geht es Stephen?«

»Besser. Er wird wohl bald aus dem Krankenhaus entlassen werden.«

»Und?«

Sarah stieß einen tiefen Seufzer aus. »Ich weiß es noch nicht. Mark meint, wir sollen es noch einmal miteinander versuchen. Aber ich bin mir so unschlüssig.«

»Du wirst schon die richtige Entscheidung treffen, da bin ich mir sicher«, sagte Gwen und stellte ihre Tasse neben sich ab. »So, und nun werden Lady Di und ich nach Hause fahren und Schulaufgaben machen. Wer zwei Tage Schule schwänzt, hat einiges nachzuholen.«

»Es ist ja nicht mehr lange hin bis zu den Weihnachtsferien.«

»Stimmt«, erwiderte Gwen mit einem Blick auf das Paket, »und ich habe noch keine einzige Karte verschickt. Also los, Milady!« Sie winkte Diana zu. »Auf, auf, es wartet Arbeit auf uns!»

Sie wandte sich wieder Sarah zu und nahm sie in die Arme. »Du kannst dich jederzeit bei mir melden, Liebes, das weißt du.«

»Ja, ich weiß.«

Gwen machte ein lustig bekümmertes Gesicht. »Schade nur, dass Mark nicht geblieben ist. Ich finde ihn sehr nett.«

Sie zwinkerte Sarah zu, nahm Diana bei der Hand und ging. Harvey lief ihnen zur Tür nach und schob Diana zum Abschied einen Keks in die Jackentasche, wofür er einen dicken Kuss auf die Wange erhielt, den er sich sogleich mit gespieltem Ekel abwischte.

Ja, Gwen, dachte Sarah ein wenig schwermütig, *es ist wirklich schade, dass Mark nicht geblieben ist.*

Wenn sie all den Geschehnissen der letzten Tage überhaupt etwas Gutes abgewinnen wollte, dann war es dieses Wiedersehen gewesen. Ein Beweis dafür, dass wahre Freundschaft keine Zeit kennt. Selbst nach Jahren kommt es einem so vor, als sei kein Tag seit dem letzten Wiedersehen vergangen.

Harvey holte sie aus ihren Gedanken zurück. »Mummy, glaubst du, Daddy würde sich über ein Bild von mir freuen?«

Sie sah ihm in die Augen, und sein Blick versetzte ihr einen Stich. Er freute sich auf die baldige Rückkehr seines Vaters und konnte es kaum erwarten, ihn wiederzusehen.

»Ja, ganz bestimmt, Schatz.«

»Au ja, ich hab auch schon eine Idee! Ich mal ihm ein großes Bild mit einer Eisenbahn. Das wird ihm bestimmt gefallen.«

Er rannte die Treppe zu seinem Zimmer hoch, während Sarah ihm mit Tränen in den Augen nachsah.

Als sie wieder in die Küche kam, fiel ihr Blick als Erstes auf das Paket auf der Ablage. Es war ein annähernd quadratischer Karton, auf dem nur ihr Name und ihre

Adresse standen. Darüber prangte ein UPS-Aufkleber mit dem Vermerk *Terminsendung* und dem heutigen Datum.

Sie sah sich vergeblich nach einer Angabe des Absenders um und musste dabei an Gwens Bemerkung denken. Vielleicht war es ein vorzeitiges Weihnachtspaket. Oder hatte ihr Nora den Ausdruck eines neuen Manuskripts geschickt und in der für sie üblichen Eile vergessen, ihren Absender anzugeben?

Sie zog eines der Küchenmesser aus dem Block über der Ablage und entfernte vorsichtig die Klebestreifen. Dann schlug sie die Deckellaschen auf.

Der Karton war mit zerknüllten Zeitungsseiten gefüllt, und obenauf lag ein weißer Briefumschlag, auf dem Sarahs Name in Druckbuchstaben geschrieben war.

Diese gestochene Handschrift kam ihr bekannt vor, aber woher? Zu Nora gehörte sie jedenfalls nicht. Aber sie hatte diese Schrift erst kürzlich irgendwo gesehen … ebenfalls auf einem Briefumschlag.

GLÜCKWUNSCH!

Die Erkenntnis traf sie wie ein Schlag.

Es ist von ihm!

Sie warf den Brief auf die Arbeitsfläche, als habe sie sich die Finger daran verbrannt. Augenblicklich begann ihr Puls zu rasen, und sie starrte auf den Karton. Ihr fiel das seltsame Kullern wieder ein, das sie gespürt hatte, als sie den Karton hochgehoben und in die Küche getragen hatte.

Sie zögerte und betrachtete die zerknüllten Zeitungen.

Was mochte sich darunter verbergen?

Ihr war danach, den ganzen Karton, wie er war, in die Mülltonne zu werfen, doch die Neugier war größer. Sie rang noch eine Weile mit sich, dann begann sie, mit spitzen Fingern jedes einzelne Papierknäuel vorsichtig aus dem Karton zu entfernen. Schließlich hielt sie verblüfft inne.

Vom Boden des Kartons starrte ihr aus leeren Augenhöhlen ein Puppenkopf entgegen.

Was hatte das zu bedeuten?

Sie holte den Kopf aus der Schachtel und hielt ihn ins Licht. Es war ein unheimlicher Anblick, nicht nur wegen der fehlenden Augen.

Die rechte Hälfte des Puppengesichts war entstellt und rußgeschwärzt, als habe jemand eine Flamme zu nahe an den Kunststoff gehalten. Die intakte linke Seite zeigte das Gesicht eines pausbäckigen Mädchens mit aufgemalten Wimpern und roten Lippen, die zu einem Kussmund gespitzt waren. Das angedeutete blonde Haar, das aus demselben Kunststoff wie der Kopf selbst geformt war, bedeckte beide Ohren und war ordentlich gescheitelt. Der Kopf musste schon sehr alt sein, und hätte es noch einen Körper dazu gegeben, hätte die Puppe wahrscheinlich ein Kinderkleid im Modestil der späten Fünfzigerjahre getragen.

Sarah starrte eine Weile in die leeren Augenhöhlen der Puppe und versuchte zu verstehen. *Warum schickst du mir das?*, dachte sie, ehe sie den Kopf schließlich in den Karton zurückfallen ließ. *Was willst du mir damit sagen?*

Sie nahm den Umschlag, riss ihn mit zitternden Händen auf und holte den Brief heraus. Er war ebenfalls handschriftlich verfasst. Der Schreiber hatte einen Füllfederhalter benutzt und teures Büttenpapier mit dem Wasserzeichen der Crown-Mill-Manufaktur.

Sie ging mit dem Brief zum Küchentisch, setzte sich und begann zu lesen.

78.

Liebe Sarah …

Allein diese Worte genügten, um ihr Übelkeit zu verursachen. Diese vertrauliche Anrede … Als ob er wieder hier bei ihr in der Küche stünde. Durch dieses Paket war er erneut bei ihr eingedrungen, war erneut in ihren vier Wänden präsent. Selbst jetzt, wo er tot war.

Doch aus ebendiesem Grund hatte sie keine Angst. Diesmal konnte er ihr nichts anhaben. Also las sie weiter.

Dies sind die letzten Worte eines Sterbenden an Dich. Wenn Du sie liest, werde ich bereits tot sein.

Es scheint mir seltsam, mich auf diese Weise an Dich zu wenden. Nur zu gern hätte ich Dir all dies persönlich gesagt. Aber ich fürchte, Du hättest mir nicht zugehört. Du hast ja nicht einmal auf Deine eigenen Worte gehört, was die Situation zwischen Dir und Stephen betraf. Jedenfalls nicht, wenn ich die ausgestrichenen Passagen in Deinen Tagebüchern richtig gedeutet habe.

Für dieses unverschämte Eindringen in Deine Privatsphäre möchte mich von ganzem Herzen entschuldigen, aber es schien mir wichtig, Dich auf diese Weise wirk-

lich kennenzulernen. Auch mit all Deinen Fehlern – ja, gerade mit Deinen Fehlern. Denn sind es nicht letztlich unsere Fehler, die uns menschlich machen?

Sarah schüttelte den Kopf. Nein, sie konnte diese Entschuldigung nicht akzeptieren. Dass er in ihr Leben eingedrungen war, konnte sie ihm nicht verzeihen – ebenso wenig wie alles andere. Er hatte kein Recht dazu gehabt. Hätte er sie wirklich kennenlernen wollen, hätte es andere Wege gegeben. Der einfachste wäre gewesen, sie anzusprechen, wenn er sich wirklich so sehr für sie und ihre Persönlichkeit interessiert hätte. Und dabei hätte es keine Rolle gespielt, ob sie sich selbst etwas vorlog oder nicht. Er hätte es ihr sagen können. Stattdessen aber hatte er es sie auf die schlimmstmögliche Weise spüren lassen – und dafür hasste sie ihn.

Es lag nie in meiner Absicht, Dir Vorwürfe zu machen oder Dich für Dein Verhalten zu verurteilen. Ich wollte Dich zum Nachdenken bewegen, und ich hoffe sehr, dass mein Vorhaben nun geglückt ist.

O ja, du Mistkerl, dachte sie. *Ich habe noch nie über so vieles auf einmal nachgedacht wie in den letzten Tagen. Das ist dir hervorragend geglückt.*

Sie ließ den Brief auf ihren Schoß sinken und überlegte, ob es wirklich klug war, ihn zu lesen. Sie sollte sich jetzt lieber um sich selbst kümmern und darum, wie es für ihre Familie weitergehen sollte, statt sich die Worte eines offensichtlich Geisteskranken zu Gemüte zu führen, die sie nur wieder aufwühlten.

Denn das Schlimme an seinen Worten war, dass sie auch

ein Quäntchen Wahrheit enthielten. Eine Wahrheit, die ihr wehtat und die sie sich allenfalls aus dem Mund eines guten Freundes hätte gefallen lassen. Wenn Gwen oder Mark auf diese Weise mit ihr gesprochen hätten, wäre es etwas anderes gewesen. Aber dieser Unbekannte war nicht ihr Freund gewesen, auch wenn er sich offenbar selbst dafür gehalten hatte.

Sie sollte diesen Brief einfach zusammen mit dem Zeitungspapier, dem Karton und dem merkwürdigen Puppenkopf in den Müll werfen, dachte sie. Das wäre die vernünftigste Art, mit dieser Angelegenheit umzugehen.

Aber irgendetwas hielt sie davon ab. Vielleicht war es Neugier, vielleicht mehr ... Was es war, konnte sie nicht genau sagen. Sie wusste nur, wenn sie den Brief wirklich bis zum Ende lesen wollte, musste sie sich wappnen, sie musste ihn objektiv und distanziert betrachten – wie ein abgeschlossenes Kapitel ihrer eigenen Lebensgeschichte, denn dazu war dieser Unbekannte nun einmal geworden, ob sie wollte oder nicht.

Sie nahm die Seiten wieder auf.

Du wirst jetzt wütend auf mich sein. Jetzt, nachdem ich Dich durch Deine persönliche Hölle geschickt habe. Wenn dem so ist, kann ich es Dir nicht verdenken. Die Wahrheit schmerzt, und demzufolge musste ich Dir eine Menge Schmerzen zufügen. Nur so konnte ich Dich aus dem dunklen Versteck in Dir selbst hervorholen. Du wärst darin zugrunde gegangen, glaub mir, denn kein Mensch kann lange ohne die Wahrheit leben.

Doch trotz all Deines Zorns auf mich, bitte ich Dich nicht zu vergessen, wo Du jetzt meinetwegen stehst. Du hast bereits viel erreicht und bist Deinem inneren Gefängnis entkommen.

Ich bin überzeugt, wenn Du heute die Klinke Deiner Bürotür berühren würdest, wärst Du ohne Angst. Du hast Dich der Situation gestellt, hast Deiner Angst ins Gesicht geblickt und weißt nun, wie Du ihr begegnen musst. Denn das Einzige, was es zu fürchten gibt, ist die Furcht selbst.

Aber es ist noch nicht vorbei, Sarah. Auch wenn ich jetzt tot bin, gibt es noch eine letzte Lektion, die ich Dir erteilen werde, um das, was zwischen uns gewesen ist, zu einem Abschluss zu bringen. Unser gemeinsamer Weg wird noch eine letzte Gabelung erreichen, ehe ich Dich wieder Dir selbst überlasse. Du wirst eine Entscheidung zu treffen haben, die Dein weiteres Leben bestimmen wird.

Wieder legte sie den Brief beiseite. Diesmal jedoch nicht aus Wut, sondern wegen eines unguten Gefühls, das jetzt zu ihr in den Raum geschlichen war.

Wovon sprach dieser Kerl?

Wollte er ihr drohen?

Aber womit?

Sie überflog noch einmal die letzten Sätze.

… eine letzte Lektion …

… eine letzte Gabelung …

Was meinte er damit?

Gab es etwa noch etwas, wovon sie nichts wusste? Hielt dieser Mann noch eine letzte schreckliche Überraschung für sie bereit? Eine finale Heimsuchung aus dem Reich der Toten, um sie vollends zu zerstören?

Nein, dachte sie. *Nein, das werde ich nicht zulassen!*

Denn in einem Punkt musste sie ihm recht geben, wenn sie es auch ungern tat: Sie war an dieser Situation gewachsen. Es gab keine Angst mehr für sie, keine Phobie, deren Ursprung sie nicht verstand oder nicht verstehen wollte. Beim nächsten Mal würde sie kämpfen und nicht eher ruhen, bis sie gesiegt hatte.

Es erscheint mir wichtig, Dir zunächst noch etwas über mich zu erzählen. Damit Du meine Beweggründe kennst.

Du wirst Dich sicherlich gefragt haben, wieso ich ausgerechnet auf Dich gekommen bin und weshalb es mir so viel bedeutet hat, zumindest während unserer kurzen persönlichen Begegnung für eine Weile in Stephens Rolle zu schlüpfen.

Wie Du Dir gewiss schon gedacht haben wirst, hat es mit der jungen Frau auf dem Foto zu tun, das ich Dir habe zukommen lassen (jedenfalls hoffe ich zu dem Zeitpunkt, da ich dies schreibe, dass Du den Blumenhändler ausmachen wirst – andernfalls bitte ich Dich, Shalimar Flowers aufzusuchen, wo Stephen für gewöhnlich seine Blumen für Dich kauft).

Der Name dieser jungen Frau, der du so ähnlich siehst, war Amy. Ich war unbeschreiblich in sie verliebt. Wir hatten uns kennengelernt, als wir beide neunzehn waren, und fortan gingen wir unseren Weg gemeinsam.

Wir hatten viele Pläne für die Zukunft. Pläne, wie Du sie selbst nur zu gut kennst. Ein gemeinsames Haus, nicht groß, aber gemütlich, und vielleicht einen Garten, in dem eines Tages unsere Kinder spielen würden. Wir hatten uns zwei Kinder gewünscht, einen Jungen und ein Mädchen.

Amy hatte von einer Hochzeit in Weiß geträumt, wie man sie aus diesen Filmen mit Hugh Grant kennt, mit vielen Brautjungfern, die uns mit Reis bewerfen würden, sobald wir aus der Kirche kamen.

Jedes Mal, wenn ich ihr sagte, wie kitschig ich diese Vorstellung fand, hatte sie gelacht. Sie fände es ja ebenfalls kitschig, sagte sie, aber das Bild würde ihr dennoch gefallen. Also hätte ich ihr diesen Wunsch nie abgeschlagen, ob kitschig oder nicht, da ich wirklich alles getan hätte, um sie glücklich zu machen.

Mit der Heirat und den Kindern hatten wir noch warten wollen, bis wir das nötige Startkapital dafür zusammengespart hatten. Kurz nach meinem sechsundzwanzigsten Geburtstag war es dann so weit, und wir begannen konkrete Pläne zu schmieden.

Im selben Jahr starb mein Vater an einem Herzinfarkt. Ihm hatte eine große Firma für Elektronikartikel gehört. Das Geschäft war zuletzt nicht mehr besonders gelaufen, aber er hatte die Firma noch für gutes Geld verkaufen können.

Da ich sein einziger Sohn und meine Mutter schon viele Jahre zuvor gestorben war, hinterließ er mir sein gesamtes Vermögen. Es war eine riesige Summe, verglichen mit dem, was Amy und ich in der Zwischenzeit gespart hatten.

Ich hatte mich mit meinem Vater nie sonderlich gut verstanden. Wir waren sehr unterschiedlich, und er war mir immer wie ein Fremder vorgekommen. Bei unseren letzten Unterhaltungen waren wir jedes Mal im Streit auseinandergegangen. Deshalb hatte mir sein Geld auch nichts bedeutet, und ich wollte das Erbe zunächst nicht einmal annehmen.

Aber ich musste auch an Amy denken. Durch dieses Vermögen standen uns nun ganz andere Möglichkeiten offen. Also nahmen wir uns vor, das Beste daraus zu machen.

Wir bestellten das Aufgebot und machten uns dann auf die Suche nach einem Haus, das unseren Vorstellungen entsprach. Wir wollten uns damit die nötige Zeit lassen, um auch wirklich einen Ort zu finden, an dem wir uns heimisch fühlten.

Bis dahin lebten wir in einem kleinen Apartment in Bloomsbury. Dort war es so eng, dass nur eine Person in die Küche passte. Unser Bett stand unter einer Dachschräge, an der man sich leicht den Kopf stieß (was mir während dieser Zeit bestimmt hundertmal passiert ist), und den Wäscheständer mussten wir zum Trocknen in die Badewanne stellen. Trotzdem fühlten wir uns dort wohl. Aber wahrscheinlich hätten wir uns auch in einer Streichholzschachtel wohlgefühlt. Die Hauptsache war doch, dass wir zusammen waren.

Und dann kam jener Frühsommermorgen, an dem Amy unser Leben perfekt machte. Tags zuvor hatten wir uns ein Haus in Herne Hill unweit des Brockwell-Parks angesehen. (Dort hatte ich übrigens einen Monat zuvor das Foto von Amy aufgenommen, das Du nun hoffentlich erhalten haben wirst.) Das Haus hatte uns sehr gut gefallen, und wir dachten ernsthaft über den Kauf nach.

Als wir an diesem Morgen gemeinsam zur Arbeit gin-

gen und uns über Möbel und unsere Vorstellungen von der Inneneinrichtung unterhielten, lächelte Amy mich plötzlich an und fragte, welche Möbel ich mir denn im Kinderzimmer wünschen würde.

»Im Kinderzimmer?«, fragte ich, und sie sagte: »Ja, im Kinderzimmer«, und ihr Lächeln war noch breiter geworden.

Dann verriet sie mir, dass sie bereits im dritten Monat schwanger war.

Sarah, das Gefühl, das ich in jenem Moment empfand, ist nicht in Worte zu fassen.

Oder nein, ich muss mich korrigieren, vielleicht gibt es ja doch ein Wort dafür. Es scheint mir jetzt ganz einfach, wo ich Dir darüber schreibe.

Es war Glück.

Tiefes, reines Glück.

In diesem Moment hätte ich die ganze Welt umarmen können. Stellvertretend dafür umarmte ich die Urheberin meines Glücks, und wir tanzten gemeinsam die Straße entlang wie zwei verliebte Teenager.

Sarah lehnte den Kopf zurück und atmete tief durch. Was war nur los mit ihr? Auf einmal begann sie für diesen Mann Sympathie zu hegen.

Dies waren nicht die Worte eines Verrückten. Es waren die Worte eines Mannes, der sie an seinem Leben teilhaben ließ. Er legte seine Vergangenheit mit derselben Ehrlichkeit offen, wie sie ihre Vergangenheit in den Tagebüchern offengelegt hatte. Es war, als wollte er sein Eindringen in ihre persönlichsten Gedanken wiedergutmachen. Quid pro quo, oder wie sagte man? Ich gebe, damit du gibst …

Vielleicht hatte sie es sich bisher zu leicht gemacht, ihn einfach nur als verrückt abzustempeln. Es war immer bequemer, Menschen in Schubladen zu stecken, als nach den Gründen für ihr Handeln und ihre Wesensart zu fragen. Zwar entschuldigte dieser Brief nichts von dem, was er ihr und ihrer Familie angetan hatte, aber der Unbekannte wollte ihr helfen, damit sie ihn verstand. Denn Verstehen war der erste Schritt zur Bewältigung eines Erlebnisses.

Verrückt wäre eine zu einfache Erklärung, sagte dieser Brief. Die Wahrheit ging viel tiefer.

Wir waren so sehr mit uns selbst beschäftigt, dass uns die ältere Dame fast nicht aufgefallen wäre, die mit einem kleinen Mädchen an der Hand an uns vorbeihastete. (Im Nachhinein weiß ich jetzt, dass sie Großmutter und Enkelin gewesen sind.)

Es war Amy, die die beiden zuerst sah, und sie sah auch die Puppe, die das Mädchen in der Eile verloren hatte. Die Puppe hatte in ihrem pinkfarbenen Rucksack gesteckt und war ihr beim Laufen herausgerutscht.

Amy hob die Puppe vom Boden auf, und ich kann mich noch erinnern, wie ich beim Anblick des offensichtlich schon alten Spielzeugs dachte, dass es sich vielleicht um ein vorzeitiges Erbstück an das kleine Mädchen handelte. Die Lieblingspuppe der Großmutter oder vielleicht auch ihrer Mutter, die nun zur Lieblingspuppe des Mädchens geworden war, auch wenn die Farben ihres bunten Kleidchens längst ausgeblichen waren. Oder die Kleine hatte sich einfach nur auf irgendeinem Flohmarkt in sie verliebt, wer weiß?

Amy rief den beiden hinterher, doch die Frau hörte sie nicht. Sie schien ganz darauf konzentriert, noch den Bus zu erreichen, der bereits an der Haltestelle wartete. Also lief Amy ihnen mit der Puppe nach, und ich folgte ihr. Nun riefen wir beide, bis wir bei dem Bus angekommen waren, doch der übliche Morgenverkehr schien uns zu übertönen.

Die Frau und das Mädchen waren bereits eingestiegen, und Amy folgte ihnen in den Bus, die Puppe vor sich haltend.

Ich selbst blieb draußen stehen, und es war mir, als hielten mich unsichtbare Hände zurück, ebenfalls in den Bus zu steigen. Für einen Augenblick verstand ich nicht, was da in mir vor sich ging, ehe ich einen jungen Mann mit dunkelbraunen, ja, fast schwarzen Augen und dunklen kurzen Haaren bemerkte. Er stand inmitten des allmorgendlichen Gedränges, hielt sich an einer der Deckenschlaufen fest und murmelte etwas Unhörbares vor sich hin.

Ich sah die Sturzbäche von Schweiß, die ihm übers Gesicht rannen und funkelnde Perlen auf seinem säuberlich geschnittenen Vollbart bildeten.

Ihm musste aufgefallen sein, dass ich ihn anstarrte, denn er lächelte mich an und fasste nach seinem Rucksack. Abermals bewegte er dabei seine Lippen, und schließlich konnte ich seine Worte verstehen.

Allahu akbar.

Gott ist groß.

Dann verwandelte sich die Welt in ein Inferno.

Der Name dieses jungen Mannes war Hasib Mir Hussain, und dies alles geschah am Donnerstag, den

7. Juli 2005, morgens um 9 Uhr 47 im Bus Nummer 30 nach Hackney am Tavistock Square.

Es geschah an derselben Bushaltestelle, an der Amy und ich Tag für Tag vorbei zur Arbeit gegangen waren. Sie hatte nur wenige Hundert Meter davon entfernt in einer Buchhandlung gearbeitet und ich in einem Fachgeschäft für Elektrozubehör, zwei Straßen weiter.

Danach war nichts mehr wie zuvor.

Die Zeilen begannen vor Sarahs Augen zu verschwimmen. Sie schluckte und musste sich mehrmals mit dem Handrücken übers Gesicht fahren, ehe sie weiterlesen konnte.

Ich erinnere mich noch, wie ich wieder zu mir kam – die Ohren taub von der Explosion, und mein Körper ein einziges Meer des Schmerzes. Um mich herum waren Trümmerstücke auf dem Boden verteilt, als hätte ein Riese einen Schrotthaufen über mir ausgeschüttet. Ich sah nicht nur Schrottteile, ich sah auch andere Teile, Teile von Menschen. Es war schrecklich.

Und aus einem Grund, den ich mir bis heute nicht erklären kann, fand sich da auch der halb verbrannte Kopf der Puppe nicht weit von mir entfernt auf dem Asphalt. Ich streckte den Arm aus, griff danach und ließ diesen Kopf nicht mehr los.

Dann lag ich da, bis die Rettungskräfte eintrafen, und starrte auf das zerfetzte rote Dach des Busses.

Amy ist tot, dachte ich und las immer wieder die Worte auf einer Werbetafel, die noch halb an der Außenseite des Busses hing. Es war die Werbung für einen Kinofilm namens Der Abgrund, *und auf der zer-*

rissenen Tafel stand: »Der absolute Horror – gewagt und brillant«.

Ich glaube, zynischer hätte man diesen Augenblick wohl nicht kommentieren können.

Was danach folgte, war tatsächlich der absolute Horror für mich. Ich verbrachte Wochen im Krankenhaus, musste mehrere Transplantationen über mich ergehen lassen und konnte mich kaum bewegen, ohne zuvor etliche Schmerzmittel zu schlucken.

Doch gegen meinen eigentlichen Schmerz halfen weder Tabletten noch Injektionen. Ich hatte die beiden wichtigsten Menschen in meinem Leben verloren, Amy und unser ungeborenes Kind. Von einem Moment zum nächsten ausgelöscht, zusammen mit vielen weiteren Unschuldigen, durch einen wahnsinnigen Fanatiker.

An diesem Tag habe ich den Glauben an meinen Gott verloren. Aber falls es den Gott wirklich gibt, zu dem diese Menschen beten, werde ich ihm nie verzeihen, dass er dies zugelassen hat.

Als ich aus dem Krankenhaus kam, zog ich mich zunächst für mehrere Monate in unsere kleine Wohnung in Bloomsbury zurück und ging kaum noch vor die Tür. Ich war entstellt, wurde von allen angegafft wie eine Jahrmarktsattraktion, und die Kinder auf der Straße verspotteten mich. Das tat noch mehr weh als alle körperlichen Schmerzen. Ich konnte und wollte keinen Menschen mehr sehen. Geld hatte ich ja genug, und es schien niemandem aufzufallen, dass ich mich nirgendwo mehr blicken ließ.

Amy und ich hatten nie viele Freunde gehabt, wir

waren uns immer selbst genug gewesen. Rückblickend denke ich, dass dies ein Fehler gewesen war, dass sich manche Dinge in meinem weiteren Leben vielleicht anders entwickelt hätten, wenn wir mehr Freunde gehabt hätten. Menschen, mit denen ich hätte reden können – so, wie ich jetzt durch diese Zeilen mit Dir rede. Aber wie heißt es doch: Hinterher ist man immer klüger.

Ich habe Dir eingangs geschrieben, dass dies die Worte eines Sterbenden sind, und das bezog sich nicht nur auf den Krebs, der nun in mir wuchert und mich demnächst töten wird.

Mein Sterben hat schon lange vorher begonnen. An dem Tag, an dem mir Amy und das Kind genommen wurden.

Ich empfand nur noch eine abgrundtiefe Leere. Ich suchte mir gelegentlich Jobs, wenn ich es gar nicht mehr alleine aushielt. Wegen des Geldes hätte ich es nicht tun müssen, aber hin und wieder hungerte ich nach Ansprache, nach menschlichem Umgang und sei es der belanglosesten Art. Ja, sogar der Spott über mein Aussehen war mir manchmal recht, solange ich überhaupt nur wahrgenommen wurde.

Und dann kam jener Tag, an dem ich wusste, dass es an der Zeit war, zu einem Arzt zu gehen. Er stellte fest, dass meine Narben zu wuchern begonnen hatten und der Krebs mich innerhalb einer kurzen Zeitspanne töten würde.

Etwa einen Monat später schlenderte ich dann wie fast jeden Tag durch den Brockwell-Park, vorbei an Amys Lieblingsplatz in der Nähe der öffentlichen

Gewächshäuser, und da sah ich Euch beim Picknick. Dich und Harvey und Stephen, auf dieser rot karierten Decke.

Sarah zuckte unwillkürlich zusammen. So hatte er sie also entdeckt.

Sie konnte sich an diesen Tag sogar erinnern. Es war ein Sonntagnachmittag gewesen. Stephens Geburtstag. Sie hatten Hähnchenschenkel, Sandwiches und Kartoffelsalat für ein Picknick eingepackt. Den Kartoffelsalat mit Mayonnaise, den Stephen so gerne mochte. Zum Nachtisch hatte es Schokoladenkuchen gegeben, und Harvey hatte einen großen braunen Fleck auf der Decke hinterlassen, als er mit seinem Kuchenstück in der Hand gestolpert war.

Sie hatten so viel gelacht an diesem Tag, so viel Spaß gehabt. Vor allem, als sie später noch ein Stück mit der Miniatureisenbahn gefahren waren. Harvey hatte gar nicht mehr aussteigen wollen. Wenn er einmal groß sei, werde er eine richtige Dampflokomotive fahren, hatte er voller Begeisterung beteuert, und einer der Parkangestellten hatte die glücklichen Eltern mit ihrem zukünftigen Lokomotivführer fotografiert.

Das alles war nun wieder so präsent, als sei es erst gestern gewesen. Und sie hatten nichts von diesem Mann mitbekommen. Wie hatte er doch oben geschrieben: *Wir waren uns selbst genug gewesen.*

Ebenso war es ihnen an jenem Tag im Park ergangen.

Du kannst Dir nicht vorstellen, wie verblüfft ich im ersten Moment war. Eine Weile habe ich Euch angestarrt, als wäret Ihr Trugbilder meiner Fantasie.

Du siehst Amy zum Verwechseln ähnlich. Selbst in Deinen Gesten könntest Du ihre Schwester sein, und ich dachte mir, Harvey könnte ebenso mein Sohn sein und ich an Stephens Stelle bei Euch auf der Picknickdecke sitzen und mit Euch lachen.

Ja, ich sah die Familie, die Amy und ich nie haben würden.

Ihr habt mich nicht wahrgenommen, und das war mir sehr recht. So konnte ich Euch in aller Ruhe beobachten. Ich wollte Euch einfach nur zusehen und von meinem eigenen Leben träumen, wie es hätte sein können.

Als Ihr dann aufgebrochen seid, bin ich Euch gefolgt. Ich konnte einfach nicht anders. Ich musste sehen, wo und wie Ihr wohnt.

Von da an wurde ich süchtig. Ja, es lässt sich nicht anders beschreiben. Ich wurde süchtig danach, Euch zuzusehen. Mehr hatte ich nie vorgehabt.

Aber dann, eines Tages, folgte ich Stephen, und ich sah, was er Harvey und Dir mit dieser Frau antat.

Mein Zorn auf ihn war nicht zu beschreiben. Ich konnte es nicht fassen. Es tat mir weh, das sehen zu müssen. Dein Mann hatte alles Glück der Welt auf seiner Seite, aber er trat es mit Füßen.

Da beschloss ich, ihm eine Lehre zu erteilen. Ihm und dieser Katherine. Und da ich merkte, dass Du es zwar geahnt, aber dann die Augen davor verschlossen hattest, wusste ich, dass ich auch Dich in diesen Plan mit einbeziehen musste, wenn alles einen Sinn ergeben sollte.

Ich beschloss, dass dies mein Vermächtnis an Euch sein sollte.

Leider lief nicht alles nach Plan. Katherine Parish sollte nicht sterben. Aber es ist nun einmal geschehen, und es lässt sich nicht mehr ändern. Ich hoffe natürlich, dass Stephen seine Lektion überlebt. Denn sonst hätte ich versagt, und das wäre unverzeihlich, vor allem Euch gegenüber, Harvey und Dir.

Glaub mir, wenn Stephen jetzt, wo Du dies liest, noch lebt, wird er ein anderer Mensch geworden sein. Vielleicht sogar ein besserer Mensch.

Auf jeden Fall wird er verstanden haben, da bin ich mir sicher.

Ob Du Dich nun für oder gegen ihn entscheiden wirst, liegt allein bei Dir.

Ich bitte Dich nur noch um eines: Gib ihm den zweiten Brief, den Du in diesem Karton finden wirst. Es ist mein Abschiedsgeschenk an Stephen.

Wenn Du Deinen Mann und Deinen Sohn liebst, wirst Du ihm den Brief geben. Es hängt viel davon ab.

Für Dein restliches Leben wünsche ich Dir nur das Beste.

Ein Freund

79.

Eine Weile später kam Harvey fröhlich hüpfend die Treppe herab und eilte in die Küche.

»Sieh mal, Mummy!« Voller Stolz hielt er einen großen weißen Papierbogen vor sich in die Höhe. »Mein Bild für Daddy ist fertig. Gefällt es dir?«

Sarah stand mit dem Rücken zu ihm am Fenster. Ein paar vereinzelte Schneeflocken tänzelten vom Himmel. Sie wischte sich mit der Hand übers Gesicht, ehe sie sich zu ihrem Sohn umsah.

»Oh, das ist aber schön«, sagte sie und betrachtete lächelnd Harveys Kunstwerk. Es zeigte eine schwarze Dampflok, die an einer grünen Wiese mit Häusern und lachenden Strichmännchen vorüberfuhr und die der Miniaturbahn im Park sehr ähnlich sah. Darüber schien eine lachende grellgelbe Sonne.

Harvey ließ das Bild sinken und schaute sie besorgt an. »Hast du geweint, Mummy?«

»Ja, Schatz, ein bisschen.«

»Wegen mir?«

»Aber nein, mein Lieber, doch nicht wegen dir.«

»Wegen Daddy?«

Sie beugte sich zu ihm und nahm ihn in die Arme.

»Ich liebe dich«, flüsterte sie, und weitere Tränen rannen über ihr Gesicht. »Ich liebe dich so sehr.«

In einer Hand hielt sie noch den Brief des Unbekannten an Stephen. Der weiße Umschlag hatte zuunterst in dem Karton gelegen.

Wenn Du Deinen Mann und Deinen Sohn liebst, wirst Du ihm den Brief geben.

Diesmal war es, als würde sie die Worte des Unbekannten tatsächlich hören. Als stünde er wieder neben ihr.

Unser gemeinsamer Weg wird noch eine letzte Gabelung erreichen, ehe ich Dich wieder Dir selbst überlasse. Du wirst eine Entscheidung zu treffen haben, die Dein weiteres Leben bestimmen wird.

Zitternd drückte sie ihren Sohn fester an sich.

80.

Eine Woche später stand Sarah vor dem Haupteingang des King's Hospital. Sie stampfte auf der Fußmatte den Schnee von den Stiefeln, während Harvey vor- und zurückhüpfte, sodass sich die Glasschiebetüren immer wieder öffneten und schlossen. Sein Bild mit der Eisenbahn hatte er aufgerollt und mit einer breiten roten Geschenkschleife zusammengebunden. Nun fuchtelte er damit aufgeregt herum.

»Komm schon, Mummy, komm schon!«

Er konnte es nicht mehr erwarten, seinen Vater wiederzusehen. Im Gegensatz zu Sarah, die diesen Augenblick so lange wie möglich hinausgezögert hatte. Bisher hatte sie nur mit den behandelnden Ärzten gesprochen und mit dem Stationspersonal, um sich nach dem Befinden ihres Mannes zu erkundigen. Zu mehr hatte sie sich nicht in der Lage gefühlt.

Als sie jetzt Stephen in der Sitzgruppe nahe des Informationsschalters entdeckte, spürte sie einen Stich in der Brust. Sie hätte ihn fast nicht wiedererkannt. Der Mann, der dort zusammengesunken saß und geistesabwesend in einer Broschüre blätterte, war nur noch der Schatten seiner selbst. Er war dünn geworden, geradezu ausgemergelt.

Und doch war es Stephen. Daran gab es keinen Zweifel.

Es war ihr Mann.

Und er hatte sich verändert.

Nun hatte auch Harvey seinen Vater inmitten der vielen Menschen ausgemacht, und er stieß ein freudiges »Daddy!« aus.

Stephen hob den Kopf und legte die Broschüre beiseite,

dann stand er von seinem Platz auf und schloss Harvey in die Arme.

Sarah ging zögernd auf die beiden zu. Stephens Kleider, die Jeans und der warme Norwegerpullover, den sie ihm vor zwei Jahren zu Weihnachten geschenkt hatte, hingen an ihm herab wie an einem Kleiderbügel. Als Stephen Harvey anlächelte, war sein Gesicht faltig, seine Züge waren eingesunken, und die helle Deckenbeleuchtung warf Schatten in seinen hohlen Wangen.

Doch es waren die Augen, in denen die größte Veränderung vor sich gegangen war. Als Stephen sie schließlich ansah, dachte Sarah: *Dieser Blick, er wirkt so …*

Sie musste einen Moment nach dem richtigen Wort suchen, und als es ihr einfiel, fuhr sie innerlich zusammen.

Gebrochen.

»Hallo«, sagte er leise, und seine Stimme klang rau und unsicher.

Sie brachte nur ein ebenso scheues »Hallo« heraus.

Harvey drückte sich aus der Umarmung seines Vaters und hielt ihm sein Geschenk entgegen.

»Daddy, Daddy, schau, was ich für dich gemalt habe!«

Stephen nahm die Papierrolle, streifte behutsam die Schleife ab und entrollte die Zeichnung.

»Wow, nun sieh sich das einer an! Das ist ja ein richtiges Kunstwerk. Hast du das wirklich ganz allein gemalt?«

Für einen Augenblick klang er wie früher, dachte Sarah. Wie zu jener Zeit, als sie noch eine richtige Familie gewesen waren.

Wie an jenem Tag im Brockwell-Park.

Sie wischte sich eine Träne aus dem Augenwinkel. »Stephen? Können wir uns unterhalten?«

Er nickte und beugte sich zu Harvey hinab. Dabei sah Sarah, wie zittrig er war.

»Sag mal, Kumpel, siehst du den Zeitschriftenstand da drüben?«

»Na klar, ich bin doch nicht blind.«

»Was hältst du davon, wenn du mal rüberläufst und dir einen Comic aussuchst. Mummy und ich würden uns gern ein bisschen unterhalten. Ich komme dann rüber und kauf dir einen, okay?«

»Au ja, okay«, sagte Harvey und machte sich hüpfend auf den Weg zu den Comics, von denen er nie genug bekommen konnte, auch wenn Sarah es lieber sah, wenn er in *richtigen Büchern* blätterte, wie sie es nannte.

»Stephen ... ich ... ich weiß nicht, was ich tun soll ...«, sagte sie und sah ihn ernst an.

»Das kann ich verstehen. Wenn du möchtest, hole ich von zu Hause ein paar Sachen und gehe für die nächsten Tage in ein Hotel. Bis ... bis wir uns im Klaren sind, wie es weitergehen soll ....«

»Das ... ist es nicht allein.«

»Nicht?«

»Nein.«

Sarah schlug die Augen nieder und fasste in ihre Handtasche. Es kostete sie große Überwindung, den Brief herauszuholen. Doch was blieb ihr auch für eine andere Wahl?

Dies war der Moment, von dem der Unbekannte gesprochen hatte. Die Weggabelung, an der sie sich entscheiden musste.

»Hier«, sagte sie und hielt Stephen den Brief entgegen. »Der ist für dich. Ich soll ihn dir geben.«

Zögernd griff Stephen nach dem Umschlag, auf dem nichts weiter als sein Name stand.

»Er ist ... von ihm«, sagte Sarah und fügte nach einer kurzen Atempause hinzu: »Ich habe ihn gelesen. Der Umschlag war nicht zugeklebt.«

Ihre Blicke trafen sich, und für einen Augenblick schien die Zeit stillzustehen. Dann zog Stephen das Blatt aus dem Umschlag und entfaltete es.

Es stand nur ein einziger Satz darauf, und als er ihn las, wurde er kreidebleich.

Sarah sah zu Harvey, der in einem Comic blätterte und sich dabei angeregt mit einem etwa gleichaltrigen Jungen unterhielt. Fachsimpelei unter Superheldenexperten.

Dann wandte sie sich wieder Stephen zu, der mit leeren Augen vor sich auf den Boden starrte.

»Ich will die Wahrheit wissen«, sagte sie entschlossen. »Die ganze Wahrheit. Hier und jetzt. Was hat dieser Satz zu bedeuten?«

Stephen schluckte trocken, dann nickte er langsam. »Ja, ihr beiden habt ein Recht darauf, es zu erfahren.«

81.

Sie gingen zu der Sitzgruppe zurück und ließen sich in der Ecke hinter dem Broschürenständer nieder, wo sie einigermaßen ungestört waren.

Als Stephen leise zu sprechen begann, hatte er den Kopf gesenkt, um Sarah nicht ansehen zu müssen. Sein Gesicht war noch bleicher geworden, sodass es aussah, als trüge er weiße Theaterschminke oder eine Papiermaske, hinter der er sich vor Sarahs Blicken verstecken konnte – aus Scham, weil er sich schuldig fühlte.

Zu Recht, dachte sie und ertappte sich bei einem Anflug von Genugtuung, doch gleichzeitig hatte sie auch Mitleid mit ihm. Es war alles so verwirrend.

Er stützte sich mit den Ellenbogen auf den Oberschenkeln ab und nestelte mit seinen Händen, als würden sie einen Kampf miteinander ausfechten. Doch der wahre Kampf fand in Stephen selbst statt, dachte Sarah.

»Ich habe Katherine auf einer Kunstausstellung kennengelernt«, begann er. »Es war damals im Victoria and Albert Museum, an dem Abend, als du mich nicht begleiten wolltest. Du hattest gesagt, du hättest Kopfschmerzen, erinnerst du dich?«

Sie nickte. Ja, sie erinnerte sich an jenen Abend. Sie hatte tatsächlich Kopfschmerzen gehabt, aber das war nur einer der Gründe gewesen, weshalb sie Stephen nicht hatte begleiten wollen. Der eigentliche Grund waren seine Geschäftspartner und Kollegen gewesen. Sarah hatte keine Lust auf Small Talk gehabt, auf oberflächliche Nettigkeiten und pseudointellektuelle Unterhaltungen, die einzig nur dem Zweck dienten, Kontakte zu pflegen, um an neue Aufträge zu kommen.

Bei solchen Gelegenheiten war sie ohnehin meist nur das freundlich lächelnde Accessoire an der Seite des aufstrebenden Architekten gewesen, und an jenem Abend hatte sie einer heißen Badewanne und einem neuen Manuskript den Vorzug gegeben.

Nun, da sie Stephens Beichte hörte, wünschte sie sich, sie hätte sich damals anders entschieden. Aber, um die

Worte des Unbekannten zu zitieren: *Hinterher ist man immer klüger.*

»Zuerst war es nur eine ganz harmlose Angelegenheit zwischen uns«, sagte Stephen, und das kleine Wörtchen *uns* versetzte Sarah einen Stich. Er sagte nicht *zwischen Katherine und mir*, er sagte *zwischen uns*. Es klang so vertraut, und das verletzte sie.

»Wir unterhielten uns, verstanden uns, und sie fragte mich, ob ich die Planung für die Renovierung ihres Hauses übernehmen würde. Natürlich sagte ich zu. Es war zwar kein Großauftrag, aber das Geld konnten wir schließlich brauchen, dachte ich. Na ja, und ...« Er räusperte sich. »Ich wollte sie auch wiedersehen.«

»Das alles will ich nicht wissen«, unterbrach ihn Sarah. »Das ist etwas zwischen euch beiden gewesen. Es verletzt mich, aber wenn du ... dich zu ihr hingezogen gefühlt hast, muss ich das akzeptieren.«

»Ich habe sie nicht geliebt, falls du das meinst. Es war eher etwas ...«

Sie schüttelte heftig den Kopf. »Sag es nicht. Bitte!«

»Ja, du hast recht. Das wäre nicht fair. Denn für sie war es mehr, ich hatte es nur nicht gemerkt.«

Er starrte noch immer vor sich auf den Boden und kaute nervös auf seiner Unterlippe.

Sarah wartete, aber als Stephen nicht fortfuhr, hielt sie es nicht mehr aus. Sie wollte es endlich hinter sich bringen.

»Was ist geschehen, Stephen? Was meint dieser Mann in dem Brief? Ist es das, was ich denke?«

Er seufzte, als müsste er eine schwere Last aufheben. »Ich hatte Katherine zu ihrem Geburtstag einen Wochenendausflug versprochen. Wir wollten zu einem Wellness-

Hotel fahren, von dem sie in einer Zeitschrift gelesen hatte. Also bin ich an diesem Freitag nicht zu einem Kunden gefahren, sondern zu ihr. Aber das weißt du ja schon. Wie immer habe ich den Mercedes in einem Parkhaus abgestellt, das sich in sicherer Entfernung von ihrem Haus befand. Ich weiß, London hat über acht Millionen Einwohner, und es hätte mit dem Teufel zugehen müssen, wenn jemand von unseren Bekannten oder gar du selbst den Wagen vor ihrem Haus gesehen hättet, aber ich wollte auf Nummer sicher gehen. Also fuhr ich den Rest der Strecke mit einem Taxi, wie jedes Mal.«

Er rieb sich übers Gesicht und machte dann eine hilflose Geste. »Nur war es diesmal anders. Ich musste kein Taxi rufen. Als ich aus dem Parkhaus kam, stand bereits ein Taxi auf der gegenüberliegenden Straßenseite. Fast, als hätte es dort auf mich gewartet, dachte ich. Jetzt im Nachhinein weiß ich, dass es so gewesen ist. Der Taxifahrer schien eine Teepause an einem Imbissstand gemacht zu haben, und ich hielt das für einen Glücksfall. Normalerweise dauert es immer eine Weile, und ich war bereits spät dran. Wir beide hatten uns zuvor noch unterhalten, weißt du noch?«

Wieder nickte sie nur. Dabei war *unterhalten* der falsche Begriff für das gewesen, was zwischen ihnen stattgefunden hatte. Stephen hatte zwar mit ihr gesprochen, aber sie war ihm ausgewichen und hatte sich mehr um die Einkaufsliste gekümmert als um das, was er ihr gesagt hatte.

Rückblickend sah sie ein, dass sie gemerkt haben musste, dass er sie belog, und dass sie es einfach verdrängt hatte. So, wie so vieles in der vergangenen Zeit.

»Ich dachte mir nichts weiter dabei, als ich in das Taxi stieg«, sagte er. »Selbst dann noch nicht, als der Fahrer mein Gepäck neben mich auf die Rückbank stellte, statt es in den Kofferraum zu laden.«

»Es war der Mann mit dem Narbengesicht, nicht wahr?«

»Ja, und ich denke, ich weiß, wo sich der wirkliche Taxifahrer befunden hat. Ich hoffe, er hat ihn am Leben gelassen.«

Er sah kurz zu ihr auf, und sie musste schlucken, als sie die Betroffenheit in seinen Augen sah. Harvey hatte sie einmal so angesehen. Damals, als sie eine Amsel mit gebrochenem Flügel im Garten entdeckt und auf sein Drängen hin zu einem Tierarzt gebracht hatte. Danach hatte Harvey sie immer wieder gelöchert, ob der Vogel überleben werde, bis Sarah schließlich den Tierarzt angerufen und ihrem Sohn die gute Nachricht mitgeteilt hatte.

»Wir fuhren also zu Katherine, und ich sagte zu dem Mann, er solle kurz warten, ich würde nur schnell jemanden abholen, damit er uns dann zum Bahnhof fahren kann. Dann ging ich ins Haus. Dort saß Katherine im Wohnzimmer und weinte. Sie hatte noch nicht gepackt, und ich fragte sie, was mit ihr los sei. Sie sah mich aus ihren verweinten Augen an, und ihr Blick war ein einziger Vorwurf. *Du ... Du bist mit mir los*, sagte sie. Und dann erklärte sie mir, dass sie dieses Versteckspiel nicht länger ertragen könne. Sie verlangte, dass ich mich von dir trennen solle, andernfalls würde sie dich besuchen und es dir selbst sagen. Ich war wie vor den Kopf gestoßen und konnte mir zunächst nicht erklären, warum sie sich auf einmal so verhielt. Bis dahin war es doch immer klar zwischen uns gewesen, dass es nur eine Art Freundschaft war, und dass ich Harvey und dich niemals aufgeben würde.«

Sarah legte verwundert den Kopf schief. »Eine Art von Freundschaft? So nennst du eine Affäre?«

Wieder fochten seine Hände einen Zweikampf aus, ehe er sie schließlich auf seine dünnen Schenkel presste und zur Ruhe zwang.

»Ja und nein«, sagte er. »Ich finde diesen Begriff so abgedroschen. Er hätte das, was zwischen Katherine und mir war, nicht passend beschrieben. Verstehst du, *das* war es, was ich vorhin meinte, als ich gesagt habe, dass ich sie nicht geliebt habe. Wir waren enge Freunde, es gab vieles, was wir gemeinsam hatten, und ja, wir hatten Sex, aber ich habe nie für sie empfunden, wie ich für dich empfunden habe, Sarah.«

Wieder sah er zu ihr auf, suchte etwas in ihrem Blick. Vielleicht Verständnis, vielleicht auch Vergebung.

»Das ist die Wahrheit, Sarah, ob du es mir glaubst oder nicht.«

Sie ging nicht darauf ein. Da war viel zu viel Enttäuschung. Und Wut. Und Verwirrung.

»Und dann?«, fragte sie. »Was war dann?«

Er senkte den Kopf, als habe er die Suche vorübergehend eingestellt. »Nun ja, ich hab ihr gesagt, dass ich mich nicht von dir trennen werde, und dass sie dich und Harvey aus dem Spiel lassen solle. Sie habe kein Recht dazu, Forderungen zu stellen … Da sprang sie auf und kam auf mich zu. *O doch*, hat sie gesagt. Sie habe sehr wohl ein Recht dazu. Sie habe jetzt sogar alles Recht der Welt.«

Sarah wich vor ihm zurück. »Nein, Stephen, sag, dass das nicht wahr ist!«

Seine Schultern begannen zu zucken, und Tränen rannen über sein bleiches Gesicht. »Es tut mir so leid, Sarah. Glaub mir bitte. Sie hatte es erst an diesem Vormittag erfahren, und nun sah ich die Furcht in ihren Augen, wie ich darauf reagieren würde. Sie muss gehofft haben, dass ich mich freuen würde, weil auch sie sich auf das Kind freute. Aber ich konnte ihr doch nichts vorspielen. Wenigstens in diesem Punkt musste ich doch ehrlich sein.«

Sarah ließ sich auf der Bank zurücksinken und sah zu Harvey hinüber, der noch immer in den Comics blätterte. Für einen Moment wünschte sie sich an seine Stelle.

Wieder ein Kind sein, dachte sie, *die Welt wieder mit naiven Kinderaugen sehen. Was gäbe ich dafür …*

Dann nahm sie allen Mut zusammen. Sie wusste, dass es wehtun würde, aber sie hatte keine Angst mehr.

»Was ist dann passiert, Stephen?«

»Ich, also … sie ist völlig ausgerastet, schlug auf mich ein«, sagte er und wischte sich die Tränen ab. »Ich sei ein Schwein, rief sie. Ich hätte sie nur benutzt, sie wie eine Nutte behandelt … In gewisser Hinsicht konnte ich es ihr nicht verdenken, aber in diesem Moment machte es mich wütend. Ich meine, sie war doch daran ebenso schuldig. Wir hatten doch beide … Jedenfalls schlug sie mich und schrie wie eine Verrückte. Ich wich vor ihr zurück, aber sie hörte nicht auf und schlug weiter auf mich ein. Und … dann … Ich wollte es nicht. Wirklich nicht. Ich habe sie nur von mir weggestoßen …«

Nun war es ausgesprochen. Und ja, es tat weh. Unsagbar weh. Es fühlte sich in Sarahs Brust an, als würde etwas darin zerbrechen.

»Sie stolperte über einen Vorleger und fiel rückwärts«, flüsterte er. »Ich wollte sie auffangen. Ehrlich, ich schwöre es dir bei allem, was mir heilig ist! Aber … Sie schlug mit dem Hinterkopf auf die Tischplatte. Und … gleich darauf war alles voller Blut. Die Glasplatte … der Boden … alles voller Blut. Sie hatte die Augen offen, aber sie reagierte nicht mehr. Ich packte sie, schrie sie an. Aber es war schon zu spät. Ich konnte keinen Puls bei ihr fühlen.«

Er schüttelte den Kopf, fuhr sich durch die Haare, und sein Blick irrte rastlos umher. »Es war alles so schnell gegangen. Ich kniete bei ihr und war wie von Sinnen. Ich wusste nicht, was ich tun sollte. Und dann stand da plötzlich dieser Taxifahrer. Ich hatte wohl die Haustür offen gelassen, weil ich Katherine ja nur schnell abholen wollte. Er schien ebenso entsetzt wie ich. Ich versicherte ihm, es sei ein Unfall gewesen, und dass ich das nicht gewollt hätte, aber er sagte nichts. Er starrte uns beide nur an. Dann sagte er, er werde seinen Plan jetzt nicht mehr ändern können, aber das nun alles nur noch schmerzlicher werden würde, und ich verstand kein Wort von alldem. Er zog etwas aus seiner Jacke. Zuerst dachte ich, es sei ein altmodisches Handy, aber dann berührte er mich damit. Ganz plötzlich. Es war ein Elektroschocker. Ich versuchte mich zu wehren, aber meine Muskeln gehorchten mir nicht. Und dann stach er mir eine Spritze in den Hals. Ich verlor die Besinnung und kam irgendwann in dieser Halle zu mir. Dort saß ich dann, gefesselt. Vor mir stand der Bildschirm. Später holte er auch Katherine und schleppte sie in einen Nebenraum irgendwo hinter mir. Er schrie mich an, dass ich mir das alles selbst zuzuschreiben hätte, aber dass er alle Spuren beseitigt habe. Dann schaltete er den Bildschirm ein, und … o Gott!«

Er schluchzte und vergrub das Gesicht in den Händen. Es war ein Anblick, der Sarah das Herz zerriss. Sie hatte ihren Mann noch nie zuvor weinen sehen. Aber sie war nicht in der Lage, ihn zu trösten. Der Schock saß noch viel zu tief.

Sie stand auf, ließ Stephen zurück und ging zur Mitte der Halle. Um sie herum liefen Menschen an ihr vorbei. Ärzte, Krankenhauspersonal, Besucher. Jeder von ihnen wirkte geschäftig, ging seinem Leben nach. Und auch für sie musste das Leben wieder weitergehen, dachte sie, auch wenn sie noch keine Ahnung hatte, wie dieses neue Leben aussehen würde.

Nach einer Weile trat Stephen zu ihr. Seine Augen waren gerötet, und er sah aus wie ein bleiches Gespenst.

»Sarah«, sagte er. »Ich kann dir gar nicht sagen, wie sehr ich das alles bereue. Wie leid es mir tut. Ich weiß, es ist nicht zu entschuldigen, deshalb werde ich dich auch nicht um Verzeihung bitten. Aber eines sollst du wissen. Wer immer dieser Mann auch gewesen ist, in einem hat er recht gehabt. Ich hatte seine Strafe verdient.«

Harvey kam auf sie zugelaufen.

»Mummy, Daddy«, rief er. »Seid ihr bald fertig? Ihr habt mir doch einen Comic versprochen. Nun kommt schon, der Zeitschriftenstand schließt gleich.«

Stephen wandte sich ihm zu und lächelte. Es war ein schwaches, zerbrechliches Lächeln.

Nein, dachte Sarah, ohne es laut auszusprechen. *Nein,*

Stephen, du irrst. Dieser Mann hat dir Unrecht angetan. Er hat uns beiden Unrecht angetan. Er hat mir seine Gründe zu erklären versucht, und ich konnte sie nachvollziehen. Aber billigen ... Nein, billigen kann ich sie nicht.

Dass ihr Mann nun vor ihr stand, mit rot geweinten Augen und so dürr, dass sie ihn fast nicht wiedererkannte, war schon schlimm genug. Aber dass er auch noch dachte, er habe diese grausame Strafe verdient, das ging zu weit.

Wir alle machen Fehler, dachte sie, *doch für Reue ist es nie zu spät. Ob man uns vergeben wird, steht auf einem anderen Blatt, das liegt nicht in unserer Macht. Aber keine Bestrafung kann begangenes Unrecht rückgängig machen.*

Angst mochte vielleicht ein guter Lehrer sein, wie es der Unbekannte behauptet hatte, aber der beste Lehrer war immer noch die ehrliche Einsicht.

»Stephen?«

Er hielt Harvey im Arm und sah sie an, das zerbrechliche Lächeln für ihren Sohn noch auf den Lippen.

»Was wirst du jetzt tun?«, fragte sie. »Was sollen *wir* jetzt tun?«

Sein Blick wurde wieder ernst. Er schien zu überlegen und schaute dabei auf Harvey herab. Dann zog er den Brief des Unbekannten aus seiner Tasche, entfaltete ihn und las die Worte erneut.

Die akkuraten Druckbuchstaben auf dem blütenweißen Papier. Letzte Worte eines Toten.

NIEMAND MUSS ES JE ERFAHREN.

82.

Aus der *Times* vom 27. Dezember:

Aussergewöhnliches Weihnachtsgeschenk

In den Weihnachtsmärchen heißt es, dass zu dieser Zeit Wunder geschehen können. Über ebensolch ein Wunder darf sich nun die Royal-Marsden-Krebsklinik freuen.

Wie der Chefarzt, Dr. Andrew Stone, unserer Redaktion mitteilte, erhielt er an Heiligabend ein als Terminlieferung deklariertes Paket, in dem sich 65 000 Pfund Bargeld befanden. In einem beiliegenden Brief bat der Absender, der sich namentlich nicht zu erkennen gab, dieses Geld der Abteilung für Krebsforschung zukommen zu lassen.

Im Namen der Klinik möchte Dr. Stone dem anonymen Spender auf diesem Wege herzlich danken.

Drei Monate später

»Wir hätten mit dieser Kiste anfangen sollen.«

Erik Schmidt zog ein gemustertes Stofftaschentuch aus seiner grünen Latzhose mit dem Aufdruck *Schmidt & Sohn – Ihre Umzugsprofis* und wischte sich den Schweiß von der kahlen, geröteten Stirn. Als er merkte, dass Mark seinen Scherz nicht verstanden hatte, fügte er hinzu: »Na ja, es war die letzte Kiste.«

Mark schmunzelte. »Prima, ich komme dann gleich nach.«

»Keine Eile, wir rechnen schließlich nach Stunden ab«, lachte Schmidt und stopfte das Taschentuch in seine Hose zurück. »Sie können sich also ruhig noch Zeit lassen.«

Dann hob er die Umzugskiste an, wobei er etwas in der Art von »Wie kann man nur so viele Bücher besitzen?« in seinen nicht vorhandenen Bart murmelte, und stapfte schnaufend ins Treppenhaus.

Mark machte noch einen letzten Rundgang durch die Wohnung, in der sich die Frühlingswärme unter den Dachschrägen staute und der Straßenlärm durch die undichten Fenster drang. Dort, wo Schmidt die Kiste weggenommen hatte, tanzten Staubpartikel in einem Sonnenstrahl.

Er hätte sich nie vorstellen können, dass er eines Tages beim Auszug aus diesem renovierungsbedürftigen Altbau ein wenig schwermütig werden könnte. Aber nun durchschritt er langsam noch einmal die drei kleinen Räume und dachte daran, wie viel sie schon von ihm gesehen hatten. Und nicht nur seine Sonnenseiten.

Mark, den Verzweifelten.

Mark, den Depressiven.

Mark, den Trinker.

Und nun zum Abschied sahen sie einen neuen Mark Behrendt. Jedenfalls hoffte er das.

Im Badezimmer schaute er noch einmal in den Spiegel und zwinkerte dem frisch rasierten Mann mit den kurz geschnittenen dunklen Haaren zu, der ihm entgegensah. Das Licht der Mittagssonne schien durch das Dachfester genau auf ihn, und auch wenn er nicht abergläubisch war, deutete er dies als ein gutes Omen.

Er hob den linken Arm mit seiner Lebensuhr, bis das Sonnenlicht auf der blanken Metallabdeckung reflektiert wurde, und lächelte.

»Du wirst einen guten Eindruck machen«, sagte er zu seinem Spiegelbild.

Dann zwinkerte er sich noch einmal zu und schnappte sein Jackett, das er in Ermangelung einer Garderobe an einen an der Wand befestigten Handtuchhalter gehängt hatte.

Vor dem Haus warteten Schmidt und Sohn bereits auf ihn.

»Am Montag werden Ihre Sachen eintreffen«, sagte Erik Schmidt und schloss die Hintertüren des Umzugswagens.

Sein Sohn, ein ebenso schmächtiger wie hochgewachsener junger Mann, der die ganze Zeit über kein Wort verloren hatte, lehnte an der Beifahrertür, drehte sich eine Zigarette und blinzelte in die Märzsonne. Auf der Straße wurde gehupt. Der Fahrer eines SUV regte sich über die besetzte Parkbucht auf. Doch das schien den jungen Mann nicht zu stören.

Plötzlich zuckte Mark zusammen. Inmitten des Straßenlärms glaubte er, eine schrille Stimme gehört zu haben.

Ein hohes, durchdringendes: »Hey, Doktor!«

Erschrocken fuhr Mark herum, hielt nach allen Seiten Ausschau.

»Alles in Ordnung mit Ihnen?«, fragte Schmidt senior und reichte ihm ein Formular zum Unterschreiben.

»Ja«, murmelte Mark und sah sich noch einmal stirnrunzelnd um, ehe er auf dem Klemmbrett unterzeichnete. »Ich ... dachte, ich hätte was gehört.«

»Gut, das wär's dann.« Schmidt nickte zufrieden und stapfte zur Fahrertür des Lkws. »Und vergessen Sie nicht, uns weiterzuempfehlen, wenn Sie mit uns zufrieden waren«, rief er Mark durch den Verkehrslärm zu.

Mark zuckte mit den Schultern. »Bisschen weit weg von Frankfurt, finden Sie nicht?«

Schmidt stieß ein lautes Lachen aus und winkte ab. »Ach woher, was sind heutzutage schon noch Entfernungen?«

Dann stiegen Schmidt und Sohn, die Umzugsprofis, in ihren Wagen und waren bald darauf im Mittagsverkehr verschwunden.

Mark ging zurück zum Hauseingang, sah noch einmal an der bröckeligen Fassade zum Dach empor und warf seinen Hausschlüssel wie verabredet in den Briefkasten. Er wollte gerade zu seinem alten, rostigen Volvo gehen, als ein kleiner Junge auf ihn zugerannt kam.

»He, du!«, rief er.

Mark blieb verblüfft stehen. Er hatte den Kleinen mit den dunklen Strubbelhaaren und dem viel zu weiten South-Park-T-Shirt noch nie zuvor gesehen. Aber er hatte auch nie besonderes Interesse für seine Nachbarschaft gezeigt, dachte er. Bis vor ein paar Monaten hatte er seine Aufmerksamkeit einzig und allein auf sein eigenes dunkles Universum beschränkt, das an manchen Tagen kaum größer als ein Stecknadelkopf gewesen war – vor allem, wenn er getrunken hatte.

»Meinst du mich?«

»Heißt du Mark?«

»Ja, und wer bist du?«

»Ich soll dir das hier geben.«

Der Junge hielt ihm einen gefalteten Zettel entgegen.

»Von wem ist das?«

Mit einer lässigen Bewegung, die er sich wohl von irgendeinem Rapper abgeschaut haben musste, zeigte der Junge über seine Schulter hinweg zur anderen Straßenseite.

»Von der Frau da drüben.«

Dann rannte er davon, und Mark hielt nach der Frau Ausschau, die der Junge gemeint hatte.

Er sah mehrere Frauen, die die Straße entlanggingen. Zwei junge Frauen mit Kinderwagen und Einkaufstaschen, die sich angeregt miteinander unterhielten, eine ältere Frau, die sich auf einen Gehwagen stützte, und eine Gruppe Mädchen, die mit ihren Handys beschäftigt waren, als würden sie per SMS miteinander kommunizieren – aber keine von ihnen schaute zu ihm herüber.

Merkwürdig, dachte er und entfaltete den Zettel. Jemand hatte in aller Eile mit Kugelschreiber etwas daraufgekritzelt.

DU ZIEHST WEG?
GLAUB NUR NICHT,
DASS DU SO EINFACH
DAVONKOMMST!
WIR SIND NOCH NICHT
MITEINANDER FERTIG!

Trotz der warmen Frühlingssonne begann Mark am ganzen Leib zu zittern. Entsetzt sah er sich auf der Straße um und musste an die Worte des Möbelpackers denken.

Was sind heutzutage schon noch Entfernungen?

Nachwort

Seit der Erstveröffentlichung von *Trigger* sind nun vier Jahre vergangen, und immer wieder erreichten mich Zuschriften von Leserinnen und Lesern, was denn aus Mark Behrendt geworden sei. Wohin war er gegangen, nachdem er den mysteriösen Fall um Lara Baumann aufgedeckt hatte?

Jedes Mal hatte ich versprochen, ich werde so bald wie möglich nach Mark sehen und berichten, wie es ihm seit seinem Wegzug aus Fahlenberg ergangen ist. Doch zunächst gab es noch andere Geschichten, die erzählt werden wollten.

Schließlich aber drängte sich eine Idee in den Vordergrund, die ich schon seit einigen Jahren mit mir herumtrug, und irgendwann wurde mir klar, dass Mark damit zu tun haben würde.

Besagte Idee ist auf einen Vorfall zurückzuführen, der sich im März 2007 in London ereignete. Damals war ich im Rahmen eines psychiatrischen Forschungsprojekts zu einem Symposium am King's College eingeladen worden, wo ich – ebenso wie Mark in dieser Geschichte – für einige Tage im Wohnheim des Colleges untergebracht war.

An einem freien Nachmittag hatte ich mich mit meiner Schwester verabredet, die schon seit längerer Zeit in England lebt, und die ich leider viel zu selten sehe. Ich machte mich auf den Weg zur Tube, doch die Station war gesperrt. Auch die Busse fuhren nicht. Die gesamte Innenstadt war von der Polizei abgeriegelt, und ich erfuhr, dass etwa eine halbe Stunde zuvor ein Terroranschlag auf einen Bus an der Westminster Bridge verhindert worden war.

Zumindest sah es anfangs danach aus, doch in den Abendnachrichten stellte sich der Fall glücklicherweise anders dar. Denn die vermeintliche Bombe erwies sich als eine einfache Tragetüte von Tesco, die einige Konservendosen, eine Packung Katzenfutter und zwei Damenblusen enthielt. Wie sich herausstellte, war die Besitzerin während der Fahrt eingenickt und hatte deshalb fast ihre Haltestelle verpasst. Mehrere Fahrgäste hatten beobachtet, wie die Frau überstürzt aus dem Bus eilte, und jemand hatte ihr nachgerufen, sie habe ihre Tüte vergessen. Doch die Frau musste es in der Eile nicht gehört haben. Jedenfalls hatte sie nicht darauf reagiert und somit ungewollt eine Panik ausgelöst.

Spätestens seit diesem Vorfall ist mir klar geworden, wie sehr sich unsere westliche Welt seit den Anschlägen in New York, London und Madrid verändert hat. Wir sind ängstlicher geworden, misstrauischer und vorsichtiger.

Die meisten von uns gehören inzwischen den glücklichen Generationen an, die den Krieg und die Zerstörung in Europa nur noch vom Hörensagen kennen. Und auch wenn es auf der Welt immer noch Kriege gibt, finden sie weit genug entfernt von uns statt, um sie aus unserem Alltag ausblenden zu können. Doch jene Terroranschläge haben gezeigt, wie trügerisch dieses Sicherheitsgefühl ist. Wir haben die Erfahrung gemacht, dass jederzeit etwas in unsere vermeintlich heile Wohlstandswelt eindringen und uns ebendieses Sicherheitsgefühl nehmen kann – und diese Erfahrung hat uns geprägt. Inzwischen genügt eine verlassene Tragetüte, um uns in Panik zu versetzen.

Angst ist ein allgegenwärtiges Thema in unserer Gesellschaft, wie die Medien tagtäglich zeigen. Wir fürchten uns vor Naturkatastrophen, Umweltverschmutzung, dem Klimawandel, atomarer Strahlung, verseuchten Lebensmitteln und Epidemien, ebenso wie vor Inflation, Arbeitslosigkeit, Armut oder dem Älterwerden. Und diese Liste ließe sich sicherlich noch um vieles ergänzen.

Ich möchte nicht behaupten, dass Angst ein generell negativ belegtes Gefühl ist. Denn ebenso wie Liebe oder Neugier ist auch die Angst eine existenziell wichtige Basisemotion. Ein völlig angstfreier Mensch wäre nicht überlebensfähig. Man stelle sich nur einmal vor, keiner würde mehr davor zurückschrecken, auf einer stark befahrenen Autobahn spazieren zu gehen, um nur ein (zugegeben überspitztes) Beispiel zu nennen.

Doch Angst kann auch ein ungesundes Maß annehmen. Wenn wir ihr zu viel Platz in unserem Leben einräumen, wird sie uns beherrschen. Sie wird uns verunsichern, uns hemmen und unser rationales Denken einschränken. Und wenn sie erst einmal völlig unser Leben bestimmt, hat das fatale Folgen – für uns selbst und für die Gesellschaft, in der wir leben. Denn Angst ist ein fruchtbarer Nährboden für Misstrauen, Hass und Diskriminierung, und sie gibt all jenen Macht, die sie zur Durchsetzung ihrer Ziele instrumentalisieren.

Deshalb liegt es an uns selbst, unsere Ängste zu hinterfragen und gegen sie anzugehen. Denn Angst hat ein Zuhause, wie George Otis an einer Stelle in diesem Buch sagt. Sie lebt in unseren Köpfen, und nur dort können wir ihr begegnen.

Danksagung

Ein herzliches Danke an Lilli und Chris Jenkins, für die tatkräftige Unterstützung bei meinen Recherchen und für ein Paket mit John Lennons Lieblingskeksen (die nun auch meine Favoriten sind). Ebenso danke ich dem Metropolitan Police Service für eine Fülle von Informationen, die für weit mehr als nur ein Buch gereicht hätte, sowie Dr. Rana Kalkan, die mich auf eine hochinteressante Fallstudie aufmerksam gemacht hat, und Prof. Dr. Thomas Becker für seinen freundschaftlichen Beistand.

Großes Lob gebührt meinem Freund und »coolsten Lektor aller Zeiten« Markus Naegele und seiner Frau Kirsten, denen dieses Buch gewidmet ist, und selbstverständlich dem gesamten Heyne-Team. Ihr seid einfach großartig!

Und was wären meine Bücher ohne Heiko Arntz! Auch diesmal hat der Mann mit den scharfen Augen, den klugen Fragen und seinem Rotstift viel Wertvolles zur endgültigen Form der Geschichte beigetragen.

Weiter danke ich …

… Rona Nicholson und Jon Broome für ihre Gastfreundschaft und eine wunderbare (rundum sichere) Zeit in Forest Hill,

… Leonard Nimoy, der tatsächlich eine Lebensuhr besitzt (und seine verbleibende Zeit darauf kennt),

… Paul Cleave und Isabella Thermes für ihre Freundschaft, den herrlich kreativen Austausch und wiederholtes

Mutmachen, als die Welt sich für mich kurzzeitig verdunkelt hatte,

… Roman Hocke, dem besten Agenten, den man sich wünschen kann, sowie Claudia von Hornstein und dem gesamten AVA-Team, das dafür Sorge trägt, dass meine Bücher inzwischen sogar in Südamerika gelesen werden,

… Tatjana Kononenko und Peter Weißkirchen, die mir umgehend bei einer Last-Minute-Recherche geholfen haben,

… und zu guter Letzt wie immer meiner Frau Anita, die zugleich meine liebste Testleserin, schärfste Kritikerin, wichtigste Ratgeberin und beste Freundin ist – und noch vieles mehr.

Vor allem aber danke ich Ihnen, liebe treue Leserinnen und Leser. Danke für die Unterstützung, das zahlreiche Erscheinen bei meinen Lesungen und die vielen, vielen E-Mails, Briefe, Blogbeiträge, Referate, Rezensionen und Facebook-Kommentare aus aller Welt.

Wulf Dorn
im Mai 2013